위대한 유산 2

위대한 유산 2

초판 1쇄 발행 2016년 7월 10일
2쇄 발행 2021년 2월 5일
3쇄 발행 2024년 8월 23일

지은이 찰스 디킨스
옮긴이 김옥수
펴낸이 김소연
디자인총괄 이유빈

펴낸곳 비꽃
등록 2013년 7월 18일 제2013-000013호
주소 서울 강북구 삼양로16길 12-11
이메일 rain__flower@daum.net 전화 02)6080-7287 팩스 070-4118-7287
홈페이지 www.rainflower.co.kr

ISBN 979-11-85393-18-6
979-11-85393-16-2 (세트번호)

값 11,000원

Great Expectations

위대한 유산 2

찰스 디킨스 지음 · 김옥수 옮김

비꽃

이 책은 Penguin Group USA 2010년 판본(Paperback/ Rough-Cut Edition)과 The Project Gutenberg EBook of Great Expectations(Last updated: October 17, 2015)를 원본으로 삼았다.

목 차

마을에 유령이 나타난다는 말을 듣고
나는 거기에 찾아가 유령을 만나서 이야기를 들었다.

　　　　− 찰스 디킨스가 이 글을 쓴 계기

　나는 적당한 시간에 일어나서 밖으로 나갔다. 하비셤 아씨 저택으로
가기엔 너무 일러서 저택 인근을 - 매형 집은 내일 가면 될 것 같아서
다른 쪽 방향으로 - 어슬렁거리며 나를 후원하는 아씨 마님을 떠올리
고 아씨 마님이 나를 위해서 화려하게 구상한 계획을 머릿속으로 그려
보았다.

　아씨 마님은 에스텔라를 양녀로 들이고 나 역시 양자로 들인 거나
마찬가지니, 우리 두 사람을 하나로 맺어주려는 게 분명했다. 황량한
저택을 복구하고 어두운 실내에 햇살을 들이고 시계를 돌리고 벽난로
에 불을 활활 지피고 거미줄을 떼어내고 쥐와 해충을 박멸하는 등,
로맨틱한 젊은 기사답게 훌륭한 업적을 세우게 하고서 공주와 결혼하
도록 할 거란 생각이 들었다.

　나는 저택을 지나다가 걸음을 멈추고 가만히 바라보았다. 빨간 벽돌
은 우중충하고 창문은 꽁꽁 닫고 녹색 담쟁이덩굴은 노인네 팔뚝에
툭툭 불거진 힘줄처럼 굴뚝마다 가지와 줄기로 휘감은 모습이 아주
매혹적이고 신비로운데, 주인공은 바로 나다. 이런 영감을 불러일으킨

본질이자 핵심은 물론 에스텔라였다. 비록 나 자신이 에스텔라에게 완전히 사로잡히긴 했지만, 모든 환상과 희망을 에스텔라에게 맞추긴 했지만, 에스텔라에게 절대적으로 지배받으며 어린 시절을 보내긴 했지만, 이렇게 로맨틱한 아침에도 나는 에스텔라를 있는 그대로 보려고 애썼다.

내가 굳이 이렇게 말하는 이유는 나 자신이 미로에 빠져서 불쌍하게 헤매는 단서가 바로 여기에 있기 때문이다. 경험한 바에 의하면 연인에게 일반적으로 품는 환상은 실제와 다를 때가 많다. 내가 에스텔라를 사랑하는 이유는 에스텔라에게 빠져서 헤어나올 수 없기 때문이다. 바로 그게 내가 사내로서 에스텔라를 사랑하는 솔직한 이유다.

확실하게 말하지만, 나는 에스텔라 때문에 다양한 고난과 좌절을 겪을 줄 알면서도 모든 이성과 모든 가능성과 모든 평안과 모든 희망과 모든 행복을 거스르며 사랑한다는 사실을 항상 그런 건 아닐지언정 아주 빈번하게 느끼며 슬퍼했다. 확실하게 말하지만, 나는 그런 사실을 너무나 잘 알면서도 에스텔라를 사랑했다. 수많은 결점이 있다는 사실을 너무나 잘 알면서도 에스텔라가 완벽한 인간이라도 되는 듯 열렬히 사랑했다.

나는 적당히 산책하다가 예전과 비슷한 시각에 대문 앞에 도달했다. 그래서 떨리는 손으로 초인종을 울린 다음, 일부러 뒤로 돌아서 쿵쿵 뛰는 가슴을 차분하게 가라앉히며 숨을 가다듬으려고 애썼다. 옆문이 열리는 소리와 마당을 가로지르며 다가오는 발걸음 소리가 들렸다. 하지만 녹슨 경첩이 삐거덕거리며 대문이 열릴 때조차 나는 아무 소리도 못 들은 척했다.

그래서 누가 어깨를 건드는 순간, 나는 깜짝 놀라며 몸을 돌렸다. 그리고 회색 의상을 소박하게 차려입은 사내를 발견하는 순간에는 너무나 놀라고 말았다. 조금도 예상 못 한 인물이 하비셤 아씨 저택 대문을 열어주었기 때문이다.

"올릭!"

"그래요, 젊은 나리, 나리만 변하란 법은 없겠지요. 하지만 들어와요, 들어와. 대문을 이렇게 열어놓는 건 지시사항에 어긋나니까."

나는 안으로 들어서고 올릭은 대문을 닫은 다음 자물쇠를 채우고 열쇠를 빼더니, 뒤로 돌아서 저택을 향해 서너 걸음 고집스레 나아가다가 말했다.

"그래요! 여기에서 일해요!"

"어떻게 여기에 온 거예요?"

"내 발로 걸어서요. 개인 물품을 상자에 담아서 손수레에 싣고."

"여기에 계속 있을 건가요?"

"나쁜 짓을 하려고 온 건 아니니, 그러겠지요, 나리?"

나로선 올릭이 한 대답을 곧이곧대로 믿을 수 없었다. 그래서 이 말을 곰곰이 생각하는 동안, 올릭은 판석만 묵직하게 내려다보던 시선을 천천히 들어서 나를, 다리와 팔과 얼굴을 차례대로 바라보았다.

"그렇다면 대장간은 관둔 거예요?"

내가 묻자, 올릭은 자존심이 상한 표정으로 주변을 둘러보면서 반문했다.

"여기가 대장간처럼 보이나요? 지금, 여기가 그렇게 보이세요?"

대장간을 떠난 지 얼마나 됐느냐고 묻는 말에는 이렇게 대답했다.

"여기에서는 하루하루가 아주 비슷한 데다 날짜를 확실히 센 적이 없어서 모르겠어요. 하지만 내가 여기에 온 건 나리가 떠나고 꽤 지난 다음이랍니다."

"그런 말은 나도 하겠소, 올릭."

내가 말하자, 올릭이 비꼬는 어투로 대답했다.

"그렇겠지요! 앞으로 학자가 될 양반이니까."

이런 말을 나누다가 어느새 건물로 들어섰는데, 올릭이 묵는 방은 옆문 바로 안이었다. 조그만 창문은 마당을 내다보고, 규모는 자그마한 게 프랑스 파리에서 문지기들이 일반적으로 사용하는 분위기 그대로였다. 벽에는 다양한 열쇠가 걸리고 올릭은 거기에다 대문 열쇠를 걸었는데, 살짝 들어간 안쪽에는 조각 이불로 덮은 침대도 있었다.

전체적으로 답답하고 꾀죄죄하고 침울한 느낌은 인간 들쥐가 사는 우리처럼 보이고, 창가 모서리 그늘에 시커멓고 묵직하게 자리한 올릭 자신은 거기에 딱 어울리는 인간 들쥐 같았다. 아니, 실제로 인간 들쥐였다.

"여기에 방이 있다는 건 몰랐는데, 하기야 예전에는 문지기 자체가 없었으니까요."

"그랬겠지요, 저택을 지키는 사람은 없다는 소문이 떠돌아 범죄자나 어중이떠중이가 몰려서 위험하다는 생각이 들기 전에는. 그러다 보니 내가 보수를 받는 만큼 일하는 사람으로 추천받아 여기에서 일하게 되었지요. 풀무질이나 망치질보다는 훨씬 쉬워요……. 거기엔 총알도 들었답니다."

개머리판에 구리를 씌워서 벽난로 위에 걸쳐놓은 엽총을 내가 바라보자, 올릭이 시선을 쫓아온 게 분명했다. 나는 더는 대화하고 싶은 마음이 없어서 이렇게 물었다.

"으음, 이제 하비셤 아씨에게 올라가도 되겠소?"

그러자 올릭이 처음에는 기지개를 켜더니 온몸을 흔들며 대답했다.

"그걸 내가 어떻게 알겠소! 내가 받은 명령은 여기까지라오, 젊은 나리. 여기에 있는 망치로 여기에 있는 종을 때릴 터이니, 다른 사람이 나타날 때까지 복도를 따라가시오.”

“내가 올 걸 알고 계시겠지요?”

“그걸 내가 어떻게 알겠소!”

그 말에 나는 예전에 두꺼운 장화를 신고 걷던 기다란 복도로 접어들고, 올릭은 종을 울렸다. 복도 끝에서 종소리 반향이 여전히 울리는 가운데 사라 포킷을 만났는데, 이제는 나를 보기만 해도 온몸이 붉으락푸르락 변하는 것 같았다.

“아! 당신인가요, 핍 선생?”

“그렇소, 사라 포킷 부인. 다행히도 포킷 선생님과 가족은 모두 잘 지낸답니다.”

내가 말하자, 사라 포킷이 머리를 재수 없게 흔들며 물었다.

“그곳 사람들은 이제 머리가 제대로 돌아가요? 사람이라면 머리를 쓸 줄 알아야 하는데……. 아, 매슈, 매슈! 가는 길은 알겠지요, 선생?”

예전에 어두운 계단을 수없이 오른 터라 당연히 잘 안다. 그래서 나는 예전보다 훨씬 가벼운 장화를 신고 계단을 올라 하비셤 아씨 방문을 예전처럼 두드렸다. 그와 동시에 하비셤 아씨가 “핍이 두드리는 소리군. 들어와, 핍” 하고 말하는 소리가 들렸다.

하비셤 아씨는 예전과 똑같은 드레스 차림으로 낡은 화장대 옆 의자에 앉아 두 손으로 지팡이를 짚고 턱을 두 손에 괸 채 벽난로 불길을 바라보았다. 옆에서는 생전 처음 보는 숙녀가 한 번도 안 신은 하얀 구두 한 짝을 들고 머리를 숙인 채 우아하게 바라보는 중이었다.

하비셤 아씨가 고개를 돌리지도 치켜들지도 않고 계속 중얼거렸다.

“들어와, 핍. 그래, 잘 지냈니, 핍? 이번에도 내가 여왕이라도 되는 듯 손에다 입을 맞추는구나, 핍. 그래, 어떤 일이냐?”

하비셤 아씨가 갑자기 눈만 돌려서 나를 쳐다보며 장난스러운 표정으로 "어떤 일이냐?" 다시 묻고, 나는 당혹스런 표정으로 대답했다.

"아씨 마님께서 제가 다녀가길 바란다는 전갈을 듣고 곧장 오는 길입니다."

"그래?"

생전 처음 보는 숙녀가 고개를 들고 짓궂은 표정으로 쳐다보는데, 바로 그 순간에 나는 그게 에스텔라 눈빛이란 사실을 깨달았다. 에스텔라가 그동안 너무나 많이 변하고 너무나 많이 아름답고 너무나 많이 여성스럽고 모든 점에서 숭배받을 정도로 훌륭하게 성숙한 걸 보니, 나는 변한 게 하나도 없는 것 같았다. 에스텔라를 보는 순간에 나 자신이 거칠고 천박한 어린 시절로 무기력하게 빨려드는 느낌이었다. 아, 나는 이렇게 미천하고 어수룩한데 에스텔라는 어찌도 저렇게 고고하단 말인가!

에스텔라가 나에게 한 손을 내밀었다. 나는 다시 만나서 정말 기쁘다는 식으로, 이런 순간을 오랫동안 – 아주 오랫동안 – 학수고대했다는 식으로 더듬거렸다. 그러자 하비셤 아씨가 두 사람 사이에 있는 의자를 지팡이로 톡톡 쳐서 나에게 앉으라는 신호를 보내며 간절한 표정으로 물었다.

"에스텔라가 많이 변한 것 같니, 핍?"

"방에 처음 들어올 때만 해도, 하비셤 아씨, 생김새나 몸매가 에스텔라와 완전히 다르다고 생각했지만, 다시 보니까 예전 모습이 신기할 정도로 겹쳐서⋯⋯."

내가 말하는데, 하비셤 아씨가 끼어들며 물었다.

"뭐라고? 설마 예전 모습 그대로라고 말하려는 건 아니겠지? 그래, 전에는 거만하고 무례해서 네가 멀리 도망치려고 했지. 기억나니?"

나는 당혹스런 표정으로 그건 오래전이라고, 당시엔 아무것도 모를 때라고 대답했다. 그러자 에스텔라는 차분한 미소를 머금으며 내가 제대로 보았을 거라고, 당시에는 자신이 아주 불쾌하게 행동한 게 분명하다고 말했다.

"핍이 변했니?"

하비셤 아씨가 묻자, 에스텔라가 나를 바라보며 대답했다.

"네, 아주 많이 변했어요."

"거칠고 천박한 모습이 줄었니?"

하비셤 아씨가 에스텔라 머리칼을 만지작거리며 물었다.

에스텔라가 웃더니, 손에 든 구두 한 짝을 바라보곤 다시 웃다가 나를 쳐다보며 구두를 내려놓았다. 아직도 나를 어린애처럼 취급하는 눈빛이었다. 하지만 유혹하는 느낌 역시 또렷했다.

우리는 몽환적인 분위기가 가득해 나에게 오랫동안 이상한 영향을 미친 방에 앉고, 나는 에스텔라가 프랑스에서 지금 막 돌아왔으며 이제 런던으로 갈 예정이란 말을 들었다. 거만하고 제멋대로인 건 예전과 마찬가진데 아름다운 미모에 완벽하게 종속시킨 나머지, 그런 성향을 아름다운 미모에서 떼어내는 건 – 내가 보기에 – 불가능할 뿐 아니라 자연 이치에도 어긋날 것 같았다.

진실로 말하건대, 내가 고귀한 신분과 돈을 비참할 정도로 갈망하며 어린 시절을 혼란스럽게 보낸 걸, 빗나간 열망 때문에 집과 매형을 처음으로 창피하게 여긴 걸, 활활 타오르는 불길에서도 모루에 대고 때리는 쇳덩이에서도 에스텔라 얼굴이 어린 걸, 어두운 밤이면 대장간 나무 창문에서 훔쳐보다 순식간에 사라졌다는 환상이 떠오른 걸 에스텔라란 존재와 떼어놓고 생각하는 건 불가능하다. 한 마디로, 내가 아주 은밀하게 가꾸어나가는 내면세계에서 예전도 그렇고 지금도 그렇고 에스텔라를 떼어놓는 건 불가능하다.

　나는 남은 시간을 저택에서 보내다가 밤에 여인숙으로 돌아가고 내일은 런던으로 떠나기로 결정되었다. 그래서 한동안 대화를 나누다가, 하비셤 아씨는 우리 두 사람을 황폐한 정원으로 산책하러 나가도록 하면서 돌아오면 예전처럼 바퀴 달린 의자를 밀어달라고 말했다.

　그래서 나는 에스텔라와 함께 이리저리 돌아다니다가 얼굴이 창백하고 어린 신사와 ― 현재의 허버트와 ― 만나서 함께 들어선 문을 지나 채소밭으로 들어섰다. 나는 에스텔라가 걸친 옷자락까지 영혼이 덜덜 떨릴 정도로 숭배했지만, 에스텔라는 내가 걸친 옷자락을 단호할 정도로 침착하게 외면했다. 이윽고 허버트와 대결한 장소가 나타나자, 에스텔라가 걸음을 멈추며 말했다.

　"그날 너희가 싸운 걸 숨어서 지켜보는 건 매우 이상한 행동이 분명하지만 나는 그렇게 했어. 재미있게 구경했지."

　"그래서 네가 나에게 대단한 상을 주었지."

　내가 말하자, 에스텔라가 기억이 안 난다는 표정으로 아무렇지 않게 대답했다.

　"그랬니? 네가 상대한 아이를 내가 싫어한 기억은 나. 괜히 나타나는 바람에 내가 상대하느라 아주 피곤했거든."

　"지금은 걔랑 나랑 아주 절친한 친구야."

　"그래? 그러니까 기억나는데, 그 애 아버지 밑에서 공부한다며?"

　"응."

　나는 마지못해 인정했다. 왠지 어린애가 되는 느낌인데, 에스텔라는 이미 나를 충분히 어린애처럼 취급했다.

　"운명이 바뀌고 미래까지 변하면서 만나는 사람도 변했구나."

　"당연하지."

내가 대답하자, 에스텔라가 거만한 어투로 덧붙였다.

"하기야 그럴 수밖에 없겠지. 당시에 너한테 잘 어울리던 사람들이 지금은 전혀 안 어울릴 테니 말이야."

양심적으로 말해서, 내가 매형을 만나러 갈 의도가 조금이라도 남았는지 의심스럽지만 설사 그런 게 있었더라도 이 말을 듣는 순간에 완전히 사라지고 말았다.

"당시만 해도 그런 행운이 닥칠 거란 생각은 조금도 못했지?"

에스텔라가 물으며 손을 살짝 흔들어서 허버트와 싸운 시기를 암시했다.

"응, 조금도."

에스텔라는 완벽하게 우월한 분위기로 걷고 나는 옆에서 순종하는 분위기로 어수룩하게 걷는 태도가 또렷하게 대비된다는 느낌이 들었다. 마음이 쓰라렸다. 하지만 에스텔라 배우자로 지목받아 마침내 결혼할 사람은 바로 나 자신이라는 생각에 조금은 편안했다.

채소밭은 잡초가 무성하게 뒤엉킨 탓에 걸어 다니는 게 쉽지 않아, 우리는 두세 바퀴를 돌다가 양조장 마당으로 방향을 돌렸다. 그래서 여기에 온 첫날 에스텔라가 술통 위를 걸어 다니던 광경을 목격했다며 그 장소를 정확하게 가리켰다. 그러자 에스텔라는 아무런 관심도 없다는 듯 차가운 시선으로 그쪽을 바라보며 물었다.

"내가 그랬니?"

에스텔라가 건물에서 나와 고기와 빵과 맥주를 준 장소를 내가 가리킬 때는 이렇게 대답했다.

"기억이 안 나."

"네가 나를 울게 한 것도 기억이 안 나니?"

"안 나."

에스텔라가 대답하곤 고개를 가로저으며 주변을 둘러보고, 나는 에스텔라가 기억을 못 하는 건 물론 관심조차 없다는 사실에 다시 눈물을 흘렸다, 속으로. 어느 때보다 쓰라린 눈물이었다.

에스텔라는 똑똑하고 아름다운 여인 특유의 친절을 베풀며 이렇게 말했다.

"너는 나에게 심장이 없다는 사실을 알아야 해. 그래서 기억이 안 날 수도 있어."

나는 미안하지만 그런 말은 믿을 수 없다고, 그런 말을 믿을 만큼 멍청한 바보는 아니라고, 심장이 없으면 너 같은 미인도 존재할 수 없다고 대답했다. 그러자 에스텔라가 다시 말했다.

"아! 칼에 찔리고 총알이 파고들 심장은 당연히 있지. 그게 멈추면 나도 당연히 죽을 테고. 하지만 내 말이 무슨 뜻인지 너도 알잖아. 나는 심장에 부드러운 게 없어. 동정심도 없고 다정다감한 감정도 없어. 허튼 감정은 하나도 없어."

에스텔라가 가만히 서서 상냥하게 바라보는 순간 내 마음에 문득 떠오른 건 무엇일까? 하비셤 아씨에게서 본 것일까? 아니다. 에스텔라 표정과 동작에 하비셤 아씨와 비슷한 점이 없는 건 아니지만, 그건 단둘이 외딴곳에서 지내는 사이에 어린애가 어른을 닮아가는, 그래서 완전히 다른 두 얼굴이 어린 시절을 보낸 다음에는 놀라울 정도로 비슷하게 보이는 그런 것이다. 그런데 이번에 떠오른 느낌은 하비셤 아씨에게서 한 번도 본 적이 없었다. 나는 에스텔라를 다시 쳐다보고 에스텔라 역시 나를 여전히 바라보지만, 그런 느낌은 어느새 사라지고 없었다.

그게 무얼까?

에스텔라는 이마가 너무 매끈해서 얼굴을 찌푸렸다기보다는 어두운 표정을 떠올리며 다시 말했다.

"나는 진심으로 하는 말이야. 앞으로 우리가 많은 시간을 함께 보낼 처지라면 너는 내 말을 그대로 받아들이는 게 좋아."

내가 입을 열려고 하는 걸 에스텔라가 재빨리 막으며 계속 말했다.

"가만! 나는 지금까지 누구에게 애정을 준 적이 한 번도 없어. 지금까지 그런 마음을 느낀 적이 한 번도 없다고."

어느새 우리는 오랫동안 내버려 둔 양조장에 들어서고, 에스텔라는 내가 여기에 온 첫날 에스텔라가 걸어가는 광경을 지켜본 높은 난간을 가리키며 자신이 저기에 올라간 기억은 난다고, 그래서 내가 밑에서 겁에 질린 채 가만히 바라보던 모습을 본 기억은 난다고 말했다. 에스텔라가 하얀 손으로 가리키는 방향을 바라보는 동안 아까와 마찬가지로 정체를 파악할 수 없는 느낌이 다시 희미하게 떠올랐다. 그래서 나도 모르는 사이에 깜짝 놀라는데, 에스텔라가 손으로 내 팔을 건드렸다. 그 순간에 유령이 다시 사라졌다.

이게 무얼까?

"왜 그러니? 또 겁나는 거니?"

에스텔라가 묻는 말에 나는 유령을 떨쳐내며 대답했다.

"네가 방금 한 말을 믿는다면 그럴 수밖에 없는 거 아니야?"

"그럼 안 믿는다는 거야? 상관없어. 어쨌든 나는 말했으니까. 이제 돌아가서 하비셤 아씨와 옛날 일을 할 때가 된 것 같아. 하지만 그 일도 이제 다른 옛날 일과 마찬가지로 완전히 끝나겠지. 채소밭을 한 번만 더 돌고 안으로 들어가자. 어서! 오늘은 내가 잔인하게 굴어서 눈물을 흘릴 일이 없을 테니까. 네가 시동 역할을 하는 거야. 자, 어깨를 빌려줘."

멋진 드레스가 지금까지 땅바닥을 긁었는데, 에스텔라는 이제 한 손으로 드레스 자락을 잡고 다른 손으로 내 어깨를 가볍게 잡은 채 나와 나란히 걸었다. 우리가 두세 번을 더 도는 동안 황폐한 채소밭은 나에게 황홀한 꽃밭이었다. 낡은 벽 틈새에서 피어난 초록색 노란 잡초도 나에게는 더할 나위 없이 소중하고 아름다운 꽃으로 다가왔다.

에스텔라와 나는 내가 희망을 못 품을 정도로 심한 나이 차이는 아니었다. 에스텔라가 훨씬 성숙하게 보이긴 하지만 우리는 거의 비슷한 나이였다. 너무나 아름답고 너무나 성숙해서 접근할 수 없는 거리감은 우리 은인이 우리 두 사람을 배필로 선택했다는 확신이 가득한 와중에도, 그래서 마냥 기쁜 와중에도 나를 고통으로 몰아넣었다. 아, 불쌍한 녀석!

마침내 우리는 건물로 들어가고, 거기에서 나는 보호자가 볼일이 있어서 하비셤 아씨를 만나러 왔다는, 점심을 우리와 함께할 거라는 놀라운 소식을 들었다. 우리가 바깥을 거니는 동안 식탁이 썩어 문드러진 방에서 겨울 나뭇가지 같던 샹들리에에 촛불을 환하게 밝히고, 하비셤 아씨는 바퀴 달린 의자에 앉아서 내가 들어오기만 기다렸다.

결혼식 피로연이 유해만 남은 주변을 예전처럼 천천히 돌면서 바퀴 달린 의자를 미는 동안 과거로 돌아간 느낌이 들었다. 하지만 송장 같은 방에서 무덤 같은 인물이 의자에 몸을 기댄 채 열심히 바라보는 에스텔라는 어느 때보다 환하고 아름다우며, 나는 훨씬 강력한 마법에 빠져들었다.

시간은 그렇게 흐르고 일찍 시작할 점심시간은 점차 다가와, 에스텔라는 몸단장을 하려고 우리 곁을 떠났다. 우리가 기다란 식탁 한가운데에 멈추고 하비셤 아씨는 의자에 그대로 앉은 채 말라비틀어진 팔을 하나 뻗어서 꼭 움켜쥔 손을 노란 식탁보에 올려놓을 때였다. 에스텔라는 문으로 나가기 전에 고개를 돌려서 바라보고, 하비셤 아씨는 꼭 움켜쥔 손으로 키스를 날려 보내는데, 강렬하고 탐욕스러운 표정이 정말 섬뜩했다.

마침내 에스텔라가 나가고 우리 둘만 남자, 하비셤 아씨는 나를 쳐다보며 속삭였다.

"정말 아름답고 우아하고 성숙하지? 너는 에스텔라를 숭배하니?"

"에스텔라를 본 사람이라면 누구나 그럴 겁니다, 하비셤 아씨."

내가 대답하자, 하비셤 아씨는 의자에 앉은 그대로 한쪽 팔을 내 목에 휘감아서 머리를 가까이 끌어당기며 다시 속삭였다.

"저 애를 사랑해, 저 애를 사랑해, 저 애를 사랑해! 저 애가 너를 어떻게 대하든?"

내가 미처 대답하기도 전에 (너무 어려운 질문이라 대답하는 자체도 힘들었지만) 하비셤 아씨가 다시 속삭였다.

"저 애를 사랑해, 저 애를 사랑해, 저 애를 사랑해! 저 애가 너를 좋아하면 저 애를 사랑해. 저 애가 너에게 상처를 주어도 저 애를 사랑해. 저 애가 가슴을 갈가리 찢어발겨도 - 앞으로 훨씬 심하게 끊임없이 그러더라도 - 저 애를 사랑해, 저 애를 사랑해, 저 애를 사랑해!"

나는 하비셤 아씨가 이런 말을 그렇게 간절하면서도 열정적으로 하는 모습을 단 한 번도 본 적이 없었다. 목을 휘감은 가느다란 팔에서 근육이 열정으로 잔뜩 부풀어 오르는 느낌까지 들 정도였다.

"내가 하는 말을 잘 들어, 핍! 나는 저 애를 양녀로 입양했어, 사랑받도록. 나는 저 애를 기르고 교육했어, 사랑받도록. 나는 저 애를 지금처럼 눈부시게 키웠어, 사랑받도록. 저 애를 사랑해!"

하비셤 아씨는 사랑이란 말을 이미 충분히 언급했으며, 진심으로 하는 말이란 사실 역시 의심할 여지가 없었다. 하지만 그렇게 많이 뱉어낸 단어가 사랑이 아니라 증오, 좌절, 복수, 처참한 죽음이라고 해도 그 입술에서 나온 목소리가 이렇게 저주하듯 들리지는 않았을 것이다.

그런데도 하비셤 아씨는 여전히 열정적으로 속삭이며 급하게 말했다.

"진정한 사랑이 무언지 내가 알려주마. 진정한 사랑은 맹목적으로 헌신하고, 무조건으로 겸손하고, 전적으로 복종하고, 자신을 거스르고 온 세상을 거스르며 따르는 거, 자신이 홀딱 반한 사람에게 마음과 영혼을 모두 바치는 거야…… 내가 그런 것처럼!"

하비셤 아씨는 여기까지 말하다가 매서운 비명을 지르고 나는 허리춤을 붙잡았다. 수의 같은 드레스 차림으로 의자에서 갑자기 일어나 허공을 때리는 모습이 금방이라도 벽에다 머리를 들이받으며 목숨을 끊을 것 같았기 때문이다.

모든 게 순식간에 일어나고 지나갔다. 그래서 하비셤 아씨를 의자에 다시 앉히다가 익숙한 향내를 맡고 고개를 돌려서 실내에 들어선 보호자를 발견했다.

이제 처음 언급하는 것 같은데, 보호자는 비단으로 화려하게 만든 엄청나게 커다란 손수건을 가지고 다니면서 직업상 아주 중요하게 사용했다. 당장 코를 풀 것처럼 손수건을 차분하게 펼치다가 의뢰인이나 증인이 확실하게 진술하기 전엔 그럴 여유가 없다는 생각이 문뜩 떠오른 것처럼 동작을 잠시 멈추는 방식으로 의뢰인이나 증인을 공포에 몰아넣는 장면은 나도 여러 번 보았는데, 그럴 때마다 확실한 진술이 당연한 절차라도 되는 듯 잇따라 나왔다. 그런데 실내에 들어선 보호자를 쳐다보니, 바로 그 화려한 손수건을 두 손에 들고 우리를 바라보는 중이었다. 그래서 나와 눈을 마주치는 순간에 동작을 멈추고 침묵하는 식으로 "정말? 독특하군!" 하는 표정을 확실히 보여주더니, 이번에는 손수건으로 커다란 효과음을 내며 코를 풀었다.

하비셤 아씨도 거의 동시에 재거스 변호사를 발견하고 (모든 사람이 그런 것처럼) 두려워했다. 그래서 서둘러 마음을 가라앉히려고 애쓰며 더듬거리는 어투로 평소처럼 시간을 잘 지킨다고 말했다.

"평소처럼 시간을 잘 지킨다."

재거스 변호사가 그대로 반복하며 우리에게 다가와서 물었다.

"잘 지냈나, 핍? (내가 밀어줄까요, 하비셤 아씨? 한 바퀴만?) 그래, 자네도 여기에 온 건가, 핍?"

나는 여기에 도착한 시간을, 그리고 하비셤 아씨가 나에게 전갈을 보내서 여기에 내려와 에스텔라를 만나라고 한 사실을 말했다. 그러자 보호자는 "그래, 아주 젊고 매력적인 숙녀지!" 하고 대답하더니, 의자에 앉은 하비셤 아씨를 커다란 손 하나로 밀고, 다른 손은 바지 주머니에 비밀이 가득하다는 듯 가만히 찔렀다. 그러다가 한 바퀴 다 돌고 의자를 세운 다음, 이렇게 물었다.

"그래, 핍! 에스텔라 아가씨는 전에 얼마나 자주 만났나?"

"얼마나 자주요?"

"그래, 몇 번이나 만난 거야? 만 번?"

"맙소사! 그렇게 많지는 않아요."

"그럼, 두 번?"

보호자가 다시 묻는데, 다행히도 하비셤 아씨가 끼어들었다.

"재거스 변호사, 핍은 그만 괴롭히고 함께 가서 점심이나 드세요."

재거스 변호사는 이 말에 따르고, 우리는 어두운 계단을 함께 더듬거리며 내려갔다. 그래서 건물 뒤쪽 판석 깔린 마당 건너편 독채로 나아갈 때 보호자는 나에게 하비셤 아씨가 식사하는 모습을 몇 번이나 보았느냐고 물으면서 평상시처럼 백 번과 한 번이라는 선택범위를 제시하고, 나는 가만히 생각하다가 대답했다.

"한 번도 없어요."

그러자 보호자는 찡그린 미소를 머금으며 말했다.

"그렇다면 앞으로도 못 보겠군, 핍. 이런 식으로 살기 시작한 이후로 자신이 그러는 모습을 다른 사람에게 한 번도 안 보여주었으니 말이야. 하지만 밤이 되면 이리저리 돌아다니면서 손에 잡히는 대로 음식을 집어 먹지."

"그런데 선생님, 하나 물어봐도 되나요?"

"자네는 물어볼 권리가 있고 나는 대답을 거부할 권리가 있겠지. 일단 물어보게."

"에스텔라 성씨요. 성씨가 하비셤인가요, 아니면……."

나는 덧붙일 성씨를 모르고, 보호자는 다그쳤다.

"아니면 뭐?"

"성씨가 하비셤인가요?"

"그래, 하비셤이네."

이런 말을 나누는 동안 식탁에 들어서고, 에스텔라와 사라 포킷은 안에서 기다렸다. 재거스 변호사는 주인 자리에 앉고 에스텔라는 맞은 편에 앉고 나는 얼굴이 붉으락푸르락하는 여인과 마주 앉았다. 식사는 매우 훌륭하고 가정부 한 명이 옆에서 시중드는데, 신비로운 저택을 수없이 드나드는 동안 내가 직접 본 적은 없지만 여기에서 계속 지낸 게 분명했다. 식사를 마친 다음에는 보호자 앞으로 아주 오래 묵은 적포도주 한 병이 나오고 (보호자는 포도주에 대한 식견이 높은 게 분명하고) 두 숙녀는 우리 곁을 떠났다.

그 집 지붕 밑에서 재거스 변호사가 그런 것처럼 입을 단호하게 꽉 다문 모습을 나는 어디에서도, 심지어 재거스 변호사 자신에게서도 본 적이 없다. 그는 식사하는 내내 자기 세계에 빠져들어서 에스텔라

쪽으로 눈길을 거의 안 주었다. 에스텔라가 뭐라고 말하면 가만히 듣다가 적절한 순간에 대답만 할 뿐, 내가 아는 한 그쪽을 쳐다본 적은 한 번도 없었다. 에스텔라 자신이 불신 아니면 호기심이 가득한 표정으로 끊임없이 쳐다보아도 재거스 변호사 얼굴에는 그런 걸 알아차린 기색이 조금도 없었다.

하지만 식사하는 내내 내가 앞으로 받게 될 유산에 대한 내용을 기회가 있을 때마다 언급해서 사라 포킷이 한층 더 붉으락푸르락 변하는 모습을 짓궂게 즐겼다. 그런데 이런 사실을 알아차린 기색 역시 조금도 없을 뿐 아니라, 이런 이야기 자체를 내가 아무런 생각 없이 스스로 언급하는 형식을 취하는데, 어찌 된 영문인지 내 입에서 실제로 그런 말이 흘러나왔다.

우리 두 사람만 남자, 재거스 변호사는 필요한 정보를 모두 확보했으니 이제 할 말이 없다는 분위기를 유지하고 나는 견딜 수 없을 정도로 힘들었다. 그는 당장 할 일이 없자 포도주를 대상으로 반대심문을 벌였다. 자신과 촛불 사이에 포도주를 들어서 살피고 맛을 음미하고 입에 넣어서 굴리고 꿀꺽 삼키고 다시 포도주잔을 바라보다가 향을 음미하고 맛을 보고 입에 넣어서 다시 굴리다가 다시 포도주잔을 반대 심문하고, 나는 뭔가 불리한 사실을 포도주가 재거스 변호사에게 털어놓기라도 한 것처럼 불안한 마음이 들었다. 그래서 뭐라도 대화를 시작해야 한다는 막연한 생각을 서너 차례 떠올렸다. 하지만 재거스 변호사는 내가 무언가를 물어보려 한다는 사실을 알아챌 때마다 손에 포도주잔을 들고 입에 포도주를 가득 넣어서 굴리며 나를 바라보는 게, 무엇을 물어도 자신은 대답할 수 없다는 사실을 유념하라는 것 같았다.

지금 생각하면, 사라 포킷은 나를 쳐다보기만 해도 자신이 미칠 위

힘이 있다는 걸, 그래서 자기 모자를 - 무명으로 만든 대걸레처럼 생겨서 정말 끔찍한 모자를 - 찢어발기고 자기 머리칼을 - 자기 머리에서 자라지 않은 게 분명한 머리칼을 - 사방에 흩뿌릴 위험이 있다는 걸 또렷하게 자각했다. 그래서 우리가 나중에 하비셤 아씨 방으로 올라가도 사라 포킷은 안 나타나, 우리 넷이 '10점 내기 카드놀이'를 했다. 잠시 쉴 때마다 하비셤 아씨는 환상적인 방식으로 화장대에서 정말 아름다운 보석을 다양하게 꺼내 에스텔라 머리칼이나 가슴이나 팔에 꽂고, 그래서 에스텔라가 화려한 보석을 다양하게 번뜩이며 아름다운 모습을 뽐낼 때면 재거스 변호사도 가만히 바라보다가 짙은 눈썹을 살짝 추켜세웠다.

우리가 제일 좋은 카드를 내놓을 때마다 재거스 변호사가 날름날름 빼앗다가 마지막 순간에 가장 비천한 카드를 내놓아서 우리가 내놓은 국왕과 여왕의 영광을 완벽한 굴욕으로 몰아넣은 수법이나 기교에 대해 여기에서 언급할 생각은 없다. 우리 세 사람이 지닌 수수께끼는 아주 단순명쾌하고 초라하며 자신은 오래전에 모두 완벽하게 파악했다는 표정으로 가만히 바라볼 때마다 내가 떠올린 다양한 감정에 대해 언급할 생각도 없다. 정말 고통스러운 건 재거스 변호사가 발산하는 냉기와 나 자신이 에스텔라에게 느끼는 뜨거운 열정이 도저히 양립할 수 없다는 사실이었다.

내가 재거스 변호사에게 에스텔라에 관한 말을 조금도 할 수 없다는 사실을 나 자신이 잘 알기 때문도, 재거스 변호사가 에스텔라에게 시큰둥하게 말하는 소리를 내가 못 견딜 거란 사실을 나 자신이 잘 알기 때문도, 재거스 변호사가 에스텔라를 완전히 무시하는 모습을 내가 못 견딜 거란 사실을 나 자신이 잘 알기 때문도 아니었다. 내가 고통스러운 건 숭배하는 여인이 재거스 변호사 바로 옆에 있어야 한다는 사실, 그래서 재거스 변호사가 지켜보는 앞에서 다양한 감정을 그대로 드러낼 수밖에 없다는 사실이었다. 나로선 정말 고통스러운 상황이 아닐 수 없었다.

우리는 저녁 아홉 시에 카드놀이를 끝내고, 나는 에스텔라가 런던으로 올 때 미리 알려주면 역마차 정거장으로 마중 나가기로 약속하고 작별인사한 다음에 손에 키스하고 에스텔라와 헤어졌다.

보호자는 내가 묵는 '파란 멧돼지' 바로 옆방에서 묵었다. 하비셤 아씨가 "저 애를 사랑해, 저 애를 사랑해, 저 애를 사랑해!"라고 한 말이 깊은 밤까지 귓가에 맴돌았다. 나는 그 말을 나에게 맞도록 바꿔서 "나는 에스텔라를 사랑해, 나는 에스텔라를 사랑해, 나는 에스텔라를 사랑해!"라고 베개에다 수백 번은 속삭였다. 그러다가 에스텔라가 나랑, 예전에 대장장이를 하던 아이랑 운명적으로 맺어질 수밖에 없다는 사실에 갑자기 고마운 마음이 북받쳐 올랐다. 그러다가 그런 운명을 에스텔라가 아직은, 내가 염려한 것처럼, 조금도 기뻐하지 않는다면 과연 언제쯤이나 나에게 관심을 보이기 시작할까, 지금은 가슴속에 숨어서 잠자는 애정을 내가 언제나 일깨울 수 있을까 하는 생각도 들었다.

아아! 나는 이런 걸 고결하고 숭고한 감정이라고 생각했다. 하지만 에스텔라가 경멸할 거란 이유로 매형과 거리를 유지하는 건 정말 비열하고 천박한 짓이란 생각은 조금도 못 했다. 매형을 생각하며 눈물을 흘린 게 불과 하루 전인데, 벌써 말끔하게 말라버리고 말았다. 이렇게 빨리 마르다니, 아, 하느님 용서하소서!

다음 날 아침에 '파란 멧돼지'에서 옷을 입으며 곰곰이 생각하다가 드디어 결심하고 과연 올릭이 하비셤 아씨 저택에서 문지기 역할을 제대로 수행할 수 있을지 의심스럽다고 보호자에게 말했다. 그러자 보호자는 업무 전반이 만족스러워서 기분 좋은 표정으로 이렇게 대답했다.

"그 친구는 그런 일을 제대로 수행할 사람이 당연히 아니야, 핍. 문지기 같은 일을 할 사람은 누구나 그렇거든."

이번에도 문지기를 제대로 수행할 사람이 당연히 아니란 사실을 발견해서 아주 기쁜 듯, 보호자는 내가 올릭에 대해 아는 내용을 그대로 말하는 동안 매우 만족스러운 표정으로 가만히 듣다가 내가 결론을 내리자 이렇게 말했다.

"잘 말했네, 핍. 지금 당장 가서 급료를 주고 쫓아내야겠어."

너무나 재빠른 결정에 나는 깜짝 놀라, 그런 일은 천천히 하는 게 좋겠다고 제안하며, 그 친구를 다루는 게 어려울 수도 있다는 사실까지 말했다. 그러자 보호자는 손수건을 자신만만하게 펼치며 대답했다.

"아니야, 그러지 않을 거야. 그 친구가 나에게 반박하는 모습을 보고 싶군."

우리는 정오에 출발하는 역마차를 타고 함께 런던으로 돌아갈 예정인 데다 펌블추크 삼촌이 언제 나타날지 모른다는 공포에 휩싸여서 아침 식사를 하는 동안 컵조차 제대로 못 들 지경이라, 나는 재거스 변호사가 이렇게 대답한 걸 기회 삼아, 잠시 걷고 싶다고, 재거스 변호사가 업무를 처리하는 동안 런던으로 이어진 도로를 혼자 걷겠다고, 그러니 역마차 따라잡을 때 내가 올라탈 거란 사실을 마부에게 전달하면 좋겠다고 부탁했다. 그래서 아침 식사를 마치는 즉시 '파란 멧돼지'를 빠져나올 수 있었다. 그런 다음에는 펌블추크 상점 뒤쪽으로 광활한 들판을 삼사 킬로미터나 커다랗게 돌아, 함정을 살짝 벗어난 지점에서 이제 비교적 안전하다는 생각에 중심가로 다시 들어섰다.

조용한 옛날 읍내에 다시 한번 들어서는 기분이 괜찮았다. 여기저기에서 갑자기 알아보고 물끄러미 쳐다보는 시선도 그렇게 불쾌하지 않았다. 장사꾼 한두 명은 상점에서 튀어나와 거리를 약간 앞서가다가 뭔가 잊어버리기라도 한 것처럼 돌아서서 나를 정면으로 바라보며 지나치기도 하는데, 그럴 때마다 그들이 나를 못 본 척한 것과 내가 그들을 안 본 척한 것 가운데 어느 게 더 나쁜지 지금 생각해도 모르겠다. 중요한 건 내가 유명한 신분이란 사실이고 그래서 기분이 아주 좋은 참에 운명의 여신은 내가 가는 길 앞에다 양복점 점원이라는 끔찍한 악당을 등장시켰다는 사실이다.

거리를 따라 걸으며 이리저리 바라보는 순간, 양복점 점원이 파란색 텅 빈 자루로 자기 몸을 툭툭 치며 다가오는 모습이 보였다. 차분한 시선으로 모르는 척 바라보며 걷는 게 나로선 최선인 데다 사악한 상대를 가장 효과적으로 억누르는 방법 같아서 나는 그런 표정을 얼굴에 떠올리고 나아가다가 드디어 성공했다고 자축하는데, 점원이 갑자기 무릎을 덜덜 떨고 머리칼이 곤두서서 모자까지 떨어뜨린 채 사지를 극심하게 떨며 도로 한가운데로 비틀비틀 나아가더니, 사방에 대고 "나 좀 잡아주세요! 무서워서 어쩔 수가 없어요!" 하고 울부짖어서 '나'라는 존엄한 존재를 발견하는 순간에 공포와 회한으로 발작이 일어나는 척했다. 내가 옆을 지나칠 때는 이빨을 덜덜 떨면서 극단적으로 수치스러운 표정을 온몸으로 드러내며 땅바닥에 그대로 엎드리기도 했다.

정말 견디기 힘든 사태였다. 하지만 이건 아무것도 아니었다. 이백 미터를 채 가기도 전에 점원이 다시 나타난 걸 보고 나는 이루 말할 수 없는 공포와 분노에 사로잡히며 망연자실했다. 점원이 좁은 골목 모서리를 막 빠져나온 것이다. 파란 자루는 어깨에 걸치고 두 눈은 정직한 눈빛을 성실하게 번뜩이고 걸음걸이는 양복점을 향해 명랑하고 쾌활하면서도 단호하게 나아가는 것 같았다. 그러더니 나를 알아본 충격에 아까와 마찬가지로 심한 발작을 일으켰다. 하지만 이번에는 무릎을 훨씬 심하게 떨고 자비를 구하는 듯 두 손을 높이 치켜든 채 비틀걸음으로 내 주변을 빙글빙글 돌면서 원을 그렸다. 이렇게 고통스러워하는 모습에 구경꾼들이 재미있다는 표정으로 환호하고 나는 완벽하게 당황했다.

그래도 거리를 따라 계속 걸어서 역마차 사무실을 지나다가 골목길에서 다시 튀어나오는 광경을 목격했다. 이번에는 완전히 다른 모습이었다. 파란 자루를 내가 입은 외투처럼 걸치고 도로 맞은편 인도를 따라 으스대며 걸어오는데, 꼬맹이들은 흥겨운 표정으로 따라오고 점원은 그쪽을 가끔 바라보고 손을 휘두르며 커다랗게 소리쳤다.

"나는 너희를 몰라!"

양복점 점원이 다음 순간에 가한 고통과 모욕은 말로 설명할 수 없다. 셔츠 목깃을 추켜세우고 옆 머리칼을 비비 꼬고 손을 허리에 댄 채 팔꿈치를 벌리고 터무니없을 정도로 능글맞게 웃는 얼굴로 나와 평행선을 그리며 지나다가 양쪽 팔꿈치와 몸통을 비틀어서 꼬맹이들에게 소리친 것이다.

"나는 너희를 몰라! 영혼을 걸고 말하는데, 나는 너희를 몰라!"

그러더니 내가 대장장이일 때 알고 지내다가 심하게 무시당한 까마귀처럼 울부짖으면서 까마귀 떼를 몰고 다리 너머까지 쫓아와서 나는 절정으로 치닫는 수모를 겪으며 읍내를 벗어났다. 아니, 정확히 말하자면 읍내에서 쫓겨나와 널찍한 들판으로 도망쳤다.

하지만 양복점 점원을 죽이지 않는 한, 내가 그날 꾹 참는 이상으로 무얼 할 수 있을까? 지금 생각해도 정말 모르겠다. 거리에서 점원과 주먹다짐하는 것도, 심장에서 흐르는 뜨거운 피 대신 천박한 보상을 억지로 받아내는 것도 나 자신을 깎아내리는 행동에 불과했다. 게다가 점원은 누구에게 당할 녀석이 아니었다. 뱀처럼 능글맞아, 설사 구석으로 몰았다 해도 두 다리 사이로 살짝 도망쳐서 비웃음을 날리며 놀려댈 녀석이었다. 하지만 나는 다음 날 양복점 주인에게 편지를 써서 보냈다. 핍이란 신사는 당신이 중요한 인물에게 입은 은혜를 말끔히 잊어버린 채 점잖은 사람에게 분노를 불러일으키는 점원을 계속 고용하는 한 더는 거래할 수 없다는 내용이었다.

역마차는 재거스 변호사를 태운 채 제시간에 나타나고, 나는 이번에도 마부 옆자리에 올라타서 런던에 무사히 도착했다. 하지만 마음이 무너진 걸 고려하면 온전히 도착한 건 아니었다. 나는 런던에 도착하자마자 (매형을 안 찾아간 보상으로) 속죄하는 의미에서 대구와 굴을 한 상자씩 사들여 매형에게 보낸 다음에 바너드 여인숙으로 갔다.

허버트는 차갑게 식힌 고기로 저녁 식사를 하다가 내가 돌아온 걸 기쁘게 반겼다. 원수 녀석을 식당으로 보내서 저녁 식사를 추가로 가져오도록 지시한 다음, 나는 그날 저녁에 단짝에게 속마음을 털어놓고 싶은 생각이 들었다. 그런데 원수 녀석이 복도에 있으면 열쇠 구멍 사이로 엿들을 수 있어서 은밀한 대화를 나누는 건 불가능할 것 같아, 나는 녀석을 연극이나 보라며 내보냈다. 녀석에게 할 일을 찾아주느라 머리를 끊임없이 굴려서 한심한 방편을 찾아야 한다는 건 내가 녀석에게 아주 심각히 얽매인 노예라는 사실을 그대로 보여주는 증거였다. 이게 얼마나 심각하냐면, 녀석에게 툭하면 하이드 파크까지 가서 시계가 몇 시를 가리키는지 보고 오라고 할 정도였다.

저녁 식사를 마치고 나는 허버트와 함께 벽난로 울타리에 발을 올리고 앉아서 이렇게 말했다.

"친애하는 허버트, 자네에게 아주 특별하게 고백하고 싶은 이야기가 있어."

"친애하는 헨델, 나를 믿는 걸 존중하며 열심히 듣겠네."

"나 자신과 다른 사람에 관한 이야기야, 허버트."

내가 말하자, 허버트는 두 발을 겹치고 머리를 한쪽으로 기울인 채 불길을 바라보고 한동안 기다리며 헛수고하다가 나를 쳐다보았다. 내가 아무 말도 안 했기 때문이다.

마침내 나는 친구 무릎에 한 손을 올려놓으며 입을 열었다.

"허버트, 나는 에스텔라를 사랑하고 숭배해."

허버트는 깜짝 놀라서 얼어붙는 대신 당연한 일처럼 가볍게 물었다.

"그래서?"

"그래서, 허버트? 할 말이 그것밖에 없어? 그래서?"

"내 말은 그래서 어떻게 됐느냐는 뜻이야. 그건 나도 잘 안다고."

"네가 그걸 어떻게 알아?"

"내가 그걸 어떻게 아느냐고, 헨델? 당연히 너를 보고서지."

"나는 지금까지 너에게 말한 적이 한 번도 없어."

"나에게 말해? 물론 너는 그런 속마음을 털어놓은 적이 한 번도 없지만 나는 일찌감치 알아차렸어. 너는 여행 가방을 들고 여기에 처음 들어올 때부터 숭배하는 마음을 함께 가져왔어. 나한테 말해? 맙소사, 너는 나한테 기회가 될 때마다 귀에 못이 박이도록 말했어. 네가 그동안 살아온 이야기를 할 때, 처음 보는 순간부터, 아주 어린 시절부터 에스텔라를 숭배했다는 사실을 그대로 드러냈다고."

새로운 사실이지만 그리 싫은 건 아니라서 나는 이렇게 말했다.

"그렇다면 잘 됐군. 나는 에스텔라를 숭배하지 않은 적이 단 한 순간도 없어. 그런데 에스텔라가 매우 아름답고 우아한 여인으로 성장해서 돌아온 거야. 그래서 어제 만났어. 내가 예전에 에스텔라를 숭배했다면 지금은 두 배로 숭배해."

"그렇다면 자네가 에스텔라 배필감으로 선택받은 건 정말 행운이구나, 헨델. 그게 아주 분명한 사실이란 정도는 우리 사이에서 금기사항을 안 건드리고도 말할 수 있을 거야. 그런데 네가 숭배하는 문제에 대해 에스텔라는 어떻게 생각하는지 아니?"

허버트가 묻는 말에 나는 우울하게 고개를 가로저으며 대답했다.

"아! 에스텔라는 나하고 수천 킬로미터는 떨어졌어."

"꾹 참고 기다려, 친애하는 헨델. 시간은 충분해, 시간은 충분해. 그런데 그것 말고 또 말할 게 있니?"

"말하기 창피한데, 가슴에 담아두는 것보다는 털어놓는 게 좋을 것 같아. 너는 나를 행운아라고 불러. 그래, 나는 행운아야. 어제만 해도 대장장이였는데, 오늘은…… 오늘은 뭐라고 해야 할까?"

내가 모호한 표정으로 묻자, 허버트는 웃는 얼굴로 내 손등을 톡톡 치며 대답했다.

"좋은 사람이라고 해, 적절한 표현이 필요하면. 성급하다가도 주저하고 대담하다가도 머뭇거리고 행동하다가도 꿈을 꾸는 모습이 묘하게 뒤섞인, 좋은 사람."

나는 정말 이런 성향이 뒤섞였는지 잠시 곰곰이 생각했다. 전체적으로 나를 제대로 분석했다고 인정할 순 없지만, 굳이 반박할 필요는 없다는 생각이 들었다. 그래서 계속 말했다.

"오늘은 나를 뭐라고 부를까 하고 묻는 말에 내 생각이 대충 묻어나왔어. 너는 내가 행운이라고 말해. 그래, 나 자신은 신분 상승을 위해서 한 게 하나도 없어. 행운의 여신 혼자서 나를 끌어올린 거야. 정말 대단한 행운이지. 그런데 에스텔라를 생각하면⋯⋯"

("그런데 네가 그런 생각을 안 한 적도 있니?" 허버트가 불길을 바라보면서 불쑥 던졌다. 나를 염려해서 나온 따듯한 말이라는 생각이 들었다.)

"그러면, 친애하는 허버트, 내가 마음이 얼마나 애매하게 흔들리는지, 앞에 얼마나 다양한 가능성이 열렸는지 도무지 모르겠어. 네가 방금 말한 대로 금기사항을 안 건드리고 (누군지 이름을 밝힐 수 없는) 한 사람 마음이 얼마나 굳센가 하는 문제에 내가 받을 유산 전체가 걸렸다고 말하는 정도야. 그런데 상속받을 유산에 대해 구체적으로 아는 거라고는 하나도 없으니, 얼마나 막연하고 애매하겠어!"

나는 이렇게 말해서 항상 마음에 가득하던 불안감을 - 어제부터 한층 늘어난 불안감을 - 어느 정도 덜어내고, 허버트는 특유의 낙천적이고 명랑한 어투로 말했다.

"내가 보기엔, 헨델, 애정 문제로 의기소침한 사람은 누구든 좋은 일을 확대경으로 바라보면서 흠을 잡아내려는 경향이 있는 것 같아. 게다가 그런 흠에 관심을 집중하다 보면 좋은 일이란 사실 자체를 묵과하는 경향도 있는 것 같아. 네 보호자 재거스 변호사가 애초에 너에게 유산만 상속받는 건 아니라고 말했다고 하지 않았니? 가능성은 아주 적지만 설사 재거스 변호사가 그런 말을 안 했다 쳐도, 런던에 사는 수많은 사람 가운데에서도 유난히 정확한 재거스 변호사 같은 사람이 확실한 근거도 없는데 현재와 같은 관계를 너와 맺는다고 생각하니?"

나는 이 말이 정말 맞는다는 사실을 부정할 수 없었다. 그래서 (이럴 때 사람들이 흔히 그러는 것처럼) 진실과 정의를 마지못해 인정했다. 마치 그걸 부정이라도 하고 싶은 것처럼 말이다. 하지만 허버트는 계속 말했다.

"나는 그렇지 않다고 말할 수밖에 없어. 그리고 너 역시 그것보다 확실한 근거는 댈 수 없을 거야. 나머지 사항에 대해서 너는 보호자 스스로 입을 열기만 기다리는 수밖에 없고, 보호자는 의뢰인 스스로 입을 열기만 기다릴 수밖에 없어. 너는 너 자신도 모르는 사이에 스물한 살이 될 거야. 그러면 더 많은 걸 알게 되겠지. 어쨌든 진실은 너에게 계속 다가올 거야. 결국엔 드러날 수밖에 없으니까."

"너는 정말 낙천적인 성격이구나!"

내가 감탄했다. 명랑하고 쾌활한 태도가 정말 고마웠다. 그러자 허버트가 다시 말했다.

"나는 가진 게 거의 없으니, 낙천적인 성격이라도 있어야 해. 이렇게 탁월한 분별력을 발휘한 주인공 역시 내가 아니라 우리 아버지거든. 내가 하는 이야기를 듣고서 아버지는 '그 일은 이미 완전히 결정된 거야, 그렇지 않다면 재거스 변호사 같은 사람이 끼어들지 않을 테니까' 하고 딱 한 마디 하셨는데, 핵심을 그대로 찌르시더군. 이제 신뢰를 신뢰로 보답하는 의미에서 우리 아버지와 아들에 관해 이야기하겠는데 그러기 전에, 우선은 네가 아주 불쾌하게 받아들일 말을 해야겠어, 아주 역겨운 말."

"성공할 수 없을 거야."

내가 말하자, 허버트가 반박했다. 어투는 명랑하지만 표정은 진지했다.

"아니야, 성공할 거야. 하나, 둘, 셋, 자, 이제부터 말한다. 참으로 좋은 친구, 헨델, 지금 벽난로 울타리에 발을 올리고 대화를 시작한 이후로 이런 생각이 계속 떠오르는데, 네 보호자가 한 번도 언급한 적이 없다면 에스텔라는 유산상속에 대한 조건이 아닌 게 분명해. 네가 말하는 걸 들으면서 내가 제대로 이해했는지 모르겠는데, 재거스 변호사가 에스텔라에 대해 직접이든 간접이든 너에게 언급한 적은 한 번도 없지 않니? 예를 들어, 너에게 유산을 상속할 은인이 결혼문제를 어떻게 생각하는지 조금이라도 언급한 적은 있니?"

"없어."

"그렇다면, 헨델, 내가 영혼과 명예를 걸고 말하는데, 지금부터 하는 말은 못 먹는 감 찔러나 보자는 의미에서 하는 말이 조금도 아니야! 에스텔라와 결혼한다는 조건이 없다 해도 마음을 정리할 수 없는 거니? 내가 말했지, 네가 불쾌하게 받아들일 거라고?"

나는 고개를 다른 쪽으로 돌렸다. 대장간을 처음 떠나던 날 아침, 안개가 웅장하게 걷히고 나는 마을 손가락 안내판에 한 손을 올릴 때 가득 몰려들던 감정이 바다에서 습지로 달려드는 바람처럼 거대하게 밀려들며 가슴을 또다시 때렸기 때문이다. 우리 사이에 침묵이 살짝 감돌았다. 그런 참에 우리 사이에 침묵이 감도는 대신 대화를 계속

이어나가기라도 한 것처럼 허버트가 다시 말했다.

"그래, 나도 알아. 친애하는 헨델, 천성도 그렇고 주변 환경도 그래서 로맨틱한 아이 가슴에 깊숙이 뿌리내렸으니 아주 심각하겠지. 하지만 에스텔라가 성장한 과정을 생각해. 하비셤 아씨를 생각해. 에스텔라 자신이 어떤 사람인지 생각해. (너는 내가 역겨워서 지금 구역질 나겠지.) 에스텔라에 대한 연정은 아주 비참하게 끝날 가능성이 커."

이 말에, 나는 고개를 여전히 다른 쪽으로 돌린 채 대답했다.

"나도 알아, 허버트. 하지만 어쩔 수가 없어."

"마음을 정리할 수 없는 거니?"

"그래. 불가능해."

"노력할 수도 없는 거니, 헨델?"

"그래. 불가능해."

내가 좌절하자, 허버트는 잠에서 지금 막 깨어나기라도 한 것처럼 활기차게 몸을 떨면서 일어나 벽난로 불을 휘적거리며 기운을 북돋웠다.

"그래! 이제부터 다시 유쾌하게 행동하도록 노력할게!"

그래서 실내를 돌아다니며 커튼을 펼치고 의자를 제자리에 놓고 서적 등 주변에 널린 물건을 정돈하고 복도를 내다보고 편지함을 들여다보고 문을 닫고 벽난로 옆 자기 의자로 돌아와서 앉더니, 자기 왼 다리를 두 팔로 안았다.

"아까 우리 아버지와 아들에 관해 이야기하겠다고 했지? 안타깝지만, 우리 아버지는 살림살이가 그리 넉넉하지 않다는 건 아들인 내가 굳이 설명할 필요가 없을 거야."

"하지만 항상 풍성하잖아, 허버트."

내가 말했다. 허버트한테 힘을 북돋워 주고 싶었다.

"그래, 맞아! 그런데 청소부도 그렇게 자신만만하게 말하고, 골목에 있는 중고품 가게 주인도 그렇게 말할 거야. 이건 아주 심각한 문제라서 심각하게 말하겠는데, 헨델, 너도 사정이 어떤지 나만큼 잘 알아. 예전에는 우리 아버지가 문제를 해결하려고 힘껏 노력한 적도 있을 거야. 하지만 그런 시기가 있었다 해도 옛날에 사라졌어. 부모님 결혼 생활이 위태로운 집안 아이는 결혼하려고 유난히 애쓴다는 사실을 너희 고장에서 네 눈으로 직접 확인한 적이 있는지 물어도 괜찮을까?"

너무 이상한 질문에 나는 이렇게 물었다.

"정말 그러니?"

"나도 몰라. 내가 알고 싶은 게 바로 그거야. 우리 형제는 확실히 그러거든. 나 다음에 태어나서 열네 살에 사망한 불쌍한 여동생 샬럿이 아주 좋은 사례야. 꼬맹이 제인도 똑같아. 결혼해서 가정을 꾸리고 싶은 열망이 얼마나 커다란지, 짧은 인생을 살아오는 동안 행복한 결혼 생활을 끝없이 떠올리며 지냈다고 해도 과언이 아닐 정도야. 아동복을 입는 꼬맹이 앨릭도 런던 근교에 사는 잘 어울리는 어린애와 이미 결혼을 약속한 상태야. 실제로, 우리 형제는 갓난아기만 빼고 결혼할 상대를 모두 정한 것 같아."

"그럼 너도?"

"그래. 하지만 비밀이야."

나는 비밀을 지키겠다고 다짐한 다음, 좀 더 자세히 알려달라고 사정했다. 조금 전까지 내가 하는 어리석은 사랑에 대해 아주 세심하고 따뜻하게 충고한 터라, 허버트 자신이 하는 바람직한 사랑에 대해 자세히 알고 싶었다. 그래서 이렇게 물었다.

"이름을 물어도 괜찮을까?"

"클라라."

"런던에 사니?"

내가 묻는 말에, 허버트는 흥미진진한 주제에 접어들고 나서 처음으로 이상할 만큼 풀이 죽어 기운이 하나도 없는 표정으로 대답했다.

"그래, 우리 어머니가 엉뚱하게 따지는 기준에는 약간 떨어지는 가문이야. 부친은 여객선에서 식량을 조달하는 일을 하셨어. 일종의 사무장 역할을 하셨던 것 같아."

"그럼 지금은 뭘 하시는데?"

"지금은 병석에 누워계셔."

"그럼 생활은……."

"이 층에서."

허버트가 불쑥 대답하는데, 나는 그걸 물어본 게 아니었다. 내가 알고 싶은 건 생계를 유지하는 수단이었다.

"나는 그분을 한 번도 뵌 적이 없어. 언제나 이 층 침실에 계시거든, 적어도 내가 클라라를 사귄 이후로 말이야. 하지만 소리는 항상 들려. 고함을 지르고 섬뜩한 도구로 바닥을 내리찍으며 소란을 피우지."

허버트가 말하더니 나를 바라보고 한바탕 웃어서 잠시나마 평소처럼 활기찬 모습을 회복하고, 나는 이렇게 물었다.

"그분을 만날 거라는 예상은 안 하니?"

"아니, 그분을 만날 거라는 예상을 끊임없이 해. 소란한 소리가 일어날 때마다 그분이 금방이라도 천장을 뚫고 떨어질 것 같은 생각이 들거든. 하지만 서까래가 얼마나 오래 버틸지는 모르겠어."

허버트는 또다시 웃음을 터트리더니 다시 힘없는 태도로 돌변해, 자신에게 자본이 모이기 시작하는 순간에 클라라랑 결혼할 생각이라고 말했다. 그러더니 기운이 하나도 없는 표정으로 아주 확실한 사실 하나를 언급했다.

"너도 잘 알겠지만, 주변을 둘러보는 동안에는 결혼할 수 없거든."

나는 허버트와 함께 불길을 물끄러미 바라보다가 그처럼 중요한 자본을 모으는 건 참으로 어렵겠다고 생각하며 두 손을 주머니에 무심코 찔렀다. 그런데 한쪽 주머니에서 접힌 채 나온 종이 한 장이 관심을 끌어서 나는 그걸 펼쳐, 매형에게 받은 광고 전단이란 사실을 확인했다. 지방에서 매우 유명한 아마추어 연기자에 대한 내용이었다. 그래서 나도 모르게 커다랗게 중얼거렸다.

"맙소사! 오늘 밤이야!"

그러면서 화제가 완전히 바뀌고, 우리는 서둘러 연극을 보러 가기로 했다. 나는 애정 문제에 관해 실질적인 수단과 상징적인 수단을 모두 동원해서 허버트를 지원하고 격려하겠다 맹세하고, 허버트는 약혼녀가 나에 대해 많은 이야기를 들어서 잘 안다고, 나중에 서로 소개하겠다고 말한 다음, 우리는 서로를 믿고 말한 걸 자축하며 뜨겁게 악수하고 촛불을 끄고 벽난로를 활활 지피고 현관을 잠그고 웝슬 아저씨와 덴마크[1]를 찾아 나섰다.

---

1) 덴마크는 셰익스피어의 '햄릿' 배경인데, 여기선 연극을 공연하는 극장을 말한다.

31

덴마크에 도착하니, 국왕과 왕비는 주방 식탁에 올려놓은 안락의자 두 개에 앉아서 신하에게 알현을 받는 중이었다. 덴마크 귀족 전체가 참석했는데, 거인 조상에게 양가죽 장화를 물려받은 귀족 소년 한 명, 차림새는 점잖아도 얼굴이 지저분한 걸 보면 평민으로 살다가 늘그막에 귀족이 된 것 같은 사람 한 명, 머리칼에 빗을 꽂고 하얀 비단 스타킹을 신은 덴마크 기사 한 명이 전부인데, 모두가 여성적인 분위기를 가득 풍겼다. 재능이 탁월한 고향 아저씨는 동떨어진 위치에서 우울한 표정으로 팔짱을 끼고 섰는데, 곱슬머리와 앞이마가 좀 더 그럴싸하게 보이면 좋겠다는 생각이 절로 들었다.

공연을 진행하는 동안에는 사소하지만 독특한 상황이 몇 차례 발생했다. 예전에 죽은 덴마크 국왕은 임종 당시에 기침으로 고생하다 무덤까지 달고 가더니, 유령으로 나타날 때도 그대로 달고 나온 것 같았다. 게다가 국왕 유령은 권위를 상징하는 국왕 지팡이에 대본을 유령처럼 감아서 가끔 훔쳐보는데, 대사가 나오는 위치를 툭하면 잃고서 불안한 표정으로 당황하는 모습은 유령이 나타났다는 긴장감보다 살아있는 인간이 실수를 연발한다는 어설픈 느낌만 들었다.

　그러다 보니 객석에서 유령에게 "대본을 넘겨!"라고 소리치는 사태까지 일어난 것 같은데, 유령 자신은 이걸 아주 불쾌하게 받아들였다. 이와 마찬가지로 국왕 유령은 언제나 오래전에 등장해서 굉장히 먼 거리를 걸어온 것처럼 행동하지만, 관객이 볼 때는 바로 옆에 있는 벽에서 불쑥 나타났다. 그러다 보니 유령은 공포가 아니라 야유만 자아냈다.

　덴마크 왕비는 아주 포동포동한 여인인데, 역사적으로는 철면피(brazen)가 분명하지만 관객이 볼 때는 몸에다 쇠붙이(brass)만[2] 다닥다닥 붙인 것 같았다. 쇠붙이로 만든 널찍한 띠를 (끔찍한 치통에 시달리는 듯) 턱에 둘러서 왕관으로 연결하고 허리에도 두르고 팔마다 또 하나씩 둘러서 관객이 "쇠붙이로 만든 북" 같다고 노골적으로 소리칠 정도였다.

　조상에게 장화를 물려받은 귀족 소년은 일관성 없이, 유능한 뱃사람이었다가 떠돌이 배우였다가 시체도굴꾼이었다가 성직자였다가 궁중 검술시합에 가장 중요한 인물로 순식간에 등장해서 매서운 눈과 탁월한 판단력으로 제일 훌륭한 찌르기를 결행했다. 그러다 보니 객석에서는 인내심이 조금씩 바닥나 ― 사제복 차림으로 나타나서 장례식 집전을 거부할 때는 ― 곳곳에서 땅콩과 호두를 던지며 분노를 표출했다.

　마지막으로, 오필리아는 머리가 돌아서 노래를 너무 느리게 부르더니, 적당한 시간이 지난 후에는 하얀 옥양목 스카프를 벗고 차곡차곡 개서 땅에 묻자, 제일 앞줄에서 난간 쇠막대에 코를 비비며 오랫동안 짜증을 달래던 사람이 부루퉁한 표정으로 "그래, 아기를 잠자리에 누

---

2) 'brass'는 놋쇠, 'brazen'은 '놋쇠로 만든, 혹은 철면피 같은'이란 뜻이다. 어원이 같은 단어 두 개로 왕비가 분장한 모습을 적나라하게 묘사한 기법이 탁월하다.

였으니 이제 저녁밥이나 먹자!"고 소리쳤다. 구슬픈 상황에 조금도 안 어울리는 말이었다.

이처럼 다양한 사건이 쌓이면서 불행하게도 우스꽝스러운 효과는 우리 고향 아저씨까지 이어졌다. 우유부단한 햄릿이 의문을 던지거나 의심하기만 하면 관객이 대답하며 도와준 것이다. 예컨대, 마음속으로 고통을 견디는 게 고상한지 아닌지에 대해 의문을 던지는 순간, 관객 일부는 그렇다고, 일부는 아니라고, 일부는 양쪽 의견이 모두 그럴싸하니까 "동전을 던져서 결정하라"고 소리치며 대토론회를 벌이는 식이었다.

햄릿이 자신 같은 사람은 지상과 하늘 사이를 기어 다니며 무엇을 해야 하는지 의문을 던지자, 여기저기에서 "잘 들어, 잘 들어!" 하고 소리치며 격려했다. 스타킹이 흐트러진 상태로 등장할 때는 (내가 알기로는 스타킹 윗부분을 아주 말끔하게 접어서 납작한 인두로 누르는 식으로 흐트러진 걸 표현하는 게 관례인데) 한쪽 다리가 창백한 걸 보고 유령 때문에 놀라서 그렇다 아니라며 객석에서 토론이 일어났다. 햄릿이 피리를 - 오케스트라석에서 조금 전까지 연주하다가 문에서 건네준 까만색 조그만 플룻과 너무나 비슷하게 생긴 피리를 - 집어든 순간에는 영국 국가를 연주하라는 소리가 사방에서 일어났다. 떠돌이 배우에게 팔을 그렇게 앞뒤로 흔들지 말라고 충고할 때는, 제일 앞줄에서 부루퉁한 사내가 "너도 그러지 마. 너는 저놈보다 훨씬 심해!"라고 소리쳤다. 아픈 마음으로 덧붙이자면, 이런 일이 일어날 때마다 객석에서 웁슬 아저씨에게 폭소를 터트렸다.

하지만 무엇보다 심한 고난은 공동묘지에서 일어났는데, 원시림 같은 곳으로 한쪽에 교회 세탁소처럼 보이는 조그만 건물이 있고 맞은편에 통행료 징수소 입구가 있었다. 웁슬 아저씨가 까만색 커다란 망토를 두르고 통행료 징수소로 들어서는 모습이 보이는 순간, 객석에서 시체 도굴꾼을 편들며 "조심해! 자네가 작업을 어떻게 하는지 살피려고 장의사가 다가오는 중이야" 하고 알려주었다.

웹슬 아저씨가 해골을 돌려주기 전에 해골에게 설교를 늘어놓고 가슴에서 하얀 냅킨을 꺼내 손가락에 묻은 먼지를 닦아야 한다는 사실은 영국 사람이라면 누구나 확실히 안다고 나는 믿는다. 그런데도 필수 불가결한 연기를 순수하게 펼치는 순간 역시 그냥 안 지나가고 "어이, 웨이터!" 하는 소리가 일어났다.

매장할 시신이 (아무것도 없이 텅 비어서 툭하면 뚜껑이 열리는 새까만 상자에 담겨서) 등장하는 순간은 모두가 기뻐하라는 신호로 작용하더니, 상여꾼 가운데에 한눈에 알아볼 정도로 밉살스런 인간이 끼었다는 사실을 발견하면서 훨씬 떠들썩한 소란을 피우며 즐거워했다. 이처럼 떠들썩하게 기뻐하는 분위기는 웹슬 아저씨가 오케스트라석과 무덤 근처에서 레어티스 국왕과 결투하는 내내 이어지다가 국왕을 주방 식탁 밑으로 굴러 떨어뜨리고 발목을 파고든 독약이 몸으로 퍼지며 서서히 죽어가는 순간에도 수그러드는 기색이 전혀 없었다.

처음에 우리는 웹슬 아저씨에게 박수를 보내려고 애쓰다가 절망감에 휩싸이며 중단하고 말았다. 그래서 가만히 앉아 웹슬 아저씨를 동정하는데도 입이 양쪽 귀까지 벌어지며 저절로 웃음을 터트렸다. 연극 전체가 너무나 우스꽝스러워서 나도 모르게 웃음이 흘러나왔다. 그러면서도 웹슬 아저씨 목소리는 가능성이 분명히 있다는 인상을 확실하게 받았다. 예전에 알던 사람이라서가 아니라 안타깝게도 목소리가 너무 느리고 너무 지루한 데다 오르락내리락하는 굴곡이 너무 심한 게, 사느냐 죽느냐 하는 문제로 고통스러워하는 사내가 말함 직한 목소리와 너무나 달랐기 때문이다. 이윽고 비극이 끝나고 객석에서 햄릿을 불러 야유를 보낼 때 나는 허버트에게 말했다.

"어서 나가자. 까딱하다간 웝슬 아저씨랑 마주치겠어."

그래서 허버트와 함께 급히 서둘며 계단을 내려가는데, 충분히 빠른 건 아니었다. 눈썹이 짙은 얼룩처럼 이상하게 보이는 유대인 한 명이 출구에서 기다리다가 우리가 나오는 걸 바라보더니, 출구로 다가가는 순간에 이렇게 물은 것이다.

"핍 선생과 친구분이신가요?"

나는 그렇다고 고백할 수밖에 없었다. 그러자 유대인이 말했다.

"월든가버 씨가 두 분과 만나는 영광을 누리길 원하십니다."

"월든가버요?"

내가 묻는 순간, 허버트가 귀에 대고 속삭였다.

"웝슬 아저씨일 거야."

"아! 그래요. 당신을 따라가면 되나요?"

"몇 걸음만 따라오시면 됩니다."

내가 묻는 말에 유대인이 대답하더니, 객석 옆으로 들어서자, 고개를 돌리며 물었다.

"월든가버 씨 모습이 어떻던가요? 제가 분장을 했답니다."

나는 웝슬 아저씨 모습이 어땠는지 모른다. 기억나는 거라곤 장례식 모습과 덴마크 태양인지 별인지 모를 커다란 장식을 파란 리본에 달아서 목에다 둥그렇게 건 모습이 아주 커다란 화재보험회사 보험에 가입한 것처럼 보인다는 정도다. 하지만 나는 아주 멋있었다고 대답했다. 그러자 우리를 안내하던 유대인이 말했다.

"월든가버 씨가 무덤으로 갈 때는 망토가 정말 멋있게 보였어요. 하지만 무대 옆에서 바라본 소감으로는 왕비 침실에서 유령을 만날 때 스타킹을 좀 더 확실하게 드러내면 좋을 것 같았답니다."

나는 적당하게 동의하고, 우리 셋은 조그맣고 더러운 여닫이문을 지나자마자 뜨거운 포장용 상자처럼 생긴 공간으로 들어섰다. 웹슬 아저씨는 여기에서 덴마크 의상을 벗는데, 너무 좁아서 포장용 상자 뚜껑인지 방문인지를 활짝 열고 다른 사람 어깨너머로 쳐다봐야 할 정도였다.

웹슬 아저씨가 우리를 바라보며 말했다.

"신사 두 분이 찾아오시다니 정말 자랑스럽소. 내가 돌려세운 걸 용서하기 바라오, 핍 선생. 예전에 선생과 사귀는 행운을 누린 데다 연극계에서는 귀족과 부자에게 일정한 권리를 행사하는 관습을 오랫동안 누려왔으니 말이오."

이렇게 말하는 동안에도 윌든가버 씨는 왕자처럼 입은 상복을 벗으려고 애쓰며 땀을 무섭게 흘렸다. 그러자 복장을 관리하는 유대인이 끼어들었다.

"스타킹을 살살 벗으세요, 윌든가버 씨. 그러지 않으면 찢어져요. 그게 찢어지면 삼십오 실링을 물어내야 해요. 그렇게 훌륭한 스타킹을 신고 셰익스피어를 공연한 사람은 어디에도 없답니다. 내가 벗길 테니까 의자에 앉아서 가만히 있어요."

그러더니 무릎을 꿇고 앉아서 껍질을 벗기기 시작하고 희생 제물은 한쪽 스타킹을 벗기는 순간에 의자와 함께 금방이라도 나자빠질 것 같지만, 공간이 좁아서 그런 사태는 피할 수 있었다.

그때까지 나는 공연에 대해서 무슨 말이든 해야 한다는 생각으로 고통스러웠다. 그런데 바로 그 순간에 윌든가버 씨가 극히 만족스러운 표정으로 우리를 올려다보며 물었다.

"두 분 신사께는 연극공연이 대성공한 것처럼 보였나요?"

허버트가 뒤에서 나를 콕 찌르며 "당연하지요"라고 대답해서 나도

"당연하지요"라고 대답했다.

그러자 월든가버 씨는 자신이 우리에게 호의라도 베푼다는 표정으로 다시 물었다.

"두 분 신사께서 보시기에 주인공 연기는 괜찮던가요?"

허버트는 뒤에서 나를 또 찌르며 "묵직한 연기가 진짜 같았습니다"라고 말해서 나 역시 스스로 그렇게 생각한 것처럼 "묵직한 연기가 진짜 같았습니다"라고 대담하게 말할 수밖에 없었다.

"두 분에게 인정받으니 정말 기쁘군요."

월든가버 씨가 말하는데, 의자를 꼭 붙잡은 채 벽에 짓눌리면서도 위엄만큼은 대단했다.

그러자 무릎을 꿇고 앉은 유대인이 끼어들었다.

"하지만 한 가지는 미진한 부분이 있다는 사실을 지적해야겠습니다, 월든가버 씨. 명심하세요! 나는 다른 사람이 뭐라고 말하든 신경을 안 쓰니 그대로 말하겠습니다. 다리 옆면을 드러내는 햄릿 연기가 부족해요. 지난번 햄릿도 예행연습 때 똑같은 실수를 저질러서 내가 양쪽 정강이에다 커다란 빨간색 색종이를 붙였답니다. 그래서 마지막 예행연습을 할 때 일 층 정면 관람석 뒤쪽으로 가서 다리 옆면을 드러내는 연기를 할 때마다 '색종이가 안 보여요!' 하고 소리쳤답니다. 그래서 그날 밤 공연은 연기가 최고였지요."

월든가버 씨가 나를 바라보며 '충실한 시종이야…… 어리석은 행동을 용서하게' 하고 말하는 표정으로 빙그레 웃더니 커다랗게 말했다.

"여기 사람들이 보기에 내가 하는 연기는 약간 고전적인 데다 생각도 깊은데, 조금만 지나면 사람들 보는 눈이 좋아질 거요, 좋아져."

그래서 허버트와 내가 동시에 사람들 보는 눈이 당연히 좋아질 수밖에 없다며 맞장구치고, 월든가버 씨는 불쑥 물었다.

"이번 미사에, 아니, 이번 공연에 억지로 야유를 보내려고 애쓰던 인물이 베란다 좌석에 있었다는 사실은 두 분도 알아챘소?"

나는 허버트와 함께 그런 사람을 본 것 같다고 비열하게 대답한 다음 "술에 취한 게 분명해요" 하고 덧붙였다. 그러자 웹슬 아저씨가 반박했다.

"맙소사, 아니오, 선생, 술에 취한 게 아니오. 고용한 사람이 철저하게 단속했을 거요, 선생. 그를 고용한 사람이 술을 마시게 놓아두질 않았을 거요."

"고용한 사람을 아세요?"

내가 묻자, 웹슬 아저씨는 무슨 의식이라도 거행하는 듯 두 눈을 아주 천천히 감다가 다시 뜨며 대답했다.

"무식하고 뻔뻔한 멍청이에다 목소리는 갈라지고 얼굴은 천박하고 비열하게 생긴 자가 실력도 없이 덴마크 클라우디우스 왕 역할로 (굳이 프랑스 표현을 빌리자면 '롤'로) 나온 것을 두 분도 분명히 보았을 것이오. 바로 그자가 고용한 사람이오. 직업 세계라는 게 이렇다오!"

웹슬 아저씨가 절망에 빠져들었다면 내가 더 딱하게 여겼을지는 확실치 않지만, 이런 모습 자체가 너무 딱한 나머지, 웹슬 아저씨가 바지 멜빵을 매려고 돌아선 틈을 이용해 – 그러면서 우리를 문가로 밀어낸 틈을 이용해 – 나는 아저씨를 집으로 초대해서 저녁 식사를 하면 어떻겠냐고 허버트에게 물었다. 허버트는 정말 좋은 생각이라 대답하고, 그래서 내가 정식으로 초대해, 웹슬 아저씨는 눈 바로 아래까지 옷을 뒤집어쓰고 우리와 함께 바너드 여인숙으로 갔으며, 우리는 최선을 다해서 대접하고 웹슬 아저씨는 새벽 두 시까지 머물며 자신이 성공적으로 연기한 걸 평가하고 앞으로 생각한 계획을 펼쳐나갔다. 구체적인 내용은 잊어버렸는데 자신과 함께 연극계가 살아나다가 자신과 함께 연극계가 끝날 거라는, 자신이 사망하면 연극계는 모든 가능성과 희망을 잃고 완전히 몰락할 수밖에 없기 때문이라는 개괄적인 내용은 기억난다.

결국 나는 아주 비참한 심정으로 잠자리에 들어 에스텔라 생각만 비참하게 떠올리다가, 유산 자체가 모두 사라지면서 허버트 약혼녀 클라라와 결혼할 수밖에 없는, 이만 명이나 되는 관객 앞에서 대사를 스무 줄밖에 모른 채 하비셤 아씨 유령을 상대로 햄릿을 연기하는 악몽에 비참하게 시달렸다.

하루는 포킷 선생님과 열심히 공부하다가 집배원에게 쪽지를 한 장 받았는데, 겉봉투를 보는 순간에 마음이 마구 뛰었다. 겉봉에 적힌 글씨체를 처음 보지만 누가 쓴 건지 한눈에 알아보았기 때문이다. 쪽지는 '친애하는 핍 선생님에게'나 '친애하는 핍에게'나 '친애하는 선생님에게'나 '친애하는 누구누구'라는 상투적인 문구도 없이 곧장 이렇게 적어 내려갔다.

내일모레 정오 역마차를 타고 런던으로 갈 거야. 마중 나오기로 한 거 맞아? 어쨌든 하비셤 아씨는 그렇다고 말해서 이렇게 글을 보내는 거야. 하비셤 아씨가 안부를 전하래.

에스텔라

시간이 넉넉하다면 양복이라도 몇 벌 맞춰서 준비하겠지만 그렇지 않아서 나로선 기존에 입던 양복으로 만족하는 수밖에 없었다. 하지만 식욕은 바로 사라지고 에스텔라가 도착하는 날까지 마음이 콩닥콩닥 뛰어서 어쩔 줄 몰랐다. 도착한다는 날도 마찬가지였다. 아니, 훨씬 심한 나머지, 역마차가 우리 읍내 '파란 멧돼지'를 출발하기도 전에 '런던 중앙을 가로지르는 대로 우드 스트리트' 역마차 사무실에 수없이 들락거렸다. 역마차가 아직 출발조차 안 했다는 사실을 완벽하게 아는데도 사무실을 오 분 이상 벗어나면 뭔가 문제가 생길 것 같았다. 그래서 기다릴 너덧 시간 가운데 처음 삼십 분을 보내다가 웨믹과 우연히 마주쳤다.

"안녕하시오, 핍 선생. 잘 지냈소? 이런 곳에서 만나리란 생각은 조금도 못 했소."

웨믹이 하는 말에, 나는 누가 역마차를 타고 온다고 해서 마중 나온 거라고 설명한 다음에 성(城)과 노인네 안부를 물었다.

"덕분에 모두 무사한데, 노인네가 특히 그렇다오. 놀라울 정도로 혈기왕성하거든요. 생일을 한 번 더 맞으면 여든두 살이라오. 그래서 대포를 팔십이 번 쏠 생각이라오, 투덜대는 이웃이 없고 대포가 압력을 견딜 수만 있다면. 그런데 시내 한복판에서 할 이야기는 아니군요. 지금 내가 어디에 가는 것 같소?"

"사무실이요?"

내가 물었다. 가는 방향이 그쪽이기 때문이다.

"그 옆이라오. 뉴게이트 교도소. 은행 돈 보따리 탈취사건을 다루느라 지금 막 현장에 다녀왔는데, 의뢰인에게 한두 마디 물어볼 게 생겼다오."

"의뢰인이 은행을 털었나요?"

"맙소사, 아니요. 하지만 그렇다는 혐의를 받는다오. 선생도 나도 그렇게 될 수 있지요. 그런 혐의는 누구든 받을 수 있으니 말이오."

"하지만 지금 당장은 아니지요."

52

내가 대답하자, 웨믹이 집게손가락으로 내 가슴을 톡 치며 감탄했다.

"맞아요! 생각이 깊네요, 핍 선생! 뉴게이트 교도소를 구경하러 가지 않겠소? 그럴만한 시간이 되시오?"

나는 시간이 너무나 넉넉한 나머지 제안을 듣고 정말 반가웠으나, 역마차 사무실을 지켜야 한다는 마음속 깊은 욕구가 문제였다. 그래서 그럴만한 시간이 되는지 확인하겠다고 대답한 다음, 사무실에 들어가서 역마차가 도착할 가장 이른 시각을 – 벌써 여러 번 물어서 나 역시 직원만큼이나 잘 아는 시각을 – 직원에게 인내심을 시험하는 것처럼 보일 정도로 신중하고 정확하게 물었다. 그런 다음, 웨믹에게 다가가서 시계를 쳐다보고 지금 막 들은 시각에 깜짝 놀라는 척하며 제안을 받아들였다.

우리는 잠시 후 뉴게이트에 도착해, 텅 빈 벽에 교도소 수칙이랑 족쇄를 여러 개 걸어놓은 경비실을 지나 교도소 내부에 들어섰다. 당시만 해도 일반 시민은 교도소에 대해 아무런 관심도 없어, 공공기관에서 자행하는 악행에 – 언제나 너무 무섭고 힘들 수밖에 없는 악행에 – 여론이 들끓기 훨씬 전이었다. 그래서 극빈자는 말할 것도 없고 군인보다도 못한 숙소와 음식을 죄수에게 제공했으나, 수프를 먹을 만하게 만들어달라는 그럴싸한 목적으로 교도소 건물에 불을 지르는 사태[3]는 없었다. 웨믹이 나를 데려간 시각은 면회시간이라서 술집 점원이 맥주를 이리저리 배달하고, 마당에 설치한 철창 안에서는 죄수들이 맥주를 사고 친구들끼리 대화를 나누는데, 모든 광경이 참으로 지저분하고 흉측하고 무질서하고 음울했다.

그런데 웨믹이 죄수 사이를 걷는 모습은 마치 정원사가 꽃밭 사이를

---

3) 1861년 2월에 채텀 교도소에서 일어난 소요사태를 말한다. 찰스 디킨스는 신문기사를 즐겨보다가 사건 내용을 작품에 실어서 시대 분위기를 그대로 담는 특징이 강하다.

거니는 것 같았다. 이런 생각이 머리에 처음 떠오른 건 지난밤에 새로 피어난 새싹을 발견하고 "아니, 톰 대위? 거기에 있나? 아, 정말이군!" 하고 말하더니, "거기 물통 뒤에 블랙 빌인가? 두 달 동안이나 못 보았군. 그래, 어떻게 지내나?" 하고 말하는 것 같았기 때문이다. 철창 앞에서 걸음을 멈추고 죄수들이 차례대로 초조하게 속삭이는 소리를 들을 때도 똑같은데, 우체통 구멍 같은 입을 꼭 다문 채 가만히 바라보는 모습은 마치 지난번에 본 이후로 꽃봉오리가 얼마나 폈는지, 그래서 재판을 받을 때 활짝 펼지 어떨지 조심스레 살피는 것 같았다.

웨믹은 인기가 아주 좋은 걸 보니 재거스 변호사 업무 가운데에서 사람들과 친하게 지내는 역할을 담당한 것 같은데, 재거스 변호사 특유의 분위기가 그대로 묻어 나와서 상대에게 일정한 수준 이상을 못 넘어서게 하는 것 같았다. 의뢰인이 한 명씩 나타날 때마다 상대에게 알아본다는 뜻으로 우선 고개를 한 번 끄덕이고 두 손을 머리에 올려서 모자를 약간 편하게 매만지고 우체통 구멍 같은 입을 꽉 다물고 두 손을 주머니에 찌르는 식이었다.

수임료를 올리는 문제로 한두 차례 곤란을 겪기도 했는데, 그럴 때마다 웨믹은 상대가 제시한 불충분한 액수에서 최대한 멀찌감치 물러나, "그래도 소용없네, 친구. 나는 직원일 뿐이야. 나는 그걸 받아들일 수 없어. 일개 직원한테 그런 식으로 조르지 마. 자네가 수임료를 마련할 수 없다면 고용주에게 직접 얘기하라고. 이쪽 분야에 고용주는 많아. 한쪽에선 안 된다는 액수를 다른 쪽에서는 충분히 받아들일 수 있다고. 내가 일개 직원으로 자네에게 할 수 있는 말은 그게 전부야. 쓸데없는 시도는 그만하게. 그럴 이유가 없지 않은가? 자, 다음은 누구지?" 라고 말했다.

우리는 온실 사이를 이런 식으로 걷다가, 마침내 웨믹이 고개를 돌려서 나를 쳐다보며 "내가 이제 악수하는 사람을 잘 보시오" 하고 말했다. 설사 이런 말을 안 들었다 해도 나로선 당연히 그럴 수밖에 없는데, 왜냐하면 지금까지는 누구하고도 악수한 적 자체가 없었기 때문이다.

웨믹이 말을 마친 직후, 통통한 체구는 절도가 있고 올리브색 프록코트는 닳을 대로 닳고 얼굴은 창백한 가운데 홍조가 독특하게 번지고 두 눈은 한곳에 고정하려고 애써도 이리저리 돌아가는 사람이 (글을 쓰는 지금 이 순간에도 선하게 떠오르는 사람이) 모자에 ─ 기름기가 묻어서 번질번질한 게 차가운 고깃국처럼 보이는 모자에 ─ 한 손을 대서 진지하고도 익살맞게 군대식으로 경례했다.

"대령님, 안녕하세요! 잘 지냈나요, 대령님?"

"잘 지냈소, 웨믹 씨."

"우리가 가능한 조치를 다 했는데 증거가 너무 확실하더군요, 대령님."

"그래요, 너무 확실하더군. 하지만 나는 상관없다오."

대령이 말하자, 웨믹이 시원하게 받아넘겼다.

"그래요, 그래, 상관은 없지요."

그러더니 나를 쳐다보며 말했다.

"국왕 폐하 군대에서 복무하셨어요. 정규군 고급장교로 지내다가 제대하셨지요."

나는 "정말요?"라고 묻고, 상대는 나를 쳐다보더니 머리부터 시작해서 온몸을 훑어본 다음에 한 손을 입에 갖다 대며 웃었다.

"돌아오는 월요일에는 밖으로 나갈 것 같소, 웨믹 씨."

상대가 말하자, 웨믹이 대답했다.

"어쩌면요. 하지만 확실한 건 아닙니다."

"당신에게 작별인사를 할 수 있어서 다행이오, 웨믹 씨."

상대가 말하며 철창 사이로 한 손을 내밀었다. 그러자 웨믹이 손을 잡고 악수하며 말했다.

"고맙습니다. 나 역시 마찬가집니다, 대령님."

상대는 손을 놓기 싫은 표정으로 이렇게 말했다.

"내가 잡힐 때 지닌 돈이 진짜였다면, 웨믹 씨, 그대에게 반지를 하나 선물해서 그동안 보여준 관심에 사례하는 영광을 누렸을 텐데 말이오."

"말씀이라도 고맙게 받겠습니다. 그런데 비둘기 품종개량에 특별한 관심을 보이셨더군요. 공중제비를 도는 비둘기가 정말 대단하다고 들었습니다. 앞으로 필요가 없으시다면 친구분에게 부탁해서 나에게 한 쌍만 주실 수 있는지요?"

"알겠소, 그러리다."

"고맙습니다, 내가 잘 보살피겠습니다. 좋은 오후 시간을 보내시고, 안녕히 계십시오, 대령님!"

웨믹은 대령과 다시 악수하더니, 나와 함께 걸어가며 말했다.

"지폐를 위조했는데 실력이 아주 대단하다오. 지방법원 판사 판결기록을 오늘 제출하니까 돌아오는 월요일에는 처형당할 게 분명하오. 하지만 산 사람은 살아야 하고 비둘기 한 쌍 역시 휴대 가능한 재산이니까요."

그러더니 고개를 돌려서 죽은 꽃에게 고개를 끄덕인 다음, 마당을 이리저리 살피면서 걷는 모습이 빈자리에 어떤 화분을 갖다 놓는 게 제일 좋을까 헤아리는 것 같았다.

경비실을 통해 교도소에서 나올 때는 교도관 역시 그들이 억류한 죄수 이상으로 우리 보호자를 중요한 인물로 여긴다는 사실을 깨달았다. 교도관 한 명이 쇠꼬챙이를 박은 단단한 대문 사이에 우리를 세워 놓고, 다른 문을 열기 전에 지나온 문을 조심스럽게 잠그며 이렇게 말한 것이다.

"그래, 웨믹 선생. 재거스 변호사는 강변에서 일어난 살인사건을 어떻게 처리할 예정인가요? 단순 과실치사로 풀어가나요, 아니면 다른 식으로 풀어가나요?"

"직접 물어보시오."

웨믹이 대답하자, 교도관이 말했다.

"맙소사, 내가 그걸 어떻게 물어볼 수 있겠소!"

그러자 웨믹이 나를 쳐다보고는 우체통 구멍 같은 입을 벌리며 말했다.

"여기 사람은 모두 이런 식이라오, 핍 선생. 나는 일개 직원이라 아무렇지 않게 물어보면서 우리 고용주에게는 직접 물어보는 경우가 한 번도 없답니다."

웨믹이 재미있게 한 말에 교도관이 빙그레 웃으며 물었다.

"젊은 신사분은 사무실 수습 서기 아니면 도제인가요?"

"또 시작이네요! 내가 말한 그대로예요! 첫 질문이 사라지기도 전에 일개 직원에게 또다시 질문하니 말이에요! 그래, 핍 선생이 그런 사람 이라면 어쩌시겠소?"

"그렇다면 저 신사분도 재거스 변호사를 잘 알겠네요."

상대가 하는 말에, 웨믹이 갑자기 공격하는 동작을 익살스럽게 취하 며 대답했다.

"당연하지요! 우리 고용주를 상대할 때는 손에 든 열쇠처럼 벙어리 가 되더구먼. 자, 어서 문이나 열라고요, 능청스런 교도관 나리. 아니면 재거스 변호사한테 불법 구금죄로 당신을 고발하라고 할 테니까."

교도관이 웃으며 우리에게 작별을 고하더니 쪽문 쇠꼬챙이 너머에 가만히 서서 웃는 얼굴로 바라보고, 우리는 계단을 내려서 거리로 접어들었다. 그러자 웨믹이 팔을 은밀하게 잡아당겨서 귀에 대고 진지하게 말했다.

"명심하시오, 핍 선생. 재거스 변호사가 무엇보다 잘하는 건 자신을 매우 높은 사람으로 보이도록 한다는 것이오. 그래서 언제나 높은 자리를 차지한다는 것이오. 이렇게 자신을 높이 세우는 능력은 재거스 변호사가 지닌 다양한 능력과 어울려서 막대한 힘을 발휘하오. 아까 본 교도관이 사건을 처리할 방식에 대해 재거스 변호사에게 감히 못 물어본다면, 아까 본 대령은 재거스 변호사가 설정한 울타리를 감히 못 벗어나지요. 자신을 높이 세우느라 직원을 사이에 끼워서 저들을 상대하는 거랍니다. 그래서 저들의 몸과 마음을 완전히 장악하는 거라오. 알겠소?"

나는 우리 보호자가 아주 똑똑하다는 사실에 깊은 인상을 받았는데, 이번이 처음은 아니었다. 사실대로 고백하자면, 능력이 다소 떨어지는 사람으로 보호자가 바뀌면 정말 좋겠다는 생각마저 드는데, 이것 역시 처음은 아니었다.

리틀 브리튼 사무실 근방에는 평소처럼 재거스 변호사에게 관심을 끌려는 사람이 여기저기 어슬렁거리는 가운데 나는 거기에서 웨믹과 헤어지고 역마차 사무실로 돌아왔다. 앞으로 세 시간은 꼬박 남은 상태였다. 그래서 교도소와 범죄로 얼룩진 세상에서 살아간다는 사실이, 어린 시절 겨울 초저녁에 황량한 습지에서 그런 세상을 처음 맞닥뜨렸다는 사실이, 이후에도 그런 사건이 두 번이나 발생해 희미하게 변하긴 해도 절대 사라지지 않는 얼룩처럼 묻어나온다는 사실이, 행운이 깃들어 새롭게 발전하는 가운데 이렇게 새로운 방식으로 다시 나타난다는 사실이 정말 이상하다는 생각에 빠져들었다.

　이런 생각에 몰두하다가 젊고 아름다우며 도도하고 세련된 에스텔라를 떠올리니, 교도소 분위기가 완벽한 대조를 이루며 혐오감을 일으켰다. 웨믹을 안 만났더라면, 함께 가자는 제안을 거절했더라면, 그래서 하고많은 날 가운데 하필이면 오늘 같은 날에 뉴게이트 공기를 들이쉬고 옷에 묻히는 일이 없더라면 좋았을 거란 후회가 일었다. 발바닥에 묻은 교도소 흙을 털어내려고 이리저리 어슬렁거리고, 옷에 묻은 교도소 먼지를 털어내려고 몸을 이리저리 흔들고, 허파에 들어간 교도소 공기를 뱉어내려고 숨을 크게 내쉬었다. 내가 너무 심하게 오염되었다는 생각과 함께 지금 다가오는 사람을 떠올리다 보니 역마차는 순식간에 나타나고, 나 자신은 웨믹 온실의 더러운 느낌에서 아직도 못 벗어난 가운데 역마차 창문에 에스텔라 얼굴이 어리면서 나를 향해 흔드는 손이 보였다.

　바로 그 순간에 이름 모를 그림자가 또다시 일어나서 마음을 스치며 지나가는데 이건 도대체 무어란 말인가?

33

에스텔라는 여행용 모피를 걸친 모습이 내가 보기에도 어느 때보다 우아하고 아름다운 것 같았다. 나를 대하는 태도는 예전보다 훨씬 사근사근하고 애교스러운데, 하비셤 아씨가 시켜서 그런 거라는 생각이 들었다.

우리가 만난 곳은 역마차 정거장 여인숙 마당인데, 에스텔라는 자기 짐을 가리키고 나는 에스텔라만 잔뜩 생각하다가 짐을 모두 가져온 다음에야 비로소 목적지가 어딘지도 모른다는 사실을 떠올렸다. 그러자 에스텔라는 이렇게 대답했다.

"응, 리치몬드로 가는 거야. 내가 배운 바에 의하면 리치몬드는 두 곳이야. 하나는 런던 근처 서리 주에 있고 하나는 멀리 떨어진 요크셔 주에 있으니, 내가 가는 곳은 당연히 서리 주 리치몬드겠지. 약 십육 킬로미터 거리야. 나는 마차를 빌려야 하고 너는 나를 거들어야 해. 이건 내 지갑이고 너는 여기에 있는 돈으로 경비를 써야 해. 아니야, 너는 지갑을 받아야 해! 우리는, 너든 나든, 지시받은 대로 따를 수밖에 없어. 우리는, 너든 나든, 자유의지에 따를 권리가 없어."

에스텔라는 지갑을 건네며 물끄러미 바라보고, 나는 이 말에 속뜻이 있기를 은근히 기대했다. 경멸하는 어투긴 하지만 불쾌하게 받아들이는 느낌은 아니었다.

"그렇다면 마차를 구해야 하니까, 에스텔라, 여기에서 조금만 쉬고 있을래?"

"그래, 나는 조금 쉬면서 차를 마셔야 하고 너는 그런 나를 거들어야 해."

에스텔라가 나에게 팔짱을 끼는 게 마치 꼭 그래야 하는 것 같고, 나는 이런 모습을 생전 처음 보는 사람처럼 역마차 옆에서 물끄러미 바라보던 웨이터에게 조용한 객실로 안내하라고 요구했다. 그러자 웨이터는 마법의 실마리가 있어야 계단으로 오르는 길을 찾는다는 듯 냅킨을 꺼내더니, 우리를 더럽고 비좁은 여인숙 내부로 그래서 비좁은 객실로 안내하는데, (비좁은 공간을 고려하면 아무런 소용도 없는) 오목거울과 멸치젓이 담긴 병과 다른 사람이 신던 나막신 여러 켤레가 보였다.

내가 너무 지저분하고 비좁다고 항의하자 웨이터는 다른 방으로 안내하는데, 식탁은 서른 명이 앉을 정도로 큼지막하고 벽난로에는 엄청나게 많은 석탄재가 있고 밑에는 불에 그슬린 글씨 연습용 공책이 있었다. 웨이터는 커다란 불이 완전히 꺼진 흔적을 바라보며 머리를 가로젓다가 주문을 받더니, "숙녀분이 마실 차와 간식"에 불과하단 사실을 깨닫고 아주 씁쓸한 표정으로 나갔다.

객실 전체에 마구간 냄새와 음식 냄새가 강하게 밴 걸 보면 역마차 사업은 잘되는 편이 아니라서 주인장은 강력한 기업가 정신을 발휘하며 식당 사업에 열중해, 말고기 수프를 삶아서 팔아먹는다는 느낌이 지금도 그렇지만 당시에도 강하게 떠올랐다. 하지만 에스텔라가 옆에 있으니 나로선 더할 나위 없이 훌륭한 방이었다. 에스텔라만 있으면 그런 방이라도 평생을 행복하게 지낼 수 있을 것 같았다. (이제야 비로소 고백하자면, 당시에 나는 거기에서 진정으로 행복한 느낌을 눈곱만큼도 못 느끼고 마음은 그런 사실을 또렷이 알았다.)

"어느 집으로 가는 거야, 리치몬드에서?"

내가 묻자, 에스텔라가 대답했다.

"어느 숙녀분 저택에 살러 가는 거야, 큰 비용을 내고. 그분 말대로라면 나를 여기저기에 데리고 다니면서 많은 사람에게 소개하고 많은 사람을 나에게 소개할 수 있다고 해서."

"그러면 다양한 사람을 만나서 찬사를 받겠구나?"

"그렇겠지."

에스텔라 대답이 너무 무심해서 나는 이렇게 말했다.

"자기 이야기를 다른 사람처럼 이야기하는구나."

그러자 에스텔라는 재미있다는 표정으로 웃으며 반박했다.

"내가 다른 사람 이야기를 어떻게 하는지 들은 적 있어? 있으면 말해 봐! 나를 가르치려고 들지 마. 나에게는 내가 말하는 방식이 있어. 그래, 포킷 선생님이랑 잘 지내니?"

"아주 잘 지내, 그나마……."

내가 좋은 기회를 낭비한다는 생각이 문득 떠오른 순간에 에스텔라가 다그쳤다.

"그나마?"

"너랑 멀리 떨어져서 산다는 사실을 고려하면."

그러자 에스텔라가 차분한 어투로 대답했다.

"엉뚱하구나. 그런 말도 안 되는 소리를 어떻게 할 수 있니? 네가 친하게 지내는 매슈 아저씨는 다른 친척과 달리 아주 훌륭하다며?"

"그래, 아주 훌륭하지. 다른 사람을 적으로 삼는 법이 없으니……."

내가 말하는데, 에스텔라가 불쑥 끼어들었다.

"하지만 자신을 적으로 삼는다는 말은 덧붙이지 마. 나는 그런 부류를 아주 싫어하니까. 그런데 매슈 아저씨는 사심이 하나도 없는 건 물론 누구에게 질투하거나 앙심을 품는 법도 없다며?"

"그런 사람이 아니라고 말할 근거는 충분하지."

내가 대답하자, 에스텔라는 상대를 조롱하면서도 동시에 엄숙한 표정으로 고개를 끄덕이며 말했다.

"하지만 나머지 친척은 그런 사람이 아니라고 말할 근거 역시 하나도 없겠지. 하비셤 아씨에게 너를 끊임없이 헐뜯으니까. 너를 감시하고 너를 중상모략하고 너에 대해 (가끔은 익명으로) 편지까지 보내니까. 너를 골칫거리로 여기면서 끊임없이 모략하는 걸 일로 삼으니까. 그들이 얼마나 증오하는지 감히 너는 상상조차 못 할 거야."

"그런다고 해서 내가 무슨 해를 입는 건 아니겠지?"

내가 묻자, 에스텔라는 대답 대신 폭소를 터트렸다. 그래서 아주 독특하단 생각에 상당히 당혹스런 표정으로 물끄러미 바라보다가, 에스텔라가 웃음을 ─ 시큰둥한 게 아니라 정말 좋아서 웃는 웃음을 ─ 멈춘 다음에 비로소 나는 예전처럼 내성적인 표정으로 물었다.

"나에게 해로운 일이 생겼다면 네가 그렇게 좋아하지 않을 거란 생각이 들어."

"그래, 그건 확신해도 돼. 내가 웃은 건 그들이 무슨 짓을 꾸며도 모두 실패하기 때문이야. 아, 그들이 하비셤 아씨 때문에 겪는 고통을 생각하면!"

에스텔라가 다시 폭소를 터트리는데, 이유를 들은 지금도 나로선 참으로 독특하게 보였다. 진정성이 의심스러운 게 아니라 너무 지나친 것 같았기 때문이다. 내가 아직 파악을 못 한 게 분명히 있다는 생각도 들었다. 에스텔라는 그런 마음을 읽고 이렇게 설명했다.

"그들이 좌절하는 모습을 구경하는 게 얼마나 즐겁고 그들이 꼴불견으로 보일 때마다 나 자신까지 정말 꼴불견이란 생각이 들 정도로 얼마나 재미있는지 아무리 너라도 제대로 이해할 수 없을 거야. 너는 갓난아기 때부터 이상한 저택에서 지낸 사람이 아니잖아. 하지만 나는 그렇거든. 너는 아무런 방어 능력도 없이 억눌린 상태에서 사람들이 동정심과 연민이란 가면을 쓰고 다정한 척 다가와 틈만 나면 중상하고 모략하는 분위기에서 조금씩 철든 게 아니잖아. 하지만 나는 그렇거든. 사기꾼 같은 카밀라가 밤마다 깨어나서 자신이 누리는 마음의 평화를 하나씩 늘어놓을 때마다 너는 놀란 마음에 여린 눈을 조금씩 동그랗게 뜨면서 성장한 게 아니잖아. 하지만 나는 그렇거든."

이런 얘기는 에스텔라에게 더는 웃음거리도 아니고 가볍게 꺼내는 추억거리도 아니었다. 설사 산더미 같은 유산을 못 받는 한이 있더라도 나 자신 때문에 에스텔라가 그런 표정을 떠올리는 일은 절대 없도록 하고 싶었다.

에스텔라가 다시 말했다.

"너에게 두 가지는 확실히 말할 수 있어. 하나는, 물방울이 바위를 뚫는다는 격언에도 불구하고 그들이 아무리 애써도 - 수백 년을 애써도 - 하비셤 아씨가 너를 생각하는 마음은 끄떡도 않는다는 걸 안심하고 믿어도 된다는 사실이야. 또 하나는, 그들이 너 때문에 아무런 소득도 없이 그렇게 정신없이 야비하게 구는 걸 볼 때마다 내가 너에게 고마워한다는 사실이야. 이건 내가 손을 얹고 장담해."

에스텔라는 어두운 기분을 순식간에 지우며 장난스럽게 손을 내밀고, 나는 그 손을 잡아서 입술에 댔다. 그러자 에스텔라가 나무랐다.

"정말 엉뚱하구나. 내 경고를 제대로 받아들일 생각이 없는 거니? 아니면 예전에 내가 뺨에다 키스하도록 허락할 때와 똑같은 기분이라 생각하고 손에다 키스한 거니?"

"그게 어떤 기분인데?"

"잠시 생각해야겠군. 아첨꾼과 음모꾼을 잔뜩 경멸하는 기분?"

"내가 그렇다고 하면 이번에도 뺨에다 키스하도록 허락할래?"

"손에다 키스하기 전에도 허락을 구해야 했어. 하지만 좋아, 굳이 그러고 싶다면."

나는 허리를 숙이고 에스텔라는 차분한 얼굴이 조각처럼 보이더니, 내가 뺨에 키스하자마자 옆으로 몸을 빼며 말했다.

"이제 너는 내가 차를 마시도록 거들어야 해. 그러고 나서 리치몬드로 데려다주어야 해."

우리 사이가 외압에 의한 것이며 자신도 나도 꼭두각시에 불과하다는 식으로 되돌아간 어투에 나는 커다란 고통을 느꼈다. 하기야 우리가 어떤 식으로 만나든 나는 커다란 고통을 느낄 수밖에 없었다. 에스텔라가 어떤 어투로 말하든 나는 그걸 믿을 수도 희망을 품을 수도 없었다. 그런데도 나는 확신을 거스르고 희망을 거스르며 계속 나아갔다. 이런 행위를 수없이 반복하는 이유가 뭐냐고? 처음부터 항상 그랬기 때문이다.

종을 울려서 차를 재촉하자, 웨이터가 마법의 실마리를 그대로 꺼내든 상태로 쉰 개나 되는 부속물을 조금씩 연달아 가져오는데, 차는 어디에도 안 보였다. 찻쟁반과 찻잔과 받침 접시와 넓은 접시, (고기 써는 나이프까지 포함한) 다양한 나이프와 포크, (다양한) 숟가락, 소금병, 단단한 쇠뚜껑으로 조심스럽게 덮은 조그만 머핀 하나, 파피루스 바구니에 든 갓난아기 모세를 연출하려고 파슬리를 쌓아서 올려놓은 부드러운 버터 조각, 하얀 설탕 가루를 희미하게 뿌린 덩어리 빵 하나, 주방 벽난로 철망 자국이 검인 도장처럼 찍힌 삼각형 빵 두 개, 마지막으로 불룩한 가정용 찻주전자 하나를 들고서 무거운 짐이 고통스럽다는 표정으로 비틀거리며 들어왔다. 그러더니 상당히 오랫동안 자리를 비우다가 겉모습은 매우 고급스러워 보이지만 찻잎과 함께 잔가지도 있는[4] 조그만 차 상자를 들고 마침내 나타났다. 나는 그것을 뜨거운 물에 담가서 다양한 부속물을 사용하며 무언지 모를 차를 한 잔 추출해서 에스텔라에게 주었다.

요금을 내고 웨이터에게 팁을 주고 마부에게도 팁을 주고 주방 식모에게도 팁을 주고 – 한 마디로, 경멸스러워서 적대감을 품을 정도로 여인숙 일꾼 모두에게 뇌물을 주어 에스텔라 지갑을 아주 가볍게 만들고 – 우리는 삯마차를 타고 목적지로 향했다. 런던 중앙을 가로지르는 대로에 접어들고 뉴게이트 거리를 덜거덕거리며 나아가니, 내가 몹시 부끄럽게 여기던 교도소 담장이 순식간에 나타났다.

"여긴 뭐하는 건물이야?"

에스텔라가 묻는 말에 나는 처음에 제대로 못 알아본 척 멍청하게 굴다가 결국엔 그대로 대답했다. 그래서 에스텔라는 가만히 쳐다보다가 고개를 숙이며 "비참한 사람들!"이라 중얼거리고, 나는 거기에 갔다는 사실을 절대로 털어놓지 않겠다고 다짐했다. 그리곤 다른 사람에 빗대서 화제를 재빨리 돌리려고 이렇게 말했다.

"재거스 변호사는 저 음울한 장소에 대해 런던에 있는 어떤 사람보다 많은 비밀을 안다는 평판이 자자해."

"그 사람은 어떤 장소든 누구보다 많은 비밀을 알 거야."

에스텔라가 나지막한 목소리로 말하자, 나는 이렇게 물었다.

---

4) 잔가지도 있다는 건 싸구려라는 의미다.

"너는 예전부터 그 사람을 자주 보았겠지?"

"나에게 기억이란 게 생긴 이후로 불규칙한 간격을 두고 마주치곤 했어. 하지만 말을 제대로 못 하던 어린 시절이나 지금이나 그 사람에 대해서 아는 건 거의 없어. 네가 겪어본 바에 의하면 어떤 사람이니? 그 사람이랑 잘 지내니?"

"사람을 불신하는 독특한 태도에 적응한 다음부터는 비교적 잘 지내는 편이야."

"친한 편이니?"

"그 사람 집에서 저녁 식사를 한 적은 있어."

내가 대답하자, 에스텔라는 몸을 움츠리며 말했다.

"아주 기묘한 집일 것 같아."

"맞아, 아주 기묘한 집이야."

아무리 에스텔라지만 보호자에 대해 거침없이 말하지 않도록 조심 하면서도 자택에서 저녁 식사를 들던 광경 정도는 세세하게 털어놓으 려고 하는데 가스 가로등을 환하게 밝힌 거리가 갑자기 나타났다. 그와 동시에 가끔 떠오르는, 정체를 파악할 수 없는 느낌이 생생하게 살아나 는 것 같더니, 환한 거리를 완전히 지난 직후에는 마치 번갯불에 들어 갔다 나오기라도 한 것처럼 순간적으로 머리가 아찔하고 멍했다.

그래서 대화를 다른 쪽으로 얼른 돌렸는데, 우리가 지금 지나는 길은 어떤 길이고 도로 이쪽에는 무엇이 있으며 저쪽에는 무엇이 있는 지 등등에 대한 내용이었다. 에스텔라가 이야기하길, 자신은 런던이 초행길이나 마찬가지라고, 하비셤 아씨가 사는 지역에 계속 머물다가 프랑스로 갔는데, 당시에도 런던을 그냥 지나가고 지나왔을 뿐이라고 했다. 나는 여기에 있는 동안 우리 보호자가 너를 돌볼 예정이냐고 물었다. 그러자 에스텔라는 "말도 안 돼!"라며 강하게 부정하고 입을 꾹 다물었다.

에스텔라가 나를 유혹하려고 한다는 사실이, 자신을 매력적으로 보이려고 한다는 사실이, 그래서 나를 고통스럽게 만들라는 임무라도 부여받았다면 기꺼이 그렇게 했을 거란 사실이 한눈에 보였다. 그런데도 나는 행복한 느낌이 조금도 안 들었다. 설사 에스텔라가 우리 관계는 다른 사람이 결정한 거라는 어투로 말하지 않는다고 하더라도, 내 마음을 사로잡는 이유는 그렇게 해서 완전히 짓밟은 다음에 내버리도록 선택받았기 때문이지 가슴속에 애정 같은 게 조금이라도 생겼기 때문은 아니란 사실을 확실히 느꼈기 때문이다.

해머스미스를 지날 때는 에스텔라에게 포킷 선생님이 사는 곳을 알려주며, 리치몬드랑 그리 먼 거리는 아니니까 가끔 찾아가서 만날 수 있으면 좋겠다고 말했다.

"그럼, 당연하지, 너는 나를 만나러 와야 해. 적절한 시기라는 생각이 들 때마다. 그래서 그 집 가족하고 대화도 나눠야 해. 이미 네 이야기를 전달했어."

에스텔라 대답에 나는 그 집에 가족은 많으냐고 물었다.

"아니야, 두 사람이 전부야. 어머니와 딸. 어머니는 신분이 높은 숙녀야. 하지만 수입이 늘어나는 걸 마다치 않지."

"하비셤 아씨가 너와 이렇게 빨리 헤어질 수 있다는 게 놀라워."

내가 말하자, 에스텔라는 이제 지쳤다는 듯 한숨을 내쉬면서 대답했다.

"이것 역시 하비셤 아씨가 나를 키우는 다양한 계획 가운데 하나야, 핍. 편지를 보내고 정기적으로 찾아가서 내가 보석을 어떻게 사용하는지 보고해야 해. 이제 보석류 대부분을 나에게 넘겼거든."

에스텔라가 나에게 이름을 부른 건 생전 처음이었다. 물론 내가 보물처럼 마음에 소중하게 품으리란 사실을 알고서 일부러 그런 게 분명했다.

우리는 리치몬드에 너무 일찍 도착하고, 목적지는 녹지대 옆에 있는 저택으로 매우 고풍스럽고 근엄하게 보였다. 둥그런 대나무 틀을 넣어서 치마를 부풀리고 얼굴에 분가루를 가득 바르고 얼굴에 애교스런 점을 붙여서 예쁘게 보이려고 애쓰는 숙녀와 외투에 자수를 멋들어지게 놓고 스타킹을 말아 올리고 주름 장식을 화려하게 잡고 칼까지 찬 신사가 모여서 수많은 나날을 화려하게 보내던 저택이었다.

저택 앞은 아주 오래된 나무들을 예전처럼 가지 쳐서 부풀린 치마 모양과 가발 모양과 뻣뻣한 치마 모양으로 만든 게 부자연스럽게 보이지만, 그런 나무들 역시 죽음으로 나아가는 대행진에 참여할 날이 머지 않아, 선 자리에 그대로 쓰러져서 사람과 마찬가지로 침묵의 대열에 빠져들 게 분명했다.

목소리가 낡은 초인종이 – 한창때는 초록색 원통형 치마 부인께서 오셨습니다, 다이아몬드 칼자루 신사께서 오셨습니다, 뒤축이 빨간 구두와 파란 외알박이 보석 부부께서 오셨습니다, 하고 집안에다 소리쳤을 게 분명한 초인종이 – 달빛을 받으며 우울하게 울리자, 새빨간 옷을 입은 하녀 두 명이 황급히 나와서 에스텔라를 맞았다. 현관은 짐 상자를 순식간에 빨아들이고 에스텔라는 나에게 손을 내밀고 미소를 머금으며 잘 가라 말하더니 현관으로 똑같이 빨려들었다. 나는 물끄러미 서서 저택을 바라보며 저기에서 에스텔라와 함께 살면 얼마나 행복할까 생각하면서도 에스텔라와 함께 있는 동안 행복한 적은 한 번도 없고 항상 비참했다는 사실을 떠올렸다.

해머스미스로 돌아가려고 마차에 올라타는데, 올라탈 때도 마음이 씁쓸하고 아프더니 마차에서 내릴 때는 훨씬 더 씁쓸하고 아팠다. 대문 앞에 도착하니, 꼬맹이 제인이 꼬맹이들 파티에 갔다가 집으로 오면서 꼬맹이 애인에게 에스코트를 받는데, 플롭슨이 시시콜콜하게 간섭하는 게 눈에 거슬리긴 해도 나는 꼬맹이 애인이 참으로 부러웠다.

포킷 선생님은 강연하러 나간 상태였다. 가정경제에 대해 강연하는 실력이 탁월한 데다 어린애와 하인을 다루는 방법에 대해 발표한 다양한 논문은 동일 분야에서 최고 교과서로 인정받기 때문이다. 하지만 포킷 부인은 집에 있으면서, 밀러스가 (근위보병대에서 근무하는 친척과) 이해할 수 없는 이유로 자리를 비우며 아기를 조용히 시킬 생각으로 바늘통을 가지고 놀도록 한 덕분에 약간 곤란한 상황을 겪었다. 갓난아기가 몸에 찌르거나 입으로 삼키면 안 될 정도로 많은 바늘이 사라졌기 때문이다.

포킷 선생님은 상황을 또렷하고 확실하게 파악해서 현실적으로 충고하는 능력이 탁월하다는 정평이 난 터라 나는 마음에 가득한 고통을 은밀하게 털어놓고 상담하는 건 어떨까 곰곰이 생각했다. 하지만 포킷 부인이 아기를 억지로 재우는 탁월한 처방을 내린 다음에 가만히 앉아서 귀족 작위에 관한 책만 읽는 모습을 보는 순간, '맙소사, 아니야, 그러지 않는 게 좋겠어' 하는 생각이 절로 일었다.

34

나는 유산을 받는다는 사실에 완전히 적응한 결과, 이로 인해 나 자신과 주변 사람이 받는 영향에 대해서 조금씩 느끼게 되었다. 그것 때문에 내가 성격이 바뀌었다는 사실을 최대한 외면했지만, 좋은 영향을 받은 건 아니란 사실만큼은 제대로 파악했다.

무엇보다도 나 자신이 매형을 대하는 태도 때문에 마음이 언제나 불편했다. 비디를 떠올릴 때도 양심이 심한 가책에 시달렸다. 카밀라처럼 밤에 깨어날 때마다, 영혼이 지칠 대로 지친 상태에서, 하비셤 아씨를 애초에 만나지 않고 대장간에서 매형과 함께 소박하고 정직하게 일하다가 어른이 돼서 동업자가 되었더라면 훨씬 행복하고 즐겁게 살았을 거라는 생각을 떠올리기도 했다. 저녁에 홀로 앉아서 벽난로 불길을 바라볼 때면 고향집 주방 벽난로와 대장간 불길처럼 좋은 불길은 어디에도 없다는 생각도 저절로 떠올랐다.

그런데 마음이 이토록 불안하게 흔들리는 원인으로 에스텔라를 떼어놓을 순 없는 터라, 나 자신에게 책임이 얼마나 있을까 가늠하다 보면 마음은 뒤죽박죽으로 엉키고 만다. 쉽게 말해서 설사 내가 물려받을 유산이 없다고 하더라도 에스텔라를 가슴에 품는 한, 나 자신이 훨씬 만족스럽게 행동했을 거라고 단정할 순 없었다.

하지만 내가 유산을 물려받을 거란 사실 때문에 다른 사람이 받는 영향을 파악하는 건 조금도 어렵지 않으며, 따라서 누구에게도 긍정적인 영향을 못 주었다는 건, 특히 허버트에게 부정적인 영향을 주었다는 건 희미하나마 깨달을 수 있었다. 내가 낭비하는 습관 때문에 성격이 낙천적인 허버트 역시 낭비벽이 감당할 수 없을 정도로 늘어나면서 소박한 생활습관은 완전히 망가지고 평화롭던 마음은 근심과 후회로 가득했다. 그 집 친척들이 나 때문에 중상모략을 벌이며 좌절감에 빠져든 것에 대해선 양심의 가책을 조금도 안 느꼈다. 인색한 마음은 천부적으로 타고난 성격이니, 설사 내가 아니더라도 다른 사람에게 그렇게 할 수밖에 없기 때문이다. 그러나 허버트는 경우가 완전히 달라, 텅 빈 공간에 어울리지 않는 가구를 잔뜩 들여놓고 샛노란 조끼 차림 원수 놈까지 마음대로 부리도록 해서 내가 사악한 영향을 미쳤다고 생각할 때마다 양심이 콕콕 쑤시곤 했다.

어쨌든 나는 부족한 생활을 여유로운 생활로 확실히 바꾸려고 외상 장부에 서명을 남발하면서 여기저기에 빚을 지기 시작했다. 내가 그러자, 허버트도 그럴 수밖에 없어서 금방 뒤를 따랐다. 스타톱이 제안해서 우리는 '작은 숲에서 노니는 방울새들'이라는 단체에 가입하고자 후보자 명단에 이름을 올렸다. 그런데 나는 단체 목적이 무언지 도무지 이해할 수 없었다. 이 주일에 한 번씩 모여서 값비싼 식사를 들고 식사를 마친 다음에는 최대한 논쟁을 벌이다가 나중에 웨이터 여섯 명에게 술을 먹여서 계단에 드러눕게 하는 정도가 전부였다. 하지만 이런 목적만큼은 어떤 식으로든 언제나 변함없이 달성하니, 허버트와 나로선 단체가 모인 초기에 자리에서 일어나 건배를 제안하며 "신사 여러분,

'작은 숲에서 노니는 방울새들'에 이렇게 즐거운 마음으로 모이는 걸 최고의 가치로 여기길 바라면서"라고 말할 수밖에 없었다.

'방울새들'은 (최고 번화가라는 코번트 가든 고급 호텔에서 식사하며) 돈을 멍청하게 낭비하고, 내가 '작은 숲'에 가입하는 영광을 누리면서 첫 번째로 발견한 '방울새'는 바로 벤틀리 드러뮬로, 당시에 드러뮬은 이륜마차를 한 대 사들여서 시내를 서툴게 돌아다니며 모서리를 돌 때마다 가로등을 망가뜨리곤 했다. 그러다 보면 무릎 덮개 너머로 곤두박질치면서 마차 밖으로 튕겨 나가기 일쑤인데, 한 번은 '작은 숲' 입구에서 이런 식으로 뜻하지 않게 - 석탄 배달부가 내던지는 석탄 더미처럼 - 몸을 날리는 광경을 내 눈으로 직접 목격하기도 했다. 하지만 이건 훨씬 나중 얘기로 아직 나는 방울새가 아니며, 단체에서 정한 신성한 규칙에 따르면 성년이 될 때까지 방울새가 될 수도 없었다.

나는 돈 나올 구멍이 확실한 나머지, 허버트가 지급할 비용을 무엇이든 기꺼이 내줄 용의가 있었다. 하지만 자존심 강한 친구에게 감히 그렇게 제안할 순 없었다. 그래서 허버트는 사방팔방으로 곤란을 겪으며 주변을 끊임없이 둘러보았다. 우리가 늦은 시간까지 사람들과 어울리는 습관에 빠져드는 가운데 나는 허버트가 시간에 따라 독특하게 변하는 모습을 발견했는데, 아침 식사를 할 때면 의기소침한 눈으로 주변을 둘러보고 정오에는 희망이 가득한 표정으로 주변을 둘러보고 저녁을 먹으러 올 때는 어깨가 축 늘어지고 저녁 식사를 한 다음에는 멀찌감치 떨어진 자본을 비교적 또렷하게 발견한 것 같다가 자정이 다가올 즈음에는 자본을 거의 확보하더니 새벽 두 시 경에는 다시 의기소침한 표정으로 장총이나 한 자루 사 들고 미국에 건너가서 들소 사냥이나 하며 재산을 모아야 하겠다고 말하는 식이었다.

나는 일주일에 절반 정도를 해머스미스에서 보낸 터라 툭하면 리치몬드를 찾아갔는데, 여기에 관한 이야기는 나중에 하겠다. 어쨌든 내가 거기에 있을 때면 허버트가 자주 찾아오고, 그럴 때마다 허버트 부친은 아들이 모색하는 기회가 아직 안 생겼다는 사실을 얼핏얼핏 파악했다. 하지만 가족 전체가 집안에서 이리저리 굴러다니니, 허버트가 다른 곳에서 굴러다니는 것 역시 스스로 알아서 해결할 문제였다. 그러는 동안에도 포킷 선생님은 흰머리가 계속 늘어나고 머리칼을 당겨서 몸을 들어 올리는 식으로 당혹감에서 벗어나는 횟수 역시 늘어났다. 그리고 포킷 부인은 걸상으로 가족을 계속 넘어뜨리면서 작위에 관한 책을 읽고 손수건을 잃어버리고 우리에게 자기 할아버지 얘기를 하고 꼬맹이가 귀찮게 굴 때마다 침대에 보내는 식으로 자녀에게 곤란한 상황에서 벗어나는 방법을 가르쳐주었다.

내가 새로운 이야기를 펼쳐나가려면 먼저 당시에 살아간 방식을 총체적으로 정리해야 하는데, 그러기 위해서는 바너드 여인숙에서 우리가 평소에 살아가던 습관을 설명하는 게 제일 좋을 것 같다.

우리는 최대한 많은 돈을 쓰고 장사꾼은 상식적으로 생각할 수 있는 선에서 최대한 작은 대가를 주었다. 우리는 언제나 다소간 비참한 심정이고, 우리가 만나는 사람 역시 대부분 비슷한 상태였다. 그래서 함께 만나면 언제나 즐거운 척했으나 정말로 즐거운 건 하나도 없었다. 내가 확신한 바에 의하면 인간은 결국엔 누구나 이런 식으로 살아가는 것 같았다.

매일 아침 허버트는 완전히 새로운 기분으로 주변을 둘러보려고 도심지로 갔다. 그래서 내가 가끔 찾아가면 허버트는 어두운 뒷방 사무실에서 잉크병과 모자걸이와 석탄 통과 노끈 상자와 연감과 책상 하나에 의자 하나와 줄자 하나를 가지고 시간을 보내기 일쑤였다. 지금 가만히 생각하니, 허버트는 다른 일을 전혀 않고 오로지 주변만 둘러보았다. 이런 식으로 우리 모두 자신이 맡은 일에 성실하면 우리가 사는 사회는 루소가 '사회계약론'에서 말한 '도덕 공화국'이 될 거란 생각이 들 정도였다.

불쌍한 친구는 할 일이 정말 하나도 없었다. 매일 오후 특정한 시간이면 "로이드 보험회사로 가는 게" 전부인데, 내가 보기엔 고용주에게 눈도장 찍는 의식을 치르는 것이다. 내가 발견한 바에 의하면 로버트가 로이드 보험회사와 관련해서 하는 일이라곤 다시 돌아오는 게 전부였다. 그러다가 상황이 매우 심각하다고, 기회를 적극적으로 찾아야 한다고 느낄 때면 제일 번잡한 시간에 '런던 증권거래소'로 가서 거물 사업가가 잔뜩 모인 사이를 돌아다녔다, 민속무용을 추는 우울한 사람처럼 말이다. 이런 특별한 날 가운데 하루는 저녁 식사를 하러 집으로 가는 길에 나에게 이렇게 말했다.

"내가 이러는 이유는 기회가 사람을 찾는 게 아니라 사람이 기회를 찾아야 한다는 사실을 깨달았기 때문이야."

서로를 좋아하는 마음이 조금이라도 적었다면 매일 아침 우리는 서로를 심하게 증오했을 거란 생각도 든다. 모든 게 후회스러운 기간이었다. 우리가 사는 공간은 말로 형용할 수 없을 정도로 혐오스럽고, 원수 놈이 입은 하인 제복 역시 꼴 보기 싫었다. 하루 스물네 시간 중에서도 유난히 아침만 되면 쓸모없이 큰 비용을 들인다는 생각이 들었다. 우리에게 빚이 많이 쌓일수록 아침 식사는 허술하게 변하더니, 고향에서 발행하는 신문 논조를 빌리자면 한번은 아침 식사 시간에 "보석류와 아무런 관련이 없다고 말할 수 없는" 일로 법적 절차를 밟겠다고 우편으로 협박받고서 잔뜩 흥분한 나머지, 원수 놈이 롤빵을 먹고 싶어 한다는 엉뚱한 상상을 떠올리며 파란 목깃을 움켜잡고 마구 흔들다 못해 원수 놈을 장화 신은 큐피드처럼 실제로 공중에 들어 올리기도 했다.

일정한 시간만 되면 – 이 말은 우리 기분에 따라 다르므로 완전히 불특정한 시간이란 의미인데 – 나는 놀라운 사실이라도 발견한 사람처럼 허버트에게 이렇게 불쑥 말하곤 했다.

"친애하는 허버트, 상황이 정말 나쁜 쪽으로 굴러가는군."

그러면 허버트는 정말 진지한 표정으로 이렇게 대답한다.

"친애하는 헨델, 내 말이 안 믿기겠지만 나 역시 똑같은 말을 하려는 중이었어. 우연치곤 대단하군."

그럼 나는 이렇게 제안한다.

"그렇다면 허버트, 우리에게 닥친 문제를 지금부터 찬찬히 살펴보기로 하세."

우리는 이런 목적을 달성할 구체적인 계획을 세울 때마다 언제나 대단한 만족감을 느꼈다. 나는 이런 과정 자체를 공적인 업무라고, 이건 상황에 정확히 대처하는 방식이라고, 이건 적의 목을 정확히 움켜잡는 방법이라고 항상 생각했다. 그런데 허버트 역시 똑같이 생각한 게 분명하다.

우리는 사태를 정확히 파악할 마음을 단단히 다지고 목표를 훌륭히 달성하기 위해 뭔가 아주 특별한 저녁 식사와 함께 평소와 달리 아주 특별한 술까지 주문했다. 그래서 저녁 식사를 마치면 펜과 잉크와 종이와 압지까지 있는 대로 꺼냈다. 필기도구가 많으면 마음이 아주 편하기 때문이다.

그래서 내가 종이 한 장을 펼쳐놓고 제일 꼭대기에다 말끔한 글씨체로 "핍이 빚진 내용"이란 제목을 적고 바너드 여인숙이라는 장소와 날짜까지 아주 조심스럽게 덧붙인다. 허버트 역시 종이 한 장을 펼쳐놓고 "허버트가 빚진 내용"이란 제목을 비슷하게 적는다.

그런 다음에는 각자 자신에게 날아온 다양한 청구서를 뒤지는데, 일부는 서랍에 있고 일부는 주머니에서 닳고 닳아 구멍이 뚫리고 일부는 촛불을 붙이느라 반쯤 타고 일부는 거울에 몇 주째 꽂히는 등 다양하게 망가진 상태였다. 그런데 펜으로 종이를 끄적이는 소리가 정말로 상쾌했다. 빚을 종이에 기록하며 정리하다 보면 돈을 실제로 갚는다는 착각까지 일어날 정도였다. 바람직한 행동이란 점에서 둘은 비슷하다는 생각도 들었다.

그래서 나는 한동안 숫자를 적다가 허버트에게 정리가 잘 되느냐고 묻는다. 그러면 허버트는 계속 늘어나는 숫자를 바라보며 정말 후회스럽다는 표정으로 머리를 긁적이며 대답한다.

"숫자가 팍팍 올라가는 중이야, 헨델. 정신없이 올라가는 중."

그러면 나는 펜으로 숫자를 열심히 적으며 말한다.

"마음 단단히 먹어, 허버트. 문제의 본질을 직시해야 해. 문제를 그대로 봐야 한다고. 단단히 노려봐서 문제를 압도해."

"그러는 중이야, 헨델, 문제가 단단히 노려보면서 나를 압도하는 것 같긴 하지만."

하지만 내가 보여준 단호한 태도는 효과를 나타내고 허버트는 다시 작업에 몰두한다. 그러다가 콥스 청구서나 롭스 청구서나 놉스 청구서 같은 게 없다는 핑계를 대며 다시 중단한다.

"그러면 허버트, 대충 어림잡아. 대충 어림잡아서 넉넉하게 기록하라고."

이럴 때마다 친구는 감탄하며 대답한다.

"너는 정말 머리가 좋구나! 업무처리 능력이 정말 놀라워."

나도 그렇다고 생각한다. 이럴 때마다 신속하고 단호하고 정열적이고 명쾌하고 차분한 능력을 발휘하는 걸 보면 나에게 일류 사업가다운 자질이 충분하다고 확신한다. 그래서 내가 갚아야 할 목록을 모두 기록한 다음에는 청구서와 일일이 대조하면서 확인했다고 표시한다. 종이에 기록한 내용을 하나씩 표시하며 승인할 때마다 가슴이 벅차오르는 황홀감을 느낀다. 그래서 더는 표시할 게 없으면 청구서를 같은 크기로 접어서 뒤에다 표기하고 전체를 끈으로 반듯하게 묶는다. 그러고 나면 (자신은 나처럼 천재적인 관리능력이 없다고 겸손하게 말하는) 허버트에게도 청구서를 똑같이 만들어주고 친구에게 문제의 본질을 정확히 인식하도록 했다고 느낀다.

내가 업무를 처리하는 방식에는 근사한 특징이 하나 더 있는데, 나는 그걸 "여유 두기"라고 부른다. 예를 들어 허버트 빚이 금화 백예순네 냥에 은화 네 냥, 구리동전 두 냥이라면 "여유를 둬서 금화 이백 냥이라고 적어"라고 말하는 식이다. 그리고 내가 진 빚이 네 배는 되는 것 같으면 금화 칠백 냥이라고 적는 식이다.

나는 이렇게 여유롭게 기록하는 걸 매우 지혜로운 방식이라고 생각했지만, 지금 되돌아보면 돈이 아주 많이 드는 방법이란 사실을 인정할 수밖에 없다. 허버트나 나나 곧바로 다시 빚지기 시작해 여유를 꽉 채우는 건 물론, 아직은 여유가 있다는 생각에 자신만만하게 굴다가 그걸 훨씬 넘길 때도 잦기 때문이다.

하지만 우리가 처한 문제를 이렇게 점검하고 나면 차분하고 편안할 뿐 아니라 도덕적으로 고결하다는 느낌이 일어나는 건 물론, 잠시나마 자신이 훌륭하다는 생각조차 들었다. 멋들어진 방법으로 탁월한 능력을 발휘한 데다 허버트가 칭찬까지 늘어놓으면 나는 반듯하게 묶은 허버트 청구서 꾸러미와 내 청구서 꾸러미를 책상 필기도구 사이에 내려놓고 흐뭇한 마음으로 가만히 앉아서 바라보며 평범한 개인이 아니라 일종의 은행 같은 기분에 젖어든다.

우리는 이처럼 엄숙한 작업을 할 때마다 방해를 안 받으려고 바깥쪽 현관을 단단히 닫아놓는다. 그래서 그날 저녁도 작업을 마치고 평온한 분위기를 만끽하는데, 바깥쪽 현관 편지구멍 사이로 편지가 들어오다가 바닥으로 툭 떨어지는 소리가 일었다. 그래서 허버트는 밖으로 나갔다가 편지를 들고 돌아오며 말했다.

"자네한테 온 거야, 헨델. 별다른 일이 아니면 좋겠어."

편지봉투 봉인과 테두리가 까만 걸 보고 하는 말이었다.

봉투에는 '트랩 장의사'란 표시가 있고 내용물은 간단했다. 이런 내용이었다.

존경하는 나리께 보냅니다. 사람들이 찾아와서 부탁하는바, 편지를 작성해서 보냅니다. 조 가저리 부인이 지난 월요일 저녁 6시 20분에 이승을 하직했습니다. 장례식은 돌아오는 월요일 오후 3시에 있을 예정이니 참석을 부탁합니다.

35

내가 살아가는 인생 항로에 무덤이 열린 건 처음인데, 부드러운 땅에서 일어난 균열이 정말 놀라웠다. 주방 벽난로 옆 의자에 앉은 누나가 밤낮없이 떠올랐다. 누나가 거기에 없을 수 있다는 사실을 마음이 못 받아들이는 것 같았다. 최근에 누나가 머릿속에 떠오른 자체가 거의 없는데도 지금 길거리에서 나를 찾아오는 중이라는, 이제 곧 현관문을 두드릴 거라는 생각이 드는 게 정말 이상했다. 누나가 온 적이 한 번도 없는 방에도 허무한 죽음이 깔리면서 누나 목소리가 끊임없이 들리고 얼굴이나 모습이 보이는 게, 누나가 여기에 자주 들른 건 물론 여전히 살아있는 것 같았다.

앞으로 어떤 운명으로 살아가든 나는 누나를 떠올리며 깊은 애정을 느낄 수 없다. 하지만 그런 애정이 없어도 충격적인 회한은 충분히 느낄 수 있는 것 같다. 이런 영향 때문에 (어쩌면 따뜻한 애정을 못 느끼는 것에 대한 벌충으로) 나는 누나를 그렇게 오랫동안 고생하게 한 범인한테 엄청난 분노를 느꼈다. 증거만 충분하다면 올릭이든 누구든 죽을 때까지 쫓아다니며 복수할 것 같았다.

나는 매형에게 편지를 써서 심심한 위로와 함께 장례식에 꼭 참석하겠다는 전갈을 보내고, 사이에 낀 며칠을 위에서 언급한 이상한 마음으로 지냈다. 그리고 시간이 넉넉하도록 아침 일찍 역마차에 올라타고 '파란 멧돼지'에 내려서 대장간을 향해 걸었다.

이번에도 날씨가 쾌청한 여름이었다. 길을 걷다 보니 힘없는 꼬맹이라서 누나에게 모질게 당하던 시절이 생생하게 떠올랐다. 하지만 '따끔이'조차 다정하게 떠오를 정도로 부드러운 느낌이었다. 콩잎과 클로버 내음이 마음을 다정하게 어루만지며, 나 역시 결국에는 추억하는 존재가 될 수밖에 없으니 다른 사람이 햇살을 받으며 걷다가 떠올리면 나를 부드러운 감정으로 느끼도록 하라고 속삭였다.

마침내 고향집이 시야에 들어오는데, 트랩 장의사가 완전히 점령해서 장례식 절차를 진행하는 중이었다. 황량할 정도로 이상하게 생긴 두 사람이 지팡이로 모든 사람을 위로하겠다는 듯 까만 띠로 묶은 지팡이를 하나씩 들고 대문을 그럴싸하게 지켰다. 한 사람이 눈에 익은데, 원래 집배원이었으나 결혼하는 날 아침에 신랑 신부를 톱질하는 구덩이에 넣었다가 '파란 멧돼지'에서 해고당하고 술에 곤드레만드레 취해서 양팔로 말 목을 잡은 채 달린 적이 있었다.

마을 아이와 아낙네 대부분이 장례식 파수꾼 두 명은 물론 창문을 꼭꼭 닫은 집과 대장간을 감탄스런 눈으로 바라보았다. 그런데 내가 다가가는 걸 보고서 파수꾼 한 명이 (집배원 출신이) 대문을 두드렸다. 나는 엄청난 슬픔에 기진맥진한 나머지 직접 두드릴 힘조차 없다는 의미였다.

다른 파수꾼은 (내기를 걸고 거위 두 마리를 단숨에 먹어치운 목수는) 대문을 열고 손님용 거실로 안내했다. 안으로 들어가니 창문은 모두 덧문을 대고, 장의사 주인 트랩은 제일 좋은 탁자를 차지한 채

까만 핀을 잔뜩 꽂은 까만 좌판 같은 걸 지켰다. 내가 들어서는 순간에 어떤 사람이 모자를 아프리카 아기처럼 까만색 기다란 천으로 감싸는 작업을 막 끝내더니 나에게 한 손을 내밀었다. 하지만 나는 혼란스런 상황에 당황한 나머지 이해를 못 하고 손을 내밀어서 최대한 따듯한 애정을 드러내며 악수했다.

사랑하는 매형은 까만색 조그만 망토를 온몸에 휘감고 턱밑으로 돌려서 커다란 나비넥타이처럼 묶은 채 거실 제일 위쪽에 따로 앉았는데, 트랩이 상주 자리라며 거기에 앉힌 게 분명했다. 내가 허리를 숙이며 "사랑하는 매형, 잘 지내셨어요?" 하고 말하자, 매형은 내 손을 꼭 잡고 "핍, 오랜 친구, 너는 너희 누나가 당당한 풍채를 자랑하던 때를 잘 알지……" 하다가 울먹였다.

비디는 까만 의상이 말끔하고 소박한 차림으로 이리저리 바삐 돌아다니며 일손을 거들었다. 나는 비디에게 아는 척을 한 다음, 지금은 대화를 나눌 때가 아니란 생각에 매형 곁으로 돌아가서 의자에 앉는데, 시신은, 조 부인은, 누나는 지금 집안 어디에 있을까 하는 궁금증이 떠올랐다. 거실 공기에 달콤한 케이크 냄새가 희미하게 어려, 나는 가벼운 먹거리가 있는 탁자를 찾아서 이리저리 둘러보았다.

처음에는 어두워서 안 보이다가 시력이 적응하자, 탁자에 여러 조각으로 잘라놓은 자두 케이크와 여러 조각으로 잘라놓은 오렌지와 샌드위치와 비스킷과 아름다운 유리병 두 개가 보이는데, 장식품인 줄만 알았지 실제로 사용한 건 생전 처음 보는 유리병이었다. 하나에는 적포도주가 가득하고 하나에는 백포도주가 가득했다. 바로 그 탁자 옆에 비굴하게 선 펌블추크 삼촌이 서서히 보이는데, 까만 망토에다 몇 미터는 됨직한 상장을 기다랗게 매단 모자 차림으로 열심히 먹어대다가 내 시선을 끌려는 비굴한 동작을 번갈아 하는 중이었다. 그러다가 성공하자 (백포도주와 빵 쪼가리 냄새를 풍기며) 다가와서 나지막한 목소리로 "혹시 내가⋯⋯?"라고 물으며 손을 잡고 흔들었다. 이번에는 허블 부부가 어렴풋이 보였다. 허블 부인은 한쪽 구석에 말없이 앉아서 훌쩍이는 중이었다. 우리 모두 "장지까지 따라갈" 예정이고, 트랍은 우리를 한 명씩 묶어서 아주 우스꽝스러운 "대열"로 만들기 시작했다.

트랍이 말한 "대열"을 만드느라 우리 모두 거실에 두 명씩 서다 보니, 아주 음울한 춤을 추려고 준비한다는 끔찍한 생각조차 드는 가운데, 매형이 속삭였다.

"내가 말하고 싶은 건, 핍, 내가 말하고 싶은 건, 나리, 누나는 내가 교회로 직접 운반하고 뒤에는 진정한 마음으로 기꺼이 참석해 함께 슬픔을 나눌 사람 서너 명만 따라오는 게 훨씬 좋겠는데, 그러면 마을 사람이 깔볼 게 분명한 데다 고인에 대한 예의도 아니라는 의견이 많아서⋯⋯."

바로 그 순간에 트랍이 장례식에 딱 어울리는 목소리로 나지막하게 소리쳤다.

"손수건을 꺼내시오! 모두 손수건을 꺼내시오! 준비가 끝났소!"

그래서 우리 모두 손수건을 꺼내 코피라도 흘리는 것처럼 얼굴에 댄 채 매형과 나, 비디와 펌블추크 삼촌, 허블 부부 순으로 두 명씩 줄지어 나갔다. 불쌍한 누나 시신은 주방 문을 돌아서 벌써 나오고, 상여꾼 여섯 명은 끔찍하게 까만 벨벳으로 얼굴을 감싸고 테두리에 하얀 선을 둘러서 숨도 막히고 앞도 못 보는 게 장례식에서 가장 중요한 절차라, 상여꾼 전체가 다리는 열두 개지만 앞은 못 보는 괴물 형상으로 발을 질질 끌며 어정어정 나아가고, 파수꾼 두 명은 ─ 전직 집배원과 목수는 ─ 앞에서 길을 인도했다.

하지만 마을 사람들은 이런 운구 행렬을 극찬하고, 우리는 찬사를 들으며 마을을 지났다. 훨씬 젊은 데다 활력까지 넘치는 사람 가운데 일부는 우리를 앞지르며 달려서 숨은 채 기다리다가 우리 앞에 다시 나타나곤 했다. 그럴 때마다 특히 원기 왕성한 사람은 우리가 지날 게 뻔한 모서리를 돌아갈 때마다 잔뜩 흥분한 표정으로 "저기에 온다!" "저기에 온다!"며 소리치고, 우리는 다시 찬사를 받으며 지났다. 이렇게 나아가는 내내 바로 뒤에서 펌블추크 삼촌이 세심하게 배려한답시고 비굴하게 굴며 모자 상장이 바람에 흩날릴 때마다 바로 잡아주고 망토를 반듯이 펴주는 게 나는 정말 귀찮았다. 그리고 허블 부부는 정말 멋진 행렬에 참여한다는 식으로 잔뜩 뻐기며 걷는 모습이 참으로 눈꼴사나웠다.

기다랗게 뻗어 나간 습지가 눈앞에 나타나고 배가 강물을 헤치고 나아가느라 펼친 돛 역시 점차 커다랗게 보이더니, 마침내 우리는 교회 묘지에 들어서서 나는 한 번도 본 적이 없는 부모님 '이 마을에서 살다가 떠난 고 필립 피립'과 '위에서 언급한 고인의 부인 조지아나 역시' 무덤 옆으로 다가갔다. 누나가 땅속에 조용히 묻히는 동안 하늘에서는 종달새가 지저귀고 바람은 가볍게 불면서 구름과 나무 그림자를 아름답게 드리웠다.

펌블추크 삼촌에 대해서는 장례식을 거행하는 동안 오로지 나 하나에 초점 맞춰서 무슨 짓이든 하며 탁월한 속물근성을 발휘했다는, 사람은 빈손으로 와서 빈손으로 돌아간다는 사실과 세상살이는 영원한 게 아니라 구름처럼 덧없이 흘러간다는 사실을 사람들에게 일깨우는 소중한 구절을 낭독할 때조차 헛기침을 열심히 해대서 젊은 신사는 많은 재산을 물려받으니 예외라는 뜻을 확실히 밝혔다는 정도만 말하고 싶다.

그런데 집으로 돌아온 다음에는 뻔뻔하게도 내가 장례식에 참석하는 커다란 영광을 베풀었다는 사실을 우리 누나가 알면 좋았을 거라고 말하더니, 이런 영광을 누렸으니 죽어도 아깝지 않다는 암시까지 했다. 그러더니 남은 백포도주를 모두 마시고 허블 아저씨는 적포도주를 마시면서 마치 자기네는 고인과 종자가 달라서 영원불멸하기라도 할 것처럼 이야기하는데, 나중에 깨달은 바에 의하면 장례식에서는 이렇게 말하는 게 관례였다. 그러다가 결국에는 허블 부부와 함께 떠나는데, '흥겨운 뱃사람'에서 밤새도록 술을 퍼마시며 자신은 내가 어릴 적부터 자선을 베풀다가 결국에는 크나큰 행운까지 안겨주었다고 떠들어댈 게 분명했다.

그들이 모두 떠나고 트랩 역시 직원들과 함께 – 전직 집배원은 아무리 찾아도 안 보이는 가운데 – 장례용품을 이런저런 자루에 쑤셔 넣다가 똑같이 떠나자, 이제 비로소 집안다운 분위기가 살아났다. 그래서 나는 매형과 비디와 함께 차가운 음식으로 저녁 식사를 했다. 우리가 식사한 곳은 예전처럼 주방이 아니라 손님용 거실이고 매형은 나이프와 포크와 소금통을 너무 극단적으로 조심스럽게 사용하는 바람에 우리 사이에서 정말 어색한 분위기가 감돌았다. 하지만 식사를 마친 다음에 내가 매형에게 파이프 담배를 태우도록 권하고 대장간을 함께 돌아보다가 대장간 앞 커다란 바위에 함께 걸터앉자 비로소 분위기가 조금씩 풀렸다. 장례식이 끝난 다음에 매형이 옷을 갈아입었단 사실도 이제 비로소 알아챘는데, 정장과 작업복을 절충한 복장을 하니 매형이 본래 모습을 찾은 것처럼 훨씬 자연스럽게 보였다.

내가 예전에 사용하던 다락방에서 하룻밤 묵어도 되느냐고 묻자 매형이 정말 좋아해서 나도 기뻤다. 그런 부탁이라도 한 게 뭔가 커다란 은혜를 베푼 것 같았기 때문이다. 저녁에 땅거미가 질 때는 기회가 생겨서 비디와 함께 정원을 거닐며 대화를 나눌 수 있었다.

"비디, 내 생각에 이렇게 슬픈 일이 생기면 네가 편지를 써서 알려주는 게 좋았을 것 같아."

"정말, 핍 선생? 그런 줄 알았다면 내가 편지를 썼을 거야."

"나무랄 의도는 조금도 없지만, 비디, 나는 네가 그 정도는 충분히 알 거라 생각했어."

"정말, 핍 선생?"

비디가 다시 묻는데, 아주 차분하고 단정하고 선량하고 아름다운 분위기가 감돌아서 나는 비디를 다시 울리고 싶은 마음이 없었다. 그래서 옆에 나란히 걸으며 눈길을 내리깐 비디를 가만히 바라보다가 이 문제를 그대로 접었다.

"이제는 이 집에서 사는 게 어렵지 않겠어, 비디?"

내가 묻자, 비디는 안타까우면서도 차분하고 단호한 어조로 대답했다.

"당연하지, 핍 선생! 허블 부인이랑 얘기했어. 내일 그 집으로 갈 거야. 가저리 씨가 마음을 달랠 때까지 내가 허블 부인과 함께 보살필 수 있으면 좋겠어."

"앞으로 어떻게 살 거니, 비디? 혹시 돈 같은 게 필요……."

내가 말하는데 비디가 순간적으로 얼굴을 빨갛게 물들이며 끼어들었다.

"앞으로 어떻게 살 거냐고? 내가 알려줄게, 핍 선생. 여기에다 학교를 새로 만드는데, 그게 다 되면 선생 자리를 알아볼 생각이야. 마을 사람 모두에게 추천도 받을 수 있고 생각대로라면 열심히 노력해서 나 스스로 공부하며 다른 사람을 가르칠 수 있을 거야."

비디가 두 눈을 들어서 나를 쳐다보고 빙그레 웃으며 덧붙였다.

"잘 알겠지만, 핍 선생, 새로 짓는 학교는 옛날 학교랑 달라. 하지만 그때 이후로 너에게 많은 걸 배웠고 그런 다음에도 시간이 날 때마다 열심히 개발하는 중이야."

"너라면 어떤 상황이라도 항상 자신을 개발할 수 있을 거야, 비디."

"아! 인간이 지닌 나쁜 본성만 빼고."

비디가 중얼거리는데, 나무라는 어투가 아니라 머릿속 생각이 불쑥 튀어나온 것 같아서 나는 이번에도 그냥 넘어가기로 결정했다. 그래서 눈을 내리깐 비디를 말없이 바라보며 나란히 걷다가 불쑥 말했다.

"우리 누나가 임종할 당시에 어땠는지 구체적으로 들은 게 하나도 없어, 비디."

"안타깝게도 특별한 게 없어. 최근에는 상태가 나쁜 게 아니라 좋은 것 같다가 갑자기 나흘 연속으로 안 좋더니, 초저녁에 간식을 먹을 즈음, 정신이 들면서 '남편'이라고 아주 차분하게 말하는 거야. 그렇게 완벽하게 말한 건 매우 오랜만이라 나는 대장간으로 당장 달려가서 가저리 씨를 데려왔어. 그러니까 불쌍한 부인이 남편을 바로 옆에 앉히라는 신호를 보내더니, 두 팔로 남편 목을 감아달라는 신호를 보내는 거야. 그래서 내가 두 팔을 남편 목에 감아주자, 부인은 극히 만족스럽고 편안한 표정으로 남편 어깨에 머리를 기댔어. 그러다가 곧이어 '여보'라고 다시 말하더니, 한 번은 '미안해' 한 번은 '핍'이라고 했어. 그리고 머리를 더는 못 들고, 그렇게 딱 한 시간이 지나서 우리는 부인을 침대에 누였어. 숨을 거둔 걸 깨달았거든."

비디는 울고 정원과 오솔길은 어둠에 싸이고 내 눈에는 이제 막 나오는 별이 흐릿하게 보였다.

"그동안 새롭게 파악한 사실은 하나도 없니, 비디?"

"없어."

"올릭은 무얼 하는지 아니?"

"옷 색깔을 보면 채석장에서 일하는 것 같아."

"그렇다면 그동안 올릭을 보았다는 거구나? 오솔길에서 어둠에 싸인 나무를 그렇게 보는 이유가 뭐니?"

"올릭이 저기에 있는 걸 봤어, 부인이 숨을 거두기 전날 밤에."

"그게 마지막은 아니겠지, 비디?"

"그래. 아까 너랑 여기를 산책할 때도 봤어."

내가 뛰어가려고 하자, 비디가 한 손으로 팔을 잡고 만류하며 다시 말했다.

"소용없어. 너도 잘 알겠지만, 나는 너를 속이지 않아. 올릭은 저기에 나타나자마자 곧바로 사라졌어."

그런 놈이 아직도 비디를 쫓아다닌다는 사실에 분노가 살아났다. 오래된 악감정이 그대로 일어났다. 나는 비디에게 이런 마음을 알렸다. 올릭을 이 고장에서 쫓아낼 수만 있다면 무슨 일이든 하겠다는, 필요하다면 돈이라도 쓰겠다는 말까지 했다. 그러자 비디는 나를 차분한 대화로 이끌더니, 매형은 나를 정말로 사랑한다고, 무엇에 불만을 품은 적이 한 번도 없다고 - 불만 대상을 굳이 나라고 언급하진 않아도 나는 그게 무슨 말인지 충분히 깨닫고 - 튼튼한 손과 조용한 입과 다정한 마음으로 자신에게 주어진 일을 꾸준히 할 뿐이라고 말했다.

"정말이지, 매형은 아무리 칭찬해도 지나치지 않을 거야. 그런데 비디, 앞으로 우리는 이런 대화를 나눌 기회가 많을 거야. 이제부터 내가 여기에 당연히 자주 내려올 테니 말이야. 불쌍한 매형을 홀로 놔두지 않겠어."

내가 말하는데 비디는 한마디 대답도 없었다.

"비디, 내가 하는 말 못 들었니?"

"들었어, 핍 선생."

"나를 핍 선생이라고 부르는 것도 그렇고…… 나에게 그렇게 이상하게 행동하는 건 무슨 뜻이니?"

"무슨 뜻?"

비디는 소심한 어투로 반문하고, 나는 거드름을 부리며 자신만만하게 다그쳤다.

"비디, 네가 이런 태도로 나오는 이유가 뭔지 알아야겠어."

"이런 태도?"

비디가 다시 묻는 말을 나는 그대로 받아쳤다.

"내가 한 말 좀 따라 하지 마. 예전에는 따라 하지 않았잖아, 비디."

"따라 하지 않았다고? 맙소사, 핍 선생! 예전에도 따라 했어!"

으음! 나는 이 문제도 그냥 넘어가기로 작정하고 정원을 말없이 한 바퀴 돈 다음에 원래 문제로 돌아갔다.

"비디, 나는 여기에 자주 내려와서 매형을 보겠다고 했는데 너는 가만히 듣기만 했어. 가능하다면 이유를 알려줄 수 있겠니, 비디?"

"그렇다면 매형을 보러 여기에 자주 내려온다는 걸 정말 자신할 수 있니?"

비디가 물으며 좁은 정원 길에서 걸음을 멈추더니, 별빛 아래에서 맑고 정직한 눈으로 쳐다보았다. 하지만 나는 이제 정말 비디를 포기할 수밖에 없겠다는 절망감에 한탄했다.

"아, 맙소사! 정말로 이건 인간이 지닌 나쁜 본성이야! 부탁인데, 이제는 말하지 마, 비디. 나에겐 너무 충격적이야."

이처럼 그럴싸한 이유로 나는 저녁 식사 내내 비디와 거리를 유지하다가 최대한 당당하게 일어나서 예전에 사용하던 조그만 다락방으로 올라갔는데, 불만이 가득한 마음으로 보기에는 그날 치른 장례식과 공동묘지에 아주 잘 어울리는 행동 같았다. 그리고 밤에는 잠을 제대로 이룰 수 없어 십오 분 간격으로 깨어날 때마다 비디는 몰인정하고 부당한 행동으로 정말 커다란 상처를 주었다며 곰곰이 되씹었다.

나는 아침 일찍 떠나야 했다. 그래서 이른 아침에 밖으로 나가 대장간 나무 창문 하나로 내부를 몰래 바라보았다. 매형은 이미 작업에 들어갔는데, 얼굴에서 힘과 건강이 빨갛게 타오르는 모습을 보니, 몸속에 환한 태양이 들어서 강인한 생명력을 발산하는 것 같았다.

"안녕히 계세요, 사랑하는 매형! 맙소사, 아니에요, 닦지 말고 검댕 묻은 손으로 그냥 잡으세요! 앞으로 자주 내려올게요."

"그래, 최대한 일찍, 선생, 최대한 자주 내려와, 핍!"

비디는 새로 짠 우유 한 컵과 빵을 들고 주방 문턱에서 기다렸다. 나는 비디에게 손을 내밀어 작별인사를 나누며 말했다.

"비디, 나는 화난 게 아니야. 마음이 아플 뿐이야."

그러자 비디가 정말 애처로운 표정으로 사정했다.

"아니야, 그러지 마. 내가 인색하게 굴었다면 나 혼자 마음 아픈 거로 충분하니까."

내가 길을 나서자 이번에도 안개가 걷히기 시작했다. 내가 금방 돌아오지 않으리란 사실을, 비디 말이 완벽하게 옳다는 사실을 안개가 나에게 보여주는 것 같은데, 실제로 그런 거라면, 나로선 안개 역시 완벽하게 옳았다고 말할 수밖에 없다.

36

빚은 계속 늘고, 문제를 직시하고 여유를 가지며 업무를 훌륭하게 처리하는 사이에 나와 허버트가 처한 상황은 끊임없이 나빠졌다. 그래도 시간은 항상 그러듯 흘러가고 나는 나 자신도 모르는 사이에 성년이 되어 허버트가 한 예언을 실현했다.

허버트는 나보다 여덟 달 먼저 성년이 되었다. 성년이 된 것 말곤 굴러들어올 게 하나도 없어서 당시에는 바너드 여인숙에서 아무런 관심을 못 끌었다. 그래서 우리는 이런저런 행운을 기대하고 추측하며 내가 맞이할 스물한 번째 생일만 학수고대했다. 내가 성년이 되면 보호자는 뭔가 구체적인 내용을 꺼낼 수밖에 없을 거로 생각했기 때문이다.

그래서 나는 내가 맞는 스물한 번째 생일을 리틀 브리튼에서 확실히 파악하도록 세심한 신경을 기울였다. 그리고 생일 하루 전에는 재거스 변호사가 생일 오후에 사무실에서 만나길 바란다는 전갈을 웨믹에게 공식적으로 받았다. 그래서 허버트와 나는 뭔가 대단한 일이 일어날 거라 확신하고, 나 자신은 시간을 확실히 지키는 화신처럼 보호자 사무실로 들어서는데 가슴이 콩닥콩닥 뛰었다.

바깥 사무실에서 웨믹이 축하 인사를 하고 우연히 그런 것처럼 지폐 같은 걸 접어서 자기 콧잔등을 긁는데, 나로선 정말 기분 좋은 암시가 아닐 수 없었다. 하지만 다른 말은 특별히 없이 보호자 사무실로 들어 가라는 표시로 고개를 한 번 끄덕인 게 전부였다. 십일월이라 보호자는 벽난로 앞에서 굴뚝에 등을 기댄 채 두 손을 상의 뒷자락 밑으로 넣고 있다가 이렇게 말했다.

"어서 오게, 핍. 이제부터는 핍 선생이라고 불러야 하겠군. 축하하 네, 핍 선생."

우리는 악수를 하는데, 재거스 변호사는 항상 그러듯 놀라울 정도로 빨리 손을 빼내고 나는 고맙다고 말했다.

"의자에 앉게, 핍 선생."

내가 의자에 앉았는데도 재거스 변호사는 원래 자세를 유지하며 고개를 숙여서 자기 신발만 쳐다보아, 나는 왠지 불안한 느낌에 시달렸 다. 묘비에 강제로 앉을 수밖에 없던 어린 시절이 떠오를 정도였다. 재거스 변호사 바로 옆 선반에는 소름 끼치는 석고상 두 개가 있는데, 중풍에 걸린 것처럼 멍청한 표정이 우리 대화에 귀라도 기울이려고 애쓰는 것 같았다.

"자, 젊은 친구, 이제부터 나는 자네에게 한두 마디 할 생각이네."

보호자가 말하는데, 마치 증인석에 앉은 증인을 대하는 것 같았다.

"그렇게 하세요, 선생님."

내가 대답하자, 재거스 변호사는 고개를 밑으로 숙여서 바닥을 보더 니 갑자기 고개를 들어서 천장을 바라보며 물었다.

"자네 생활비로 얼마가 드는지 아는가?"

"생활비요, 선생님?"

내가 반문하자, 재거스 변호사는 천장을 그대로 바라보며 "생활비?" 하고 반복하더니, 실내를 둘러보고 손수건을 꺼내서 코로 가져가다 멈췄다.

나는 내가 처한 문제를 너무 빈번하게 들여다본 터라 거기에 대한 생각 자체를 완전히 포기한 상태였다. 그래서 망설이다가 질문에 대답할 수 없다고 고백했다. 그러자 재거스 변호사는 이 대답에 기분이 좋은 듯 "나도 그럴 줄 알았네!" 하고 말하더니, 만족스러운 분위기로 코를 푼 다음에 이렇게 물었다.

"자, 내가 질문을 하나 했으니, 친구, 자네도 나에게 물어보고 싶은 게 있는가?"

"몇 가지 물을 수 있다면 저로선 당연히 고맙겠지만, 선생님, 금기사항이 떠올라서요."

"하나만 묻게."

"오늘 저에게 은인이 누군지 알려주는 건가요?"

"아니네. 다른 걸 묻게."

"그럼 금기사항을 제가 곧 알게 되나요?"

"그것 역시 잠깐 보류하고 다른 걸 묻게."

나는 주변을 둘러보았지만 이제 더는 피할 도리가 없을 것 같아서 결국 이렇게 묻고 말았다.

"제가……오늘……무얼 받게 되나요, 선생님?"

그러자 재거스 변호사가 의기양양하게 대답했다.

"결국 이 말이 나올 줄 알았네!"

그러더니 웨믹을 불러서 종이를 가져오라고 지시했다. 그러자 웨믹이 나타나서 종이를 건네고 사라졌다.

"자, 핍 선생, 잘 듣게. 자네가 여기에 빈번하게 들렀더군. 웨믹 현금

출납부에 자네 이름이 아주 많아. 하지만 빚도 당연히 있겠지?"

"안타깝지만 그렇다고 대답할 수밖에 없네요, 선생님."

"그래, 자네가 생각하기에도 그렇게 대답할 수밖에 없을 거야, 그렇지?"

"네, 선생님."

"나는 자네에게 빚이 얼마나 되는지 안 묻겠네, 자네도 모를 테니까. 설사 안다고 해도 말을 않거나 줄여서 말할 거고."

내가 이 말에 항변하려는 모습을 보이자 재거스 변호사가 집게손가락을 흔들어서 막으며 커다란 목소리로 계속 말했다.

"아니야, 아니야, 친구. 자네는 안 그럴 거로 생각하는 것 같은데, 아니야, 내 말이 맞아. 미안하지만 나는 자네보다 아는 게 많거든. 자, 종이를 받게. 잘 받았나? 좋아. 그럼 이제 그걸 펼쳐서 그게 무언지 알려주게."

"이건 금화 오백 냥짜리 수표네요."

"그래, 그건 금화 오백 냥짜리 수표야. 나는 아주 많은 돈이라고 생각하네만 자네도 그렇게 생각하나?"

"어떻게 달리 생각하겠습니까!"

"그래! 하지만 질문에 대답하게."

"당연히 그렇게 생각합니다."

"자네는 당연히 아주 많은 돈이라고 생각한다. 그래, 이제 그렇게 많은 돈을 자네에게 주겠네, 핍. 그건 오늘 자네에게 주는 선물이네, 유산에 대한 보증금으로. 그러니 앞으로 자네는 유산 증여자가 직접 나타날 때까지 매년 그만한 돈을 받아서 생활해야 하네, 그걸 넘기지 말고. 말하자면 자금 원천이 직접 나타나서 단순한 중개인이 더는 필요 없을 때까지 자네 생활비는 자네가 직접 알아서 관리하라는 거네, 웨믹에게 분기별로 금화 일백이십오 냥씩 받아서. 전에도 말했지만 나는 단순한 중개인이네. 지시받은 대로 집행하고 수수료를 받지. 나는 지시 사항이 옳지 않다고 생각하네만 그런 의견을 개진하는 건 내가 맡은 일이 아니네."

나는 은인이 이렇게 후한 선물을 주어서 고맙다는 말을 하려는데 재거스 변호사가 냉정하게 차단하며 "나는 자네 말을 다른 사람에게 전달하도록 수수료를 받은 게 없네, 핍" 하고 말하더니, 문제를 깔끔하게 마무리한 것처럼 상의 뒷자락도 깔끔하게 마무리하며 똑바로 서서 찡그린 얼굴로 장화를 내려다보는데, 장화가 주인에게 해로운 음모라도 꾸민다고 의심하는 것 같았다. 그래서 나는 잠시 침묵하다가 넌지시 물었다.

"조금 전에 질문하니까 선생님께서 잠깐 보류하라고 하셨는데, 지금 그걸 다시 묻는다고 해서 문제가 되는 건 아니겠지요?"

"어떤 질문?"

재거스 변호사가 물었다. 나를 도와줄 사람이 아니라는 건 애초부터 알았지만, 질문을 완전히 새로운 질문처럼 처음부터 다시 해야 한다는 사실이 당혹스러웠다. 그래서 잠시 망설이다가 이렇게 물었다.

"은인께서, 선생님이 말씀하신 자금 원천께서 금방……."

내가 미묘한 부분에서 입을 다물자, 재거스 변호사가 물었다.

"금방 뭐? 그렇게 말하면 질문 자체가 성립이 안 된다는 걸 자네도 알잖는가!"

그래서 나는 정확한 표현을 찾아 이리저리 궁리하다가 물었다.

"금방 런던으로 오시거나 나를 다른 곳으로 부르실까요?"

재거스 변호사는 눈 속에 깊숙이 파묻힌 까만 눈동자를 이제 비로소 나에게 고정하며 대답했다.

"자네가 그렇게 물으니, 우리가 자네 마을에서 처음 만나던 시간으로 돌아가야 하겠군. 내가 당시에 뭐라고 말했지, 핍?"

"그분이 나타나시는 건 많은 세월이 지난 다음이라고 말씀하셨습니다, 재거스 변호사님."

"맞아, 바로 그게 내 대답이야."

우리는 서로를 정면으로 바라보고, 나는 재거스 변호사에게서 뭔가를 알아내고 싶은 열망이 강한 나머지 가빠지는 호흡을 느꼈다. 그래서 나 자신도 호흡이 점차 가빠지는 걸 느끼고 상대편 역시 내 호흡이 가빠지는 걸 파악했다고 여기는 동안, 상대에게 무얼 알아낼 가능성 역시 그만큼 줄어드는 걸 느꼈다.

"앞으로도 여전히 많은 세월이 지나야 한다고 생각하시나요, 재거스 변호사님?"

재거스 변호사는 머리를 가로젓는데 그건 질문에 대한 부정이 아니라 자신에게 대답을 들을 수 있다는 생각 자체를 완전히 부정하는 의미고, 시선을 피하다가 바라본 끔찍한 석고상 두 개는 얼굴을 잔뜩 찡그린 게 긴장감이 최고조에 달하면서 금방이라도 재채기를 할 것 같았다.

재거스 변호사가 따듯하게 데운 손등으로 다리 뒤쪽을 따듯하게 덥히며 다시 입을 열었다.

"여보게, 핍! 내가 확실히 말하겠는데, 나에게 그런 걸 물으면 안 되네. 그런 질문은 나를 위태롭게 만들 수도 있다고 말하면 훨씬 잘 알아듣겠군. 그래! 내가 조금 더 확실히 말하겠네, 내가 좀 더 확실히 말하겠어."

재거스 변호사가 원한다면 종아리까지 문지를 수 있을 정도로 허리를 나지막이 숙여서 장화를 노려보다가 허리를 쭉 펴면서 다시 말했다.

"그 사람이 나타나면 자네는 모든 문제를 그 사람하고 직접 처리하게 될 거야. 그 사람이 나타나면 내가 맡은 역할은 완전히 끝나. 그 사람이 나타나면 나는 이 일에 관심을 기울일 이유가 없는 거야. 내가 할 말은 이게 전부네."

우리는 서로를 가만히 바라보고 결국 나는 눈길을 거둬서 바닥을 바라보며 깊은 생각에 잠겼다. 마지막 발언을 들으니, 하비셤 아씨가 나와 에스텔라를 맺어주려는 은밀한 계획을 뭔지 모를 이유로 털어놓지 않았다는, 그래서 재거스 변호사가 불쾌한 마음에 경계심까지 느낀다는, 혹은 그런 계획 자체를 너무 싫어한 나머지 거기에 관여할 마음이 조금도 없는 거라는 생각이 들었다. 내가 고개를 다시 치켜드니, 재거스 변호사는 지금까지 나를 예리하게 바라보던 시선으로 여전히 예리하게 바라보았다. 그래서 나는 이렇게 말했다.

"하실 말씀이 그게 전부라면, 선생님, 저 역시 물어볼 게 더는 없습니다."

재거스 변호사는 알았다는 표정으로 고개를 끄덕이더니 도적이 끔찍하게 두려워하는 시계를 꺼낸 다음, 저녁 식사를 어디에서 할 거냐고 물었다. 나는 숙소에서 허버트와 함께할 거라고 대답했다. 그런 다음에 예의상 필요할 것 같아서 우리와 함께 식사하는 영광을 베풀어주겠느냐 청하고, 재거스 변호사는 초대를 단번에 받아들였다. 하지만 자신 때문에 추가로 특별히 준비하는 사태는 피하고 싶으니 나와 함께 집까지 걸어가겠다고 강력하게 주장했다. 그런데 먼저 편지를 한두 통 작성해야 하는 데다 (당연히) 손도 씻어야 한다고 해서 나는 바깥 사무실에서 웨믹과 이야기를 나누며 기다리겠다고 대답했다.

사실 금화 오백 냥에 해당하는 수표를 손에 넣는 순간, 전에 자주 떠오르던 생각이 다시 떠올라서 그것에 대해 웨믹과 상의하면 좋을 거란 느낌이 들던 참이었다.

웨믹은 벌써 금고를 잠근 채 집으로 돌아갈 준비를 마친 상태였다. 일하던 책상에서 벗어나 기름기가 번지르르한 사무실 촛대 두 개를 들고나와서 문 옆 선반에 촛불 끄개와 나란히 세워놓아 금방이라도 꺼뜨리려고 준비하고, 재를 긁어모아 벽난로 불도 꺼뜨리고 모자와 커다란 외투까지 준비한 다음, 업무 마감용 운동 삼아서 금고 열쇠로 가슴팍을 톡톡 치는 중이었다.

"웨믹 씨, 상의하고 싶은 게 하나 있습니다. 친구 한 명을 도와주는 문젭니다."

웨믹은 우체통 구멍 같은 입을 꼭 다문 채 머리를 가로젓는 게 그런 짓은 정말 어리석다고 자신은 무조건 반대라고 말하는 것 같고, 나는 입을 계속 열었다.

"친구는 사업가로 성공하려고 애쓰는데 돈이 하나도 없어서 아직 시작조차 못 하고 낙심한 상탭니다. 그래서 제가 사업을 시작하도록 어떤 식으로든 도와주고 싶습니다."

"현금으로?"

웨믹이 물었다. 톱밥보다 까칠한 어투였다.

"네, 현금으로."

내가 대답하다가, 집에다 말끔하게 묶어놓은 청구서 꾸러미가 뇌리를 스치며 불안감을 자극해서 이렇게 덧붙였다.

"현금으로, 가능하다면 내가 받을 유산 가운데 일부를 미리 받아서라도."

"핍 선생, 괜찮다면 템스 강 상류 첼시 유역으로 이어지는 다양한 다리 이름을 손가락으로 짚으며 하나씩 떠올리고 싶군요. 자, 봅시다.

우선 런던 다리가 있고, 다음엔 사우스와크 다리, 다음엔 블랙프라이어스 다리, 다음엔 워털루 다리, 다음엔 웨스트민스트 다리, 다음엔 복스홀 다리."

웨믹은 다리 이름을 말할 때마다 금고 열쇠 손잡이로 손바닥에 하나씩 확인한 다음에 덧붙였다.

"모두 여섯 개니 그중에서 하나를 선택하세요."

"무슨 말인지 모르겠습니다."

"다리 하나를 선택하고 한 가운데에 올라가서 돈을 템스 강으로 던지면 돈이 어떻게 사라지는지 알겠지요. 물론 친구에게 빌려줘도 어떻게 사라지는지 알 거고요. 하지만 돈을 무가치하게 버리는 재미는 훨씬 떨어진답니다."

웨믹은 이렇게 말하면서 입을 정말 커다랗게 벌렸다. 필요하다면 신문까지 넣을 수 있을 것 같았다.

"정말 비관적인 말씀이군요."

"그러라고 한 말입니다."

"웨믹 씨 의견은, 사람은 절대로……"

내가 살짝 화난 어조로 묻는데, 웨믹이 불쑥 끼어들었다.

"친구에게 동산을 투자하는 게 아니다? 당연히 아니지요. 친구를 잃고 싶은 마음이 없다면…… 친구를 잃는데 얼마나 많은 동산이 필요한지는 또 다른 문제겠지만."

"깊이 생각해서 내린 결론이 그건가요, 웨믹 씨?"

내가 묻고, 웨믹이 대답했다.

"사무실에서 깊이 생각한 결론은 그겁니다."

나는 이 말을 듣고 빠져나갈 구멍을 발견한 것 같아서 다시 밀어붙였다.

"아! 그렇다면 자택에서는 다른 결론이 나올 수 있다는 건가요?"

내가 묻자, 웨믹이 엄숙한 표정으로 대답했다.

"핍 선생, 우리 집과 사무실은 완전히 다릅니다. 우리 노인네와 재거스 변호사가 완전히 다르듯 말입니다. 이걸 혼동하면 안 됩니다. 우리 집에서 내린 결론은 우리 집에서만 말할 수 있지요. 사무실에서 말할 수 있는 건 사무실에서 내린 결론밖에 없습니다."

나는 다행스러운 마음에 이렇게 말했다.

"그렇다면 좋습니다. 제가 자택으로 찾아가겠습니다, 확실히 말입니다."

"핍 선생, 사적인 문제로 찾아오는 건 얼마든지 환영합니다."

재거스 변호사는 귀가 누구보다 날카롭다는 사실을 알기에 우리는 이런 대화를 나지막하게 나누었다. 그러다가 재거스 변호사가 수건으로 두 손을 닦으며 문가에 나타나자, 웨믹은 커다란 외투를 걸치고 촛불을 끄려고 준비했다. 우리 세 사람은 함께 거리로 나서고 현관 앞 계단에서 웨믹은 자신이 갈 길로 가고 재거스 변호사와 나는 우리가 갈 길로 갔다.

이날 저녁에는 재거스 변호사 자택에도 '노인네'나 '대포'처럼 이 맛살을 조금이라도 펴는 데 도움이 될 만한 사람이나 취미가 있다면 좋겠다는 생각이 절로 들었다. 재거스 변호사가 생각하는 것처럼 세상은 참으로 험악하고 추악해서 성년이 되는 자체도 별다른 의미가 없는 것 같다는 생각을 스물한 번째 생일에 떠올리고 싶은 마음은 없었다. 재거스 변호사는 웨믹보다 천 배는 똑똑하고 많은 걸 알지만, 이런 사람보다는 차라리 웨믹 같은 사람을 천 배나 더 저녁 식사에 초대하고 싶었다. 그런데 재거스 변호사는 나 한 명만 우울하게 만든 게 아니었다. 나중에 우리만 남았을 때 허버트가 벽난로 불길만 물끄러미 바라보면서 자신이 뭔가 커다란 범죄를 저지르곤 까마득히 잊은 게 분명하다고, 죄책감이 들어서 괜히 우울하다고 중얼거렸기 때문이다.

37

웨믹을 찾아가 자택에서 내린 결론을 듣는 데에는 일요일이 가장 좋겠다는 생각에, 나는 돌아오는 일요일 오후에 웨믹이 사는 월워스 성으로 순례를 떠났다. 요새에 도착하기도 전에 흩날리는 영국기와 올려놓은 도개교가 보였다. 하지만 나는 성에 가득한 도전과 저항 정신에 굴하지 않고 현관에서 초인종을 울려, 노인네에게 아주 평화로운 환영을 받았다.

노인네는 도개교를 원래 자리로 돌려놓고 나서 이렇게 말했다.

"우리 아들은 나리가 찾아올 수도 있다고 생각했더랍니다. 그래서 오후 산책을 금방 다녀오겠다는 말을 남겨놓았답니다. 산책을 아주 규칙적으로 나간답니다, 우리 아들은. 무엇이든 아주 규칙적이랍니다, 우리 아들은."

나는 웨믹이 그랬을 것처럼 노인에게 고개를 끄덕이고, 노인과 함께 안으로 들어가서 벽난로 옆에 앉았다. 그러자 노인은 불길에 손을 따뜻하게 데우며 참새가 좋알대는 느낌으로 말했다.

"나리는 사무실에서 우리 아들을 만나겠지요?"

나는 고개를 끄덕였다.

"하! 우리 아들은 직장에서 아주 훌륭한 일꾼이라고 들었는데요, 나리?"

나는 고개를 힘껏 끄덕였다.

"그래요, 사람들이 그렇게 말했다오. 법조계에서 일한다지요?"

나는 고개를 더 힘껏 끄덕였다.

"그걸 보면 우리 아들은 정말 놀랍다오. 법조계가 아니라 포도주 통을 만드는 집에서 자랐는데 말이오."

재거스 변호사에 대한 평판을 노인이 어떻게 아는지 알고 싶어서 나는 노인에게 재거스 변호사라고 커다랗게 소리쳤다. 그러자 노인은 아주 열심히 웃다가 "아니요, 정말이오. 나리 말이 맞아요" 하고 아주 힘차게 대답해서 나를 엄청난 혼란에 빠뜨렸다. 노인네가 무슨 뜻으로 한 말인지, 내가 무슨 농담을 했다고 생각하는지 지금 이 순간에도 전혀 감을 잡을 수 없다.

하지만 아무 말 없이 계속 고개만 끄덕일 순 없어서 나는 노인에게 "포도주 통 만드는 일"을 했느냐고 커다랗게 소리쳤다. 목이 아플 정도로 여러 번 소리치며 노인네 가슴을 톡톡 친 결과 마침내 노인네에게 무슨 말인지 이해시키는 데 성공했다.

"아니요, 도매점이라오, 도매점. 처음에는 저 위에서."

노인네가 대답하며 굴뚝 위를 가리키는데, 나는 그게 리버풀을 뜻한다고 확신했다.

"그런 다음엔 여기 런던에서. 하지만 병에 걸려서…… 귀가 거의 안 들려서, 나리……."

나는 무언극으로 깜짝 놀란 척했다.

"그래요, 거의 안 들려요. 내가 그렇게 되자, 우리 아들은 법조계로 나가서 나를 보살피며 이렇게 아름답고 우아한 집을 조금씩 만들어왔다오. 하지만 나리가 한 말로 돌아가서…….”

노인이 말하더니, 다시 열심히 웃다가 힘차게 대답했다.

“내가 하고 싶은 말은, ‘아니요, 정말이오. 나리 말이 맞아요’라는 거라오.”

나는 아무리 천재성을 발휘해도 노인네가 상상하며 즐거워하는 농담에 조금이라도 따라갈 농담은 결코 못 떠올릴 거란 생각을 겸손하게 하는데, 굴뚝 한쪽 벽에서 갑자기 철커덕 소리가 나며 깜짝 놀라게 하더니, 조그만 나무판자가 우당탕 떨어져서 ‘웨믹’이란 글자를 보여주었다. 노인네는 내가 바라보는 시선을 쫓아가더니 “우리 아들이 돌아왔다!”고 의기양양하게 소리쳐, 나는 노인과 함께 도개교로 나갔다.

해자 사이로 아주 편하게 악수할 수 있는데도 웨믹이 건너편에서 손을 흔들며 인사하는 모습은 돈을 주고도 못 볼 구경거리였다. 노인네가 도개교를 내리며 아주 흥겨워해서 나는 도와줄 생각도 못 하고 가만히 서서 기다리고, 웨믹은 도개교를 건너더니 나를 스키핀스 양에게 소개했다. 웨믹하고 동행한 숙녀였다.

스키핀스 양은 무뚝뚝한 외모에 입이 매우 커서 웨믹과 마찬가지로 우체통 역할을 충분히 해낼 것 같았다. 나이는 웨믹보다 두세 살 어리고 몸에는 동산을 잔뜩 지닌 것 같았다. 허리 위로 드레스를 앞쪽과 뒤쪽에서 꽉 조인 모습은 아이들이 하늘에 날리는 연처럼 보이고, 드레스 색깔은 약간 너무 노란 반면에 장갑은 약간 너무 진한 녹색이었다. 그런데 노인네를 깍듯이 대하는 걸 보면 성격은 좋은 것 같았다. 게다가 성에 자주 방문한다는 사실도 금방 파악했는데, 실내로 들어서자마자 자신이 왔다는 사실을 노인네에게 알리는 발명품은 정말 천재적이라고 내가 감탄하며 칭찬하니까, 웨믹이 굴뚝 건너편 벽을 잠시 바라보다가 사라지더니, 곧이어 철커덕 소리와 함께 다른 조그만 문짝이 우당탕 떨어지는데 거기에서 '스키핀스 양'이라는 글자가 나오고 곧이어 스키핀스 양이 닫히면서 웨믹이 우당탕 열리다가 이번에는 스키핀스 양과 웨믹이 동시에 우당탕 열리고 결국에는 함께 닫혔기 때문이다.

웨믹이 기계장치 작동을 멈춘 다음에 돌아오더니, 내가 정말 대단하다고 다시 한번 감탄하자 이렇게 말했다.

"당신도 알다시피, 노인네에겐 재미도 있고 유익하기도 한 장치랍니다. 그런데 아주 중요한 건 우리 현관문에 들어선 사람 전체를 통틀어서 저 기계장치를 다룰 수 있는 사람은 노인네와 스키핀스 양과 나세 사람밖에 없다는 사실이라오!"

"웨믹 씨가 스스로 고안해서 자기 손으로 직접 만들었답니다."

스키핀스 양이 옆에서 거든 다음에 모자를 벗는 동안 (하지만 손님이 왔다는 사실을 또렷하게 나타내는 표시로 녹색 장갑은 저녁 내내 그대로 끼고) 웨믹은 잠시 산책하러 나가서 섬이 겨울에 어떤 모습인지 구경하자고 제안했다. 자택에서 생각한 결과를 알려주려고 그런다는 생각에 나는 밖으로 나오자마자 기회를 낚아챘다.

이 문제에 대해 곰곰이 생각한 터라, 나는 이야기를 처음 꺼내는 사람처럼 접근했다. 그래서 허버트 포킷을 돕고 싶은 마음이 간절하단 사실을 알린 다음에 우리가 처음에 어떻게 만나서 어떻게 싸웠는지 알려주었다. 허버트네 집안과 성격에 대해, 그리고 아버지에게 가끔 받는 생활비 외에는 수입이 전혀 없는데 그것마저 아주 애매하고 불확실하다는 사실도 언급했다. 내가 런던에 처음 올라와서 허버트와 어울린 덕분에 무식한 촌사람 냄새를 많이 없애는 효과를 누렸지만 나 자신은 허버트에게 바람직한 도움을 못 준 것 같다는, 내가 없었다면 그리고 내가 받을 유산이 없었다면 허버트 혼자서 지금보다 훨씬 잘 꾸려나갔을 거라는 생각도 털어놓았다. (물론, 하비셤 아씨에 대한 말은 한 번도 안 하면서) 유산을 둘러싸고 나와 경쟁할 수도 있었다고, 그런데 마음이 너그러워서 나를 미워하며 보복하거나 음모를 꾸민 적이 한 번도 없다는 사실도 넌지시 비췄다.

이런 다양한 이유로, 그리고 젊은 시절을 함께 보낸 동료며 친구기 때문에 나는 허버트를 매우 좋아하니, 내가 누릴 행운으로 약간의 빛이라도 비추어주고 싶다고, 그래서 이런 일은 물론 세상살이를 잘 아는 웨믹에게 내가 어떻게 하면 현재 수입으로 허버트를 도울 수 있는지, 가령 일 년에 금화 백 냥이라도 주어서 희망을 안 잃고 기운을 내도록 할 수 있는지, 그래서 조그만 동업자라도 확보하도록 도울 수 있는지 조언을 듣고 싶다고 간청했다.

그리고 내가 돕는다는 사실을 허버트가 알거나 의심하지 않는 건 아주 중요하단 사실도, 세상에서 내가 믿고 상의할 사람은 여기 말고 어디에도 없다는 사실도 이해하면 고맙겠다는 간청으로 결론을 내렸다. 그러면서 나는 손을 상대 어깨에 올리며 마지막으로 덧붙였다.

"나는 웨믹 씨에게 털어놓을 수밖에 없습니다. 물론 아주 귀찮을 거란 사실도 잘 압니다. 하지만 이건 웨믹 씨 잘못입니다, 나를 여기에 초대했으니 말입니다."

웨믹은 한동안 침묵하더니 깜짝 놀란 표정으로 입을 열었다.

"으음, 내가 분명히 말할 수 있는 건, 핍 선생, 당신은 굉장히 좋은 사람이라는 거요."

"그럼 내가 좋은 사람이 되도록 도와주겠다고 약속하세요."

내가 다그치자, 웨믹이 머리를 가로저으며 대답했다.

"맙소사! 그런 건 내가 할 일이 아니오."

"여긴 당신이 일하는 직장도 아닙니다."

내가 반박하자, 웨믹이 대답했다.

"맞는 말이오. 선생이 정곡을 찔렀소. 핍 선생, 내가 방법을 곰곰이 생각해 보리다. 내가 보기에 선생이 원하는 건 아주 조금씩 천천히 수행해야 할 것 같소. 스키핀스 오빠는 회계사를 하면서 선박대행업을 하오. 내가 한 번 찾아가서 바람직한 방법을 모색하겠소."

"정말 천 번이라도 감사합니다."

"아니요, 내가 고맙소. 우리가 엄격하게 사적인 문제로 사적인 자리에서 만나는데도 뉴게이트 거미줄이 곳곳에 있는 것 같았는데, 그게 말끔히 사라졌기 때문이오."

이런 식으로 대화를 조금 더 나누다가 성으로 들어서자, 스키핀스 양은 차와 간식을 준비하는 중이었다. 토스트를 굽는 막중한 임무는 노인네가 맡았는데, 열심히 몰두하는 모습을 보니 두 눈이 금방이라도 녹아서 사라질 것 같았다.

우리가 간식으로 먹을 음식은 알고 보니 간식이 아니라 푸짐한 식사였다. 벽난로 가로대에 쇠 받침을 걸어놓고 굽느라 버터 바른 토스트를 산더미처럼 쌓아서 노인네가 거의 안 보일 정도였다. 거기에다 스키핀스 양은 차를 잔뜩 끓여서 커다란 컵에 따라, 뒷마당 돼지까지 신바람 나서 함께 식사하겠다는 욕구를 끊임없이 드러내기도 했다.

정확한 시간에 깃발을 내리고 대포를 쏘았으며, 해자가 십 미터 넓이에 깊이도 같은 듯 바깥세상을 완전히 차단한 느낌이 편안했다. 고요한 성을 방해하는 건 하나도 없었다. '웨믹'과 '스키핀스 양'이 가끔 우당탕 떨어지는 정도였다. 조그만 문짝이 간질병에 걸린 것 같아서 처음엔 동정심에 마음이 쓰였지만 결국엔 적응했다.

스키핀스 양이 일을 체계적으로 처리하는 걸 보니 매주 일요일 저녁마다 거기에 와서 차와 간식을 준비한다는 느낌이 들고, 몸에 걸친 고풍스러운 브로치는 코가 쭉 뻗어서 보기 흉한 여성 얼굴 옆모습과 이제 막 떠오른 초승달을 새겨넣은 걸 보면 웨믹이 선물한 휴대 가능한 동산 가운데 하나란 생각이 들었다.

우리는 토스트를 모두 먹어치우고 차도 잔뜩 마셨다. 모두 배를 가득 채우고 기름기가 번드르르한 모습이 참으로 보기 좋았다. 노인네가 특히 그랬는데, 어느 원시 부족에서 늙은 추장이 지금 막 기름을 바른 것처럼 보일 정도였다. 잠시 휴식하다가 스키핀스 양은 우리 가운데 누구도 체면을 훼손하지 않고 숙녀처럼 어설픈 방식으로 설거지를 시작했다. 성에서 일하던 조그만 여자애는 안 보이는 걸 보면 일요일 오후마다 가족 품에서 쉬는 것 같았다. 이윽고 스키핀스 양은 설거지를 끝낸 다음에 장갑을 다시 착용하고 우리는 벽난로에 둘러앉았다.

"이제, 노인네, 우리에게 신문을 읽어주세요."

웨믹이 말하곤, 노인네가 안경을 꺼내는 사이에, 이건 전통에 따른 거라고, 신문을 커다랗게 읽는 걸 노인네가 매우 좋아한다고 설명하더니, "나는 굳이 양해를 부탁하지 않겠소. 노인네가 즐겁게 지낼 기회는 많지 않기 때문이오……. 그렇죠, 노인네?" 하고 덧붙였다.

"알았어, 아들, 알았어."

노인네가 대답했다. 자신에게 말한 걸 본 것이다.

"노인네가 가끔 눈을 들고 쳐다볼 때마다 고개만 끄덕이면 정말 좋아할 것이오. 어서 시작하세요, 노인네."

웨믹이 말하자, 노인이 "알았어, 아들, 알았어!" 하고 대답하는 데 정말 좋아서 바삐 서두는 모습이 참으로 보기 좋았다.

노인네가 신문을 읽는 풍경이 웹슬 아저씨 고모할머니네 야학당 시절을 떠올리는데, 열쇠 구멍으로 흘러드는 것처럼 들리는 소리가 매우 독특한 재미를 주었다. 노인네가 촛불 바로 옆에 있다가 머리나 신문을 툭하면 그쪽으로 들이밀어서 화약 공장처럼 면밀하게 감시할 필요가 있었다. 하지만 웨믹이 끊임없이 다정하게 감시해, 노인네는 자신이 얼마나 많이 구원받는지도 모른 채 신문을 계속 읽었다. 그러다가 고개를 들고 쳐다볼 때마다 우리 모두 대단하단 표정으로 지대한 관심을 보이며 고개를 끄덕이고, 노인네는 신문을 다시 읽었다.

웨믹은 스키핀스 양과 나란히 앉았지만 나는 어둑어둑한 구석에 앉은 터라, 웨믹 입이 아주 천천히 조금씩 기다랗게 벌어지는 모습을 그대로 볼 수 있었다. 한쪽 팔로 스키핀스 양 허리춤을 천천히 조금씩 휘감는 게 분명했다. 그렇게 시간이 일정하게 지나다 보면 스키핀스 양 반대쪽 허리에 나타난 손이 보이는데, 바로 그 순간에 스키핀스 양은 녹색 장갑을 낀 손으로 잡아서 마치 옷이라도 벗는 듯 웨믹 팔을 말끔하게 풀어 앞에 있는 탁자에다 아주 정중하게 올려놓았다. 그러는 동안에도 스키핀스 양이 침착한 모습을 보여주는 게 나로선 정말 놀라웠다. 아무런 생각 없이 기계적으로 그런 것처럼 보일 정도였다.

그런데 웨믹 팔은 잠시 후에 시야를 다시 벗어나며 조금씩 사라지기 시작한다. 그러면서 입이 다시 벌어지기 시작한다. 그래서 내가 고통스러울 정도로 짜릿하게 긴장하다 보면 스키핀스 양 반대쪽 허리에 손이 나타난다. 그와 동시에 스키핀스 양은 매우 침착한 권투선수처럼 말끔하게 손을 잡아서 거들 같기도 하고 허리띠 같기도 한 걸 조금 전처럼 풀어서 탁자에 올려놓는다. 탁자가 올바른 길을 상징한다면, 노인네가 신문을 읽는 내내 웨믹 팔은 올바른 길에서 벗어나고 스키핀스 양은 그걸 다시 올바른 길로 돌려놓는다 해도 틀린 말은 아닐 것 같다.

마침내 노인네는 신문을 읽다가 가벼운 잠에 스르륵 빠져들었다. 그러자 웨믹이 조그만 주전자와 쟁반에 담긴 유리잔과 까만 술병을 가져오는데, 코르크 마개 꼭대기에 도자기를 씌운 모습은 얼굴이 시뻘겋고 사교적으로 생긴 고위성직자처럼 보였다.

새롭게 나타난 도구를 사용해 우리 모두 따듯한 칵테일을 만들어 마시고 금방 깨어난 노인네도 합류했다. 스키핀스 양이 칵테일을 만드는데, 유리잔 하나로 웨믹과 함께 사용한다는 사실을 나는 금방 알아챘다. 물론 나는 스키핀스 양을 집까지 바래다주겠다고 제안할 정도로 어리석은 사람도 아니며 이런 상황에서는 내가 먼저 일어나는 게 가장 좋다는 생각도 들었다. 그래서 노인네에게 진심으로 작별인사를 하고 유쾌한 저녁 시간을 뒤로 한 채 떠났다.

일주일이 채 지나기도 전에 웨믹은 자택 주소로 편지를 보냈는데, 우리가 사적으로 만나서 논의한 문제에 진척이 있는 것 같다는, 내가 직접 찾아와서 함께 논의할 수 있다면 참으로 기쁘겠다는 내용이었다. 그래서 나는 월워스에 다시 찾아가고 또 찾아가고 또 찾아간 데다 미리 약속하고 도심지에서도 여러 번 만났지만, 리틀 브리튼 사무실이나 근방에서 동일 문제를 상의한 적은 한 번도 없었다.

그런 결과, 우리는 능력이 뛰어나고 젊은 상인이자 선박중개업자 한 명을 찾아냈다. 얼마 전에 사업을 시작해서 지식인의 도움이 필요한 데다 자본도 필요하고, 일정한 시간이 지나면서 일정한 수익에 도달하면 동업자도 필요한 사람이었다.

나는 그 사람과 함께 허버트와 관련 있는 은밀한 서류를 작성해서 서명한 다음, 내가 지닌 금화 오백 냥 가운데 절반을 지급하고 이후 나에게 생기는 수입 가운데 일부를 일정한 날짜에 지급하고 유산을 받으면 또 일부를 지급하기로 약속했다. 스키핀스 양 오빠가 모든 협상을 진행했다. 웨믹이 처음부터 끝까지 관여했지만, 전면에 나선 적은한 번도 없었다.

모든 작업을 지혜롭게 처리한 나머지 허버트는 내가 관여했다는 의심을 조금도 안 했다. 하지만 어느 날 오후에 허버트가 환한 얼굴로 집에 와서 놀라운 소식이 있다고, 클래리커란 사람을 우연히 만났는데 자신을 아주 좋아하는 것 같다고, 드디어 기회가 찾아온 것 같다고 말하던 장면을 나는 결코 못 잊을 것이다. 하루하루가 지나면서 희망이 늘어나고 얼굴은 환하게 변하는 걸 보면 허버트는 나를 더욱더 소중한 친구로 생각할 게 분명했다. 허버트가 그렇게 좋아하는 모습을 볼 때마다 나는 마음이 벅차서 눈물까지 나오는 걸 참느라 엄청나게 고생했으니 말이다.

마침내 모든 절차를 끝내고 허버트가 클래리커 상사에 들어간 날, 그래서 성공한 기쁨에 빨갛게 달아오른 얼굴로 저녁 내내 나를 붙잡고 이야기한 날, 나는 잠자리에 든 다음, 내가 받을 유산이 다른 사람에게 도움을 주었다는 생각을 하며 기쁨에 겨운 눈물을 펑펑 흘렸다.

내 인생에서 아주 중요한 사건이, 내 인생의 전환점이 이제 눈앞에 나타난다. 하지만 그 이야기로 넘어가기 전에, 그래서 발생한 다양한 변화로 넘어가기 전에, 에스텔라를 주제로 한 장을 할애해야 하겠다. 내가 아주 오랫동안 가슴을 졸이던 주제란 걸 고려하면 그렇게 많은 분량은 아니리라.

38

내가 죽고 나서 근엄하고 고풍스러운 리치먼드 녹지대 저택에 행여
나 유령이라도 출몰한다면 그건 나일 가능성이 아주 크다.[5] 아, 에스텔
라가 거기에 사는 동안 잔뜩 들뜬 영혼으로 저택 주변을 밤낮없이
얼마나 맴돌았던가! 몸뚱이가 어디에 있든 영혼은 저택 주변을 얼마나
끊임없이 방황하고 또 방황하고 또 방황했던가!

에스텔라가 함께 사는 숙녀는 브래들리 부인이라는 과부로 에스텔
라보다 나이가 몇 살 많은 딸과 살았다. 모친은 젊어 보이고 딸은 늙어
보였다. 모친은 얼굴에 혈색이 감돌고 딸은 누리끼리했다. 모친은 쓸데
없는 일에 몰두하고 딸은 본질적인 문제에 몰두했다. 두 모녀는 흔히
말하는 좋은 가문 출신으로 많은 사람을 방문하고 많은 사람에게 방문
을 받았다. 에스텔라는 두 모녀와 마음이 통하는 게 거의 없지만, 두
모녀에겐 에스텔라가 필요하고 에스텔라에겐 두 모녀가 필요하다는

---

5) 실제로 찰스 디킨스는 친구에게 보낸 편지에서 '어떤 마을에 유령이 나온다는 말을 듣고
   직접 찾아갔다고, 그래서 유령에게 이야기를 들었다고, 그 내용이 위대한 유산을 쓰게
   된 모티브'라고 고백했다.

이해관계는 맞아떨어졌다. 브래들리 부인은 하비셤 아씨가 세상과 등지기 전에 친하게 지내던 사람이었다.

브래들리 부인네 저택 안팎에서 나는 에스텔라 때문에 온갖 고문을 다양하게 겪었다. 에스텔라와 나는 서로 친하긴 하지만 에스텔라가 나를 좋아하는 건 아니라는 관계 때문에 내가 받는 고통은 상상을 초월했다.

에스텔라는 나를 이용해서 다른 숭배자를 애태우고, 나와 친하다는 이유로 자신에게 헌신하는 나를 끊임없이 놀렸다. 내가 에스텔라 비서나 집사나 배다른 동생이나 불쌍한 친척이라도 된다면 - 에스텔라가 정혼한 약혼자 동생이라도 된다면 - 아무리 가까이 지내더라도 쓸데없는 희망을 품진 않았을 것 같다. 하지만 나는 에스텔라 이름을 부르고 에스텔라 역시 나를 이름으로 부르는 친밀한 상황에서 내가 겪는 고통은 끊임없이 늘어날 수밖에 없었다. 나와 에스텔라가 그만큼 친하다는 사실 때문에 다른 숭배자는 속이 바글바글 끓겠지만 나는 머리가 돌아버릴 지경이었다.

에스텔라는 숭배자가 수없이 많았다. 물론 내가 질투심에 눈이 멀어서 에스텔라에게 접근한 사람 전체를 숭배자로 여긴 건 의심할 여지가 없다. 그렇지만 평범한 눈으로 바라보더라도 숭배자는 철철 넘쳐흘렀다.

나는 에스텔라를 리치몬드에서 자주 만나고 런던 시내에서 에스텔라와 이야기를 자주 나누고 에스텔라와 함께 브래들리 모녀를 데리고 강변에도 자주 놀러 갔다. 소풍이나 축제나 연극이나 오페라나 콘서트 등 재미있는 일이 있을 때마다 에스텔라를 쫓아다니며 온갖 번뇌와 고통에 휩싸였다. 에스텔라와 어울리는 동안 행복을 느낀 적은 단 한 시간도 없다. 그런데도 에스텔라와 죽을 때까지 함께 살아가는 행복을 온종일 꿈꾸었다.

우리가 이렇게 만나는 동안 - 독자 여러분도 조금 후에 파악하겠지만 이런 시기가 당시 생각으론 아주 오랫동안 이어지는 동안 - 에스텔라는 우리가 만나는 건 너든 나든 자의가 아니라는 어투를 습관처럼 뱉어냈다. 하지만 이런 어투를 비롯해 다양한 어투로 말하다가 갑자기 멈추는 게 나를 동정하는 것처럼 보일 때도 있었다. 하루는 리치몬드 저택에서 창가에 따로 앉아 깜깜하게 변하는 주변을 바라볼 때 에스텔라가 갑자기 태도를 바꾸면서 물었다.

"핍, 너는 경고를 받아들일 생각이 없니?"

"어떤 경고?"

"나에 대한 경고."

"너한테 끌리지 말라는 경고를 뜻하는 거니, 에스텔라?"

"뜻하는 거? 내 말뜻을 모른다면 너는 앞 못 보는 장님이야."

사랑에 빠지면 누구나 장님이 된다고 대답하고 싶었지만, 하비셤 아씨에게 복종할 수밖에 없는 처지를 잘 알면서도 에스텔라에게 나 자신을 밀어붙이는 건 신사답지 않다는 생각에 나는 평소처럼 자제했다. 내가 고통스러운 건 이런 것 때문이 조금도 아니었다. 내가 고통스러운 건 에스텔라 자신도 이런 내용을 아는 터라 자존심이 상할 수밖에 없다는, 그래서 내가 그만큼 더 불리하다는, 에스텔라 마음속에서 나는 끊임없이 반발하며 맞서 싸울 대상이 될 수밖에 없다는 사실이었다. 그래서 이렇게 대답했다.

"그래도 당장은 경고를 받은 게 없잖아, 네가 나에게 여기에 오라고 편지를 보낸 거니까, 이번에는."

"그 말은 맞아."

에스텔라가 말하면서 아무래도 상관없다는 차가운 미소를 머금고 나는 그대로 얼어붙었다. 그래서 한동안 가만히 황혼을 바라보는데, 에스텔라가 불쑥 말했다.

"내가 하비셤 아씨와 새티스 저택에 가서 하루를 보내는 시간이 다가왔어. 네가 나를 거기로 데려갔다가 여기로 다시 데려와야 해, 너만 괜찮다면. 하비셤 아씨는 내가 혼자 여행하는 걸 바라지 않아. 그러면서도 내가 하녀를 데려가는 건 반대하지. 자신이 다른 사람 입에 오르내리는 걸 끔찍하게 싫어하거든. 네가 나를 데려다줄 수 있겠니?"

"내가 너를 데려다줄 수 있겠느냐고, 에스텔라!"

"그렇다면 그럴 수 있다는 거니? 내일모레, 너만 괜찮다면. 비용은 모두 내 지갑에서 지급해야 해. 그게 함께 가는 조건이야. 알겠니?"

"순종해야 한다는 조건도 당연히 덧붙어서."

내가 말했다.

이번은 물론 다음에도 비슷한 식으로 방문하는 것에 대해서 내가 듣는 얘기는 이런 게 전부다. 하비셤 아씨는 나에게 편지를 보낸 적이 한 번도 없으며, 나 역시 하비셤 아씨가 직접 쓴 글씨를 본 적이 한 번도 없다. 우리는 다음다음 날에 새티스 저택을 방문했는데, 하비셤 아씨는 내가 예전에 처음 갔을 때 발견한 방에 그대로 있는 건 물론, 새티스 저택 역시 변한 게 하나도 없다는 건 말할 필요도 없다.

하비셤 아씨는 내가 예전에 본 이상으로 에스텔라를 끔찍하게 애지 중지했는데, 내가 곰곰이 생각한 끝에 이런 표현을 사용한 이유는 표정 도 그렇고 포옹하는 자세도 그렇고 뭔가 끔찍한 기운이 깃들었기 때문 이다. 그래서 아름다운 에스텔라 얼굴에 집착하고 에스텔라 말에 집착 하고 에스텔라 동작 하나하나에 집착하며, 의자에 앉아서 덜덜 떠는 자기 손가락을 입에 넣고 오물거리며 가만히 바라보는 모습은 마치 자신이 키운 아름다운 여성을 맛있게 먹어치우는 것 같았다.

그러더니 에스텔라로 향하던 시선을 나에게 돌리며 가만히 바라보는 게 가슴속을 들여다보며 다양한 상처를 자세히 살펴보는 것 같다가, 에스텔라가 듣는 앞에서 마녀처럼 탐욕스러운 표정으로 묻고 또 물었다.

"에스텔라가 너를 어떻게 대하니, 핍? 에스텔라가 너를 어떻게 대하니?"

하지만 밤에 불길이 깜빡이는 벽난로 옆에 셋이 나란히 앉은 다음에는 더더욱 소름 끼쳤다. 에스텔라 손을 자기 팔에 끼우고 자기 손으로 꼭 움켜잡은 채 에스텔라가 정기적으로 보낸 편지에서 알린 내용을 하나씩 언급하는 방식으로 그동안 매혹한 사내 이름과 상태를 억지로 캐물었기 때문이다. 그리고 정신적으로 깊은 상처를 입어 중병에 걸린 사람처럼 사내들 이름을 천천히 언급하면서 다른 손으로 목발 지팡이를 짚고 거기에 턱을 괸 채 창백하게 번뜩이는 눈으로 나를 노려보는데, 그야말로 유령이 따로 없었기 때문이다.

나는 여기에서, 남에게 의존한 인생이 천박하게 보여 나 자신이 비참하고 씁쓸한 가운데 새로운 사실을 깨달았다. 나는 여기에서, 하비셤 아씨가 에스텔라를 키운 건 남자에게 복수하기 위한 거란 사실을, 그런 목적을 에스텔라가 충족하기 전에는 나에게 주지 않을 거란 사실을 깨달았다. 나는 여기에서, 에스텔라를 나에게 미리 배정한 이유를 깨달았다. 남자를 유혹하고 고문하고 상처를 주도록 에스텔라를 파견했지만 어떤 숭배자도 에스텔라를 손에 넣을 수 없다는, 그래서 에스텔라에게 빠져든 남자는 모두 실패할 수밖에 없다는 확신이 필요했던 것이다. 나는 여기에서, 상을 줄 사람으로 나를 선정하긴 했어도 나 역시 천재적인 다양한 술책에 똑같은 고통을 겪어야 한다는 사실 역시 깨달았다.

나는 여기에서, 유산상속을 이렇게 오랫동안 미루는 이유는 물론 지난번에 보호자가 이런 계획을 안다고 공식적으로 인정하길 거부한 이유도 깨달았다. 한 마디로 나는 여기에서, 당시에도 하비셤 아씨 입김이 완벽하게 작용했으며, 처음부터 끝까지 항상 그랬다는 사실을 확실히 깨달았다. 나는 여기에서, 한 여인이 태양을 피하며 살아가는 저택에 어린 그늘을, 어둠에 싸여서 병들대로 병든 저택에 어린 그늘을 또렷하게 깨달았다.

벽에 달린 촛대에서 촛불이 실내를 밝혔다. 아주 높은 곳에서 환기가 거의 안 되는 공기를 태우느라 불빛이 둔하고 답답했다. 그런 촛불을, 초에서 창백하게 흘러나오는 어둠을, 멈춘 괘종시계를, 탁자와 방바닥에서 말라비틀어진 신부용 장식을, 벽난로 불빛을 받아 천장과 벽에 유령 같은 그림자를 커다랗게 드리우는 끔찍한 하비셤 아씨 자체를 둘러보는 동안, 나는 마음속으로 파악한 사실이 그대로 살아나며 생생하게 다가오는 걸 느꼈다.

나는 층계참 건너편 커다란 방으로, 커다란 식탁을 기다랗게 펼친 방으로 생각이 넘어가, 중앙에 배치한 커다란 케이크에서 흘러내린 거미줄과 식탁보에서 기어 다니는 거미들과 벽 판자 뒤에서 가슴을 콩닥거리며 열심히 뛰어다니는 생쥐들 발소리와 바닥에서 더듬다가 멈추기를 반복하는 딱정벌레들에서도 그런 사실을 생생하게 확인했다.

그런데 이번 방문에는 에스텔라와 하비셤 아씨 사이에서 날카로운 말이 오갔다. 두 사람이 다투는 모습을 본 건 생전 처음이다.

우리 세 사람은 조금 전에 묘사한 것처럼 벽난로 옆에 앉고, 하비셤 아씨는 자기 팔에 에스텔라 팔을 여전히 낀 채 자기 손으로 에스텔라 손을 꽉 움켜잡고 있는데, 에스텔라가 몸을 조금씩 빼기 시작했다.

그러기 전에도 짜증스런 표정을 거만하게 한 차례 이상 보인 터다.
모진 애정을 사랑으로 보답하는 게 아니라 억지로 참는 것 같았다.

"뭐야! 너는 내가 싫으니?"

하비셤 아씨가 말하며 매서운 눈빛으로 쳐다보았다.

"나 자신이 싫은 것뿐이에요."

에스텔라가 대답하며 팔을 풀더니, 커다란 벽난로 선반으로 가서
가만히 선 채 불길을 내려다보았다.

"사실대로 말해, 배은망덕한 것! 너는 내가 싫은 거야."

하비셤 아씨가 소리치며 지팡이로 바닥을 강하게 내리쳤다.

에스텔라는 아주 침착하게 하비셤 아씨를 쳐다보다가 불길을 다시
내려다보았다. 우아한 자태와 아름다운 얼굴에는 잔뜩 흥분한 상대에
게 무관심한 표정이 차분하게 어렸다. 잔인할 정도였다.

"목석같은 것! 마음이 그지없이 차가워!"

하비셤 아씨가 소리치자, 에스텔라가 무관심한 태도를 유지하며 커
다란 벽난로 선반에 몸을 기댄 채 눈동자만 굴리며 물었다.

"뭐라고요? 지금 저한테 차갑다고 나무라는 거예요? 양어머니께서?"

"그럼 아니란 말이냐?"

사나운 대꾸에 에스텔라가 반박했다.

"저를 그렇게 만든 사람이 바로 양어머니란 사실을 아셔야죠. 칭찬
도 모두 양어머니 몫이고 비난도 모두 양어머니 몫이며, 성공도 모두
양어머니 몫이고 실패도 모두 양어머니 몫이에요. 나를 이렇게 만든
사람이니까요."

"아, 저것 좀 봐, 저것 좀 봐! 자신을 받아준 벽난로 앞에서, 내가
날카로운 비수에 찔려 가슴에서 피를 철철 흘리면서도 자신을 받아준
여기에서, 내가 오랫동안 깊은 애정을 아낌없이 쏟아부은 여기에서

저렇게 매정하고 배은망덕하게 구는 모습 좀 봐!"

하비셤 아씨가 비통하게 울부짖자, 에스텔라가 반박했다.

"최소한 나는 이런 계약을 맺을 때 가담한 적이 없어요. 이런 계약을 맺을 때 내가 할 수 있는 거라곤 걸음마를 떼고 입을 떼는 정도가 전부였어요. 그런데도 양어머니가 바라는 건 무어죠? 그동안 아주 잘 해주셔서 저는 많은 은혜를 입었어요. 그래서 바라는 게 무어죠?"

"사랑."

"받았잖아요."

"못 받았어."

하비셤 아씨가 부인하자, 에스텔라는 차분하고 우아한 태도를 그대로 유지하며 상대처럼 목소리를 키우지도 않고 분노나 애정에 이끌리지도 않는 태도로 반박했다.

"양어머니, 제가 많은 은혜를 입었다고 했잖아요. 제가 가진 건 모두 양어머니 소유에요. 그동안 저에게 주신 건 무엇이든 한마디만 하시면 그대로 가져갈 수 있어요. 제가 가진 건 그게 전부에요. 그런데 저에게 주신 적이 한 번도 없는 걸 저에게 달라고 하시면, 저로선 고마운 마음에 아무리 노력한다고 해도 도저히 드릴 수 없겠지요."

"내가 저 애에게 사랑을 준 적이 없니! 내가 저 애에게 불타는 사랑을 준 적이 없니, 질투심하고도 떼어낼 수 없고 날카로운 고통하고도 떼어낼 수 없는 사랑을? 그런데도 저 애는 그런 걸 준 적이 없다고 하는구나! 저 애한테 차라리 내가 미쳤다고 말하라고 해, 내가 미쳤다고 말하라고!"

하비셤 아씨가 소리치며 매서운 눈으로 나를 쳐다보자, 에스텔라가 대답했다.

"내가 하고많은 사람 가운데에서 양어머니에게 미쳤다고 할 이유가 뭐겠어요? 양어머니가 세운 확고한 목표를 내가 아는 절반이라도 아는 사람이 세상에 있을까요? 양어머니 기억이 얼마나 또렷한지를 내가 아는 절반이라도 아는 사람이 세상에 있을까요? 지금 이 순간에도 거기 양어머니 옆에 있는 바로 그 조그만 걸상에 툭하면 앉아서, 바로 이 벽난로 앞에서, 저는 양어머니 얼굴이 그렇게 낯설고 무서운데도 똑바로 올려다보며 양어머니에게 다양한 교훈을 배웠는데요!"

"그리고 곧바로 잊어버렸지! 순식간에 잊어버렸지!"

하비셤 아씨가 한탄하자, 에스텔라가 반박했다.

"아니에요, 잊지 않았어요, 잊지 않고 가슴에 고이 간직했어요. 양어머니가 가르쳐주신 것에 제가 언제 어긋난 적이 있던가요? 양어머니가 알려주신 교훈에 제가 언제 소홀한 적이 있던가요? 양어머니가 배척하는 걸 제가 언제 여기로……"

에스텔라가 손을 가슴에 대며 계속 말했다.

"……받아들인 적이 있던가요? 말씀을 똑바로 하셔야죠!"

"너무 거만해, 너무 거만해!"

하비셤 아씨가 한탄하며 하얗게 센 머리칼을 양손으로 쓸어 넘기고, 에스텔라는 계속 반박했다.

"저에게 거만하게 행동하도록 가르친 사람이 누구죠? 제가 거만하게 굴 때마다 칭찬한 사람이 누구죠?"

"너무 냉정해, 너무 냉정해!"

하비셤 아씨가 한탄하며 아까처럼 행동하고, 에스텔라는 계속 반박했다.

"저에게 냉정하도록 가르친 사람이 누구죠? 제가 냉정하게 굴 때마다 칭찬한 사람이 누구죠?"

"그래서 나한테도 그렇게 거만하고 냉정하게 구는 거냐! 에스텔라, 에스텔라, 에스텔라, 나한테도 그렇게 거만하고 냉정하게 구는 거냐고!"

하비셤 아씨가 날카롭게 소리치며 두 팔을 내밀었다.

에스텔라는 순간 살짝 놀란 표정으로 가만히 바라보는데, 흔들린 기색은 조금도 없었다. 그러다가 그 순간이 지나자 불길을 다시 내려다보았다. 그리고 잠시 침묵하다가 고개를 들며 말했다.

"따로 살다가 이렇게 만나러 온 지금 양어머니께서 이렇게 엉뚱하게 나오는 이유를 도무지 모르겠어요. 저는 양어머니가 받은 부당한 대우와 그렇게 된 원인을 한 번도 잊은 적이 없어요. 저는 양어머니에게 그리고 양어머니가 가르친 내용에 어긋난 적이 한 번도 없어요. 저는 책잡힐 만큼 실수한 적이 한 번도 없어요."

"내가 베푼 사랑을 돌려주는 게 실수란 말이냐? 그래, 좋다, 좋아, 너라면 그렇다고 대답하겠지!"

하비셤 아씨가 소리치자, 에스텔라는 다시 살짝 놀란 표정을 짓다가 깊이 생각하는 표정으로 변하면서 입을 열었다.

"이런 사태가 발생한 이유를 이제 조금은 이해할 것 같다는 생각이 드네요. 양어머니께서 저를 이렇게 어두운 공간에 완벽하게 가두어서 햇빛 같은 게 있다는 사실도 모르고 양어머니 얼굴에 비치는 햇살 자체를 한 번도 못 봤다면…… 그러다가 양어머니에게 다른 목적이 생겨서 저에게 햇빛을 이해하고 햇빛에 대한 모든 걸 파악하길 바라는데 제가 못 그런다면, 그래도 이렇게 실망해서 화를 내시겠어요?"

하비셤 아씨는 의자에 앉은 상태로 두 손을 머리에 올린 채 나지막한 신음을 뱉어내며 몸을 흔들 뿐 아무런 대답도 않고, 에스텔라는 다시 입을 열었다.

"아니, 훨씬 그럴싸한 사례로, 사물을 인식하는 능력이 이제 막 생긴 아이에게 햇빛 같은 게 있는데 그건 파괴해야 할 적이라고, 햇빛은 양어머니 자신을 그리고 나중에는 저 자신을 말라비틀어지게 한다고, 그러니 항상 거부해야 한다고 모든 열정을 다해서 열심히 가르쳤다면…… 그러다가 양어머니에게 다른 목적이 생겨서 저에게 햇빛을 자연스럽게 받아들이길 바라는데 제가 못 그런다면, 그래도 이렇게 실망하며 화를 내시겠어요?"

하비셤 아씨는 가만히 들을 뿐 (얼굴을 볼 수 없는 나에겐 그렇게 보이는 가운데) 여전히 대답을 안 하고, 에스텔라는 계속 말했다.

"그러니, 양어머니는 저를 당신께서 만드신 그대로 받아들여야 해요. 저는 성공도 아니고 실패도 아니에요. 성공과 실패가 하나로 모인 게 바로 저에요."

어떻게 그랬는지 모르겠지만, 하비셤 아씨는 어느새 바닥에 쓰러져서 빛바랜 신부용 장식 사이에 앉았는데, 자신도 그런 장식 가운데 하나같았다. 처음부터 틈새가 생기기만 기다리던 나는 기회를 안 놓치고 밖으로 나갔다. 손짓으로 에스텔라에게 진정하라는 신호를 보낸 다음이었다. 내가 떠날 때도 에스텔라는 계속 그런 것처럼 커다란 벽난로 선반 옆에 그대로 선 상태였다. 하비셤 아씨는 방바닥에 쓰러져서 다른 신부용 장식품 잔해 사이로 하얗게 센 머리칼을 풀어헤쳤는데, 너무 비참해서 차마 볼 수 없었다.

나는 우울한 심정으로 별빛을 받으며 마당과 양조장과 폐허로 변한 정원을 한 시간 이상 돌아다녔다. 그러다가 마침내 용기를 끌어모아서 안으로 다시 들어가니, 에스텔라는 하비셤 아씨 무릎팍에 앉아서 너덜너덜하게 떨어진 드레스 장식 가운데 하나를 바늘로 꿰는 중이었다. (지금도 나는 성당을 지나다가 빛바랜 깃발이 누더기처럼 변해서 휘날리는 걸 볼 때마다 당시 광경이 저절로 떠오른다.) 결국 나는 에스텔라와 함께 옛날처럼 카드놀이를 하고 - 변한 게 있다면 둘 다 실력이 늘어서 프랑스식 카드놀이를 했다는 건데 - 저녁 시간을 그렇게 보낸 다음에는 잠자리에 들었다.

나는 마당 건너편 독채에 묵었다. 내가 새티스 저택에서 하룻밤을 묵은 건 그때가 처음이라서 도무지 잠이 올 생각을 안 했다. 하비셤 아씨가 사방에서 나타나며 괴롭혔다. 내가 머리를 벤 베개 이쪽에도, 저쪽에도, 침대 머리맡에도, 침대 발밑에도, 반쯤 열린 분장실 방문 뒤에도, 분장실 안에도, 머리 위에 있는 방에도, 밑에 있는 방에도 나타났다. 안 나타나는 곳이 없었다.

깜깜한 밤이 새벽 두 시를 향해 천천히 기어갈 즈음에는 도저히 그대로 누워있을 수 없다는 느낌이, 일어나야 한다는 느낌이 들었다. 그래서 일어나 옷을 입고 밖으로 나가서 마당을 가로질러 판석이 깔린 기다란 통로에 들어섰다. 바깥쪽 마당으로 나가서 산책하며 마음을 가라앉힐 생각이었다. 그런데 판석 통로에 들어서자마자 나는 촛불을 끄고 말았다. 하비셤 아씨가 나지막하게 울면서 유령처럼 걸어가는 모습을 보았기 때문이다.

나는 멀리서 뒤를 쫓다가 층계로 오르는 모습을 발견했다. 하비셤 아씨가 촛대 없는 촛불을 한 손에 든 걸 보면 자기 방 벽에 있는 촛대에서 꺼낸 것 같은데, 촛불에 비친 모습이 세상 사람 같지 않았다.

층계 바닥에서 가만히 기다리니, 하비셤 아씨가 문을 여는 걸 보지 않아도 피로연이 썩어 문드러진 커다란 방에서 흘러나오는 곰팡내가 코끝으로 파고들고, 그곳으로 들어가는 발소리와 다시 자기 방으로 돌아가는 발소리를, 다시 거기에서 나와 맞은편으로 또 들어가는 발소리를, 그러면서 나지막하게 끊임없이 우는 소리를 들을 수 있었다.

잠시 후에 나는 어두운 곳을 벗어나 독채로 돌아가려고 했지만, 새벽 햇살이 가느다랗게 흘러들어 손으로 집을 곳을 보여줄 때까지 도저히 그럴 수 없었다. 그래서 가끔 층계 밑으로 다가가, 하비셤 아씨 발소리를 듣고 위에서 지나는 불빛을 보고 나지막하게 끊임없이 우는 소리를 들었다.

다음 날 우리가 떠날 때까지 하비셤 아씨와 에스텔라는 두 번 다시 다투지 않고 당시와 비슷한 상황에서 다시 다툰 적도 없는데, 내가 기억하기에 그런 상황은 모두 네 번이었다. 하비셤 아씨가 에스텔라를 대하는 태도 역시 변한 게 조금도 없었다. 예전과 똑같은 분위기에 두려움 같은 게 살짝 스며든 정도였다.

벤틀리 드러뮬에 대한 언급을 않고 이번 이야기를 끝낼 순 없다. 그럴 수 있다면 아주 기쁘겠지만 말이다.

한 번은 '방울새들'이 모두 모여서 평상시처럼 서로 끝없는 논쟁을 벌이며 우의를 다지는데, 사회를 보던 방울새가 모든 방울새에게 주목하라고 하면서 드러뮬이 숙녀를 위해 건배하겠다고 선언했다. '작은 숲'에서 정한 엄격한 규칙에 따르면 그날은 짐승 같은 드러뮬이 숙녀를 위해 건배할 차례였다.

화려한 술병이 한 바퀴 도는 동안 드러뮬이 추악한 방식으로 나를 흘겨보는 것 같지만, 우리 사이에 좋아하는 마음이라고는 조금도 없는 터라 당연히 그럴 수 있다고 생각했다. 내가 정말로 놀라며 분개한 건 드러뮬이 회원들 앞에서 "에스텔라를 위하여!"라고 선언할 때였다.

"어떤 에스텔라?"

내가 묻자, 드러뮬이 받아쳤다.

"너는 몰라도 돼."

"어디에 사는 에스텔라? 너는 어딘지 밝힐 의무가 있어."

내가 다그쳤다. 그건 실제로 방울새가 지켜야 할 의무였다.

드러믈이 나를 외면한 채 회원들에게 선포했다.

"리치몬드에 사는, 비할 데 없이 아름다운 숙녀랍니다, 여러분."

"비열하고 보잘것없는 멍청이가 비할 데 없이 아름다운 숙녀를 퍽이나 알겠군!"

내가 속삭이자, 맞은편에 있던 허버트가 건배한 다음에 모두에게 소리쳤다.

"나도 숙녀분을 아네."

"자네가?"

드러믈이 묻자, 나도 시뻘겋게 달아오른 얼굴로 덧붙였다.

"나도 알아."

"자네도? 맙소사!"

드러믈이 한탄했다. 유리잔이나 사기그릇을 던지는 외에 녀석이 육중한 덩치로 할 수 있는 대꾸라곤 이렇게 한탄하는 게 전부였다. 하지만 나는 가시 돋친 말을 재치 있게 들은 것처럼 화가 치솟아, 자리에서 즉시 일어나 '작은 숲'에 등원해서 - 우리는 의회에서 흔히 그러는 것처럼 언제나 '작은 숲'에 등원한다는 멋들어진 표현을 사용했다 - 자신이 조금도 모르는 숙녀를 언급하며 건배하는 건 명예로운 방울새를 모독하는 행위로 볼 수밖에 없다고 선언했다.

그러자 드러믈이 벌떡 일어나서 무슨 뜻으로 하는 말이냐고 물었다. 여기에 대해 나는 내가 사는 곳을 분명히 알 터이니 한번 찾아오라[6]는 극단적인 대답으로 응했다.

이런 다음에 기독교 국가에서 피를 안 흘리고 살아가는 게 가능한가를 둘러싸고 방울새 사이에서 의견이 갈렸다. 그러다가 논쟁이 너무 격렬하게 발전한 나머지 도중에 명예로운 회원 여섯 명 이상이 다른

---

6) 결투를 청하려면 청하라는 표현이다.

회원 여섯 명 이상에게 자기 주소를 분명히 알 터이니 한 번 찾아오라고 소리칠 정도였다.

하지만 결국에는 ('작은 숲'은 명예를 중시하는 모임이니) 드러뮬이 숙녀분에게 사소한 증거물이라도 받아와서 서로 알고 지내는 영광을 누렸다고 입증한다면 핍은 신사답게 그리고 방울새답게 "그렇게 격렬한 감정을 분출한 것"에 대해 유감을 표해야 한다는 결론에 도달했다.

증명을 제출할 날은 (질질 끌어서 명예를 중시하는 열정이 식지 않도록) 다음 날로 정하고, 바로 그날 드러뮬은 에스텔라가 드러뮬과 춤을 몇 차례 추는 영광을 누렸다고 정중하게 인정한 짤막한 친필 확인서를 들고 나타났다. 그래서 나는 어쩔 도리 없이 "그렇게 격렬한 감정을 분출한 것"에 대해 유감을 표명하고 내가 사는 곳을 알 거라는 말 역시 부당하니 철회하겠다고 말해야 했다. 그리고 나서 드러뮬과 나는 한 시간 동안 가만히 앉아서 코를 씩씩거리고, '작은 숲'은 무차별 논쟁을 벌이다가 마침내 놀라운 속도로 충분한 우의를 다졌다고 선언했다.

내가 지금은 이런 이야기를 가볍게 하지만 당시에는 조금도 가벼운 문제가 아니었다. 비열하고 굼뜨고 음침한 멍청이에게, 평균에서 한참 떨어지는 인간에게 에스텔라가 호의를 보였다고 생각할 때마다 말로 형용할 수 없는 고통이 밀려들었기 때문이다. 그렇게 비열한 놈에게 에스텔라가 허리를 숙이며 인사했다는 생각 자체를 못 견딘 건 내가 에스텔라를 사랑하는 순수하고 이타적이고 뜨거운 열정 때문이었다고 나는 지금 이 순간까지 확신한다. 물론 에스텔라가 호의를 베푸는 대상이 누구든 나는 비참한 기분에 시달릴 수밖에 없었다. 하지만 조금이나마 훌륭한 상대라면 내가 받는 고통의 유형이나 깊이 역시 조금은 달랐을 게 분명하다.

드러뮬이 에스텔라를 열심히 따라다니기 시작하고 에스텔라 역시 그러도록 허용한다는 사실을 나는 얼마 안 가서 어렵지 않게 알아챘다. 결국에는 드러뮬이 언제나 에스텔라만 쫓아다니느라 나와 마주치는 사태까지 매일같이 일어났다. 드러뮬은 둔하고 고집스러운 방식으로 끊임없이 따라붙고 에스텔라는 계속 따라붙도록 만들었다, 용기를 불어넣다가 갑자기 싸늘하게 대하고, 애교까지 부리다가 갑자기 노골적으로 경멸하고, 아주 친하게 굴다가 누군지 기억조차 못 하는 식으로 말이다.

하지만 재거스 변호사가 별명으로 붙인 거미는 거미 특유의 인내심을 발휘하며 숨어서 기다리는 데 익숙했다. 게다가 자신은 돈이 많고 가문도 좋다는 돌대가리 특유의 자신감으로 집중력과 확고한 목적의식을 대신하며 가끔 상당한 효과를 발휘했다. 그래서 거미는 에스텔라를 끈질기게 감시하는 식으로 다른 똑똑한 곤충을 뛰어넘다가 아주 적절한 시기에 거미줄을 늘여서 툭 떨어지곤 했다.

당시에는 지역마다 공공무도회를 열 때고 하루는 리치몬드 역시 공공무도회를 열어서 에스텔라는 다른 미녀 누구보다 탁월한 매력을 발산하는데, 덜 떨어진 드러뮬 자식이 바로 옆에 찰싹 달라붙고 에스텔라는 기꺼이 감수하는 분위기라서 나는 에스텔라에게 이 녀석에 대한 말을 한 번 해야 하겠다고 마음먹었다. 기회는 바로 찾아왔다. 집으로 가기 위해 모든 준비를 마치고 브래들리 부인을 기다리느라 다른 꽃들과 떨어져서 에스텔라 혼자 앉아있었다. 나는 이런 곳에 오갈 때마다 언제나 에스코트하는 역할이라서 당연히 옆으로 다가가며 물었다.

"지쳤니, 에스텔라?"

"약간, 핍."

"그럴 거야."

"벌써 지치면 안 되는데…… 잠자리에 들기 전에 편지를 써서 새티스 저택으로 부쳐야 하거든."

"오늘 밤에 획득한 전리품을 보고하려고? 하지만 별 볼 일 없는 전리품이야, 에스텔라."

"무슨 뜻이야? 오늘은 아무런 전리품도 없는 줄 알았는데?"

"에스텔라, 저기 모서리에 있는 녀석을 봐, 지금 우리를 쳐다보는 녀석."

내가 말했지만, 에스텔라는 그쪽을 바라볼 생각도 않고 나만 쳐다보며 반박했다.

"내가 왜 쳐다봐야 해? 네 말을 빌리자면 저기 모서리에 있는 녀석을 내가 봐야 할 이유가 뭐지?"

"그건 내가 묻고 싶은 질문이군. 저 녀석이 오늘 밤 내내 네 주변을 얼쩡거렸으니 말이야."

내가 말하자, 에스텔라가 녀석을 힐끗 쳐다보며 대답했다.

"촛불 주변에는 나방은 물론 온갖 곤충이 추악하게 꼬이는 법이야. 그런다고 촛불이 어떻게 하겠니?"

"그건 맞아. 그런데 너도 어떻게 할 수 없는 건 아니잖아."

내가 다시 말하자, 에스텔라가 웃더니 잠시 후에 대답했다.

"으음! 어쩌면. 그래. 편한 대로 생각해."

"하지만 에스텔라, 내가 하는 말 똑바로 들어. 드러뮬은 모두가 경멸하는 작자야. 네가 저런 녀석에게 호감을 보일 때마다 나는 비참한 심정이 들어. 저 녀석은 모두가 경멸한다고."

"그래?"

"겉이나 속이나 추악한 녀석이야. 덜 떨어진 데다 천박하고 멍청하며 성질까지 나쁜 녀석."

"그래?"

"아둔한 조상을 우스꽝스럽게 늘어놓은 족보와 돈 외에는 내세울 게 하나도 없는 녀석이라는 건 너도 알잖아. 아니니?"

"그래?"

에스텔라가 다시 중얼거렸다. 그러면서 사랑스러운 눈동자만 점차 커다랗게 떴다.

외마디 대답만 나오는 상황을 극복하려고 나는 똑같은 말을 강한 어조로 한 다음에 말했다.

"그래! 그래서 그런 걸 볼 때마다 내가 비참한 심정이 든다는 거야."

나를……나를……비참하게 만들 생각으로 드러믈에게 일부러 호감을 보이는 거라면 나는 훨씬 느긋한 마음으로 충분히 감수할 수 있었다. 하지만 에스텔라는 습관적으로 나를 관심 밖으로 배제해, 나로선 그렇게 믿을 근거가 하나도 없었다.

에스텔라가 건너편을 다시 힐끗 쳐다보며 말했다.

"핍, 그런 것에 영향을 받는 건 멍청한 짓이야. 그런 영향은 다른 사람이 받아야 해. 바로 그게 내 의도라고. 이 문제는 논의할 가치도 없어."

"그렇지 않아. 사람들이 '저 여자가 우아한 매력을 멍청한 놈에게, 가장 천박한 놈에게 낭비하는군' 하고 숙덕이는 소리를 내가 어떻게 견딜 수 있겠니?"

"나는 견딜 수 있어."

"맙소사! 그렇게 딱딱하고 거만하게 굴지 마, 에스텔라."

내가 반박하자, 에스텔라가 두 손을 벌리며 받아쳤다.

"이번에는 딱딱하고 거만하다고 하는군! 조금 전까지만 해도 멍청이에게 허리를 숙인다며 똑같은 입으로 나무라더니!"

나는 갑자기 한 방 맞고 허둥대며 둘러쳤다.

"네가 그런 건 확실하잖아. 오늘 밤만 해도 저 녀석에게 방긋 웃는 모습을 수없이 봤다고, 나에겐 그런 적이 한 번도 없는 모습을."

내가 항의하자, 에스텔라는 화까지 난 건 아닐지언정 아주 진지한 표정으로 갑자기 노려보며 물었다.

"그럼 너는 내가 너를 속여서 함정에 빠뜨리면 좋겠니?"

"그럼 지금 너는 저 녀석을 속여서 함정에 빠뜨린다는 거야, 에스텔라?"

"그래, 다른 사내도…… 너를 제외한 모든 사내. 브래들리 부인이 오니까 그만하자."

내 마음을 완전히 사로잡은, 그래서 속앓이를 하고 또다시 속앓이하는 내용을 주제로 이야기 한 장을 할애했으니, 이제는 훨씬 오래전부터 나에게 일어난 사건으로, 세상에 에스텔라가 존재한다는 사실을 알기 전에, 이제 막 지력이 생기던 아기 에스텔라를 하비셤 아씨가 파괴하는 방식으로 왜곡하기 훨씬 전에 일어난 사건으로 넘어가야 하겠다.

동양 이야기를 보면 두 마법사가 계략을 꾸미며서 술탄을 쫓아내고 술탄은 거기에 복수하는 장면이 나온다. 두 마법사가 승리에 들떠서 곤하게 자는 잠자리에 묵직한 석판을 떨어뜨려 죽일 생각으로 술탄은 채석장에서 돌을 캔 다음, 바위까지 뚫으며 수 킬로미터에 달하는 땅굴을 파서 석판을 밧줄에 묶어 천천히 옮기고 천천히 당겨서 지붕으로 올리더니, 단단히 맨 밧줄을 수 킬로미터에 달하는 땅굴로 길게 늘어뜨려서 쇠로 만든 커다란 고리에 묶는다. 엄청나게 고생하며 모든 준비를 마치고 마침내 시간이 되자, 술탄은 한밤중에 일어나 날카로운 도끼를

들고 다가가서 쇠고리에 묶은 밧줄을 내리치고, 밧줄은 잘려서 순식간에 달려들어 천장이 무너지고 두 마법사는 꼼짝없이 죽는다.

내가 똑같은 경우다. 주변은 물론 아주 멀리서도 종말을 예고하며 모든 작업을 마친 상태다. 그래서 밧줄을 자르는 순간, 내가 믿던 강력한 요새가 무너지며 나를 덮치고 말았다.

39

이제 나는 스물세 살이 되었다. 유산 문제에 대해 새롭게 들은 말은 하나도 없는 상태에서 일주일 전에 스물세 살이 된 것이다. 우리가 바너드 여인숙을 떠나서 템플로 옮긴 건 일 년이 훨씬 넘었다. 새로 구한 숙소는 강변에 있는 '정원 저택'이었다.

포킷 선생님 밑에서 하던 공부는 얼마 전에 끝났지만 우리는 좋은 관계를 유지했다. 내가 무엇에 집중할 능력이 없는데도 - 앞으로 물려받을 유산이 어떻게 될지 몰라 마음이 불안해서 이런 것이길 바랄 뿐인데 - 책을 읽는 취미는 여전해서 매일 많은 시간을 독서로 보냈다. 허버트 문제는 여전히 현재진행형이고 나 자신은 앞 장 마지막 부분에서 언급한 내용과 다를 게 하나도 없었다.

허버트는 업무 때문에 마르세유로 출장을 갔다. 나 혼자 남았다. 외롭다는 느낌이 막연하게 떠올랐다. 내일이면 혹은 일주일만 지나면 모든 불확실성이 말끔하게 걷히길 오랫동안 갈망하다가 오랫동안 실망하느라 사기는 떨어지고 불안감은 늘어났다. 쾌활한 얼굴로 언제나 옆에서 격려하던 친구가 몹시도 그리웠다.

날씨는 정말 고약했다. 비바람이 몰아치고 또 몰아치더니, 거리마다 깊은 도랑이 파여서 사방이 진흙탕이었다. 동쪽에서 거대한 먹구름이 런던으로 날마다 몰려들었다. 먹구름과 바람 왕국이 동쪽에서 끝없는 세력을 뻗치는 것 같았다. 돌풍이 너무나 무섭게 몰아치니, 도심지 고층건물은 지붕에서 함석판이 떨어져 나가고 근교에서는 나무가 뿌리째 뽑히고 풍차 날개가 날아갔으며 해안에서는 배가 부서지고 사람이 죽었다는 우울한 소식이 날아들었다. 이렇게 날뛰는 바람과 함께 비까지 무섭게 쏟아지는데, 날이 저물어 자리에 앉아서 책을 읽을 즈음에는 특히 심했다.

내가 살던 템플 지역은 나중에 대대적으로 개발했지만, 당시만 하더라도 상당히 외진 데다 강변에 그대로 노출된 상태였다. 우리가 사는 곳은 제일 끝에 있는 건물 꼭대기 층이라, 그날 밤 강에서 몰려드는 바람에 건물이 뒤흔들리는 게 마치 대포를 발포하거나 바다에서 거대한 파도라도 밀려드는 것 같았다. 몰려드는 비바람에 유리창이 마구 흔들려서 눈을 들고 바라보기라도 하면 폭풍에 시달리는 등대처럼 보일 정도였다. 이렇게 무서운 밤에는 밖으로 나갈 수 없다는 듯 연기가 굴뚝으로 밀리며 툭하면 내려와서 실내 방문을 모두 열다가 계단을 내려다보니 계단 등불이 다 꺼지고, 두 손으로 그늘을 만들어서 새까만 유리창 너머로 (바람이 너무 매섭게 불어서 창문을 조금이라도 연다는 건 말도 안 되는 터라) 바라보니 안마당 등불 역시 모두 꺼지고, 다리와 강변에 쭉 늘어선 가로등은 마구 떨리고, 강물에 띄운 바지선마다 타오르는 석탄불은 바람에 실려서 새빨갛게 달아오른 물방울처럼 빗속으로 튀어 올랐다.

나는 시계를 탁자에 올려놓고 책을 읽었다. 열한 시 정각에 책을 덮을 생각이었다. 그래서 책을 덮으니 성 바울 성당을 비롯해 런던 모든 성당에서 – 일부는 빨리, 일부는 동시에, 일부는 뒤늦게 – 열한 시를 알렸다. 소리는 바람에 이상하게 뒤틀리고, 나는 가만히 귀를 기울이며 바람이 소리를 공격해서 갈기갈기 찢어발기는 상상을 하는데 계단에서 발소리가 일었다.

나는 순간적으로 깜짝 놀라며 겁을 집어먹고 죽은 누나 발소리라는 끔찍한 생각을 떠올렸지만 중요한 건 그게 아니었다. 공포의 순간은 지나고 나는 다시 귀를 기울여, 발자국이 비틀거리며 계속 올라오는 소리를 들었다. 그러다가 계단 등불이 모두 꺼졌다는 사실을 떠올리곤 독서용 등잔을 들고서 층계참으로 나갔다. 그러자 밑에서 올라오던 사람이 등불을 보고 걸음을 멈춘 것 같았다. 갑자기 조용하게 변했기 때문이다.

"밑에 누가 있나요?"

내가 소리치며 아래를 내려다보자, 아래쪽 어두운 곳에서 낯선 목소리가 대답했다.

"그렇소."

"몇 층에 가시나요?"

"꼭대기 층. 핍 선생."

"그건 제 이름인데…… 무슨 일이 있는 건 아니죠?"

"아무 일 없소."

목소리가 대답했다. 그리고 사내는 다시 올라왔다.

나는 등불을 층계난간 너머로 내밀고, 사내는 불빛 안으로 천천히 들어섰다. 갓을 씌운 독서용 등잔이라서 빛이 비추는 범위는 아주 좁았다. 그래서 사내가 순간적으로 들어오다가 빠져나갔다. 짧은 순간이지만 낯선 얼굴이 나를 발견하고 정말 좋아서 감동하였다는 표정으로 올려다보는 이해할 수 없는 분위기를 나는 느꼈다.

사내가 움직이는 대로 나도 갓을 씌운 등잔을 움직여, 사내가 바다를 건너온 사람처럼 거친 옷을 단단히 껴입었다는 사실을 발견했다. 철회색 머리칼이 기다랗다는 사실도 발견했다. 나이가 예순 정도로 보인다는 사실도 발견했다. 몸뚱이가 근육질에 다리가 튼튼하다는 사실도, 풍파에 시달려서 피부가 갈색으로 단단하게 보인다는 사실도 발견했다. 사내가 마지막 계단을 올라오고 갓을 씌운 등잔 불빛이 우리 두 사람을 비추는 순간, 사내는 나에게 두 손을 내밀고 나는 깜짝 놀란 표정으로 멍청하게 바라보았다. 그리고 물었다.

"무슨 일로 찾아오셨나요?"

"무슨 일?"

사내가 동작을 멈추며 되묻더니, 이렇게 말했다.

"아! 그래. 내가 찾아온 용무를 설명해야지, 그대가 허락한다면."

"안으로 들어가고 싶으세요?"

"그렇소, 안으로 들어가고 싶소, 선생."

내가 사내에게 묻는 소리는 아주 무뚝뚝했다. 나를 만나서 정말 기쁘고 반갑다는 표정이 얼굴에 그대로 있는 게 싫었다. 내가 그걸 싫어한 이유는 나 역시 똑같은 반응을 보이길 바라는 것 같았기 때문이다. 하지만 나는 지금 막 나온 실내로 사내를 들여서 갓을 씌운 등잔을 탁자에 내려놓은 다음, 최대한 예의 바르게 설명을 부탁했다.

사내는 이상한 분위기로 - 자신이 상당히 이바지한 것처럼 즐거워하며 감탄하는 분위기로 - 주변을 둘러보다가 거친 외투와 모자를 벗었다. 그래서 나는 머리 한가운데가 완벽한 대머리고 철회색 기다란 머리칼은 밑에서만 자란다는 사실을 발견했다. 하지만 정체를 파악할만한 단서는 하나도 없었다. 단서는커녕 다음 순간에 사내가 다시 내민 두 손만 보였다.

"왜 이러시는지요?"

내가 물었다. 미친 사람이란 의심이 들었다.

사내는 동작을 멈추고 나를 가만히 바라보더니, 오른손으로 대머리를 천천히 문지르다가 거칠게 갈라진 목소리로 말했다.

"이 순간을 오랫동안 기다리다가 아주 멀리서 찾아왔는데, 반응이 실망스럽군. 하지만 그대 탓은 아니겠지. 내 탓도 아니고. 모두 설명할 테니 시간을 삼십 초만 주시오."

사내는 벽난로 앞 의자에 앉더니 두 손으로 이마를 덮었다. 햇볕에 그을린 커다란 손등에 핏줄이 불끈했다. 그래서 나는 사내를 가만히 바라보다가 뒤로 약간 주춤하는데, 도무지 누군지 알 수가 없었다.

"근처에 아무도 없지, 그치?"

사내가 어깨너머로 둘러보며 묻는 말에 내가 반문했다.

"이렇게 늦은 밤에 낯선 사람이 찾아와서 그렇게 묻는 이유는 무언가요?"

그러자 사내는 애정이 가득한 표정으로 쳐다보더니 고개를 가로저으며 말하는데, 도무지 이해할 수 없는 표정에 나는 화까지 치밀었다.

"투지가 왕성하군. 이렇게 투지가 왕성한 사람으로 자라서 정말 다행이야! 하지만 나를 잡을 생각은 말게. 그러다간 크게 후회할 일이 벌어질 테니까."

나는 상대가 간파한 의도를 포기했다. 상대를 알아보았기 때문이다! 특징을 단 하나도 떠올릴 순 없지만 그래도 나는 상대를 알아보았다! 중간에 들어찬 오랜 세월을 비바람이 깨끗하게 몰아내고 중간에 가득한 장애물까지 모두 날려 보내 우리가 다른 높이에서 얼굴을 처음으로 마주한 교회 공동묘지로 데려간다 해도 벽난로 불길 앞 의자에 앉은 이상으로 내 죄수를 또렷하게 알아볼 순 없으리라. 주머니에서 꺼낸 줄칼을 보여줄 필요도 없고, 목에서 손수건을 벗어 머리에 동그랗게 쓸 필요도 없고, 두 팔로 가슴을 껴안은 채 추위에 덜덜 떨면서 발을 동동거리며 돌아볼 필요도 없었다. 이런 식으로 상대가 거들지 않아도, 나는 조금 전까지 전혀 못 알아보던 사내를 갑자기 알아보았다.

사내는 내가 선 곳으로 다시 다가와서 두 손을 또 내밀었다. 너무 놀란 나머지 넋을 잃어서 어찌해야 좋을지 모른 채 나는 마지못해서 두 손을 내밀었다. 사내는 그걸 꼭 움켜잡더니 얼굴로 들어서 키스까지 하고서도 계속 붙잡았다. 그리고 이렇게 말했다.

"너는 고상하게 행동했어, 꼬마. 고상하게, 핍! 나는 그걸 한시도 잊은 적이 없어!"

사내가 자세를 바꾸는 게 껴안기라도 하려는 것 같아서 나는 한 손을 가슴에 대고 밀치며 말했다.

"이러지 마세요! 떨어지세요! 내가 아주 어릴 적에 도와준 게 정말 고맙다면 지금까지 다른 방식으로 살아가면서 고마운 마음에 보답했길 바랍니다. 나한테 고맙다는 말을 하려고 여기까지 온 거라면 굳이 그럴 필요는 없었답니다. 나를 어떻게 찾았든 여기까지 온 동기는 선한 마음이 분명하니, 당신을 쫓아내진 않겠습니다. 하지만 분명히 알아둘 사실은…… 내가…… 내가……."

상대가 너무 이상한 시선으로 끊임없이 쳐다보는 바람에 혀끝에서 말이 사라지고 말았다.

상대는 그런 나를 가만히 바라보다가 잠시 침묵이 깔리자 이렇게 말했다.

"내가 분명히 알아둘 사실이 있다는 말을 하다가 멈추는군. 뭔가, 내가 분명히 알아둘 사실은?"

"오래전에 맺은 관계를 이렇게 완전히 다른 상황에서 새롭게 맺을 마음은 없다는 사실입니다. 당신이 지금까지 회개하면서 올바로 살았다고 기쁜 마음으로 믿겠습니다. 내가 이렇게 말할 수 있어서 정말 기쁩니다. 내가 고맙다는 말을 들을 자격이 있다 생각하시고 일부러 찾아와서 고맙다고 말한 것도 정말 기쁩니다. 그러나 우리가 걷는 길은 완전히 다릅니다. 몸이 젖은 데다 피곤해 보이는군요. 떠나기 전에 뭐라도 조금 마시겠습니까?"

사내는 가만히 서서 목에 맨 손수건을 느슨하게 풀어 기다란 끝을 질겅질겅 씹으며 나를 매섭게 쳐다보더니, 손수건 끝을 여전히 입에 넣은 채 그대로 바라보며 대답했다.

"떠나기 전에 무얼 좀 마실 수 있다면 정말 고맙겠군."

거실 옆 탁자에는 술을 마시도록 준비한 쟁반이 있었다. 나는 그것을 벽난로 앞 탁자로 가져가서 무얼 마시겠느냐고 물었다. 사내는 쟁반도 안 보고 입도 안 연 채 술병 하나를 툭 건들고, 나는 독한 럼주를 물에 탔다. 그러는 동안 손을 차분하게 유지하려고 애써도, 사내가 기다란 손수건 끝을 이빨로 물고 그런 자체를 완전히 잊은 표정으로 의자 등받이에 기댄 채 가만히 쳐다보는 바람에 나는 손을 제대로 움직이는 게 아주 어려웠다. 하지만 결국엔 럼주를 건네다가 사내 두 눈에 가득한 눈물을 보고 깜짝 놀랐다.

지금까지 나는 사내가 어서 나가길 바라는 마음을 노골적으로 드러내며 아예 자리에 앉지도 않았다. 하지만 사내가 약한 모습을 드러내니 나 역시 마음이 약하게 변하면서 죄책감까지 들었다. 그래서 술잔을 하나 더 급히 만들어 의자를 탁자 앞으로 끌어당기며 말했다.

"내가 조금 전에 너무 험하게 말했다고 생각하지 않기를 바랍니다. 그럴 의도는 없었는데, 내가 그렇게 말했다면 정말 미안합니다. 당신의 건강과 행복을 위해 건배하겠습니다!"

내가 술잔을 입에 대는데, 사내는 입을 저억 벌리다가 손수건 끝이 떨어지는 걸 보고 깜짝 놀란 표정으로 힐끗 쳐다보더니 자기 손을 하나 내밀었다. 나도 손을 하나 내밀었다. 사내는 내 손을 잡은 다음에 비로소 술을 들이켜더니 소매로 두 눈과 이마를 닦았다.

"지금은 어떻게 사시나요?"

내가 묻자, 사내가 대답했다.

"양 떼도 기르고 소 떼도 기르는 등 다양한 일을 했다네, 여기에서 험한 바다 너머 수천 킬로미터 떨어진 신세계에서."

"성과가 좋았길 바랍니다."

"성과는 정말 좋았네. 나와 함께 간 사람들 모두 성과가 좋았네만, 나만큼 좋은 사람은 하나도 없었으니까. 나는 제일 커다랗게 성공한 사람으로 유명해."

"그런 말을 들으니 정말 기쁘네요."

"네가 그렇게 말하는 걸 듣고 싶었단다, 친애하는 꼬마."

나는 사내가 이상한 어투로 이상하게 말하는 이유를 파악할 생각조차 못 하고, 갑자기 떠오른 생각으로 화제를 돌리며 물었다.

"예전에 어떤 사람에게 물건을 맡겨서 나에게 보낸 적이 있는데, 나중에 그 사람을 만난 적이 있나요?"

"눈도 마주친 적이 없단다. 그럴 마음도 없고."

"그 사람은 신의를 지켜서 나를 찾아 일 파운드 지폐 두 장을 주었답니다. 당신도 잘 알다시피 당시에 나는 정말 가난한 꼬마라서 그건 정말 커다란 돈이었지요. 하지만 당신과 마찬가지로 나 역시 모든 일이 잘 풀리는 중이니 그 돈을 돌려드리고 싶군요. 그 돈으로 다른 가난한 아이를 도와줄 수도 있으니까요."

내가 지갑을 꺼냈다. 그래서 사내가 가만히 쳐다보는 가운데 탁자에

놓아서 지갑을 열고, 사내가 가만히 쳐다보는 가운데 일 파운드 지폐를 두 장 꺼냈다. 새로 나온 빳빳한 지폐였다. 그걸 쭉 펼쳐서 건네자, 사내는 가만히 바라보다가 두 장을 겹쳐서 기다랗게 접더니 비비 꼬아서 갓을 씌운 등잔에 대고 불을 붙여, 다 탄 재를 쟁반에 떨어뜨렸다. 그리고는 찡그린 듯 웃는 건지 웃는 듯 찡그린 건지 모를 표정으로 말했다.

"무례한 질문을 던져도 괜찮을까, 매섭게 춥고 황량한 습지에서 만난 이후에 자네는 모든 일이 어떻게 잘 풀렸는지?"

"어떻게 잘 풀렸는지요?"

"그래!"

사내가 술잔을 비우고 일어나서 벽난로 옆에 가더니 묵직한 갈색 손으로 벽난로 선반을 잡았다. 그리고 물기를 말리면서 따듯하게 데우려고 불길 빗장에 발을 하나 올리자 축축한 장화에서 김이 모락모락 피어올랐다. 하지만 사내는 장화도 불길도 안 보았다. 오로지 나만 쳐다보았다. 그때 비로소 나는 몸이 덜덜 떨리기 시작했다.

입술을 벌려도 아무런 소리가 안 나와, 나는 상당한 재산을 물려받을 상속자가 되었다고 힘들게 (하지만 또렷하지 않은 목소리로) 대답했다.

"나 같은 버러지가 어떤 재산인지 물어도 괜찮을까?"

사내가 묻는 말에 나는 덜덜 떨리는 목소리로 대답했다.

"모릅니다."

"나 같은 버러지가 누구 재산인지 물어도 괜찮을까?"

사내가 묻는 말에 나는 다시 덜덜 떨리는 목소리로 대답했다.

"모릅니다."

그러자 죄수는 이렇게 말했다.

"자네가 성년이 된 다음부터 돈을 얼마나 받았는지 내가 제대로 추측할 수 있을지 모르겠군. 첫 번째 숫자는 다섯이 맞나?"

나는 방망이질이라도 하듯 쿵쾅거리는 심장으로 의자에서 벌떡 일어나 의자 등받이를 한 손으로 잡으며 무섭게 노려보고, 사내는 계속 말했다.

"자네가 미성년자로 지내는 동안 보호자 같은 사람이 있었을 터인데, 어떤 사람일까? 아마 훌륭한 변호살 거야. 그렇다면 이름은 어떻게 시작할까? '재'로 시작하나?"

내가 이렇게 살게 된 진실이 한순간에 그대로 밀려들었다. 다양한 실망과 위험과 창피한 느낌 등 온갖 감정이 동시에 밀려들면서 짓눌렀다. 숨조차 쉴 수 없었다. 그래도 사내는 계속 말했다.

"'재'라는 이름으로 시작하는 변호사를, 재거스라고 부를 것 같은 변호사를 고용한 사람이 바다 건너 포츠머스로 넘어가서 정착한 이후 줄곧 여기에 와서 너를 만나고 싶은 마음이 간절했다고 생각해 보렴. 조금 전에 '나를 어떻게 찾았느냐'고 했지? 그래! 내가 자네를 어떻게 찾았을까? 포츠머스에서 런던에 사는 사람에게 편지를 써서 자네 주소를 정확히 알려달라고 하지 않았을까? 그 사람 이름이 뭐더라? 그래, 웨믹."

나는 생사가 달렸다 해도 입 한 번 뻥긋할 수 없었다. 숨이 막혀서 금방이라도 죽을 것처럼 가만히 서서 한 손은 의자 등받이를 잡고 한 손은 가슴에 올렸다. 그렇게 서서 사내를 무섭게 노려보다가 머리가 빙글 돌아서 의자를 꽉 잡았다. 사내가 나를 붙들고 소파로 데려가서 방석에 앉히더니 한쪽 무릎을 꿇고 앉아, 이제 너무나 생생하게 기억나는 얼굴을, 온몸이 덜덜 떨도록 만드는 얼굴을 바싹 갖다 대며 말했다.

"그래, 핍, 친애하는 꼬마, 나는 너를 신사로 만들었어! 그렇게 한 사람이 바로 나야! 당시에 나는 맹세했어, 내가 돈을 번다면 너에게 모두 보내겠다고. 그런 다음에 또 맹세했어, 내가 열심히 일해서 부자가 된다면 너를 부자로 만들겠다고. 자네가 편하게 살도록 나는 힘들게 살았어. 자네가 일할 필요가 없도록 나는 죽으라 일했어. 왜 그랬을까, 친애하는 핍? 내가 이런 말을 하는 이유는 자네에게 고마운 마음을 느끼라는 걸까? 아니야, 그렇지 않아. 내가 이런 말을 하는 건 비참하게 쫓기던 사람을 네가 살려주었던 사실을, 그래서 커다랗게 성공해 너를 신사로 만들었던 사실을, 그 신사가 바로 너라는 사실을 알리고 싶어서야, 핍!"

내가 사내에게 느낀 혐오감은, 내가 사내에게 느낀 공포감은, 내가 움츠러들면서도 사내에게 느낀 반감은 말로 형용할 수 없었다. 상대가 아주 끔찍한 야수라도 이보다 심하진 않을 터였다.

"여길 보렴, 핍. 나는 너에게 아버지나 다름없고, 너는 나에게 아들이나 다름없어. 누구보다 소중한 아들 말이야. 나는 돈을 모았어, 오로지 너에게 보내려고. 목동으로 일하며 외딴 오두막에 홀로 지내느라 염소 외에는 어떤 얼굴도 못 봐서 남자 얼굴은 어떻고 여자 얼굴은 어떤지조차 잊어버릴 때도 네 얼굴은 떠올랐어. 점심이든 저녁이든 오두막에서 혼자 음식을 먹고 술을 마실 때마다 툭하면 나이프를 내려 놓고 '핍이 또 나타나서 내가 먹고 마시는 모습을 가만히 지켜보는구나!' 하고 중얼거렸지. 나는 거기에서 너를 수 없이 보았어, 안개가 자욱한 습지에서 볼 때처럼 또렷하게. 그럴 때마다 바깥으로 뛰쳐나가서 광활한 하늘을 올려다보며 중얼거렸어. '나에게 자유와 돈이 생긴다면 핍을 신사로 만들겠습니다! 아니라면 저에게 천벌을 내리세요, 하느님!' 그리고 그렇게 했어. 너 자신을 보렴, 친애하는 핍! 그리고 네가 사는 숙소를 둘러보렴, 핍! 영주가 사는 곳 같지 않니? 영주! 그래! 돈이라면 영주와 내기해도 네가 이길 거야!"

사내는 성공했다는 사실에 흥분한 데다 내가 쓰러지기 직전이란 사실도 아는 터라, 자신이 말한 내용 전체를 내가 어떻게 받아들이는지는 언급을 안 했다. 그나마 다행이 아닐 수 없었다.

손이 닿을 때마다 뱀이 닿는 것 같아서 내가 몸을 움츠리는 가운데 사내는 내 주머니에서 시계를 꺼내고 내 손가락에 낀 반지를 자기 쪽으로 돌리며 계속 말했다.

"여길 보렴! 금시계가 정말 아름답구나, 신사용 시계가 분명해! 루비를 동그랗게 박은 다이아몬드 반지, 이것 역시 신사용 반지가 분명해! 네가 입은 셔츠를 봐. 정말 곱고 아름다워! 네가 입은 의상을 봐. 이보다 좋은 옷은 없을 거야!"

사내가 실내를 둘러보며 덧붙였다.

"그리고 책을 봐. 책장에 쌓인 게 수백 권이야! 네가 모두 읽은 거야, 그치? 내가 들어올 때도 책을 읽더구나. 하, 하, 하! 나에게도 책을 읽어주겠지, 친애하는 핍? 그러면 외국어로 쓰여서 설사 알아듣질 못하더라도 나는 알아들은 것처럼 자랑스러울 거야."

사내는 다시 두 손을 움켜잡으며 자기 입술에 대고, 나는 몸속에서 피가 싸늘하게 식었다.

사내는 소매로 자기 눈과 이마를 다시 닦더니 예전처럼 목구멍에서 철컥 소리를 낸 다음에 말하는데, 진지한 모습이 나에게는 너무나 끔찍했다.

"말하지 않아도 괜찮아, 핍. 아무래도 좋아, 입을 꾹 다물어도 좋고, 친애하는 핍. 너는 나처럼 이런 일이 일어나기만 오랫동안 학수고대하지도 않았고, 이런 일에 대해 나만큼 준비도 못 했을 테니까. 하지만 내가 그 사람일 거란 생각은 조금도 못한 거냐?"

"아, 맙소사, 당연하지요. 한 번도, 단 한 번도!"

"그래, 하지만 내가 바로 그 사람이야, 나 혼자 그런 거라고. 이 일에 관여한 사람은 나와 재거스 변호사밖에 없어."

"다른 사람은 하나도 없나요?"

내가 묻자, 사내가 깜짝 놀란 표정으로 힐끗 쳐다보며 반문했다.

"당연하지. 또 누가 있겠느냐? 그런데 친애하는 핍, 정말 훌륭한 청년으로 성장했구나! 어딘가 너를 사모하는 아가씨가 있을 거야, 그렇지? 어딘가 너를 사모하는 아가씨가, 너도 마음에 드는 아가씨가 없니?"

아, 에스텔라, 에스텔라!

"그런 아가씨는 모두 네 것이 될 수 있어, 친애하는 핍, 돈으로 살 수만 있다면. 하지만 이렇게 잘 생긴 신사라면 아가씨를 굳이 돈으로 살 필요가 없겠지. 그래도 돈이 너를 받쳐줄 거야! 내가 조금 전에 하던 말을 마저 하마, 친애하는 핍. 목장에 취업해 오두막에서 홀로 지내는데 주인 나리가 - 과거가 나와 똑같은 주인 나리가 - 죽으면서 상당한 돈을 남겨주고, 나는 자유를 되찾아서 돈벌이에 본격적으로 뛰어들었단다. 나는 무슨 일을 하든 너를 생각했어. 무슨 일을 하든 '핍을 위한 일이 아니라면 나에게 번갯불을 내리세요, 하느님!' 하고 중얼거렸어. 그리고 내가 하는 일은 무엇이든 번창했어. 내가 조금 전에 말한 것처럼 하는 일마다 성공하는 사람으로 유명했지. 나는 주인 에게 물려받은 돈과 처음 몇 해 동안 벌어들인 돈을 모두 보냈어, 너에 게 주라고. 그래서 재거스 변호사가 편지를 받고 동의한 다음에 너를 처음으로 찾아가게 된 거야."

아, 차라리 재거스 변호사가 찾아오지 않았더라면! 나를 대장간에서 그대로 일하도록 놔뒀더라면 만족스럽진 않아도 훨씬 행복하게 살았을 텐데!

"그런데 친애하는 핍, 신사 한 명을 내가 키운다는 사실을 마음속으로 은밀하게 떠올릴 때마다 나는 정말 행복했단다. 길을 걷는데 식민지 사람들이 지랄 같은 말을 몰고 지나면서 먼지를 뒤집어씌울 때면 내가 뭐라고 했는지 아니? 속으로 '나는 너희 놈들보다 훨씬 훌륭한 신사를 키워!'라고 중얼거렸어. 식민지 사람들이 '저놈은 운이 아주 좋을 뿐, 몇 년 전까지 죄수였다가 지금은 아주 무식하고 천박한 놈이야' 하고 속닥거릴 때마다 내가 뭐라고 했는지 아니? 나는 속으로 '신사도 아니고 배운 것도 없지만 그래도 나에겐 충분히 배운 신사가 있다. 너희가 가진 건 가축과 땅이 전부야. 너희 가운데 런던 신사를 제대로 키우는 놈은 하나도 없다!'고 중얼거렸어. 그러면서 열심히 일했어. 그러면서 언젠가는 너를 만나러 가겠다고, 네가 사는 땅에서 나 자신을 밝히겠다고 마음속으로 끊임없이 다짐했어."

사내는 내 어깨에 한 손을 얹었다. 나는 왠지 사내 손이 피로 뻘겋게 물들 것 같아서 부르르 떨었다.

"내가 신세계를 떠난다는 건 쉽지도 않고 안전하지도 않아. 하지만 나는 그러겠다고 마음을 다졌어. 어려운 만큼 마음을 강하게 먹었지. 나는 의지가 강하고 결심은 확고했거든. 그래서 결국엔 이렇게 해냈어. 친애하는 핍, 내가 해냈다고!"

나는 생각을 정리하려고 했지만 정신을 차릴 수 없었다. 처음부터 끝까지 사내 목소리보다 비바람이 몰아치는 소리에 귀를 훨씬 많이 기울인 것 같았다. 그 순간에도 비바람 소리는 아주 커다랗고 사내 목소리는 아주 조용한데 도무지 뭐가 뭔지 구분할 수 없었다.

"내가 어디에 묵을까? 나에게는 어디든 묵을 곳이 필요해, 친애하는 핍."

사내가 곧바로 묻는 말에 내가 물었다.

"잠자리요?"

"그래. 오랫동안 푹 자야 하겠어. 바다에서 몇 달 동안 짠물을 맞으며 이리저리 흔들렸거든."

사내 말에, 나는 소파에서 일어나며 말했다.

"숙소를 함께 쓰는 친구자 동료가 출타 중이에요. 그 방을 쓰면 될 거예요."

"내일 돌아오는 건 아니겠지?"

"네, 내일 돌아오는 건 아니에요."

내가 대답했다. 무진장 노력하는데도 기계적으로 흘러나오는 목소리였다. 그러자 사내가 명심하라는 듯 기다란 손가락을 내 가슴에 대며 나지막한 목소리로 말했다.

"왜냐하면, 잘 들어, 친애하는 핍, 조심할 필요가 있기 때문이야."

"조심할 필요가 있다니, 그게 무슨 뜻인가요?"

"제기랄…… 그건 죽음이야."

"뭐가 죽음이에요?"

"나는 신세계로 종신유형을 떠난 거야. 여기로 돌아오는 건 죽음이라고. 최근에 돌아오는 사람이 너무 많은 터라, 나를 잡으면 교수형에 처할 게 분명해."

이 말 한마디로 충분했다. 불쌍한 사내는 불쌍한 나를 오랜 세월에 걸쳐서 금사슬과 은사슬로 묶더니, 이번에는 목숨을 걸고 찾아와서 자기 목숨으로 묶었다! 내가 사내를 혐오하는 대신 사랑했더라도, 내가 강한 반감을 느끼며 움츠러드는 대신 사내에게 커다란 존경심과 애정을 느꼈더라도, 사내로선 이보다 위험할 수 없었다. 하지만 그것 때문에 사내를 보호해야 한다는 마음이 자연스럽게 일어나서 다행스러운 측면도 있었다.

나는 무엇보다 먼저 창문마다 덧문을 모두 닫아서 불빛이 밖으로 새는 걸 막고, 방문이란 방문은 모두 단단히 잠갔다. 그러는 동안 사내는 탁자 옆에 서서 럼주를 마시고 비스킷을 먹으며 내 죄수가 습지에서 음식 먹던 모습을 그대로 재현했다. 당장에라도 웅크리고 앉아서 족쇄에 줄질할 것 같았다.

나는 허버트 방으로 들어가서 우리가 대화를 나누던 거실이랑 통하는 통로만 남기고 다른 데랑 통하는 통로는 모두 잠근 다음, 잠자리에 들겠느냐고 사내에게 물었다. 사내는 그러겠다고 대답하더니 아침에 갈아입도록 "신사용 셔츠"를 줄 수 있느냐고 물었다. 내가 신사용 셔츠를 꺼내서 나중에 갈아입도록 내려놓자, 사내는 두 손을 다시 움켜잡으며 잘 자라 말하고, 나는 피가 그대로 얼어붙었다.

나는 어떻게 그랬는지도 모른 채 사내에게 벗어나, 우리가 조금 전까지 함께 있던 거실에 벽난로 불을 지피고 바로 앞에 앉았다. 잠자리에 드는 게 두려웠다. 넋이 달아나서 한 시간 이상 아무런 생각도 할 수 없었다. 그러다가 다시 생각이 떠오르기 시작할 때는 내가 완전히 끝장났다는 사실을, 내가 지금까지 항해하던 인생이란 배는 산산조각으로 깨져나갔다는 사실을 서서히 깨달았다.

하비셤 아씨가 나를 대상으로 계획을 세웠다는 건 허상에 불과했다. 에스텔라를 나에게 줄 거란 생각도 마찬가지였다. 새티스 저택에서 나는 편리한 도구며, 탐욕스런 친척에게 고통을 가하는 수단이며, 다른 상대가 없을 때면 연습대상으로 삼는 모델, 아무런 감정도 없는 모델에 불과했다. 바로 이게 제일 먼저 떠오른 고통이었다. 하지만 무엇보다 뼈저린 고통은…… 무언지 모를 범죄를 저질러서 유죄 판결을 받은 죄수 때문에, 내가 이런저런 생각에 몰두하던 집에서 당장에라도 잡혀 올드 베일리 입구에서 교수당할 수도 있는 죄수 때문에 매형을 버렸다는 사실이다.

이제 나는 매형에게 절대로 돌아갈 수 없다. 비디에게도 절대 돌아갈 수 없다. 아무리 생각해도 내가 두 사람에게 너무 무가치하게 행동했다는 느낌만 강하게 떠올랐다. 세상 어떤 지혜도 두 사람이 순박하고 성실하게 보여주는 믿음 이상으로 나를 편안하게 할 순 없다. 하지만 나는 지금까지 저지른 잘못 역시 절대로, 절대로, 절대로 되돌릴 수 없다.

비바람이 몰아칠 때마다 뒤를 쫓아오는 사람들 소리가 일어났다. 현관문 바깥에서 사람들이 문을 두드리며 속닥이는 소리를 두 번이나 확실하게 들었다. 이런 공포에 휩싸인 상태에서, 사내가 나타날 거란 이상한 징후를, 착각인지 실제인지, 수없이 보았다는 생각이 서서히 떠오르기 시작했다. 거리를 지나다가 사내랑 비슷한 얼굴을 몇 주 전부터 마주쳤다는 생각도, 사내가 바다를 건너서 가까이 다가오는 만큼 비슷한 얼굴과 마주치는 사례 역시 늘어났다는 생각도, 사내가 사악한 영혼을 어떤 식으로든 활용해서 나에게 암시를 보낸 게 분명하단 생각도, 그래서 하필이면 이렇게 폭풍이 몰아치는 밤에 자신이 맹세한 대로 나타나서 이렇게 한 집에 묵는 거란 생각도 떠올랐다.

이렇게 다양한 상념과 함께 다른 생각도 떠올랐다. 내가 아주 어릴 적에 사내가 매우 난폭하게 보였다는, 사내가 자신을 죽이려 했다고 다른 죄수가 반복해서 외치는 소리도 들었다는, 구덩이 밑에서 사내가 야수처럼 달려들며 싸우는 장면도 봤다는 생각이다.

벽난로 불길을 바라보는 사이에 이런 기억까지 떠오르니, 문이란 문을 모두 꼭꼭 걸어 잠근 집에서 비바람이 이렇게 사납게 몰아치는 깜깜한 밤에 단둘이 있는 건 위험할 수 있겠다는 공포까지 막연하게 떠올랐다. 이런 생각이 늘어나며 거실을 가득 채워서 나는 촛불을 들고 일어나 침실로 들어가서 나에게 나타난 끔찍한 혹 덩어리를 바라볼 수밖에 없었다.

사내는 머리를 손수건으로 감았는데, 잠자는 동안에도 잔뜩 찌푸린 얼굴이 주변을 경계하는 것 같았다. 하지만 잠든 건 확실하고 조용한 것도 확실했다. 머리맡에 권총 한 자루가 있는 정도였다. 나는 사내가 잠잔다고 확신한 다음, 열쇠를 가만히 집고 밖으로 나가 방문을 바깥쪽에서 걸어 잠그고 벽난로 앞으로 다시 가서 의자에 앉았다. 그러다가 의자에서 천천히 미끄러지며 바닥에 누웠다. 잠자는 동안에도 내가 비참한 처지라는 생각을 끊임없이 떠올리다가 깨어나자, 동쪽에서 성당마다 종을 울리며 다섯 시를 알리고, 촛불은 다 타서 꺼지고, 벽난로 불은 죽고, 비바람은 칠흑처럼 새까만 어둠을 한층 음산하게 만들었다.

핍이 유산을 받는 이야기 두 번째 마당은 여기에서 끝난다.

40

끔찍한 방문객이 최대한 안전하도록 충분한 조치를 해야 한다는 사실은 나로선 오히려 다행이었다. 잠에서 깨어난 순간에 이런 생각이 밀려들면서 복잡하게 뒤엉킨 다른 모든 생각을 멀찌감치 밀어냈기 때문이다.

내가 묵는 숙소에 사내를 계속 숨긴다는 건 상상할 수도 없었다. 그건 애초에 불가능했다. 그렇게 하다간 의심을 살 수밖에 없었다. 원수 같은 녀석은 오래전에 사라졌지만 호기심 많은 할머니 한 분이 조카딸이라고 부르는 힘센 여자를 데리고 와서 집안일을 하는 터라, 방 한 칸만 못 들어가게 한다면 호기심이 동해서 이상한 소문을 퍼트릴 게 분명했다. 두 사람은 눈이 나쁜데 그건 열쇠 구멍을 하도 많이 훔쳐보았기 때문이고, 필요하지 않을 때 불쑥 나타나곤 하는데 그건 물건을 몰래 훔쳐갈 생각 때문이 분명했다. 두 사람이 이상한 생각을 않도록 나는 숙부가 시골에서 갑자기 상경하셨다고 아침에 미리 선언하겠다고 마음먹었다.

이렇게 생각하면서도 불붙일 도구를 찾으려고 어둠 속을 더듬으며 이리저리 돌아다녔다. 하지만 아무리 더듬어도 손에 걸리는 게 없어, 나는 근처 경비실로 가서 수위에게 등불을 들고 집까지 따라오도록 부탁할 수밖에 없었다. 그래서 어두컴컴한 계단을 더듬으며 내려가다가 무언가에 걸려서 넘어졌는데, 모서리에 사내 한 명이 웅크리고 있었다.

거기에서 뭘 하느냐고 물어도 사내는 대답하지 않고 내가 잡는 손길을 살그머니 빠져나가, 나는 경비실로 달려가서 수위에게 빨리 가자 재촉하곤, 집으로 돌아오는 길에 계단에서 겪은 상황을 알려주었다. 바람이 너무 거세게 불어 우리는 계단에서 꺼진 등잔에 불을 다시 붙이느라 손에 든 등불까지 꺼트리는 위험을 감수하진 않아도, 계단을 바닥에서 꼭대기까지 샅샅이 살피긴 했다. 하지만 거기에서 아무도 찾을 수 없었다. 바로 그 순간에 사내가 우리 숙소로 들어갈 수도 있겠다는 생각이 들어서 수위 등불로 내가 든 초에 불을 붙이고 수위를 현관문에 세워놓은 다음, 방마다 철저하게 조사했다. 끔찍한 방문객이 잠자는 방도 마찬가지였다. 하지만 아무런 흔적도 없었다. 우리 숙소에 들어온 사람은 하나도 없는 게 분명했다.

하고많은 날 가운데 하필이면 그날 밤에 계단으로 사람이 숨어들었다는 사실이 신경에 거슬려서 나는 행여나 바람직한 해명을 들을지 모른다는 생각에 현관문에서 수위에게 술을 한 잔 건네곤, 밖에서 식사하고 돌아온 신사를 정문으로 들여보낸 적이 있는지 물었다. 수위는 그렇다고, 지난밤에 세 명을 들여보냈는데 시간이 제각기 다르다고 대답했다. 한 명은 '분수대 저택'에 살고 다른 두 명은 '오솔길'에 사는데, 모두 자기 집으로 들어가는 걸 두 눈으로 똑똑히 보았다는 것이다. 우리 숙소가 있는 저택에 다른 남자가 딱 한 명 거주하긴 하지만 그 사람은 몇 주 전에 지방으로 내려가서 지난밤에 안 돌아온 게 분명하다고, 계단을 오르면서 현관문에 봉인한 밀랍이 그대로 있는 걸 보았다고 했다. 그리곤 술잔을 돌려주며 이렇게 덧붙였다.

"간밤엔 날씨가 지독해서 평소와 비교하면 정문을 통과한 사람이 거의 없습니다. 아까 언급한 신사 세 분 말고 다른 사람이 통과한 기억은 없습니다, 낯선 사람이 나리를 찾아왔다고 말한 열한 시 이후로는."

"그래요, 숙부님이세요."

"그분을 만났습니까, 나리?"

"물론이죠. 당연히 만났소."

"그분과 함께 온 사람도요?"

"함께 온 사람이요?"

내가 반문하자, 수위가 대답했다.

"저는 그분과 함께 온 줄 알았습니다. 그분이 나에게 물어보려고 멈추니까 그 사람도 멈추고, 그분이 이쪽 길로 가니까 그 사람도 이쪽 길로 갔거든요."

"겉모습이 어땠습니까?"

내가 물었다. 하지만 수위는 제대로 살피지 않았다. 노동자처럼 보였다는, 갈색 옷을 입고 까만 외투를 걸친 게 분명하다는 정도였다. 나처럼 이 문제를 중요하게 생각할 이유가 없으니 수위가 대수롭지 않게 생각한 건 참으로 당연했다.

대화를 길게 늘어뜨리지 않는 게 좋겠다는 생각에 수위를 보내고 나니, 두 가지 상황이 하나로 모이며 마음을 불안하게 만들었다. 두 가지 상황이 서로 아무런 상관도 없다면 - 예를 들어, 어떤 사람이 밖에서 식사하거나 집에서 식사한 다음에 수위가 지키는 정문을 피해 돌아다니다가 우리 집 계단으로 잘못 들어와 그대로 쓰러져서 잠든 거라면, 그리고 이름조차 모르는 방문객이 어떤 사람에게 길 안내를 부탁해서 함께 온 거라면 - 간단하겠지만, 두 가지 상황이 하나로 연결되었다면 극히 위험한 사태가 발생해 내가 지난 몇 시간 동안 겪은 공포와 불안감을 그대로 실현할 가능성이 컸다.

나는 벽난로에 불을 붙여서 아침 특유의 어설프고 창백한 불꽃이 타오르는 동안 바로 앞에서 꾸벅꾸벅 졸았다. 내가 밤새도록 꾸벅꾸벅 존 것 같을 때 시계가 여섯 시를 때렸다. 날이 밝으려면 아직 한 시간 반은 족히 남아서 나는 다시 꾸벅꾸벅 졸았다. 아무것도 아닌 걸 장황하게 늘어놓는 소리가 귀에서 윙윙거려 걱정스레 깨어나기도 하고 굴뚝으로 천둥처럼 몰아치는 바람 소리에 불안하게 깨어나기도 하다가 결국에는 깊은 잠에 빠져들어, 날이 밝아오는 걸 보고서 화들짝 놀라며 깨어났다.

이러는 내내, 내가 처한 상황에 대해서 단 한 번도 깊은 생각을 할 수 없고 잠에서 깨어난 다음에도 그럴 수 없는 건 마찬가지였다. 아니, 곰곰이 생각할 여유 자체가 없었다. 뭔가에 흠씬 두들겨 맞은 것처럼 기운이 하나도 없었다. 모든 게 뒤죽박죽이었다. 미래에 대한 계획을 세운다기보다는 차라리 단숨에 코끼리를 만드는 게 쉬울 것 같았다.

창문마다 덧문을 열고 비바람이 몰아쳐 모든 게 납빛으로 펼쳐지는 아침 풍경을 바라볼 때도, 이 방 저 방 돌아다닐 때도, 청소하는 노파를 기다리느라 벽난로 앞에 앉아서 다시 덜덜 떨 때도 정말 비참하다는 생각이 절로 들었다. 하지만 이렇게 된 이유는 물론 내가 얼마나 오랫동안 비참했는지, 내가 이런 생각을 하는 날은 무슨 요일인지, 이런 생각을 하는 나는 누구인지조차 이해할 수 없는 느낌이었다.

마침내 노파가 조카딸과 함께 - 조카딸은 회색 빗자루를 머리에 이어서 머리 자체와 거의 구분할 수 없는 상태로 - 들어오더니, 나와 불길을 보고 깜짝 놀랐다. 나는 두 사람에게 간밤에 숙부님이 상경해서 지금 주무시니, 거기에 따라서 아침 식사를 준비하라고 지시했다. 그리곤 두 여자가 여기저기에서 가구를 두드리며 먼지를 피우는 동안 나는 세수하고 옷을 갖춰 입었다. 그런 다음에는 벽난로 앞에 다시 앉아…… 그 사람이……아침 식사를 하러 나오기만 기다리는 나 자신을 발견했으니, 꿈같기도 하고 몽유병 같기도 했다.

이윽고 방문이 열리면서 사내가 나오는데, 나로선 그 모습을 도저히 견딜 수 없었다. 날이 밝아서 훨씬 추악하게 보이는 것 같았다.

사내는 식탁에 자리를 잡으며 앉고 나는 나지막하게 말했다.

"어떻게 불러야 할지도 모르겠네요. 우선은 사람들에게 숙부님이라고 했어요."

"바로 그거야, 친애하는 핍! 나를 숙부라고 부르는 거야."

"배에 올라탈 땐 이름이 당연히 있었겠지요?"

"당연하지, 친애하는 핍. 프로비스란 이름을 사용했단다."

"그 이름을 계속 사용할 생각이세요?"

"당연하지, 친애하는 핍. 괜찮은 이름이니까…… 네가 다른 이름을 붙여준다면 모르겠지만."

"진짜 이름은 뭔가요?"

내가 속삭이며 묻자, 사내 역시 똑같은 어투로 대답했다.

"매그위치, 세례명은 아벨."

"원래 무슨 일을 했나요?"

"버러지 같은 일."

아주 진지하게 대답하는 게 상당히 좋은 직업이라도 되는 것 같았다.

"간밤에 여기로 올 때……."

나는 이렇게 말하다가, 아주 오래전 같은데 사실은 바로 어젯밤이란 사실이 놀라워서 입을 다물었다.

"그런데, 친애하는 핍?"

"정문에 들어와서 수위에게 여기로 오는 길을 물을 때 다른 사람이 함께 있었나요?"

"다른 사람? 아니, 친애하는 핍."

"그럼 근처에 다른 사람이 있었나요?"

내가 다시 묻자, 사내는 모호한 표정으로 대답했다.

"특별히 신경 써서 본 적이 없어. 이곳 지리를 잘 모르거든. 하지만 누군가 뒤에서 따라온 것 같기는 해."

"런던에 아저씨를 아는 사람이 있나요?"

"그런 사람은 없길 바란다!"

사내가 말하며 집게손가락으로 자기 목을 콕 찌르고, 나는 얼굴이 화끈하게 달아오르면서 역겨운 느낌이 들었다.

"그럼 예전에는 런던에 아저씨를 아는 사람이 있었나요?"

"특별히 그런 건 없어, 친애하는 핍. 대체로 지방에 있었거든."

"그럼 재판은…… 런던에서 받았나요?"

"언제?"

사내가 날카롭게 쳐다보며 반문했다.

"마지막 재판 때."

사내가 고개를 끄덕였다.

"그래서 재거스 변호사를 처음 알게 된 거야. 나를 변호했거든."

무슨 죄목으로 재판을 받았느냐는 말이 입술에 걸릴 때 사내가 나이프를 들고서 한 차례 휘저으며 "내가 저지른 짓은 노역으로 모두 갚았다!"고 말하더니, 아침 식사를 시작했다.

음식을 게걸스럽게 먹는 모습이 정말 역겨웠다. 행동 하나하나가 거칠고 소란하고 탐욕스러웠다. 습지에서 음식을 먹는 걸 본 이후로 이빨이 여러 개 사라져서 음식을 입에 넣을 때마다 제일 튼튼한 어금니로 씹으려고 머리를 옆으로 돌리는 모습은 영락없이 늙고 굶주린 개였다. 나로선 설사 식욕이 있더라도 사내 때문에 모두 달아나, 도저히 극복할 수 없는 혐오감과 불쾌감을 가득 품고 가만히 앉아서 식탁보를 우울하게 바라볼 수밖에 없었다. 그런 가운데 사내가 음식을 다 먹더니, 나름대로 예의를 표시하려고 말했다.

"정말 많이 먹었구나, 친애하는 핍. 하지만 나는 원래 많이 먹어. 음식을 조금 먹는 체질이라면 곤란한 일도 훨씬 조금 겪었을 거야. 그런데 나는 담배도 피워야 한단다. 저쪽 세계에서 목동으로 처음 일할 때 담배가 없었다면 우울증에 걸려서 양처럼 머리가 돌아버리고 말았을 거야."

사내는 이렇게 말하면서 식탁에서 일어나 자신이 입은 두꺼운 모직 더블 상의 가슴팍으로 손을 넣어서 까맣고 짧은 파이프와 '니그로헤드'라고 하는 일종의 가루담배를 한 움큼 꺼냈다. 그리고 파이프에 채우고 남은 담배를 다시 넣는데, 가슴팍 주머니를 서랍으로 여기는 것 같았다. 그런 다음에 벽난로에서 활활 타오르는 석탄 하나를 부젓가락으로 집어 파이프에 불을 붙이더니, 벽난로 앞 깔개에서 몸을 빙글 돌려 등을 불길 쪽으로 대고 두 손을 나에게 내미는 독특한 행위를 다시 반복했다. 그래서 두 손을 잡아 위아래로 흔들고 파이프를 빠끔거리며 말했다.

"내가 키운 신사가 바로 여기에 있구나! 가짜가 아닌 진짜 신사! 너를 이렇게 바라보기만 해도 기쁘다, 핍. 내가 원하는 건 이렇게 나란히 서서 너를 바라보는 거란다, 친애하는 핍!"

나는 틈이 나자마자 두 손을 빼냈다. 정신이 조금씩 돌아오면서 내가 처한 상황을 곰곰이 따져볼 수 있을 것 같았다. 사내가 말하는 거친 목소리를 들으면서, 그리고 가만히 앉아 옆으로 철회색 머리칼이 흘러내린 대머리를 쳐다보면서, 나를 묶은 족쇄가 무엇이며 얼마나 굵은지 서서히 깨닫는 것 같았다.

"내가 키운 신사가 진흙탕 거리를 걸어 다니는 걸 나는 도저히 견딜 수 없어. 장화에 진흙을 묻히는 일은 없어야 해. 내가 키운 신사는 말이 있어야 해, 핍! 등에 올라탈 말과 마차를 모는 말, 그리고 하인이 올라탈 말과 마차를 모는 말까지. 식민지 놈들도 모두 말을 (그것도 아주 훌륭한 말을!) 타는데 내가 키운 런던 신사에게 말이 없어서 되겠어? 안되지, 안 돼. 우리가 놈들에게 본때를 보여주는 거야, 핍, 알겠니?"

사내는 호주머니에서 지폐가 터져 나올 것처럼 두툼한 지갑을 꺼내 탁자에다 던지며 계속 말했다.

"거기에 마음껏 써도 될 만큼 돈이 있다, 친애하는 핍. 모두 네 거야. 내가 가진 것 가운데 내 것은 하나도 없어. 모두 네 거야. 걱정할 것 없다. 돈을 가져온 곳에 더 많은 돈이 있으니까. 내가 조국으로 돌아온 건 내가 키운 신사가 신사답게 돈 쓰는 모습을 보고 싶어서야. 그러면 정말 기쁠 거야. 네가 그러는 걸 보면 나는 정말 기쁠 거야."

그러더니 사내는 실내를 둘러보고 손가락을 한꺼번에 꺾어서 딱! 소리를 커다랗게 내며 계속 말했다.

"지랄 같은 놈들아! 머리에 가발을 쓴 판사부터 먼지를 휘날리는 식민지 놈까지 모든 놈아, 내가 너희 모두를 합친 것보다 훌륭한 신사를 보여주마!"

나는 갑작스러운 공포와 환멸에 휩싸이며 소리쳤다.

"그 정도만 하세요! 아저씨에게 물어볼 게 있어요. 앞으로 제가 어떻게 해야 하는지 알고 싶어요. 제가 어떻게 해야 아저씨가 위험하지 않을지, 여기에 얼마나 오랫동안 머물 건지, 앞으로 어떻게 할 계획인지 알고 싶어요."

그러자 사내는 갑자기 태도를 바꿔서 누그러진 자세로 내 팔에 한 손을 얹으며 대답했다.

"여길 보렴, 핍. 우선 여길 보렴. 내가 잠시 정신을 잃었구나. 내가 천박한 말을 했어. 정말이야. 천박해. 여길 보렴, 핍. 이번 한 번만 용서해. 앞으로는 천박하게 굴지 않을 테니까."

나는 앓는 소리를 뱉어내듯 다시 물었다.

"우선, 사람들이 아저씨를 알아보고 잡아가지 않도록 하려면 어떤 걸 조심해야 할까요?"

하지만 사내는 조금 전과 똑같은 어투로 다시 말했다.

"아니야, 친애하는 핍. 그게 우선이 아니야. 천박한 행동이 우선이야. 신사가 갖춰야 할 소양도 모르면서 내가 오랜 세월을 공들여서 신사를 키운 건 아니야. 여길 보렴, 핍. 나는 천박하게 굴었어. 정말이야. 천박해. 이번 한 번만 용서하렴, 친애하는 핍."

소름 끼칠 정도로 우스꽝스러운 모습에 나는 짜증 어린 웃음을 터트리며 대답했다.

"저는 벌써 용서했어요. 그러니까 똑같은 말 좀 그만 하세요!"

하지만 사내는 고집스럽게 말했다.

"그래, 하지만 여길 보렴, 친애하는 핍. 이렇게 천박하게 굴려고 그렇게 먼 길을 온 건 아니야. 자, 이제 다시 말하렴, 친애하는 핍. 네가 조금 전에 말하길……."

"아저씨가 일으킨 위험을 어떻게 해야 피할 수 있는 거죠?"

"으음, 친애하는 핍, 그렇게 위험한 건 아니야. 누가 나를 고발하지만 않는다면 위험할 건 없어. 나를 아는 사람은 재거스 변호사와 웨믹과 네가 전부야. 그런데 누가 날 고발하겠니?"

"길거리에서 아저씨를 우연히 알아볼 사람도 없나요?"

내가 묻자, 사내가 대답했다.

"그래, 많지 않아. 게다가 나는 내가 '보터니 만'에서 돌아왔다고 신문에 일부러 광고할 생각도 없거든. 이미 많은 세월이 흘렀는데 나를 일부러 고발할 사람이 어디에 있겠니? 하지만 여길 보렴, 핍. 설사 지금보다 오십 배는 위험하더라도 나는 마찬가지로 너를 보러 왔을 거란 사실을 명심하렴."

"그럼 얼마나 오래 머무실 건가요?"

"얼마나 오래?"

사내가 반문하더니, 입에서 새까만 파이프를 꺼내 들고 입을 저억 벌린 채 바라보다가 대답했다.

"나는 돌아가지 않아. 완전히 돌아온 거야."

"그럼 어디에서 사실 건가요? 제가 아저씨에게 어떻게 해야 하나요? 어디가 안전할까요?"

"친애하는 핍, 돈만 있으면 변장용 가발도, 머리에 뿌리는 분가루도, 안경도, 까만 양복도[7] 살 수 있어, 짧은 바지든 뭐든. 다른 사람이 그렇게 해서 안전하니, 다른 사람이 한 거라면 나도 똑같이 할 수 있어. 어디에서 어떻게 살지에 대해선, 친애하는 핍, 네 의견을 듣고 싶구나."

"지금은 아무렇지 않게 말씀하시는데, 간밤에는 아주 심각하게 말했잖아요, 잡히면 꼼짝없이 죽는다면서."

내가 반박하자, 사내는 입으로 파이프를 다시 물며 대답했다.

---

7) 당시에 신사는 까만 양복을 입었다.

"그건 지금도 마찬가지야. 여기랑 멀지 않은 거리에서 공개적으로 교수형을 당하겠지. 네가 이런 상황을 충분히 이해하는 건 아주 중요해. 한 번만 이해하면 되는 거야. 나는 여기에 왔어. 다시 돌아가는 건 여기에 있는 만큼이나 위험해, 아니 훨씬 위험해. 게다가, 핍, 내가 여기에 온 건 너와 오랫동안 함께 지내고 싶어서야. 위험한 것에 대해선, 나는 이제 노련한 새야, 깃털이 처음 날 때부터 다양한 함정을 겪은 새. 그래서 허수아비에 앉아도 두렵지 않아. 거기에 죽음이 숨어 있다면, 실제로 그렇다면 당당하게 나오라고 해. 내가 당당히 맞설 테니까. 거기에서 죽음이 나오기 전까지는 안 믿어. 그러니 우리 신사를 한 번 더 보자꾸나."

그러더니 사내는 또다시 두 손을 움켜잡고 자신이 소유한 물건에 감탄하는 분위기로 나를 자세히 살피다가 아주 만족스러운 표정으로 담배를 피워댔다.

내가 보기에는 근처에 조용한 숙소를 구했다가 허버트가 이삼일 후에 돌아오면 사내를 그곳으로 옮기는 게 최선일 것 같았다. 그리고 허버트에게 모든 비밀을 털어놓는 것 역시 불가피할 것 같았다. 게다가 비밀을 털어놓는 자체로 상당한 위로까지 받을 게 분명했다. 하지만 프로비스 아저씨는 (앞으로 사내를 이렇게 부르기로 작정했는데) 이 문제에 관해서 조금도 그렇게 생각하지 않았다. 허버트를 직접 보고 믿을만한 얼굴인지 확인할 때까지 보류하자더니, 주머니에서 자물쇠를 채운 까맣고 조그맣고 반질거리는 성서를 꺼내며 덧붙였다.

"그래서 믿음직하게 보인다면, 친애하는 핍, 여기에 대고 맹세시켜야 해."

끔찍한 은인이 까맣고 조그만 성서를 지니고 다니는 목적은 위급할 때 사람들에게 맹세시키는 것 하나밖에 없다고 단정할 순 없다. 그것에 대해 지금 이 순간까지 확인한 건 하나도 없다. 하지만 성서를 다른 용도로 사용하는 걸 내 눈으로 한 번도 못 봤다는 사실만큼은 확실히 말할 수 있다. 게다가 성서 자체도 어느 재판정에서 훔친 것처럼 보이는데, 자신이 예전부터 알던 지식에다 비슷한 용도로 사용하는 걸 직접 경험하고서 일종의 합법적인 마법이자 부적으로 효과가 있다고 믿는 것 같았다. 그래서 성서를 이렇게 처음 꺼낸 순간, 나는 오래전에 교회 공동묘지에서 나에게 약속을 지키겠다고 맹세하도록 만든 사실과 자신이 외로울 때마다 결심을 새롭게 다지며 맹세했다고 간밤에 말한 내용을 떠올렸다.

프로비스 아저씨는 선원용 싸구려 기성복 차림이라서 앵무새와 시가를 파는 사람처럼 보이는 터라, 이번에는 앞으로 어떤 차림을 할지 의논했다. 그런데 프로비스 아저씨는 "짧은 바지"가 변장하는데 최고라는 독특한 믿음이 있는 데다, 교회 장로와 치과의사 중간 정도로 보이는 차림을 마음속으로 대충 설정한 상태였다. 그래서 돈 많은 농부 차림이 훨씬 좋다고 상당히 어렵게 설득한 다음, 머리를 짧게 잘라서 분가루를 살짝 입히기로 합의했다. 마지막으로, 집안일을 돕는 할머니나 조카딸에게 아직 모습을 드러낸 적이 없으니, 모든 차림을 완전히 갖출 때까지 숨어서 지내기로 했다.

이렇게 예방조치를 결정하는 과정이 간단하게 보이겠지만 넋까지 달아난 건 아니라도 머리가 몽롱한 상태라서 아주 오랜 시간이 걸려, 오후 두세 시가 된 다음에 비로소 필요한 물건을 사러 나갈 수 있었다. 내가 집을 비운 동안 프로비스 아저씨는 안에서 문을 꽁꽁 잠그고 지내며 무슨 일이 있어도 현관문을 안 열기로 했다.

에섹스 거리에 비교적 괜찮은 숙소가 있는데 뒤쪽으로 우리 집이 보이고 소리치면 들리는 거리라는 사실을 아는 터라, 나는 우선 그곳에 가서 다행히도 프로비스 아저씨가 묵을 숙소를 삼 층으로 구할 수 있었다. 그런 다음에는 상점을 이리저리 돌아다니며 외모를 바꾸는 데 필요한 물건을 하나씩 사들였다. 그래서 관련 업무를 모두 처리한 다음에는 리틀 브리튼으로 방향을 잡았다. 재거스 변호사는 책상에 있다가 내가 들어오는 걸 보자마자 바로 일어나서 벽난로 앞으로 가더니 이렇게 말했다.

"핍, 조심해서 말하게."

"알겠습니다, 선생님."

내가 대답했다. 오는 내내 어떻게 말할지 생각했기 때문이다.

"자신을 위험하게 만들지 말게. 다른 누구도 위험하게 만들지 말고. 무슨 말인지 알겠나? 누구도. 아무 말도 말게. 알고 싶은 건 하나도 없으니까. 나는 호기심이 없네."

재거스 변호사가 다시 말했다. 사내가 나타났다는 사실을 아는 게 분명했다. 그래서 나는 이렇게 말했다.

"제가 알고 싶은 건 제가 들은 말이 사실인지 확인하는 것뿐입니다. 사실이 아니라는 희망은 없지만 그래도 확인은 하고 싶어요."

재거스 변호사가 고개를 끄덕이더니, "그런데 지금 막 '들은 말'이라고 했나 '전달받은 말'이라고 했나?" 하고 물으며 머리를 한쪽으로 기울여서 나를 보는 대신 바닥을 내려다보고 귀만 쫑긋 세운 채 다시 말했다.

"'들은 말'이라고 하면 직접 만나서 대화를 나눈 것처럼 들리네. 하지만 뉴사우스웨일즈에 있는 사내와 직접 만나서 대화를 나눌 순 없잖은가."

"그렇다면 전달받았다고 하겠습니다, 재거스 선생님."

"다행이군."

"아벨 매그위치라는 사람에게 오랫동안 모습을 숨긴 은인은 바로 자신이란 말을 전달받았습니다."

"그래, 뉴사우스웨일즈에 있는 사람."

"그런데 그 사람 하난가요?"

"그 사람 하나네."

"저는 제가 착각하고 엉뚱한 결론을 내린 책임이 선생님에게 조금이라도 있다고 생각할 만큼 비이성적인 사람이 아닙니다. 하지만 저는 하비셤 아씨가 그분이라고 항상 생각했습니다."

내가 말하자, 재거스 변호사는 차가운 눈을 나에게 돌리고 집게손가락을 물어뜯으며 대답했다.

"자네 말대로 나는 거기에 대한 책임이 조금도 없네."

"그런데 제 눈에는 여태껏 하비셤 아씨처럼 보였습니다."

나는 풀이 완전히 죽은 채 호소했다. 하지만 재거스 변호사는 머리를 가로젓고 옷자락을 가다듬으며 대답했다.

"그렇게 생각할 증거는 하나도 없었네. 겉을 보고 판단하지 말게. 모든 걸 증거에 근거해서 바라보게. 이건 아주 중요한 원칙이야."

재거스 변호사 말에 나는 한숨을 내쉬고 잠시 가만히 있다가 이렇게 말했다.

"더는 말씀드릴 게 없네요. 제가 전달받은 사항을 확인했으니, 용무를 마쳤습니다."

"그런데 매그위치가 - 뉴사우스웨일즈에서 - 드디어 정체를 밝혔으니, 내가 그동안 자네에게 아주 조심스럽게 말했다는 사실을, 내가 처음부터 지금까지 구체적인 사실에 근거했다는 사실을 자네도 충분히 이해하겠군. 지금까지 구체적인 사실에서 벗어난 건 하나도 없네. 자네도 충분히 인정하지?"

"네, 선생님."

"매그위치가 - 뉴사우스웨일즈에서 - 편지를 처음 보냈을 때 나는 답신을 보내서 내가 구체적인 사실에 조금이라도 벗어날 거로 기대하면 안 된다고 경고했네. 답신으로 다른 경고도 했어. 영국으로 와서 자네를 만나겠다는 막연한 생각을 편지에 애매하게 암시한 것처럼 보였거든. 그래서 나는 그것에 관해 더는 안 듣겠다고, 당신이 사면받을 가능성은 조금도 없다고, 종신유형을 받아 추방당했으니 여기에 나타나면 법률상 극형을 받을 거라고 경고했네. 나는 매그위치에게 확실히 경고했어."

재거스 변호사가 나를 매섭게 바라보며 계속 말했다.

"뉴사우스웨일즈로 그렇게 편지를 보냈어. 그자는 거기에 따라서 행동했을 게 분명하네."

"그렇습니다."

내가 대답해도 재거스 변호사는 나를 여전히 매섭게 바라보며 말했다.

"웨믹에게 들었는데, 편지를 한 통 받았다더군. 포츠머스 소인을 찍어서 식민지인이 보낸 건데 이름이 퍼비스인가……."

"프로비스요."

"그래, 프로비스. 고맙네, 핍. 프로비스가 맞겠지? 자네도 그 사람이 프로비스라는 걸 알겠지?"

"네."

"자네도 그 사람이 프로비스라는 걸 알아. 포츠머스 소인을 찍어서 프로비스라고 하는 식민지인이 보낸 편지는 매그위치를 대신해서 자네 주소를 구체적으로 물어보았네. 나는 웨믹이 우편으로 주소를 알려 주었다고 알고 있네. 자네 역시 프로비스를 통해서 뉴사우스웨일즈에 있는 매그위치에 대한 설명을 전달받았겠지?"

"네, 프로비스를 통해서 전달받았습니다."

내가 대답하자, 재거스 변호사는 손을 내밀며 작별을 고했다.

"잘 가게, 핍. 자네를 만나서 반가웠네. 매그위치에게 – 뉴사우스웨일즈로 – 편지를 보내든 프로비스를 통해 연락을 취하든, 우리가 오랫동안 거래한 세부 내용과 영수증을 잔금과 함께 자네에게 보내겠다는 말을 전달하면 고맙겠네. 잔금이 아직 남았거든. 잘 가게, 핍!"

우리가 악수한 다음, 재거스 변호사는 내가 안 보일 때까지 매섭게 바라보았다. 내가 문에서 돌아볼 때도 여전히 나를 매섭게 바라보는데, 사악한 석고상 두 개는 선반에서 눈꺼풀을 들어 올리고 목구멍을 부풀리며 "정말 대단한 사람이군!"이란 말을 뱉어내려고 애쓰는 것 같았다.

웨믹은 출타 중인데, 설사 사무실에 있다고 해도 나를 도울 수 있는 건 하나도 없었다. 그래서 템플로 곧장 돌아가니, 끔찍한 프로비스는 물 탄 럼주를 마시고 니그로헤드 담배 연기를 내뿜으며 아무 탈 없이 지내고 있었다.

내가 주문한 옷은 다음 날에 모두 도착하고 프로비스는 하나씩 입어보았다. 그런데 어떤 옷을 입어도 (우울하게도 내 눈에는) 먼저 입은 옷보다 흉측하게 보였다. 프로비스에게는 변장 자체를 무기력하게 만드는 뭔가가 있는 것 같았다. 다른 옷을 입히고 더 좋은 옷을 입힐수록 습지에서 벌벌 떨던 도망자 모습은 더욱 생생하게 드러났다. 내가 이렇게 불안한 인상을 받은 이유는 옛날 얼굴과 동작이 점차 또렷하게 떠오르기 때문일 가능성도 있다. 하지만 지금 생각해도 다리 하나를 질질 끄는 모습은 아직도 묵직한 족쇄가 매달린 것처럼 보이고 행동 하나하나는 머리끝부터 발끝까지 범죄자란 속성이 넘쳐흐르는 것 같앉다.

　여기에다 외딴 오두막에서 외롭게 지낸 것 때문에 어떤 옷을 입어도 야만적인 분위기가 묻어나왔다. 그리고 사회에서 낙인찍힌 삶을 살았기 때문에 사람을 피해서 숨어다닌다는 잠재의식 역시 그대로 묻어나왔다.

　앉든 서든, 먹든 마시든, 마뜩잖은 표정으로 어깨를 올리고 깊은 생각에 잠기든, 뿔 손잡이가 큼직한 주머니칼을 꺼내서 바지에다 쓱 문지른 다음에 음식을 자르든, 가벼운 유리잔이나 컵을 쇠로 만든 묵직한 컵처럼 집어서 입술에 대든, 조금도 낭비하면 안 된다는 듯 빵을 한 조각 잘라서 접시를 닦으며 마지막 남은 고깃국물까지 빨아들인 다음 손가락에 묻은 국물까지 닦아서 입에 넣든, 모든 동작 하나하나에, 온종일 시시각각으로 나타나는 수많은 동작 하나하나에, 죄수며 악당이며 유형지 농노라는 사실이 더할 나위 없이 또렷하게 드러났다.

　프로비스는 머리에 분가루를 살짝 입히자는 생각이 강하고, 나는 짧은 바지를 포기하는 대가로 분가루를 양보했다. 하지만 분가루를 입히니 죽은 사람에게 연지를 바른 것 같았다. 숨기는 게 바람직한 특징이 얇게 입힌 분가루를 그대로 뚫고 나와서 머리 꼭대기에 또렷하게 드러난 모습이 참으로 끔찍했다. 그래서 곧바로 포기하고 하얗게 센 머리칼을 짧게 깎는 거로 마무리했다.

　이러는 동안에도 내가 프로비스에게 얼마나 끔찍하고 이상한 느낌을 받았는지는 말로 설명할 수 없다. 저녁마다 굳은살이 박인 손으로 안락의자 팔걸이를 움켜잡고 깊게 팬 주름살이 문신처럼 보이는 대머리를 가슴팍에 떨군 채 잠들면, 나는 가만히 앉아서 바라보며 저 사람이 도대체 무슨 죄를 지었을까 골똘히 생각하느라 범죄 연감에 나오는 온갖 사례와 연결하다가 벌떡 일어나서 도망치고 싶은 충동에 휩싸이기 일쑤였다.

상대에 대한 혐오감 역시 시간이 지날수록 늘어났다. 무한한 고뇌에 빠져들 때마다 상대가 나에게 베푼 다양한 은혜와 나 때문에 감수한 위험을 모두 외면한 채 그냥 도망치고 싶은 충동만 밀려들었다. 하지만 허버트가 금방 돌아올 거란 사실을 아는 터라 그럴 수도 없었다. 그래도 한 번은 내가 소유한 모든 물건과 함께 상대를 그대로 놔두고 급히 도망쳐 인도로 가서 외인부대에 입대할 생각으로 한밤중에 침대에서 벌떡 일어나 제일 나쁜 옷을 실제로 입기도 했다.

기나긴 저녁마다 기나긴 밤마다 비바람이 끊임없이 몰아치는 가운데 이렇게 쓸쓸한 공간에 유령이 나타난다고 해도 이처럼 끔찍하진 않았을 것 같다. 유령이라면 나 때문에 잡혀서 교수형을 당하진 않을 터인데 프로비스는 그럴 수 있다는 생각에, 그렇게 될 수밖에 없다는 끔찍한 생각에, 나는 끊임없는 공포에 시달렸다.

프로비스는 잠을 안 자거나 혼자 하는 '인내심'이라는 카드놀이를 – 이전에도 이후에도 다른 데서는 한 번도 본 적이 없는데, 이길 때마다 주머니칼로 탁자를 찔러서 자신이 이긴 걸 표시하는 카드놀이를 – 안 할 때면, 두 가지 다 안 할 때면, 나에게 책을 읽어달라고 부탁하면서 "외국어로, 핍!" 하고 말했다. 그래서 내가 그렇게 하면 한 마디도 못 알아들으면서 벽난로 앞에 가만히 서서 전시물 주인 같은 표정으로 나를 관찰하거나, 내가 손으로 얼굴을 가린 채 손가락 사이로 바라보면 내가 외국책을 얼마나 잘 읽는지 보라고 손짓 발짓하며 가구마다 다그쳤다.

소설을 보면 과학자가 불경한 짓을 저질러서 흉악한 괴물[8]을 만든

---

8) 프랑켄슈타인을 말한다.

다음에 힘들게 쫓기는 내용이 나온다. 하지만 나는 나 자신을 만든 흉악한 괴물에게 끊임없이 쫓겨 다녔다. 흉악한 괴물이 나에게 감탄할수록 그래서 나를 좋아할수록 나는 강한 혐오감에 시달리며 움츠러들었다. 소설에 나온 과학자도 나만큼 힘들진 않았을 것이다.

이렇게 글을 쓰다 보니 마치 그런 기간이 일 년이라도 되는 것 같다. 하지만 그건 닷새에 불과했다. 그러는 내내 허버트가 올 거란 생각에 나는 감히 밖으로 나갈 수도 없었다. 어둠이 깔린 다음에 프로비스에게 공기를 쐬여주려고 밖으로 나간 게 전부였다. 그날도 저녁 식사를 마치고 완전히 기진맥진해서 선잠에 빠져들다가 ─ 밤새도록 고뇌에 시달리느라 잠을 제대로 못 잔 데다, 잠이라도 들면 악몽에 시달리다가 깨어나기 일쑤라서 ─ 계단에서 일어나는 반가운 발소리에 번뜩 깨어났다. 마찬가지로 잠자던 프로비스 역시 내가 깨어난 소리에 비틀거리며 일어나더니 번뜩이는 주머니칼을 재빨리 꺼내 들었다.

"가만히 있어요! 허버트예요!"

내가 소리치는 순간, 허버트가 천 킬로미터나 떨어진 프랑스에서 신선한 기운을 머금고 불쑥 뛰어들며 반겼다.

"헨델, 사랑하는 친구, 잘 지냈어, 잘 지냈어, 잘 지냈어? 집을 열두 달은 비운 것 같아! 맙소사, 내가 정말 그런 것 같아, 자네 얼굴이 이렇게 핼쑥하고 창백하게 변한 걸 보면! 헨델, 사랑하는…… 안녕하세요! 미처 못 봐서 죄송합니다."

허버트는 나에게 달려와서 손을 잡고 흔들려다 프로비스를 발견하고 멈췄다. 프로비스는 매서운 눈으로 살피다가 주머니칼을 천천히 넣으며 다른 주머니를 더듬었다. 허버트가 의아한 표정으로 가만히 서서 멀뚱멀뚱 바라보는 동안, 나는 여닫이문을 닫으며 말했다.

"허버트, 사랑하는 친구, 아주 이상한 일이 일어났어. 이분은……

나를 찾아오신 손님이야."

그러자 프로비스가 자물쇠를 채운 까맣게 반질거리는 조그만 성서를 들고 앞으로 나오면서 허버트에게 말했다.

"괜찮다, 꼬마! 이걸 오른손으로 잡아. 네가 어떤 식으로든 비밀을 까발린다면 하느님이 너를 그 자리에서 죽이실 거다! 거기에다 입을 맞춰!"

"그렇게 해, 저분이 시키신 대로."

내가 말하자, 허버트는 불안하고 놀란 표정으로 나를 다정하게 바라보며 시키는 대로 하고, 프로비스는 곧바로 손을 잡고 흔들어대며 말했다.

"이제 너는 맹셀 했어. 그러니 나 역시 핍이 너를 신사로 만들 거라고 맹세하마!"

41

내가 프로비스와 함께 벽난로 앞에 앉아서 모든 비밀을 상세히 털어
놓는 순간, 허버트가 보인 놀라움과 불안감은 말로 형용할 수도 없다.
그동안 내가 느낀 감정이 허버트 얼굴에 그대로 나타났다는 사실 정도
만, 나에게 엄청난 은혜를 베푼 사내에게 내가 느낀 혐오감까지 그대로
나타났다는 사실 정도만 언급하겠다.

그 사람은 허버트나 나와 다른 게 많지만, 무엇보다 두드러진 차이
는 내가 하는 이야기를 의기양양하게 들었다는 사실이다. 내가 설명
을 마치자마자 허버트에게 장황하게 늘어놓은 바에 의하면 자신이
나타나고 딱 한 번 "천박한 행위"를 한 게 마음이 쓰일 뿐, 자신이
베푼 은혜를 내가 나쁘게 받아들일 가능성에 대해선 조금도 생각을
못 했다. 그러면서 자신이 나를 신사로 만든 걸, 그리고 자신이 마련한
풍부한 재원으로 내가 신사 역할을 제대로 하는 모습을 보러 왔다는
걸 나 역시 자신만큼이나 좋아한다고 자랑했다. 그건 자신이나 나
모두에게 매우 흡족한 자랑거리라는 게, 그리고 자신이나 나나 그것
에 대해 대단한 자부심을 느낀다는 게 그 사람 마음속에 단단히 뿌리

내린 결론이었다. 그 사람은 이렇게 한참을 떠벌리고 나서 허버트에게 덧붙였다.

"하지만 여길 보렴, 핍 친구. 내가 여기에 와서 딱 한 번 ─ 딱 30초 동안 ─ 천박하게 행동했다는 건 나도 잘 알아. 핍에게도 내가 천박하게 군 걸 안다고 말했어. 하지만 앞으론 그것 때문에 걱정할 필요는 없네. 나는 핍을 신사로 만들고 핍은 자네를 신사로 만들 건데 신사에게 필요한 덕성을 내가 왜 모르겠나. 친애하는 핍, 그리고 핍 친구, 두 사람 모두 앞으로 내가 주둥이를 점잖게 꾹 다물 거란 사실을 믿어도 돼. 나는 천박하게 행동한 30초 이후로 지금까지 주둥이를 꼭 다물었으며, 현재도 주둥이를 꼭 다물고 앞으로도 주둥이를 꼭 다물 거야."

허버트는 "당연히 그러시겠죠" 하고 대답하는데, 당혹스런 표정이 가득한 걸 보면 조금이라도 안심한 건 전혀 아니었다. 우리는 그 사람이 새로 구한 숙소로 떠나 우리 둘만 남는 시간을 간절하게 원했다. 하지만 그 사람은 우리 둘만 남는 걸 시샘하는 게 분명한 표정으로 늦도록 자리를 지켰다. 내가 그 사람을 에섹스 거리로 데려가, 어둠에 휩싸인 문으로 무사히 들어가는 걸 확인한 시각은 자정이었다. 그래서 문이 닫히는 순간, 나는 그 사람이 찾아온 밤 이후 처음으로 안도의 한숨을 내쉬었다.

계단에 웅크리고 있던 사내가 계속 떠오르며 불안감을 자극해, 나는 어둠이 깔린 다음에 손님을 데리고 밖으로 나갈 때도 다시 들어올 때도 항상 주변을 살피는데, 이번에도 주변을 살폈다. 이렇게 험한 일을 겪으면서 마음에 불안감이 가득할 때면 대도시에서 누가 감시한다는 의혹을 떨쳐내기 쉽지 않지만, 시야에 들어온 사람 가운데 나에게 관심을 기울이는 사람은 하나도 없다는 느낌에 마음을 간신히 진정할 수 있었다. 거리로 처음 나설 때는 지나는 사람이 몇 명 보였으나 제각기 갈 길로 가고, 템플로 돌아올 때는 완전히 텅 빈 상태였다. 우리가 정문을 나올 때 함께 나온 사람도 없고 나 혼자 정문을 들어설 때 함께 들어선 사람도 없었다. 분수대를 지날 때는 그 사람 숙소 뒤쪽 창문에서 환하고 차분하게 비추는 불빛도 확인하고, 내가 사는 건물 입구에서 계단을 오르기 전에 걸음을 잠시 멈추니 '정원 저택' 주변은 인기척 하나 없이 고요하고 이제 막 오르기 시작한 계단도 마찬가지였다.

허버트는 두 팔을 벌리며 맞이하고, 나는 친구가 있다는 게 이렇게 좋다는 사실을 처음으로 느꼈다. 그래서 허버트가 위로하고 격려하는 말을 몇 마디 한 다음에, 우리는 이번 문제를 어떻게 풀어야 할지 논의하려고 자리를 잡고 앉았다.

그동안 프로비스는 병영에서 생활하는 것처럼 불안한 자세로 한 자리를 고집하면서 석판에 순서라도 적힌 것처럼 파이프와 니그로헤드와 주머니칼과 카드를 차례대로 만지작거린 터라, 앉던 의자 역시 그 자리에 그대로 있었다. 그런데 허버트가 무심코 앉다가 깜짝 놀라며 일어나서 멀찌감치 치우고 다른 의자에 앉았다. 그런 모습을 보니 허버트 역시 내 은인에게 혐오감을 품은 건 말할 필요가 없고, 나 역시 그런 사실을 고백할 필요가 없었다. 우리는 단 한 마디도 뻥끗하지 않고 서로 마음을 주고받은 것이다.

허버트는 다른 의자에 무사히 앉고, 나는 이렇게 물었다.

"앞으로 어떻게 하지?"

그러자 허버트는 머리를 움켜쥐며 대답했다.

"가련한 헨델, 너무 놀라서 나는 아무런 생각도 못 하겠어."

"처음에는 나도 그랬어, 허버트. 하지만 뭔가 대책을 세워야 해.

그 사람은 말이며 마차며 온갖 사치품을 새롭게 사들일 생각이야. 어떻게 해서든 막아야 해."

"네 말은 그 사람 돈을 받을 수 없다는……"

허버트가 망설이며 말하는데 내가 불쑥 끼어들었다.

"어떻게 받니? 어떤 사람인지 생각해 봐! 끔찍한 생김새를 보라고!"

이 말과 동시에 허버트나 나나 무의식적으로 몸서리쳤다.

"정말 끔찍한 진실은, 허버트, 그 사람이 나를 좋아한다는, 엄청나게 좋아한다는 사실이야. 이렇게 기구한 운명이 어디에 있을까!"

"가련한 헨델……."

허버트가 한탄하고, 나는 이렇게 말했다.

"하지만 여기에서 모든 걸 포기하고 지금부터 단 한 푼을 안 받는다 해도 내가 지금까지 진 빚을 생각해 봐. 어마어마한 빚이야, 유산을 포기한 사람에겐 정말 어마어마한 빚이라고. 그런데 나는 직업 교육을 받은 적이 한 번도 없는 터라 아무짝에도 쓸모가 없어."

"저런, 저런, 저런! 아무짝에도 쓸모가 없다는 말은 하는 게 아니야."

"그럼 어디에 쓸모가 있는데? 나에게 어울리는 건 딱 하난데, 그건 군대에 들어가는 거야. 자네가 우정과 애정으로 조언할 거란 기대만 없었다면 나는 벌써 군대에 들어갔을 거야, 친애하는 허버트."

당연히 나는 여기에서 눈물을 터트리고 당연히 허버트는 내 손을 따듯하게 움켜잡을 뿐 내가 우는 걸 모르는 척했다. 그리고 이렇게 말했다.

"어쨌든, 친애하는 헨델, 군대에 들어가는 건 도움이 안 돼. 네가 그 사람 후원과 도움을 단념하겠다면, 내 생각엔 이미 진 빚을 언젠간 갚을 거라는 희망이 생긴 다음에 그러는 게 좋을 것 같아. 하지만 군대에 들어가면 그럴 희망은 거의 없어! 게다가 아주 어리석기도 하고.

그것보다는 비록 작긴 하지만 클래리커 상사에 들어오는 편이 훨씬 좋아. 자네도 알다시피, 지금 내가 동업자 자리를 향해 열심히 나아가고 있잖아."

불쌍한 친구! 누구 돈 때문에 그런 건지 조금도 의심을 않다니……. 허버트가 계속 말했다.

"하지만 다른 문제가 또 있어. 상대는 아주 무식하긴 해도 의지는 대단한 사람이야, 오래전부터 한 가지만 생각한 사람. 게다가 내가 잘못 볼 수도 있지만, 그 사람은 될 대로 되라는 식에다 성격도 사나운 것 같아."

"맞아, 그런 사람이야. 내 눈으로 본 장면을 그대로 알려줄게."

나는 이렇게 대답하며, 조금 전에 이야기할 때 언급하지 않은 내용을, 다른 죄수와 싸우던 광경을 그대로 말했다.

"그렇다면 이런 문제도 생각해야 해! 그 사람은 오랫동안 품은 생각을 실현하기 위해 목숨을 걸고 여기에 왔다. 그래서 오랫동안 고생하며 기다리다가 목적을 달성하려는 순간, 네가 허를 찌르며 모든 계획을 망가뜨려서 오랫동안 고생한 걸 헛수고로 만들었다. 그래서 모든 게 수포가 되었다. 그러면 그 사람이 무슨 짓을 저지를지 생각한 적은 있니?"

"그 사람이 운명적으로 찾아온 밤 이후로 끊임없이 생각하느라 꿈까지 꾸었어. 제일 확실한 건 그 사람 스스로 잡힐 가능성이 크다는 거야."

"그렇다면 그럴 게 분명해. 그 사람이 그렇게 할 위험이 많다고 생각하는 게 좋아. 그건 그 사람이 영국에 있는 동안 너를 쥐락펴락할 무기야. 네가 떠나면 그렇게 할 게 분명해."

그럴 거란 생각에 공포가 밀려들었다. 처음부터 나를 내리누르던 공포였다. 그런 사태가 발생하면 나는 나 때문에 그 사람이 죽었다고 생각할 게 분명했다. 그래서 의자에 가만히 있을 수 없어 실내를 이리 저리 거닐기 시작했다. 그러면서 프로비스가 무언가 실수해서 들키고 잡힌다면 설사 나는 아무런 잘못이 없더라도 나 때문에 그렇게 되었다는 생각에 정말 힘들고 비참할 거라고 말했다. 그렇다, 그 사람이 옆에 있는 게 아무리 고통스럽고 힘들더라도, 남은 평생을 대장간에서 일하며 보내고 싶은 마음이 굴뚝같더라도, 그 사람이 잡혀가는 사태만큼 힘들진 않을 게 분명했다!

그렇다면 문제를 해결할 방법이 없었다. 도대체 어떻게 해야 한단 말인가?

허버트가 말했다.

"무엇보다 중요한 건 그 사람을 영국 밖으로 데려가는 거야. 네가 함께 가야 해, 그래야 그 사람도 따라갈 테니까."

"하지만 내가 다른 데로 데려간다고 해도 돌아오는 것까지 막을 수 있을까?"

"착한 헨델, 뉴게이트 교도소가 바로 옆에 있는 곳에서 속마음을 털어놓아 그 사람이 무모하게 행동하도록 하는 편보다는 다른 곳에서 그러는 편이 훨씬 안전한 건 확실해. 아까 말한 다른 죄수라든가 과거 행적을 핑계 삼아서 다른 나라로 가도록 만들 수 있으면 좋을 텐데."

허버트가 하는 말에 나는 바로 앞에서 걸음을 멈추고 절박한 느낌이라도 보여주려는 듯 두 손을 펼치며 말했다.

"바로 그게 문제야! 나는 그 사람 과거를 하나도 몰라. 밤에 여기에 앉아 바로 앞에서 그 사람을, 내가 겪는 행복이나 불행하고 이렇게 깊이 연결된 사람을 가만히 바라보는 동안, 어린 시절에 나를 이틀에 걸쳐서 공포로 몰아넣었다는 비참하고 고통스러운 기억 말고 내가 아는 건 하나도 없다는 사실을 생각할 때마다 머리가 돌아버릴 것 같았다고!"

허버트가 일어나더니, 자기 팔을 내 팔에 끼우고 나와 함께 실내를 천천히 거닐며 카펫만 바라보더니, 갑자기 걸음을 멈추며 물었다.

"헨델, 이제 너는 그 사람에게 더는 도움을 받을 수 없는 게 확실하지, 그치?"

"당연하지. 네가 나라도 그러지 않겠어?"

"그리고 그 사람과 관계를 끊겠다는 것도 확실하지, 그치?"

"허버트, 나에게 어떻게 그런 걸 물을 수 있니?"

"그리고 너 때문에 그 사람 목숨이 위험하게 되는 걸, 모든 걸 포기하고 스스로 잡혀가는 걸 최대한 피해야 하지, 그치? 그렇다면 속마음을 드러내고 도망치기 전에 우선 그 사람을 영국 밖으로 데려가야 해. 그런 다음에 도망치는 거야. 나와 함께 방법을 찾아보자, 친구."

그러기로 합의한 다음에 손을 맞잡고 함께 실내를 거니니, 마음이 정말 편안했다. 그래서 이렇게 말했다.

"그런데 허버트, 그 사람 과거를 파악하는 거 말이야. 방법이 딱 하나 있어. 내가 단도직입적으로 물어보는 거야."

"그래, 아침에 둘러앉아서 식사할 때 물어봐."

허버트가 말했다. 그 사람이 헤어질 때 허버트에게 우리와 함께 아침 식사를 하러 오겠다고 말했기 때문이다.

우리는 이렇게 계획을 세우고 각자 잠자리에 들었다. 하지만 나는 그 사람이 악몽에 나타나서 찌뿌둥하게 깨어나기도 하고 지난밤에 깜빡 잊고 지내던 공포에, 그 사람이 돌아온 사실을 들키는 공포에 시달리다가 깨어나기도 했다. 그러면 잠은 안 오고 공포만 끊임없이 몰려들었다.

그 사람은 약속한 시각에 나타나서 주머니칼을 꺼내고 식탁에 앉았다. 그러더니 "자신이 만든 신사가 사교계에 완벽하게 등장해 신사처럼 살도록" 할 계획을 잔뜩 늘어놓으며 자신이 나에게 준 돈지갑을 어서 쓰라고 재촉했다. 그러면서 우리 집과 자신이 묵는 숙소는 임시 거주지에 불과하니까 당장 나가서 하이드 파크 근처에 "아주 근사한 집"을 구하라고, 자신도 거기에서 "잠자리" 하나를 차지하겠다고 제안했다. 그리곤 아침 식사를 마치고 주머니칼을 바지에 닦을 때 나는 단도직입적으로 물었다.

"간밤에 아저씨가 떠난 다음, 내가 옛날에 군인들과 함께 습지에 나갔다가 아저씨가 구덩이에서 싸우는 장면을 보았다고 친구에게 말했는데, 기억나세요?"

"당연히 기억나지!"

"그 사람은 어떤 사람인지…… 그리고 아저씨는 어떤 사람인지 알고 싶어요. 내가 두 사람에 대해서, 특히 아저씨에 대해서 간밤에 말한 것 이상 모른다는 게 이상해요. 지금은 서로에 대해서 충분히 이해할 좋은 기회가 아닐까요?"

내가 말하자, 그 사람은 잠시 곰곰이 생각하다가 입을 열었다.

"으음! 너도 맹세한 걸 알지, 핍 친구?"

"당연하지요."

허버트가 대답하고, 그 사람은 이렇게 강조했다.

"네가 말하는 건 무엇이든 맹세를 적용한다는 것도 알지?"

"당연히 그렇게 알고 있습니다."

"그럼 내 얘길 잘 들으렴! 내가 저지른 죗값은 노역으로 모두 치렀으니까."

그 사람이 다시 강조하는 소리에 나는 대답했다.

"당연히 그렇지요."

그 사람은 까만 파이프를 꺼내 니그로헤드를 채우려고 하는데, 손으로 잡은 담배를 물끄러미 바라보는 표정은 마치 자신이 이야기 실마리를 푸는 데 방해라도 된다고 생각하는 것 같았다. 그래서 다시 집어넣고 파이프를 상의 단춧구멍에 찌르더니, 손을 펴서 무릎에 하나씩 내려놓고 성난 눈으로 벽난로 불길을 말없이 바라보다가 다시 우리에게 시선을 돌려서 이렇게 말했다.

42

"친애하는 핍과 핍 친구. 내가 살아온 이야기를 노랫가락이나 이야기책처럼 말하진 않겠어. 하지만 짧게 요약하자면 한마디로 말할 수 있어. 교도소에 들어갔다가 교도소를 나오고, 교도소에 들어갔다가 교도소를 나오고, 교도소에 들어갔다가 교도소를 나오고. 그래, 바로 그거야. 핍에게 친절한 도움을 받은 다음에 보트를 타고 떠날 때까지는 그런 식으로 살았으니까.

나는 온갖 고초를 정말 많이도 겪었어······교수형만 빼고. 은주전자처럼 꽁꽁 갇히고, 마차를 타고 여기로 끌려가고 저기로 끌려가고, 이 마을에서 쫓겨나고 저 마을에서 쫓겨나고, 온몸이 형틀에 묶이고 채찍을 맞고 개에게 물리고 짐승처럼 내몰렸어. 중요하다면 중요한 건데, 나는 너희와 달리 내가 태어난 고향도 몰라. 나 자신을 처음으로 의식한 건 에섹스 지방 어딘가에서 목숨을 부지하려고 순무를 훔칠 때였어. 어떤 사람이 – 남자가 – 땜장이가 – 나를 버리고 도망쳤거든. 불까지 가져가서 나는 추위에 덜덜 떨었지.

나는 성이 매그위치고 세례명은 아벨이란 걸 알아. 그걸 어떻게 아느냐고? 울타리에 올라앉은 새에게 되새나 참새나 지빠귀라는 이름이 있다는 걸 자연스레 아는 거랑 똑같아. 처음에는 가짜일 수도 있겠다는 생각이 들었는데, 새 이름이 모두 맞는 걸 보면 내 이름 역시 맞을 것 같아.

내가 기억하는 거라곤 몸에 걸친 옷가지도 허술하고 먹은 음식도 거의 없는 꼬맹이 아벨 매그위치를 보는 순간, 어떤 사람이든 기겁해서 매타작을 벌이며 쫓아내거나 잡아다 가두었다는 거야. 그래서 나는 잡혀가고 또 잡혀가고 또 잡혀갔어, 정기적으로 잡혀가며 성장했다고 할 정도로.

이렇게 살다 보니 내가 보기에도 - 그렇다고 거울을 봤다는 건 아니야, 거울이 있는 집에 들어간 적이 많지 않거든 - 누더기만 걸친 정말 불쌍한 꼬맹일 때 나는 상습범이란 이름을 얻었어. 사람들이 교도소를 방문할 때마다 교도관들은 나를 지적하며 '꼬맹이가 정말 끔찍한 상습범이랍니다. 아예 감방에서 산다고 할 수 있지요' 하고 말하는 식이었지. 그러면 사람들은 나를 쳐다보고 나는 사람들을 쳐다보고, 사람들 가운데 일부는 나에게 머리를 쓰다듬고 - 차라리 배를 쓰다듬는 게 훨씬 좋은데 말이야 - 또 일부는 내가 읽을 수도 없는 조그만 책자를 주곤 내가 알아들을 수 없는 연설을 늘어놓았어. 그러다 보면 악마에 대한 이야기가 나오고 또 나왔지. 그런데 도대체 내가 무슨 짓을 했다는 거야? 나도 뭐든 먹어야 살잖아, 그렇지 않니? 맙소사! 내가 또 천박하게 구는구나, 그러면 안 된다는 걸 알면서도. 친애하는 핍과 핍 친구, 이제 안 그럴 테니까 걱정하지 마.

사방을 떠돌고, 구걸하고, 도적질하고, 가끔 일할 수 있으면 일하고 - 하지만 생각만큼 자주 일한 건 아니야, 너희라도 나 같은 사람에게 일거리를 쉽사리 안 줄 테니까 - 가끔 밀렵하고, 가끔 노동하고, 가끔

짐마차를 몰고, 가끔 건초를 만들고, 가끔 행상도 하고, 이것저것 일하는데 돈은 안 되고 고생만 죽도록 하다가 어른이 되었어. 그러다가 부랑자 숙소에서 감자 속에 턱까지 파묻고 숨어 지내던 탈영병에게 글자 읽은 법을 배우고, 동전 한 닢 받고 이름을 적어주던 떠돌이 거인에게 쓰는 법을 배웠어. 이젠 툭하면 갇히진 않았지만 나 때문에 감방 열쇠가 상당히 닳긴 했지.

스무 해도 훨씬 전에 엡솜 경마장에서 한 사람을 만났는데, 지금 여기 벽난로 시렁에 붙들어 맬 수만 있다면 이 부지깽이로 해골을 가재 집게발처럼 박살 내고 싶은 놈이야. 본명이 콤피슨이라는 놈인데, 친애하는 핍, 간밤에 떠난 다음에 네가 친구에게 말한 그대로 내가 습지 도랑에서 마구 팬 그놈이야.

콤피슨이란 놈은 스스로 신사라고 자처하는 놈인데 사립 기숙학교에 다닌 적이 있어서 배운 게 많아. 말솜씨가 청산유수고 점잖은 사람들이 사는 방식을 잘 알지. 얼굴도 잘생겼어. 나는 잘 아는 술집에서 그놈을 처음 만났어. 내가 들어가니, 그놈이 다른 몇 사람이랑 탁자에 앉았는데, 성격 좋은 술집 주인이 나를 알아보고 그놈에게 소리치면서 '이 사람이라면 당신에게 잘 맞겠소' 하고 말하는 거야. 내가 말이야.

콤피슨 그놈은 나를 유심히 살피고 나 역시 그놈을 쳐다보았지. 줄 달린 시계도 있고 반지도 있고 가슴에 장식용 핀도 꽂고 옷차림이 근사하더군.

'차림을 보니 운이 모두 도망간 것 같군.'

콤피슨이 나에게 말해서, 나 역시 대답했지.

'네, 나리, 지금까지 운이 별로 없었답니다. (내가 킹스턴 교도소에서 막 나왔을 때야. 일정한 거처 없이 떠돌아다녔다는 죄목인데, 그게

아니더라도 다른 죄목으로 잡혔겠지만 어쨌든 그때는 그랬어.)'

'운이란 건 바뀌는 법이라오. 당신도 운이 변할 거요.'

콤피슨이 하는 말에 나는 '저도 그러면 좋겠습니다요. 속이 텅텅 비었거든요' 라고 말했어.

'당신이 하고 싶은 게 뭐요?'

콤피슨 말에 내가 대답했지.

'먹고 마시는 거요, 그럴만한 음식과 술이 있다면.'

콤피슨이 웃더니, 다시 나를 유심히 살피다가 은화 다섯 닢을 주면서 다음 날 밤에 만나자는 거야. 똑같은 술집에서.

다음 날 밤에 똑같은 술집으로 가니까 콤피슨이 나를 자기 하인이자 동업자로 삼더군. 콤피슨이 무슨 일을 하는 데 동업자가 필요하냐고? 그놈이 하는 일은 사기, 필체 위조, 훔친 돈을 세탁하기 같은 거야. 그놈은 머릿속으로 온갖 궁리를 하다가 이익만 쏙 빼먹고 자신은 쏙 빠진 채 다른 사람에게 덮어씌우는 게 전문이야. 쇠로 만든 줄칼처럼 인정머리가 없고 죽음처럼 냉혹하고 머리에는 앞에서 언급한 악마가 가득해.

콤피슨과 함께 다니는 사람이 또 있는데 '아서'라고 했어. 세례명이 아니라 성이야. 몸이 쇠약한 게 얼굴에 어두운 그늘이 가득했어. 그 사람은 오래전에 콤피슨과 함께 돈 많은 숙녀에게 나쁜 짓을 저질러서 한 몫 단단히 챙겼다더군. 하지만 콤피슨은 도박꾼이야. 국왕처럼 온갖 세금을 받아먹어도 모자랄 정도야. 그런데 아서는 죽어가는 중이야, 가난에 찌든 데다 정신착란에 시달렸거든. 그래서 콤피슨 마누라는 (툭하면 남편에게 맞으면서도) 기회가 있을 때마다 아서를 동정했어. 하지만 콤피슨은 누구든 조금도 동정하지 않았지.

나는 아서를 보고 조심해야 했는데, 안 그랬어. 나는 안 그런 걸 그런 척하지 않아. 그런다고 좋을 게 뭐겠어, 친애하는 핍과 친구?
그래서 나는 콤피슨과 일을 시작해 그 손에서 놀아나는 가련한 신세가
되었어. 아서는 브렌트포드 근처 콤피슨네 집 꼭대기에서 살았는데
콤피슨 놈이 숙식비를 꼼꼼히 계산했어, 나중에 아서가 몸이 좋아져서
일할 때를 대비한 거야. 하지만 아서는 숙식비를 단번에 청산하고 말았
지. 내가 두 번짼가 세 번째로 본 건 몹시 늦은 밤인데, 잠옷 차림에다
머리칼은 땀으로 흠뻑 젖은 채 콤피슨 거실로 후다닥 뛰어들더니, 콤피
슨 마누라에게 소리친 거야.

'샐리, 그 여자가 지금 정말로 위층에 있는데, 도저히 쫓아낼 수
없어요. 온통 하얀 옷차림에 머리에다 하얀 꽃을 잔뜩 꽂은 게 완전히
미쳤어요. 팔에다 수의를 걸치고 왔는데, 내일 새벽 다섯 시에 그걸
나에게 입히겠대요.'

그러자 콤피슨이 이러는 거야.

'어이쿠, 바보 멍청아, 그 여자에겐 아직 육신이 있다는 걸 몰라?
그런데 거기에 어떻게 올라가겠어, 현관이나 창문으로 들어온 것도
아니고 계단을 올라간 것도 아닌데?'

그런데도 아서는 정신착란으로 온몸을 무섭게 떨며 말했어.

'그 여자가 어떻게 올라왔는지 모르겠지만, 완전히 미쳐서 침대 발
밑 모서리에 있어. 찢어진 심장에서 - 바로 네가 그랬지! - 피를 뚝뚝
떨어뜨리며.'

콤피슨은 말하는 건 용감하지만 행동하는 건 아주 비겁해. 그래서
자기 마누라에게 말하는 거야.

'병에 걸려서 어린애처럼 헛소리하는 저 친구를 데리고 위층으로
올라가. 그리고 매그위치, 함께 올라가서 도와주겠소?'

하지만 자신은 결코 안 올라가지.

내가 콤피슨 마누라와 함께 아서를 부축하고 침실로 올라가자, 아서가 끔찍한 헛소리를 뱉어내는 거야.

'맙소사, 저 여잘 보시오! 저 여자가 나에게 수의를 흔들어대고 있잖소! 저 여자가 안 보이시오? 저 여자가 쳐다보잖소! 저렇게 미친 여자를 보니 끔찍하지 않으시오?'

그러다가 이렇게 소리치더군.

'저 여자가 수의를 입히면 나는 끝장이오! 저 여자를 쫓아내시오, 쫓아내!'

그러더니 우리 둘을 움켜잡은 채 그 여자에게 계속 말하고 대답하는 게, 나까지 그 여자가 보이는 느낌이었어.

콤피슨 마누라는 그런 모습에 익숙해서 정신착란을 가라앉히려 술을 주고, 그러다 보니 아서 역시 점차 진정하면서 이렇게 말하는 거야.

'아, 그 여자가 사라졌어! 관리인이 와서 그 여자를 데려갔소?'

콤피슨 마누라가 '네'라고 대답하니까 또 묻더군.

'관리인에게 그 여자를 가두고 빗장을 지르라고 말했소?'

'네.'

'그 여자에게서 흉측한 수의를 빼앗으라는 말도 했소?'

'네, 네, 그랬어요.'

'당신은 정말 좋은 여자요. 무슨 일이 있어도 내 곁을 떠나지 마시오, 참으로 고맙소.'

아서는 깊은 잠에 빠져들더니, 새벽 다섯 시를 몇 분 앞두고 갑자기 벌떡 일어나서 비명을 질러대는 거야.

'저 여자가 나타났소! 저 여자가 수의를 또 가져왔소. 저 여자가 수의를 펼치고 있소. 저 여자가 모서리에서 나오고 있소. 저 여자가 나에게 다가오고 있소. 나를 잡아주시오, 두 사람 모두…… 한 명씩 양쪽에서…… 저 여자가 나에게 수의를 못 대게 하시오. 하하! 저 여자가 이번엔 나를 놓쳤소. 저 여자가 나에게 수의를 못 입히게 하시오. 저 여자가 나를 들어서 수의로 휘감지 못하게 하시오. 저 여자가 나를 들어 올리고 있소. 나를 꾹 눌러주시오!'

그러더니 몸을 벌떡 일으키다가 죽었어.

그렇게 죽은 걸 콤피슨은 양쪽 모두에게 잘된 일이라며 편하게 받아들였지. 이윽고 나는 콤피슨과 함께 바쁘게 움직이기 시작했어. 하지만 콤피슨은 교활한 놈이라서 나에게 성서에다 - 내가 네 친구에게 맹세시킨 까맣고 조그맣고 반질거리는 성서에다 - 맹세부터 하라고 시켰어.

콤피슨이 계획을 세우고 내가 한 일을 설명하려면 일주일은 족히 걸릴 터이니, 그놈이 온갖 그물로 교묘하게 얽어서 나를 흑인 노예처럼 만들었다는 정도만 말하마, 친애하는 핍과 핍 친구. 나는 그놈에게 빚져서 항상 그놈 손가락에 놀아나고 항상 뼈 빠지게 일하고 항상 위험에 빠져들었어. 그놈은 나이가 나보다 어려도 꾀가 많고 배움도 많아서 나를 항상 압도할 뿐, 자비심은 눈곱만치도 없었어. 내가 힘든 시기를 보낼 때 우리 마누라는…… 잠깐! 우리 마누라 얘기까지 할 필요는…….”

매그위치가 기억의 실마리라도 잃어버린 듯 주변을 당혹스런 표정으로 둘러보더니, 벽난로 불길로 시선을 돌린 채 무릎에 올려놓은 두 손을 훨씬 넓게 펴서 들어 올리다가 다시 내려놓았다. 그리곤 다시 주변을 둘러보며 말했다.

“이 얘기까지 할 필요는 없겠어. 어쨌든 콤피슨과 지낼 때는 내 인생에서 가장 힘든 시절이야. 이 말 한마디면 다 한 거야. 그런데 내가 콤피슨과 함께 범죄를 저지른 혐의로 재판을 혼자 받았단 얘기를 했던가?"

내가 아니라고 대답하자, 그 사람이 말했다.

"으음! 그랬어, 유죄 판결을 받았지. 사오 년 동안 일하는 사이에 범죄혐의로 체포당한 건 두세 번 더 있어도 증거는 없었지. 그러다가 결국에는 내가 콤피슨과 함께 중죄를 저지른 혐의로 - 훔친 돈을 세탁한 혐의 등으로 - 잡힌 거야. 콤피슨은 '변호를 분리하고 연락을 끊자'고 말하더니, 그걸로 끝이었지. 나는 비참할 정도로 가난한 터라 등에 걸친 것만 빼고 옷이란 옷을 죄다 팔아서 재거스 변호사를 간신히 구했어.

우리가 재판을 받으려고 피고석에 들어설 때 제일 먼저 눈에 띈 건 콤피슨이 고수머리에 까만 양복을 입고 하얀 손수건까지 꽂아서 정말 훌륭한 신사로 보이지만 나는 천박한 쓰레기처럼 보였다는 사실이야. 이윽고 검사가 기소하며 증거를 간략하게 요약해서 제시할 때 나는 혐의가 매우 무거운데 콤피슨은 아주 가볍다는 사실을 깨달았어. 여러 증인이 증인석에 나와서 증언할 때 앞에서 일을 꾸민 사람은 언제나 나라고, 맹세할 수 있다고, 돈을 챙긴 사람은 언제나 나라고 했거든. 나는 범죄를 저지르고 이익을 누린 사람 역시 언제나 나처럼 보인다는 사실을 깨달았지. 그러다가 변호사가 변론하는 순간, 콤피슨 계획을 확실하게 깨달았어. 콤피슨 측 변호사가 이렇게 말한 거야.

'재판장님 그리고 배심원 여러분, 여기 여러분 앞에 두 사람이 나란히 섰는데 한눈에 봐도 차이가 뚜렷합니다. 나이가 훨씬 젊은 사내는 좋은 집안에서 성장했으며 그건 누가 보더라도 확실합니다. 반면에 나이가 많은 사내는 나쁜 집안에서 성장했으며 그것 역시 누가 보더라도 확실합니다. 젊은 사내는 범죄행위를 보았다는 목격자가 없고 의혹만 있는 반면에 나이가 많은 사내는 목격자가 많은 데다 범죄활동을 몸에 달고 사는 사람입니다. 행여나 두 사람 가운데 진범이 한 명이라면 누가 진범인지, 행여나 두 사람 모두 범인이라면 누구 주범인지 명확하지 않습니까?'

변호사는 이렇게 말하다가 성격에 대해 언급하면서 콤피슨은 학교에 다녀서 친구들이 이런저런 지위를 누릴 뿐 아니라 이런저런 클럽과 사교모임에서 많은 사람과 어울리니, 모든 사람이 호의적으로 증언하지 않습니까? 반면에 나는 예전부터 다양한 재판을 받아서 이런저런 소년원과 교도소를 뻔질나게 드나들지 않았습니까? 하는 거야.

그러다가 최후진술을 하는 순서가 오자, 콤피슨은 이따금 얼굴을 하얀 손수건에 떨어뜨리고 시편 내용과 탄식까지 섞어가며 멋들어지게 말하지만 내가 할 수 있는 말이라곤 '배심원 여러분, 바로 옆에 서 있는 이 자는 정말 사악한 악당입니다!' 하는 말이 전부야. 이윽고 평결이 나올 때는, 콤피슨은 성격이 좋은데 나쁜 사람을 만나서 필요한 정보를 제공한 것뿐이니 신께서 자비를 베풀길 바란다는 식이고, 반면에 나는 '유죄'라는 한 마디가 전부야. 그래서 내가 콤피슨에게 '법정에서 나가기만 하면 낯짝을 뭉개버리겠다!'고 하니까 콤피슨 자식이 판사에게 신변 보호를 요청해서 우리 사이에 교도관 두 명이 서는 거 아니겠어?

그러다가 판사가 선고를 내리는데, 콤피슨은 칠 년을 나는 십사 년을 때리면서, 콤피슨은 정상으로 살 수 있는데 이렇게 돼서 안타깝다고, 반면에 나는 성질이 포악한 상습범이니 앞으로도 나쁜 짓을 할 가능성이 매우 크다고 판결하는 거 아니겠어?"

이렇게 말하는 사이에 잔뜩 흥분하면서 두세 차례 숨을 짧게 들이쉬고 침까지 두세 차례 들이키며 자제하더니, 나에게 손을 내밀며 다짐했다.

"절대로 천박하게 안 굴겠어, 친애하는 핍!"

그래도 몸이 너무 심하게 달아오른 나머지, 손수건을 꺼내서 얼굴과 머리와 목과 두 손을 닦은 다음에 비로소 계속 말했다.

"나는 콤피슨에게 낯짝을 뭉개버리겠다고 말했는데, 그럴 수만 있다면 하느님이 내 낯짝을 뭉개도 괜찮다고 맹세했어. 우리는 똑같은 감옥선에 갇혔는데, 오랫동안 아무리 애써도 도무지 접근할 수 없는 거야. 그러다가 결국에는 뒤로 다가가서 뺨따귀를 때려 돌아서게 한 다음 낯짝을 뭉개다가 사람들에게 들켜서 붙잡혔어. 감옥선 감방은 나처럼 잠수도 하고 수영도 하는 사람에겐 아무것도 아니야. 그래서 해안으로 탈출하고 무덤 사이에 숨어, 모든 업보를 끝내고 거기에 영원히 드러누운 사람들을 부러워하다가 너를 처음 만난 거야!"

그 사람은 애정이 가득한 표정으로 나를 바라보고, 동정심이 치솟던 나는 다시 일어나는 혐오감을 느꼈다.

"너를 통해서 콤피슨 역시 습지로 도망쳤다는 사실을 깨달았어. 맹세컨대 그놈은 공포에 질려 나에게서 도망치려고 탈출한 게 분명해, 내가 해안으로 도망쳤다는 사실도 모르고 말이야. 나는 놈을 쫓아갔어. 낯짝을 박살 냈지.

그런 다음에 '이제 나는 너를 최악으로 몰아넣겠다. 나는 아무래도 상관없으니, 네놈을 감옥선으로 끌고 가겠다'고 소리쳤어. 군인들이 안 나타났다 해도 나는 그놈 머리칼을 질질 끌며 헤엄쳐서 감옥선으로 데려갔을 거야.

물론 놈은 마지막까지 모든 걸 자신이 유리하게 꾸며댔어, 성격 자체가 그런 놈이거든. 자신이 도망친 건 내가 죽이려고 해서 공포에 질렸기 때문이라고 한 거지. 그래서 놈은 가벼운 처벌을 받았어. 반면에 나는 쇠고랑을 차고 다시 재판받아 종신유형을 받은 거야. 하지만 그렇게 다 끝난 건 아니야, 친애하는 핍과 핍 친구, 여기에 이렇게 왔으니까."

그 사람은 조금 전에 그런 것처럼 손수건으로 다시 닦더니, 주머니에 엉킨 담뱃가루를 천천히 꺼내고 단춧구멍에서 파이프를 뽑아 차분하게 재서 담배를 태우기 시작했다. 그래서 나는 잠시 기다리다가 물었다.

"그는 죽었나요?"

"누가 죽어?"

"콤피슨."

그러자 그 사람이 매서운 표정으로 대답했다.

"그놈은 내가 죽길 바랄 게 분명해, 행여나 살았다면. 하지만 이후로는 어떤 소식도 들은 게 없다."

허버트는 연필로 책표지 안쪽에다 무언가를 적더니 프로비스가 가만히 서서 불길을 바라보며 담배를 태우는 동안 슬그머니 내밀고, 나는 그것을 읽었다.

하비셤 아씨 이복동생 이름이 아서야. 콤피슨은 하비셤 아씨
랑 결혼한다고 떠들어대던 인물이고.

나는 책을 덮고 허버트에게 가만히 고개를 끄덕이곤 책을 옆으로 밀었다. 하지만 우리 두 사람은 아무 말도 않고, 프로비스가 벽난로 옆에서 담배 태우는 모습만 지켜보았다.

43

내가 프로비스 때문에 움츠러드는데 에스텔라가 원인으로 얼마나 작용했는지를 나 자신이 궁금하게 여길 이유는 뭐란 말인가? 자부심도 대단하고 어여쁜 에스텔라와 내가 숨긴 종신유형수 사이에 얽힌 끝 모를 인연을 곰곰이 떠올리는 마음 상태와 역마차 정류장에서 에스텔라를 만나기 전에 교도소 냄새를 지우려고 애쓰던 마음 상태를 비교하느라, 지금까지 꾸준히 걸어온 인생길에서 머뭇거릴 이유는 뭐란 말인가? 그런다 해서 인생길이 편하게 변하는 것도 아니고 결과가 좋아지는 것도 아니며, 프로비스에게도 아무런 도움이 안 되고 나 역시 무거운 마음을 덜어내는 것도 아니지 않은가?

프로비스가 하는 이야기를 듣고 나는 마음에 새로운 공포가 싹텄다. 아니, 예전에 틀어박힌 공포가 이야기를 듣는 사이에 뚜렷한 형상으로 드러났다. 콤피슨이 살아서 프로비스가 돌아온 사실을 발견한다면 결과는 뻔했다. 콤피슨이 프로비스를 끔찍이도 두려워한다는 사실은 나역시 두 사람 이상으로 충분히 느낄 수 있었다. 콤피슨이 프로비스가 설명한 그런 사람이라면 조금도 망설이지 않고 밀고하여 끔찍한 원수를 영원히 제거하는 길을 안전하게 선택할 게 분명했다.

나는 프로비스에 대한 말을 에스텔라에게 조금도 하면 안 된다고, 앞으로 영원히 그래야 한다고 다짐했다. 하지만 외국으로 나가기 전에 에스텔라와 하비셤 아씨를 만나야 하겠다고 허버트에게 말했다. 이런 얘기를 한 건 프로비스가 이야기한 날 저녁, 우리 둘만 남았을 때다. 나는 당장 다음 날에 리치몬드로 가기로 작정하고 그렇게 했다.

브래들리 부인네 저택에 들어서니, 에스텔라 하녀가 나와서 에스텔라는 지방에 갔다고 설명했다. 어디로? 평소처럼 새티스 저택이요. 나는 평소처럼은 아니라고, 나 없이 거기에 간 적은 한 번도 없다고 말했다. 언제 돌아오지? 대답이 이상해서 나는 당혹감만 늘어났다. 하녀 생각에 에스텔라가 돌아온다 하더라도 다시 금방 떠날 거라는 대답이 나왔기 때문이다. 나는 도무지 무슨 말인지 이해할 수 없었다. 내가 도무지 이해를 못 하게 하려는 의도가 있는 게 분명했다. 그래서 나는 아주 씁쓸한 마음을 품고 집으로 돌아왔다.

프로비스가 숙소로 돌아간 다음 (내가 주변을 유심히 살피면서 숙소까지 항상 데려다주는데) 나는 저녁에 허버트와 함께 또다시 토론해서 외국으로 나가는 문제를 보류하고 우선 내가 하비셤 아씨네 저택에 다녀오자는 결론을 내렸다. 그러는 동안에 프로비스에게 어떻게 말하는 게 가장 좋을지, 누가 의심하고 살피는 것 같아서 걱정스러운 척해야 할지, 아니면 내가 외국에 나간 적이 한 번도 없으니 한번 나가고 싶다는 식으로 제안해야 할지, 허버트와 내가 각자 따로 고민하자는 결론도 내렸다. 내가 무엇이든 제안하면 프로비스는 동의할 거란 사실을 허버트든 나든 잘 알고 있었다. 중요한 건 이렇게 위험한 상태에서 많은 나날을 보내는 건 생각할 수도 없다는 점에 둘 다 의견일치를 보았다는 사실이다.

다음 날, 나는 매형을 보러 가겠다는 약속을 예전에 했다는 야비한 핑계를 댔다. 하지만 이미 나는 매형을 이렇게 야비한 핑곗거리로 삼을 만큼 충분히 변한 상태였다. 내가 자리를 비운 동안 프로비스는 철저하게 조심하고 허버트는 내가 하던 역할을 대신 하기로 했다. 내가 비우는 건 하루에 불과하며, 돌아오는 즉시 프로비스가 끊임없이 바라던 대로 고급 신사처럼 화려한 생활을 시작하기로 했다. 바로 그 순간 프로비스를 데리고 외국으로 나갈 핑곗거리를, 외국에 나가서 화려한 물건을 사자는 핑곗거리를 떠올렸는데, 나중에 확인한 바에 의하면 허버트도 똑같았다.

하비셤 아씨네 저택을 방문하는 문제는 이렇게 정리하고, 주변이 어스름한 새벽에 마차에 올라타니, 너른 들판을 달릴 즈음에는 아침이 투덜대고 주저하고 부르르 떨면서 천천히 기어드는데, 거지 넝마 같은 안개 자락과 구름을 뒤집어쓴 상태였다. 그래서 마차는 가랑비를 맞으며 달리다가 '파란 멧돼지'로 다가가는데, 정문 아치 아래에서 손에 이쑤시개를 들고 마차를 쳐다보는 인물이 있으니, 바로 벤틀리 드러믈이었다!

드러믈은 나를 못 본 척하고 나 역시 드러믈을 못 본 척했다. 양쪽 모두 아주 어색했다. 그런데 더더욱 어색한 건 우리 둘 다 식당으로 들어섰다는 사실이다. 드러믈은 이제 막 아침 식사를 끝내고 나는 이제 막 주문한 상태였다. 우리 고향 읍내에서 드러믈을 보니 정말 기분이 참담했다. 여기까지 온 이유를 너무나 잘 알기 때문이다.

나는 날짜가 한참 지난 신문을 집어, 커피와 오이절임과 생선 국물과 고깃국물과 버터와 포도주가 묻어서 얼룩진 모습이 마치 홍역을 심하게 앓은 것 같아 절반도 제대로 읽을 수 없는 지역 신문을 읽는 척하며 식탁에 가만히 앉아있고, 드러믈은 벽난로 앞에 서 있었다.

그런데 나도 불을 쪼여야 하겠다는 생각에 벌떡 일어났다. 그래서 벽난로에 다가가서 불길을 뒤적거리려니, 드러뮬 다리 뒤로 손을 뻗어서 부지깽이를 잡을 수밖에 없었다. 하지만 나는 그를 여전히 모르는 척했다.

"이렇게 모르는 척하긴가?"

드러뮬이 하는 말에 나는 부지깽이를 손에 들며 대답했다.

"아! 자넨가? 잘 지냈나? 불길을 막은 사람이 누군지 그렇지 않아도 궁금하던 참이었네."

이렇게 말하며 불을 마구 쑤셔대다가 당연히 불길 쪽으로 등을 돌리고 어깨를 쭉 펴며 드러뮬 옆에 나란히 섰다.

"이제 막 내려온 건가?"

드러뮬이 말하면서 어깨로 나를 살짝 밀었다.

"그러네."

나 역시 대답하며 어깨로 상대를 살짝 밀었다.

"정말 불결한 곳이야. 자네가 살던 고향이지, 아마?"

드러뮬 말에 내가 대꾸했다.

"그래. 자네가 살던 슈롭셔도 아주 비슷하다고 들었네."

"조금도 비슷하지 않아."

드러뮬이 말하더니, 자기 장화를 내려다보고 나는 내 장화를 내려다보았다. 그러다가 드러뮬이 내 장화를 쳐다보고 나 역시 드러뮬 장화를 쳐다보았다.

나는 불길을 조금도 양보하지 않겠다는 마음을 굳세게 다지며 물었다.

"여기 내려온 지는 오래되는가?"

"이제는 지겨울 정도로 오래되었네."

드러뮬이 대답하며 하품하는 척하는데 나만큼이나 결심이 대단했다.

"여기에 오래 머무를 건가?"

"모르겠네. 자네는?"

드러뮬이 묻고 나는 똑같이 대답했다.

"나 역시 모르겠네."

여기에서 갑자기 피가 끓어올랐다. 드러뮬이 어깨를 조금이라도 밀친다면 당장에라도 창문으로 내리꽂을 것 같았다. 마찬가지로 내가 어깨를 조금만 밀쳐도 드러뮬 역시 나를 바로 옆에 있는 칸막이 좌석으로 내리꽂을 게 분명했다. 드러뮬이 조그맣게 휘파람을 불었다. 그래서 나도 불었다.

"여기에 광활한 습지가 있다고 들었는데?"

"그래. 그래서 어쨌다는 건가?"

내가 되묻자, 드러뮬이 나와 내 장화를 차례대로 쳐다보더니, "아!" 하고 탄성을 내지르며 웃었다.

"재미있나, 드러뮬?"

"아니야, 재미없어. 말에 안장을 태우고 달릴까 해서. 재미 삼아 습지를 둘러볼 생각이네. 거기에는 괴상한 마을이 곳곳에 있다고 들었거든. 조그맣고 신기하게 생긴 선술집과 대장간 같은 거 말이야. 웨이터!"

"네, 나리."

"말을 준비했는가?"

"문 앞에 데려다 놓았습니다, 나리."

"그런데 말이야, 숙녀분은 오늘 승마를 안 하실 거네. 날씨가 좋지 않거든."

"알겠습니다, 나리."

"그리고 나 역시 여기에서 점심을 안 먹을 거네. 숙녀분 저택에서 식사할 예정이거든."

"알겠습니다, 나리."

그러더니 드러뮬이 나를 힐끗 쳐다보면서 턱이 거대한 얼굴에 거만하고 의기양양한 표정을 머금고 내 심장을 갈기갈기 찢어놓는데, 우둔한 녀석이 그런단 사실에 나는 약이 잔뜩 올라, (소설책[9]에서 도적이 늙은 할머니에게 그런 것처럼) 당장에라도 두 손으로 잡아서 불 위에 올려놓고 싶을 정도였다.

드러뮬이든 나든 한 가지는 분명한데, 그건 다른 일이 생길 때까지 누구도 불길을 양보할 수 없다는 점이었다. 그래서 우리는 어깨를 쭉 펴고 두 손을 뒷짐 진 채 어깨부터 발까지 맞대며 조금도 양보를 안 했다. 문밖에서는 보슬비를 맞으며 대기하는 말이 보이고, 내가 먹을 음식은 식탁에 나오고, 웨이터는 드러뮬이 비운 접시를 깨끗하게 치우더니 나에게 식사하라 권하고, 나는 고개만 끄덕이고, 우리 둘은 가만히 서서 자리를 지켰다.

"그때 이후로 '작은 숲'에 나갔는가?"

드러뮬이 묻고 나는 대답했다.

"아니. 지난번에 갔다가 방울새들에게 완전히 질렸다네."

"우리 사이에 의견 마찰이 있을 때를 말하는가?"

"그렇다네."

나는 아주 무뚝뚝하게 대답했다.

"저런, 저런! 방울새들이 자넬 너무 쉽게 풀어주었군. 자넨 그런 식으로 성질을 부리면 안 되네."

---

9) 유명한 노상강도가 어느 부잣집에 들어가서 늙은 할머니를 불에 올려놓고 돈을 갈취했다는 싸구려 범죄소설을 말한다.

드러뮬이 조롱하는 말에 나는 발끈했다.

"그 문제에 대해서 자네는 충고할 처지가 아니라네, 드러뮬. 내가 성질을 부린 걸 인정하는 건 아니네만, 설사 그랬다 하더라도 유리잔까지 던진 건 아니거든!"

"나는 던져."

드러뮬 대답에 나는 분노가 치미는 걸 느끼며 힐끗힐끗 쳐다보다가 이렇게 말했다.

"드러뮬, 이번 대화는 내가 시작한 게 아닌데 그다지 유쾌한 느낌은 아닌 것 같네."

그러나 드러뮬이 어깨너머로 거만하게 바라보며 말했다.

"당연히 그렇겠지. 자네랑 유쾌한 대화를 나누고 싶은 마음은 조금도 없으니까."

"따라서 자네만 괜찮다면 이제부터 서로 어떤 대화도 나누지 말 것을 제안하는 바이네."

"전적으로 동감하네. 내가 먼저 제안하거나 그냥 모른 척하는 게 훨씬 좋을 뻔했네. 하지만 성질부리진 말게. 자네는 이미 충분히 그러지 않았는가?"

"무슨 뜻인가?"

내가 묻자, 드러뮬은 일종의 대답으로 "웨이터!" 하고 소리쳤다. 그리곤 웨이터가 나타나자 이렇게 말했다.

"그런데 말이야, 젊은 숙녀분이 오늘 승마하지 않는다는 사실과 내가 젊은 숙녀분 저택에서 식사한다는 사실은 충분히 알아들었나?"

"네, 나리!"

웨이터가 대답하더니 빠르게 식는 찻주전자를 손바닥으로 만지작거리며 간청하는 눈빛으로 나를 쳐다보다가 사라지자, 드러뮬은 어깨가 조금도 물러나지 않도록 조심하며 주머니에서 시가를 꺼내 끝을 깨물어냈다. 몸을 꿈틀거리는 기색은 조금도 없었다. 나는 속이 부글부글 끓어오르는 가운데, 에스텔라 이름을 꺼내지 않고는 대화를 계속할 수 없다는 걸 느꼈다. 하지만 그놈 입에서 그 이름이 나오는 건 절대로 견딜 수 없었다. 그래서 입을 억지로 꾹 다문 채 옆에 아무도 없는 듯 맞은편 벽만 줄기차게 바라보았다.

우리가 얼마나 오랫동안 이런 꼴불견 자세로 있었는지 모르겠는데, 부유한 농장주 세 명이 - 내 생각엔 웨이터가 시킨 것 같은데 - 식당으로 들어와서 커다란 외투 단추를 풀고 두 손을 문지르며 벽난로 앞으로 달려드는 바람에 우리는 어쩔 수 없이 자리를 내주었다.

내가 유리창 너머로 지켜보는 가운데 드러믈이 말갈기를 움켜잡고 특유의 난폭하고 서툰 자세로 올라타서 옆걸음질하며 뒤로 물러났다. 그래서 사라졌다고 생각하는데, 드러믈이 다시 나타나더니 깜빡 잊고 있던 시가를 입에 물고 불을 붙이라고 소리쳤다. 그러자 엷은 다갈색 복장 사내가 불을 들고 나타나고 - 어디에서 나타난 건지, 여관 마당인지 거리인지 다른 곳인지 알 수 없는데 - 드러믈은 안장에서 허리를 숙여 시가에 불을 붙이고 커다랗게 웃으며 내가 있는 식당 유리창 쪽으로 고개를 젖히는데, 등을 돌린 사내 어깨가 구부정하고 머리칼은 잔뜩 헝클어진 걸 보니 올릭이 떠올랐다.

당시에 나는 마음이 너무 상한 나머지 그게 올릭인지 아닌지 확인할 생각도 없고 음식을 먹을 기분도 아니어서 얼굴과 손에서 여행 흔적과 가랑비 흔적을 닦아낸 다음, 밖으로 나가 도저히 잊을 수 없는 낡은 저택으로 향했다. 애초에 발길을 들여놓은 적도 없고 눈에도 안 띄었다면 훨씬 좋을 저택이었다.

44

하비셤 아씨와 에스텔라는 화장대가 있고 밀랍양초가 벽에서 타오르는 방에 있었다. 하비셤 아씨는 벽난로 옆 조그만 소파에 앉고 에스텔라는 그 밑에 방석을 깔고 앉았다. 에스텔라는 뜨개질하고 하비셤 아씨는 가만히 내려다보았다. 내가 들어서자 두 사람 모두 고개를 들고 쳐다보더니, 나에게 뭔가 변화가 있다는 사실을 알아차렸다. 나는 두 사람이 주고받는 시선에서 그걸 알아챘다.

"무슨 바람이 불어서 여기엘 온 거냐, 핍?"

하비셤 아씨가 물었다. 하지만 두 눈은 나를 꾸준히 살피는데 당황한 표정이 또렷했다. 에스텔라는 뜨개질을 잠시 멈추고 나를 쳐다보다가 뜨개질을 다시 시작하는데, 손가락을 움직이는 모습이 나에게 수화로 말한다는, 내가 진짜 은인을 알아챈 걸 자신도 안다고 말한다는 느낌이 들었다.

"하비셤 아씨, 어제 에스텔라에게 말할 게 있어서 리치몬드에 갔다가 무슨 바람이 불어서 여기에 왔다는 말을 듣고 이렇게 쫓아왔습니다."

내가 대답했다. 그리곤 하비셤 아씨가 자리에 앉으라는 신호를 서너 차례 보낸 다음에 비로소 예전에 하비셤 아씨가 앉던 화장대 의자에 앉았다. 오랫동안 의지하던 세상이 완전히 무너졌으니, 나에게 너무나 잘 어울리는 자리 같았다.

"에스텔라에게 하려던 말을 하비셤 아씨가 있는 앞에서 그대로 하겠습니다……잠시 후에. 그리 놀라운 이야기도 아니고 그리 불쾌한 이야기도 아닙니다. 하비셤 아씨가 끊임없이 바라던 대로 나 자신이 불행하게 되었다는 이야기니까요."

하비셤 아씨는 나를 꾸준히 바라보았다. 에스텔라 역시 손가락을 움직이는 동작으로 내가 하는 말에 관심을 기울인다는 사실을 알려주었다. 하지만 고개를 들고 쳐다보진 않았다.

"진짜 은인을 드디어 발견했습니다. 반가운 발견은 아닙니다. 나에게 평판이나 지위나 행운 같은 게 따를 가능성은 조금도 없으니까요. 하지만 사정이 있어서 더 구체적으로 말할 순 없습니다. 내가 아니라 다른 사람 사정 때문입니다."

내가 잠시 말을 멈추고 에스텔라를 쳐다보며 어떤 식으로 계속 말할까 생각하는데, 하비셤 아씨가 그대로 반복하며 물었다.

"네가 아니라 다른 사람 사정 때문이다. 그런데?"

"저를 여기로 처음 부를 때, 제가 저쪽 마을에서 살 때, 애초에 떠나지 말았어야 할 마을에서 살 때, 하비셤 아씨, 제가 아니라 다른 아이가 와도 똑같았겠지요, 일종의 하인으로 이런저런 욕구와 변덕을 충족하고 대가를 주는?"

"그렇다, 핍. 맞다."

"그리고 재거스 변호사는……"

내가 말하는 걸 하비셤 아씨가 단호한 어투로 낚아챘다.

"재거스 변호사는 그 일과 아무런 상관도 없다. 그 일 자체를 모른다. 그 사람이 내 변호사면서 네 은인 변호사를 한 건 우연한 일치다. 수많은 사람과 비슷한 관계를 맺으니, 그런 일은 쉽게 일어날 수 있다. 그래서 그렇게 된 것이지, 누가 일부러 그렇게 만든 건 아니다."

누가 보더라도 하비셤 아씨의 수척한 얼굴에는 무얼 숨기거나 회피하려는 기색이 조금도 없었다.

"하지만 제가 그렇게 오래 착각에 빠져든 동안, 하비셤 아씨는 그걸 거들었지요?"

"그렇다. 내가 거들었다."

하비셤 아씨가 대답하며 또다시 또렷하게 고개를 끄덕였다.

"그건 친절한 행동인가요?"

내가 묻자, 하비셤 아씨는 갑자기 분노를 터트리며 지팡이로 바닥을 내려치고, 에스텔라는 깜짝 놀라며 고개를 들었다.

"내가 어떤 사람이냐? 맙소사, 내가 어떤 사람인데 친절한 행동을 바라느냐?"

하비셤 아씨가 소리치는데, 내가 그렇게 말한 건 불평이라고 하기엔 너무 약하고 애초에 그럴 생각도 없었다. 그래서 그렇게 말하자, 하비셤 아씨는 분노를 억누르며 가만히 앉아서 골똘히 생각하다가 입을 열었다.

"그래, 알았다, 알았어! 말할 게 또 있느냐?"

하비셤 아씨가 묻는 말에 나는 달래는 어투로 대답했다.

"예전에 여기에서 시중을 든 대가로 후한 보답을 받은 덕분에 도제가 되었는데, 지금 와서 이런 식으로 물은 건 궁금증을 풀고 싶었기 때문입니다. 하지만 지금부터 (더욱 공평하길 바라며) 묻는 건 목적이 다릅니다. 하비셤 아씨는 내가 착각한 걸 부추겨서 이기적인 친척을 – 하비셤 아씨께서 기분 나쁘지 않게 받아들일 표현을 알려주시면 고맙겠는데 - 벌주거나 속이셨지요?"

"그렇다. 아니, 그들이 그렇게 받아들였다! 너도 마찬가지고. 내가 어떤 과거를 겪은 사람인데 그들이나 너에게 그러지 말라고 설명하는 고통을 감수해야 한단 말이냐! 너든 그들이든 스스로 놓은 덫에 걸린 것뿐이다. 나는 덫을 놓은 적이 한 번도 없다."

하비셤 아씨가 말하면서 갑자기 분노하는 바람에 나는 상대가 진정하기를 다시 기다리다가 입을 열었다.

"저는 런던으로 간 이후, 하비셤 아씨 친척 집에 들어가서 지냈으며 지금도 자주 어울립니다. 그래서 그 집 가족 역시 지금까지 저와 마찬가지로 저에 대해 착각했다는 사실을 저는 잘 압니다. 하비셤 아씨가 어떻게 받아들이시든, 제 말을 믿으시든 안 믿으시든, 매슈 선생님과 그분 아들 허버트를 하비셤 아씨가 엄청나게 잘못 알고 계시다는 사실을 말씀드리지 않는다면 그건 제가 아주 커다란 잘못을 저지르는 겁니다. 두 사람 모두 매우 너그럽고 정직하고 관대하며, 나쁜 흉계를 꾸미거나 야비하게 행동할 사람은 절대 아니라는 사실을 아셔야 합니다."

"너랑 친하게 지내니까 그렇게 말하겠지."

하비셤 아씨가 하는 말에 나는 이렇게 대답했다.

"두 사람은 제가 자기네 몫을 빼앗았다고 생각할 때도 나에게 친절했습니다. 사라 포킷과 조지아나 아씨와 카밀라 부인이 나를 정반대로 대할 때 말입니다."

두 사람을 다른 친척과 비교하는 말은 다행히도 하비셤 아씨가 좋게 받아들였다. 그래서 한동안 나를 날카롭게 바라보다가 차분한 어조로 물었다.

"내가 두 사람에게 어떻게 하길 바라느냐?"

"두 사람을 다른 친척과 혼동하지 않기를 바랍니다. 혈통은 똑같을

지 몰라도 단언컨대, 본성은 완전히 다르니까요."

하비셤 아씨는 여전히 나를 날카롭게 바라보며 다시 물었다.

"내가 두 사람에게 어떻게 하길 바라느냐?"

나는 얼굴이 살짝 빨갛게 변하는 걸 느끼며 대답했다.

"아시다시피 저는 교활한 성격이 아니라서 속마음을 아무리 숨기려 해도 숨길 수 없습니다. 하비셤 아씨, 제 친구 허버트가 인생을 제대로 살아가도록 자금을 지원하시겠다면, 하지만 그런 사실을 허버트 자신이 절대 모르게 하시겠다면, 제가 방법을 알려드리겠습니다."

"허버트가 모르게 해야 하는 이유가 무어냐?"

하비셤 아씨가 물으며 두 손을 지팡이에 얹고 훨씬 자세히 바라보았다.

"그건 저 자신이 그런 일을 허버트 몰래 시작한 게 이 년이 훨씬 넘는데, 인제 와서 들키고 싶은 마음은 없기 때문입니다. 앞으로 제가 계속 도울 수 없는 이유는 설명할 수 없습니다. 그건 제가 아니라 다른 사람 사정 때문이니까요."

하비셤 아씨는 나를 향하던 시선을 점차 거두면서 벽난로 불길을 바라보았다. 가득한 침묵과 느긋하게 타는 촛불 때문에 느낌상 아주 오랫동안 불길을 쳐다보는 것 같더니, 빨갛게 달아오른 석탄이 무너지는 소리에 번쩍 정신을 차리면서 나를 다시 쳐다보는데, 처음에는 공허하던 시선이 점차 초점을 맞추면서 관심을 집중했다. 그러는 내내 에스텔라는 뜨개질을 계속했다. 이윽고 하비셤 아씨가 나에게 모든 관심을 집중하며 불쑥 말하는데, 우리가 대화를 끊임없이 나누기라도 한 것 같았다.

"말할 게 또 있느냐?"

하비셤 아씨가 묻는 말에 나는 떨리는 목소리를 진정하려고 애쓰며 에스텔라에게 고개를 돌렸다.

"에스텔라, 너는 내가 사랑한다는 사실을 알아. 내가 오래전부터 지극히 사랑한다는 사실을 너는 알아."

내가 이야기하자, 에스텔라는 손가락을 똑같이 움직이며 고개를 들어서 아무렇지도 않은 표정으로 나를 쳐다보았다. 하비셤 아씨는 나를 쳐다보다가 에스텔라를 쳐다보고 에스텔라를 쳐다보다가 나를 쳐다보았다.

"나는 이런 말을 좀 더 일찍 했을 거야, 오랫동안 착각만 안 했더라면. 하지만 나는 하비셤 아씨가 우리 두 사람을 맺어주려고 그런다고 착각했어. 그런데 나는 네가 스스로 선택할 수 없는 처지라 생각하고 이런 말을 자제했어. 하지만 이제 말해야겠어."

에스텔라는 아무렇지도 않은 표정을 유지하고 손가락 역시 그대로 움직이면서 고개를 가로저었다. 나는 그것을 대답으로 여기고 다시 말했다.

"나도 알아. 나에게는 너를 내 사람이라고 부를만한 희망이 없다는 걸, 에스텔라. 이제 나는 어떻게 될지, 얼마나 가난할지, 어디로 가야 할지 하나도 몰라. 그래도 나는 너를 사랑해. 나는 너를 이 집에서 처음 본 순간부터 사랑했어."

에스텔라는 손가락을 그대로 움직일 뿐 아니라 동요하는 표정 역시 조금도 없이 나를 쳐다보다가 고개를 다시 가로저었다.

"자신이 얼마나 심각한 행동을 하는지 알면서도 감수성이 예민하고 불쌍한 사내아이를 연습대상으로 삼아서 이렇게 오랜 세월에 걸쳐 헛된 희망을 부질없이 추구하며 고통을 겪도록 한 거라면 그건 하비셤 아씨가 정말 끔찍하게 잔인한 거야. 하지만 나는 하비셤 아씨도 몰랐다고 생각해. 당신 스스로 시련을 견디어내느라 내가 고통스러워한다는 사실 자체를 잊었다고 생각해, 에스텔라."

하비셤 아씨는 가만히 앉아서 한 손을 가슴에 댄 채 에스텔라와 나를 번갈아서 쳐다보고, 에스텔라는 아주 차분하게 말했다.

"너에게는 내가 이해할 수 없는 - 뭐라고 불러야 좋을지 모르겠는데 - 다양한 감정이나 환상이 있는 것 같아. 너는 나를 사랑한다 말하고 나는 그 말이 무슨 뜻인지 알아. 하지만 그게 전부야. 네가 하는 말이 가슴에 다가오질 않아, 아무런 느낌도 없어. 나는 네가 한 말에 아무런 관심도 없어. 그래서 예전에 미리 경고했어, 그렇지 않니?"

나는 비참한 심정으로 대답했다.

"맞아."

"그래. 하지만 너는 경고로 받아들이지 않았어. 내가 진심이라고 생각하지 않은 거야. 지금도 그렇게 생각하지 않니?"

"나는 그 말이 진심일 수 없다고 생각하고 희망을 품었어. 너는 젊고 순수하고 아름다워, 에스텔라! 그 말은 자연스러운 본성이 아니라고!"

"그건 내 본성이야."

에스텔라가 대답하더니, 강한 어조로 힘주어 덧붙였다.

"나에게는 그런 본성이 있어. 내가 이렇게 말하는 건 너를 다른 모든 사람과 완전히 다르게 보기 때문이야. 내가 할 수 있는 건 이게 전부야."

"그럼 벤틀리 드러믈이 너를 쫓아서 여기까지 온 건 사실이 아니니?"

"분명한 사실이야."

에스텔라가 대답하는 데 관심조차 없다는, 극도로 경멸한다는 어투였다.

"드러믈을 호의적으로 대하고 함께 말을 타고 바로 오늘 함께 식사까지 하는 건?"

에스텔라는 내가 그것까지 안다는 사실에 약간 놀란 것 같지만, 이번에도 아무렇지 않게 대답했다.

"분명한 사실이야."

"너는 드러뮬을 사랑할 수 없어, 에스텔라!"

에스텔라가 뜨개질하던 손가락을 처음으로 멈추더니 화난 어투로 반박했다.

"그동안 내가 너에게 뭐라고 말했니? 내가 그렇게 말해도 너는 여전히 내 말이 진심이 아니라고 생각하는 거니?"

"드러뮬과 절대로 결혼하지 않을 거지, 에스텔라?"

내가 묻자, 에스텔라는 하비셤 아씨를 바라보고 손에 뜨개질감을 든 채 잠시 생각하더니 이렇게 대답했다.

"너에게 사실대로 말하지 못할 것도 없지. 나는 드러뮬과 결혼할 거야."

나는 얼굴을 두 손에 파묻었다. 하지만 에스텔라가 그렇게 말하는 걸 듣는 순간에 몰려든 끔찍한 고통을 고려하면 예상보다 많은 자제력을 발휘할 수 있었다. 그래서 다시 고개를 드는데, 하비셤 아씨가 유령처럼 핼쑥한 표정을 해서 나는 너무 슬퍼 경황이 없는 와중에도 깊은 인상을 받았다.

"에스텔라, 참으로 소중한 에스텔라, 하비셤 아씨에게 이끌려서 치명적인 나락으로 발을 내딛지 마. 나를 영원히 제쳐놓는 건 괜찮아. 지금까지 그런 걸 나도 잘 알아. 하지만 드러뮬보다 훨씬 가치 있는 사람을 찾아. 하비셤 아씨는 너를 숭배하는 훨씬 좋은 많은 사람에게, 너를 진정으로 사랑하는 얼마 안 되는 사람에게 최대한 커다란 모멸감과 상처를 주려고 드러뮬에게 너를 맡기는 거야. 너를 진정으로 사랑하는 사람 가운데에는 나만큼 오랫동안 너를 사랑한 건 아닐지라도 나만큼 너를 사랑하는 사람이 있을 거야. 그런 사람을 찾아. 그러면 나는 네가 행복하길 빌며 기꺼이 견딜 수 있어!"

간곡한 호소에 에스텔라는 깜짝 놀랐다. 속마음을 안 보여줘서 모르겠지만, 열정을 건드린 것 같았다. 그래서 에스텔라가 훨씬 부드러운 목소리로 다시 말했다.

"나는 드러뮬과 결혼할 거야. 지금 결혼 준비를 하는 중이니까 얼마 안 가서 결혼할 거야. 그런데 너는 거기에다 양어머니 이름을 부당하게 언급하는 이유가 뭐니? 이건 나 스스로 내린 결정이야."

"짐승 같은 놈에게 너를 내버리는 게 스스로 내린 결정이라고?"

내가 묻자, 에스텔라가 방긋 웃으며 받아쳤다.

"그럼 내가 누구에게 나 자신을 내버려야 하겠니? 내 가슴이 텅비었다는 사실을 (사람들이 이런 걸 느낀다면) 금방 느낄 사람에게 나 자신을 내버려야 하겠니? 그 봐! 그럴 수 없잖아. 나는 충분히 잘할 거고 남편도 잘할 거야. 네가 말한 치명적인 나락으로 이끄는 문제에 대해서 하비셤 아씨는 아직은 결혼하지 말고 좀 더 기다리라고 주장하는 편이야. 하지만 나는 지금까지 살아온 방식에 지쳤어. 아무런 매력이 없다고. 이제는 다르게 살아보고 싶어. 더는 말하지 마. 우리는 서로를 절대로 이해할 수 없으니까."

"짐승처럼 비열한 놈하고, 짐승처럼 멍청한 놈하고!"

내가 절망하며 한탄하자, 에스텔라가 말했다.

"내가 드러뮬에게 축복이 되리란 걱정은 안 해도 돼. 나는 그렇게 될 사람이 아니야. 이리와! 손을 잡아. 서로 악수하고 헤어지는 거야, 환상에 빠진 아이야…… 아니, 남정네라고 해야 하나?"

나는 에스텔라 손에다 쓰디쓴 눈물을 마구 흘리며 대답했다. 아무리 애써도 억누를 수 없었다.

"아, 에스텔라! 설사 내가 영국에 남아서 다른 사람처럼 머리를 꼿꼿이 들고 다닐 수 있다 하더라도 네가 드러뮬 부인이 된 걸 어떻게 볼 수 있겠니?"

"말도 안 돼. 바보 같은 소리 그만해. 시간이 지나면 잊을 테니까."

"절대로 그렇지 않아, 에스텔라!"

"일주일만 지나면 내 생각이 싹 사라질 거야."

"네 생각이 싹 사라진다고? 너는 내 몸뚱이 일부야, 나 자신의 일부라고. 거칠고 천박한 모습으로 여기에 처음 와서 너에게 깊은 상처를 받은 이래, 나는 글을 읽을 때마다 네 모습을 보았어. 어디를 바라보든 네가 보였어, 강에서도, 배가 내건 돛에서도, 습지에서도, 구름에서도, 햇빛에서도, 어둠에서도, 바람에서도, 숲에서도, 바다에서도, 거리에서도. 내가 우아한 상상을 떠올릴 때마다 너는 언제나 거기에 있었어. 네가 나에게 미친 영향은 런던에서 가장 튼튼한 건물을 쌓아 올린 주춧돌보다 단단해. 그건 도저히 사라질 수 없어, 앞으로 영원히. 너는 내가 삶을 마감하는 순간까지 내 마음에 남을 수밖에 없어, 에스텔라, 일부는 좋은 내용으로 일부는 나쁜 내용으로. 하지만 이제 헤어지는 마당이니 좋은 내용만 떠올리겠어. 그래서 언제나 너를 생각하겠어, 지금 당장은 극심한 고통에 시달리지만 너는 나에게 나쁜 행동보다 좋은 행동을 훨씬 많이 했으니까. 아, 하느님이 축복하시길, 하느님이 용서하시길!"

내가 얼마나 거대한 불행에 빠져서 이런 말을 정신없이 뱉어냈는지 모르겠다. 하지만 열렬한 고백은 가슴속 깊은 상처에서 피처럼 흐르며 펑펑 쏟아져 나왔다. 그리고 에스텔라 손을 입술에 대고 가만히 있다가 밖으로 뛰쳐나왔다. 하지만 나중에 기억하니 – 그럴 수밖에 없는 이유 역시 나중에 금방 드러났으니 – 에스텔라가 놀란 얼굴로 믿을 수 없다는 듯 물끄러미 바라보는 동안 하비셤 아씨는 한 손을 여전히 가슴에 대고 유령처럼 창백한 얼굴로 가만히 쳐다보는데, 연민과 회한이 끊임 없이 흘러나오는 표정이었다.

모든 게 끝장나고 모든 게 사라졌다! 너무 많은 게 끝장나고 사라진 나머지, 문에서 나올 때는 햇빛이 없을 때보다 어두운 것 같았다. 나는 한동안 몸을 숨긴 채 샛길과 골목을 골라 다녔다. 그러다가 런던까지 걸어가자는 생각이 불쑥 떠올랐다. 당시로써는 여관으로 돌아가서 드러믈과 마주치는 건 물론 역마차에 올라타서 다른 승객을 마주하는 것 역시 견딜 수 없었기 때문이다. 지치도록 걷다 보면 슬픔이 조금은 가라앉을 거란 생각도 들었다.

런던교를 건넌 건 자정이 지난 다음이다. 당시에 템스 강 미들섹스 강변 근처 서쪽으로 가늘고 복잡하게 뻗은 길을 따라갔는데, 강변 바로 옆으로 화이트프라이어스 지역을 가로지르는 길이 템플로 제일 편하게 가는 방법이었다. 다음 날에 돌아올 예정이었지만 허버트가 잠들었더라도 열쇠가 있으니 허버트를 안 깨우고 침실로 들어갈 수 있었다.

나는 템플 정문이 닫힌 후에 화이트프라이어스 정문으로 들어간 적이 거의 없는 데다 진흙투성이에 기진맥진한 상태라서 야간경비원 이 내가 지나도록 문을 살짝 열고 자세히 살펴도 기분 나쁘게 받아들이 지 않았다. 기억을 도와주려고 내 이름까지 말할 정도였다.

"확실하진 않았지만 그런 줄 알았습니다, 나리. 쪽지가 있습니다, 나리. 이걸 전한 사람은 나리가 여기에서 내가 비추는 등불에 쪽지를 읽으면 좋겠다고 부탁하셨는데요?"

엉뚱한 말에 나는 깜짝 놀라며 쪽지를 받았다. 꼭대기에는 수취인을 '필립 핍 귀하에게'라 적고 바로 옆에는 '지금 이 자리에서 읽기를 바랍니다'라는 글씨가 있었다. 나는 쪽지를 펼치고 야간경비원이 등불을 비추는 가운데 내용물을 읽었다. 웨믹 글씨가 이렇게 적혀있었다.

"집으로 가지 마시오."

45

쪽지를 읽자마자 나는 템플 정문에서 발길을 돌려 플리트 거리로 최대한 빨리 걷다가 야간 전세마차를 잡아타고 코번트 가든에 있는 허멈스 여관으로 갔다. 당시에는 아무리 늦은 밤이라도 방을 구할 수 있었다. 여관 일꾼은 쪽문을 바로 열더니, 선반에 나란히 서서 순서를 기다리는 초 하나에 불을 붙이고 목록에 따라서 순서를 기다리는 침실로 곧장 안내했다. 건물 안쪽 일 층이라서 일종의 지하봉안당처럼 보이는 방으로, 기둥 네 개짜리 침대가 끔찍한 괴물처럼 가랑이를 벌려서 실내를 가득 메우는데, 끔찍한 기둥 하나는 벽난로를 찌르고 또 하나는 문가를 찌르면서 신에게 허락이라도 받은 것처럼 당당한 태도로 조그만 세면대를 비참하게 밀어붙였다.

야간용 불을 요청한 상태라서 여관 일꾼은 곁을 떠나기 전, 고결한 시대에 흔히 사용하던, 참으로 훌륭한 골풀 양초를 갖다 주는데, 지팡이 유령처럼 허술한 모습은 손을 대자마자 곧바로 부러질 것 같고 희미한 불빛은 다른 데다 절대로 불을 옮길 수 없을 것 같은데도 탑처럼 높은 양철 깡통 밑바닥에 외롭게 갇혀서 동그랗게 뚫어놓은 다양한 구멍 사이로 눈을 크게 뜨고 사방 벽을 잔뜩 노려보는 형상이었다.

침대에 올라서 누우니 발바닥은 콕콕 쑤시고 몸뚱이는 기진맥진하고 마음은 비참해, 내 손으로 멍청한 아르고스[10] 눈을 못 닫는 것처럼 내 눈 역시 닫을 수 없다는 사실을 깨달았다. 그래서 아르고스와 나는 한밤중에 어둑어둑한 방에서 서로를 물끄러미 쳐다보았다.

얼마나 쓸쓸한 밤이던가! 얼마나 불안하고 참담하고 기나긴 밤이던가! 실내에서는 차가운 검댕과 뜨거운 먼지 같은 불쾌한 냄새가 묻어나고 머리 위 침대 닫집 모서리를 올려다보니, 푸줏간에서 날아든 쉬파리, 시장에서 날아든 바퀴벌레, 지방에서 올라온 구더기 등이 수없이 숨어서 여름이 되기만 기다리는 것 같았다. 이런 생각은 그놈들이 내 몸뚱으로 툭 떨어질 수도 있다는 생각으로 나아가고, 급기야 얼굴로 뭔가 툭 떨어지는 느낌이 들더니……아주 징그러운 물체가 등으로 다가오는 느낌까지 들었다. 한동안 그렇게 누워있다 보니 사방이 고요한 가운데 아주 이상한 소리가 일어나기 시작했다. 벽장이 소곤대고, 벽난로가 한숨 쉬고, 조그만 세면대가 똑딱거리고, 서랍장에서는 기타 줄 하나가 가끔 연주했다. 그러다 보니 벽마다 가득한 눈 역시 새로운 모습으로 변하더니, '집으로 가지 마시오'라는 글씨가 사방에서 노려보았다.

기나긴 밤에 다양한 환상과 소리가 나타나도 '집으로 가지 마시오'는 자리를 굳세게 지켰다. 내가 무슨 생각을 해도 몸에서 일어나는 통증처럼 그대로 파고들었다. 얼마 전에 신문에서 어떤 신사가 밤에 허멈스 여관으로 와서 침실에 들었다가 자살해, 아침에 피범벅으로 발견되었다는 내용을 읽은 적이 있다. 바로 내가 그 방에 들어온 게

---

10) 그리스 신화에 나오는 거인으로 눈이 백 개나 된다. 여기에서는 골풀 양초가 벽에 비추는 불빛을 뜻한다.

분명하단 생각이 번뜩 들어 당장 침대에서 일어나 주변에 빨간 핏자국이 없는지 확인한 다음, 통로가 보이도록 방문을 열어, 멀리서 반짝이는 불빛을 보고 바로 옆에서 일꾼이 꾸벅꾸벅 존다는 생각을 떠올리며 불안한 마음을 달랬다.

이러는 내내, 내가 집으로 가면 안 되는 이유는 무엇인지, 집에서 도대체 무슨 일이 일어났는지, 언제 집으로 가야 하는지, 프로비스는 무사히 있는지 등이 머리에서 끝없이 떠올랐다. 다른 생각이 들어올 자리는 조금도 없는 것 같았다. 심지어 에스텔라를 떠올리고, 우리가 그날 영원히 헤어졌다는 사실을 떠올리고, 우리가 헤어질 수밖에 없는 상황과 에스텔라 표정과 어투와 뜨개질하던 손가락 움직임을 떠올려도 '집으로 가지 마시오'라는 경고는 사방에서 끊임없이 나타났다.

결국 몸과 마음이 완전히 지쳐서 꾸벅꾸벅 졸 때는 내가 동사 변형을 해야 하는 다양한 그림자로 변했다. 현재형 명령문: 그대는 집으로 가지 마라, 그를 집으로 못 가게 하라, 우리를 집으로 못 가게 하라, 너를 집으로 못 가게 하라. 다음에는 가능법: 나는 집으로 안 갈 수도 있고 못 갈 수도 있다, 나는 집으로 가면 안 될 수도 있고 갈 수 없을 수도 있고 가지 말아야 할 수도 있고 가지 못할 수도 있다. 이러다 보니 머리가 돌아버릴 것 같아 베개에서 몸을 돌려, 사방에서 노려보는 벽을 다시 바라보았다.

나는 아침 일곱 시에 깨워달라고 요청한 상태였다. 다른 누구보다 우선 웨믹부터 만나야 할 것 같은 데다 이번 역시 자택에서 생각하고 내린 결론을 들어야 할 게 분명하기 때문이다. 밤새도록 너무나 끔찍하게 시달린 나머지 밖으로 나가고 싶은 생각만 굴뚝같은 터라, 내가 불편한 침대에서 벌떡 일어나는 데에는 방문을 두 번 두드릴 필요도 없었다.

월워스 성과 대포 포대가 시야에 나타난 건 아침 여덟 시야다. 마침 조그만 하녀가 뜨거운 롤빵 두 개를 들고 요새로 들어가던 참이라 함께 성채 뒷문을 지나고 도개교를 건너서 성으로 불쑥 들어서니, 웨믹은 자신과 노인네가 마실 차를 끓이는 중이었다. 방문이 열린 터라 침대에 누운 노인네가 멀찌감치 보였다.

"안녕하시오, 핍 선생! 그럼 간밤에 돌아온 거요?"

웨믹이 묻는 말에 나는 대답했다.

"네. 하지만 집에 가진 않았어요."

그러자 웨믹이 두 손을 비비며 말했다.

"잘했어요. 만약에 대비해서 템플 입구마다 쪽지를 남겼다오. 어느 문으로 들어온 거요?"

내가 대답하자, 웨믹이 다시 말했다.

"낮에 다른 문을 돌면서 쪽지를 없애야 하겠어요. 가능하다면 문서 증거는 절대로 안 남기는 게 바람직해요, 그게 언제 증거로 돌변할지 모르니까. 그런데 선생에게 실례하겠는데, 노인네가 먹도록 여기 소시지를 구워줄 수 있겠소?"

내가 기꺼이 그러겠다고 대답하자, 웨믹이 어린 하녀에게 말했다.

"그럼 너는 다른 일을 해도 되겠다, 메리 앤."

그러더니 메리 앤이 다른 데로 가자, 나에게 윙크하며 덧붙였다.

"이러면 우리 둘만 남지요, 그렇지 않소, 핍 선생?"

나는 친절한 배려에 감사하고, 우리 두 사람은 나지막한 대화를 시작하면서 나는 노인네가 먹을 소시지를 굽고 웨믹은 노인네가 먹을 롤빵에 버터를 발랐다.

"우리는 서로 이해한다는 사실을 이제 당신도 알아요, 핍 선생. 지금 우리는 사적으로 은밀한 대화를 나누는 거요. 예전에도 이런 식으로 은밀한 대화를 나눈 적이 있지요. 사무실에서 공적으로 만나는 것과 완전히 다르게 말이오. 지금 우리는 공적으로 만난 게 아니라오."

나는 기꺼이 동의했다. 하지만 너무 초조한 나머지, 노인네가 먹을 소시지를 횃불처럼 타오르게 만들어 입으로 불어서 꺼야 했다.

"내가 전에 선생을 데려간 적이 있는 곳에 어제 아침에 들어갔다가 우연히 들었는데, 우리 둘 사이라도 구체적인 명칭을 언급하는 건 피하는 게 좋겠지요."

"당연하지요. 충분히 이해합니다."

"거기에서 어제 아침에 우연히 들었는데, 식민지 개척사업과 관계가 없지 않은 데다 동산도 없는 편은 아닌 어떤 인물이……나로선 누군지 모르는 인물이……우리는 이름을 말하지 않는 게 좋은 인물이……."

"당연히 그렇겠지요."

"……신세계 특정 지역에서 – 아주 많은 사람이 가긴 하지만 자청해서 가는 게 아니라 정부 비용으로 억지로 가는 지역에서 – 사라지고 주변에서 아무런 소식도 못 듣게 되어……."

나는 상대 얼굴을 집중해 바라보다가 노인네 소시지가 불꽃처럼 다시 타올라 나는 물론 웨믹까지 엄청나게 당황하게 하며 미안하다고 사과했다.

"……약간 커다란 문제를 일으켰다고 하더군요. 그래서 사람들은 지금까지 다양한 추측과 견해를 제기했다더군요. 그리고 템플 정원 저택에 있는 선생 댁을 지금까지 누가 감시했으며, 다시 감시할 가능성이 크다는 말도 들었소."

"누가요?"

내가 묻자, 웨믹이 회피하며 말했다.

"거기까진 들어갈 수 없소. 공적인 책임과 부닥칠 수 있으니 말이오.

이건 내가 동일 장소에서 접한 다른 다양한 내용과 마찬가지로 우연히 들은 것뿐이오. 공식적으로 접한 정보에 근거해서 말하는 게 아니오. 우연히 들은 내용에 근거한 것뿐이오."

웨믹이 이렇게 말하면서 굽던 소시지를 포크째 받아 노인네가 먹을 아침 식사를 조그만 쟁반에 정갈스럽게 차렸다. 그래서 그걸 노인네 앞에 갖다 놓기 전에 깨끗하고 하얀 천을 들고 노인네 침실로 들어가서 노인네 턱에 묶어주고 일으켜 앉히더니, 취침용 모자를 한쪽 옆으로 돌려서 건달 분위기를 연출했다. 그런 다음에 비로소 아침 식사 쟁반을 노인네 앞에 조심스럽게 내려놓으며 말했다.

"이제 됐지요, 노인네?"

그러자 노인네 역시 쾌활하게 대답했다.

"이제 됐어, 우리 아들 존, 이제 됐어!"

노인네 차림이 손님에게 보일 상태는 아니라는, 따라서 눈에 안 보이는 거로 간주해야 한다는 암묵적인 동의라도 있는 듯, 나는 그런 모습 전체를 하나도 못 본 것처럼 행동하다가 웨믹이 돌아온 다음에 이렇게 물었다.

"누가 우리 집을 감시한 문제는 당신이 조금 전에 언급한 인물과 상관이 있겠지요, 그죠?"

그러자 웨믹이 아주 심각한 표정으로 대답했다.

"내가 아는 한, 나는 그에 대해 뭐라고 말할 처지가 아니오. 나는 애초에 그런 말을 할 처지가 아니라는 뜻이오. 하지만 지금도 그렇고 앞으로도 그렇고, 그 문제는 커다란 위험에 처할 가능성이 크오."

나는 웨믹이 리틀 브리튼에 대한 책임 때문에 아는 내용을 충분히 말할 수 없다는 사실을, 이만큼 말한 것만 해도 이미 자기 역할에서 멀찌감치 벗어난 거란 사실을 고마운 마음으로 깨닫곤 더는 밀어붙일 수 없었다. 하지만 벽난로 앞에서 가만히 생각하다가, 궁금한 게 하나 있다고, 대답해도 되고 안 해도 된다고, 어떤 판단을 내리든 바른 판단으로 받아들이겠다고 말했다.

웨믹은 식사하다 멈추고 팔짱을 끼더니 (실내에선 정장 상의 없이 앉아야 편하다고 생각하는 터라) 양쪽 셔츠 소맷자락을 움켜잡고 고개를 한 번 끄덕여서 물어보라는 신호를 보냈다.

"혹시 콤피슨이라고 하는 나쁜 인간에 대해 들은 적이 있나요?"

웨믹이 고개를 한 번 끄덕이는 거로 대답했다.

"아직 살았나요?"

고개를 또 한 번 끄덕였다.

"지금 런던에 있나요?"

웨믹은 우체통 구멍을 꽉 다문 채 고개를 마지막으로 단호하게 끄덕인 다음 식사를 다시 시작하더니, 내가 알아듣도록 똑같은 말을 두 번이나 강조하며 말했다.

"이제 질문은 끝났소. 이제 질문은 끝났소. 그런 소문을 듣고 나서 내가 한 일을 지금부터 언급하겠소. 나는 정원 저택으로 갔으나 선생이 안 보여서 허버트 선생을 찾아 클래리커 상사로 갔소."

"그래서 허버트를 찾았나요?"

내가 초조한 표정으로 물었다.

"허버트 선생을 찾았소. 그래서 어떤 이름을 언급하거나 구체적인 내용은 생략한 채, 혹시 톰인지 잭인지 리처든지 모를 사람이 집이나 인근 숙소에 묵는 걸 안다면 핍 선생이 여기에 없는 동안 톰인지 잭인지 리처든지 모를 사람을 다른 곳으로 당장 옮겨야 한다는 걸 이해하도록 만들었소."

"허버트는 어떻게 해야 좋을지 몰라 엄청나게 당황했겠네요?"

"허버트 선생은 어떻게 해야 좋을지 몰라서 당황했소. 내가 톰인지 잭인지 리처든지 모를 사람을 당장 너무 멀리 옮기는 건 안전하지 않다고 말하는 바람에 더욱 당황했소. 핍 선생, 내가 확실히 말하지만, 현재와 같은 상황에서 일단 대도시로 들어왔다면 여기보다 안전한 곳은 없소. 그러니 너무 빨리 벗어나려고 하지 마시오. 대도시 한쪽 구석에 바싹 엎드리는 게 좋소. 그래서 분위기가 가라앉을 때까지 기다린 다음에 비로소 외국이든 어디든 옮겨야 하오."

나는 소중한 충고에 감사를 표한 다음, 허버트가 어떻게 했는지 물었다.

"허버트 선생은 약 삼십 분 동안 어쩔 줄 모르다가 한 가지 방안을 떠올렸소. 그리곤 비밀이라고 하면서, 자신이 어떤 숙녀를 사귀는데 병석에 누운 부친이 있다고, 선생도 잘 알 거라고 말했소. 부친은 오랫동안 여객선 사무장을 한 터라 내닫이창이 불룩한 침실에 누워 강가에서 오르내리는 배를 볼 수 있도록 했다더군요. 선생도 숙녀분을 만난 적이 있겠지요?"

"직접 만난 적은 없습니다."

사실 클라라는 내가 사치스러워서 허버트에게 아무런 도움이 안 된다며 반감을 품은 나머지, 허버트가 나를 소개하겠다고 처음 제안할 때 아주 미지근하고 시들한 반응을 보여, 허버트는 그런 사정을 나에게 털어놓고 약간 시간이 지난 다음에 만나야 할 것 같다는 견해를 밝힌 터였다. 나는 허버트 장래를 위해 이미 남몰래 돕던 터라 이런 사정을 기꺼운 마음으로 받아들일 수 있었다. 그런데 클라라는 물론 허버트 자신도 둘이 만나는 자리에 제삼자를 끌어들이고 싶은 마음이 당연히 적을 수밖에 없으니, 나중에 클라라가 나를 좋게 생각하는 마음이 상당히 늘어난 게 분명하고 허버트를 통해 안부와 선물을 정기적으로 주고

받기도 하지만 직접 만난 적은 아직까지 한 번도 없었다. 하지만 이런 사정을 모두 얘기해서 웨믹을 성가시게 만들진 않았다.

이런 가운데 웨믹이 다시 말했다.

"내닫이창이 불룩한 주택은 라임하우스와 그리니치 사이 풀장[11] 하류 강변에 있는 데다 건물주가 아주 점잖은 과부인데 마침 가구가 딸린 제일 위층을 세놓으려고 하는 터라, 허버트 선생은 그곳을 톰인지 잭인지 리처든지 모를 사람이 임시로 묵을 거처로 삼으면 어떻겠냐고 물었소. 나는 아주 좋다고 생각했는데 이유는 세 가지요. 첫째, 그곳은 선생이 자주 다니는 지역에서 완전히 벗어난 데다 사람이 많이 다니는 대로와 소로에서 멀찌감치 떨어졌소. 둘째, 선생이 근처에 안 가도 허버트 선생을 통해 톰인지 잭인지 리처든지 모를 사람이 무사한지 아닌지를 항상 들을 수 있소. 셋째, 한동안 조심하다가 톰인지 잭인지 리처든지 모를 사람을 외국으로 나가는 배에 태우고 싶을 때는 거기처럼 안성맞춤인 곳이 없소."

사려 깊은 생각에 나는 마음을 놓고 웨믹에게 거듭 감사하다는 말을 한 다음, 계속 이야기하라고 재촉했다.

"으음, 알겠소! 허버트 선생은 곧바로 작업에 들어가서 어젯밤 아홉 시 경에는 톰인지 잭인지 리처든지 모를 사람을 - 이름이 뭐든 선생이나 나나 알고 싶지 않은 사람을 - 그 집에 성공적으로 옮겼소. 예전 숙소에는 갑자기 도버에 갈 일이 생겼다 말하고, 실제로 도버 방면으로 가다가 모서리를 지난 다음에 비로소 방향을 바꾸는 식으로 말이오. 그런데 모든 작업을 처리하는 과정에서 무엇보다 좋은 점은 선생이 없었다는 사실이오. 그래서 행여나 몰래 감시하는 사람이 있었다면

---

11) 원래 명칭은 Pool로 런던교 동쪽으로 약 사 킬로미터에 걸쳐 강물 흐름이 정체한 템스 강 일부 구간을 말한다.

선생이 다른 일 때문에 아주 멀리 떠났다는 사실을 분명히 알 것이오. 그렇다면 의심을 분산시켜서 상대가 혼란스러울 가능성이 크오. 바로 이런 이유로 나는 선생이 간밤에 돌아오더라도 집으로 가면 안 된다고 생각한 거요. 그러면 상대는 그만큼 더 혼란스러울 테고 선생은 그만큼 더 유리하기 때문이오."

웨믹은 이 말과 함께 아침 식사를 마치고 시계를 보더니 정장 상의를 입기 시작했다. 그러다가 두 손이 소매를 빠져나오기도 전에 다시 말했다.

"자, 핍 선생, 내가 할 수 있는 일을 거의 다 한 것 같소. 하지만 월워스 관점에서 그리고 아주 사적인 관점에서 내가 할 일이 더 있다면 기꺼이 돕겠소. 여기에 주소가 있소. 집으로 가기 전에 오늘 밤에 가서 톰인지 잭인지 리처든지 하는 사람이 잘 지내는지 확인하는 건 해롭지 않을 것이오. 바로 이게 어젯밤에 집으로 못 가게 한 또 다른 이유요. 하지만 집으로 돌아간 다음에는 거기에 절대로 가지 마시오."

말하는 사이에 두 손이 소매를 삐져나와서 내가 그 손을 잡으며 고마워하자, 웨믹은 "선생을 돕는 거라면 언제든 환영이오" 하고 말하더니, 두 손으로 내 어깨를 잡으며 엄숙하게 속삭였다.

"그런데 마지막으로 중요한 사항을 하나 더 알려드리겠소. 오늘 저녁에 휴대 가능한 그 사람 동산을 모두 확보하시오. 그 사람에게 무슨 일이 일어날지 아무도 모르오. 그러니 만약에 대비해 휴대 가능한 동산을 모두 확보하는 게 좋소."

이 부분에 관해 내 마음을 웨믹에게 또렷하게 이해시킨다는 건 완전히 불가능한 터라 나는 시도하는 자체를 애초에 포기하고, 웨믹은 이렇게 말했다.

"시간이 돼서 이제 떠나야 하오. 급히 해야 할 일이 없다면 어둠이 깔릴 때까지 여기에 머물도록 충고하는 바이오. 근심과 걱정이 가득해 보이니, 노인네와 함께 하루를 차분하게 보내는 것도 좋을 것이오. 노인네가 금방 나올 테니 말이오. 그리고 조금 먹어보는 것도 좋을 텐데, 지난번에 본 돼지를 기억하시오?"

"당연하지요."

"으음. 돼지를 조금 먹어보시오. 아까 구운 소시지는 바로 그놈인데 모든 점에서 일등품이오. 옛 친분을 생각해서라도 한번 먹어보시오."

웨믹이 말하더니 명랑한 어투로 소리쳤다.

"다녀올게요, 노인네!"

노인네가 침실에서 커다랗게 소리쳤다.

"알았어, 존, 알았어, 우리 아들!"

나는 웨믹네 집 벽난로 앞에서 금방 곯아떨어졌다. 그래서 노인네와 함께 온종일 곯아떨어지는 식으로 사교를 즐겼다. 점심에는 돼지 허리 고기와 함께 집에서 기른 채소를 먹고, 꾸벅꾸벅 졸지 않을 때는 노인네에게 고개를 끄덕여주었다. 그러다가 어둠이 짙게 깔린 다음에는 노인네가 준비하는 토스트를 보면서 밖으로 나왔다. 찻잔 숫자는 물론 굴뚝에 있는 조그만 문짝 두 개를 힐끔거리며 쳐다보는 걸 보면 저녁에 스키핀스 양이 오기로 한 게 분명하단 생각이 들었다.

46

　여덟 시를 알리는 종소리가 울린 다음에야 나는 강변으로 나왔는데, 연안에 몰린 다양한 조선소는 물론 돛과 노와 용골대를 만드는 공장에서 흘러나오는 톱밥과 대팻밥 냄새가 나쁘지 않았다. 런던교 밑에 있는 풀장 지역 상류와 하류 모두 나에겐 낯선 곳이었다. 그래서 강변에 도착한 다음에 비로소 내가 찾아가는 장소는 내가 예상한 지점에 없으며 쉽게 찾을 수도 없다는 사실을 깨달았다. '틈새 유역 물방아 저수지 강둑'이라는 곳을 찾아야 하는데, '틈새 유역'을 찾을 단서라곤 '그린 코퍼 할아버지 밧줄 공장'이 전부였다.

　물 빠진 선창마다 밧줄로 묶어서 수리하는 선박 사이를 돌아다니다가 길을 잃은 것도 그렇고, 아주 낡아서 산산조각으로 해체하는 선체 사이를, 밀물이 남긴 온갖 진흙과 악취가 진동하는 다양한 쓰레기 사이를, 배를 만드는 조선소와 배를 부수는 폐선소 사이를, 수년 동안 사용하지 않고 바닥에 아무렇게나 처박아서 잔뜩 녹슨 닻 사이를, 나무통과 목재를 산더미처럼 쌓아놓은 야적장 사이를, '그린 코퍼 할아버지 밧줄 공장'이 아닌 다른 수많은 밧줄 공장 사이를 돌아다니다가 길을 잃은 것 역시 중요하지 않다.

목적지를 몇 차례 못 미치기도 하고 몇 차례 지나치기도 하다가 우연히 어떤 모퉁이 하나를 도니까 '틈새 유역 물방아 저수지 강둑'이 나타났다. 주변 상황을 고려한다면 나름대로 공기가 맑은 공간으로, 강에서 불어온 바람이 방향을 돌릴 여유도 있고, 나무도 두세 그루 있고, 망가진 풍차 밑동도 있고, '그린 코퍼 할아버지 밧줄 공장'도 있었다. 기다랗고 좁은 공장이 땅바닥에 나란히 세워놓은 나무들과 함께 달빛을 받으며 윤곽을 어렴풋이 드러내는 모습은 낡을 대로 낡은 데다 이빨까지 거의 빠져서 내버린 건초 제조용 갈퀴를 쭉 늘어놓은 것처럼 보였다.

'물방아 저수지 강둑'에는 이상한 주택이 몇 채 늘어섰는데, 그중에서 전면이 목재며 내닫이창을 각이 안 지도록 둥그렇게 만든 삼 층 건물을 골라서 문패를 바라보니 윔플 부인이란 글씨가 보였다. 내가 찾는 이름이라서 문을 두드리자, 나이가 듬직하고 몸집이 뚱뚱한 데다 표정이 명랑한 여인이 문을 열었다. 하지만 곧이어 허버트가 나오더니 나를 데리고 거실로 조용히 들어가서 문을 닫았다.

익숙한 얼굴이 완전히 낯선 지역 실내에서 편안하게 지내는 모습이 이상하게 보였다. 그래서 허버트를 물끄러미 쳐다보다가 모서리 찬장과 거기에 있는 유리잔과 도자기, 벽난로 선반에 올려놓은 조개껍데기를 바라보았다. 벽에는 채색 판화 그림도 몇 점 걸렸는데, 쿡 선장이 죽는 장면과 선박 진수식 장면, 조지 3세 국왕 폐하가 치렁치렁한 가발에다 승마용 가죽 바지와 승마용 기다란 구두 차림으로 윈저 궁 베란다에 선 모습이었다.

이윽고 허버트가 입을 열었다.

"모두 잘 됐어, 헨델, 그 사람이 아주 좋아해, 너를 보고 싶어서 안달이지만 말이야. 사랑하는 여인은 자기 아버지한테 올라갔어. 조금만 기다리면 내려올 거야. 서로 인사한 다음에 꼭대기 층으로 올라가는 거야. 저건 클라라 아버지 소리야."

머리 위에서 심하게 으르렁대는 소리를 듣고 내가 표정에 나타냈는지, 허버트가 빙그레 웃으며 계속 말했다.

"아쉽게도 노인네는 우울증까지 있는 악당이야. 하지만 내가 직접 본 적은 한 번도 없어. 럼주 냄새가 안 나니? 노인네가 럼주를 끼고 살아."

"럼주를?"

"응. 그걸 마시면 통풍에 좋다는 말도 안 되는 소릴 하면서 말이야. 게다가 식량이란 식량은 모두 위층 자기 방에 보관하면서 필요할 때마다 배급하는 고집까지 부린단다. 자기 머리 위 선반에 모두 보관하다가 일일이 무게까지 재서 배급해. 저 사람 방은 잡화상 가게처럼 보일 게 분명해."

허버트가 말하는 동안 으르렁 소리가 기다란 비명으로 변하다가 사라졌다. 그러자 허버트는 이렇게 설명했다.

"치즈를 직접 자르면 당연히 저럴 수밖에 없는 거 아니야? 온몸에 통풍이 들고 오른손도 똑같은데 그런 손으로 '더블 글로스터'처럼 딱딱한 치즈를 자르려면 당연히 아플 수밖에."

그런데 클라라 아버지가 너무 고통스러운 듯 다시 끔찍한 비명을 지르고, 허버트는 이렇게 말했다.

"저런 방 위층에 프로비스 아저씨가 들어온 건 윔플 부인에겐 뜻밖의 횡재가 아닐 수 없어. 일반인이라면 저런 소리를 못 견딜 테니까 말이야. 정말 이상한 집이야, 헨델, 그렇지 않니?"

정말 이상한 집이었다. 하지만 관리를 잘해서 놀라울 정도로 청결했다. 내가 이렇게 말하자, 허버트가 대답했다.

"윔플 부인은 정말 훌륭한 가정주부야. 정말이지 나는 그런 부인이 어머니처럼 안 돕는다면 우리 클라라가 어떻게 살아갈 수 있을지 모르겠어. 클라라는 친어머니가 없는 데다 '모질고시끄러운' 노인네 말고는 세상천지에 가족도 친척도 없거든."

"설마 그게 저 사람 이름은 아니겠지, 허버트?"

"당연하지, 이건 내가 붙인 별명이야. 저 사람은 발리 아저씨야. 나는 우리 아버지와 어머니 아들이라서 내가 사귀는 아가씨는 친지라곤 하나도 없다는 사실이, 그래서 친정 때문에 자신도 누구도 괴롭힐 필요가 없다는 사실이 정말 행복해!"

허버트는 예전에 몇 차례 말한 적이 있는데도 자신이 클라라를 처음 만날 때 이야기를 다시 했다. 클라라가 해머스미스 어느 학교에서 공부를 마칠 즈음인데, 아버지 간호 때문에 집으로 불려가게 되었다. 허버트와 클라라는 윔플 부인에게 속마음을 털어놓고, 그때 이후로 윔플 부인은 어머니처럼 자상한 분별력으로 두 사람이 사랑을 조절하며 한결같이 키워나가도록 도와주었다. 두 사람이 사귄다는 사실을 발리 아저씨에게 알리면 안 된다는 건 모두 충분히 이해했는데, 통풍과 럼주와 선박 사무장 비축 물품 이상을 생각할 정신상태가 전혀 아니었기 때문이다.

우리는 이런 대화를 나지막한 어투로 나누고 천장을 가로지르는 대들보에서는 으르렁대는 진동이 끊임없이 일어나는 가운데 갑자기 방문이 열리면서 스무 살 정도로 보이는 매우 아름답고 날씬하고 눈동자도 까만 아가씨가 손에 바구니를 들고 나타났다. 허버트는 바구니를 다정하게 받아들더니 얼굴을 붉히며 "클라라야" 하고 소개했다. 클라라는 매력이 철철 넘치는 아가씨였다. 발리 아저씨라는 무서운 괴물이 잡아다가 억지로 부려 먹는 요정처럼 보일 정도였다.

우리가 인사를 나눈 다음에 허버트는 애정과 동정이 가득한 미소를 머금고 나에게 바구니를 보여주며 말했다.

"여길 봐. 매일 밤 클라라가 저녁에 먹으려고 배급받는 초라한 식량이야. 이건 빵조각, 이건 치즈 조각, 이건 럼주…… 내가 마셔. 이건 내일 요리해서 발리 아저씨에게 아침에 먹으라고 줄 거. 양고기 갈비두 대, 감자 세 알, 수프용으로 말려서 쪼갠 완두콩 조금, 밀가루 조금, 버터 오십 그램, 소금 조금, 까만 후추. 이걸 모두 넣고 찜으로 끓여서 뜨거울 때 먹으면 통풍에 좋다나 뭐라나!"

허버트가 바구니에 든 물품을 하나씩 지적하는 동안 클라라가 체념한 채 가만히 쳐다보는 표정에는 왠지 사람 마음을 자연스럽게 끌어당기는 뭔가가 있고, 허버트가 포옹하는 팔에 자신을 맡기는 소박한 자세에는 상대를 신뢰하며 순수하게 사랑하는 뭔가가 있으며, 아주 차분한 행동에는, '그린 코퍼 할아버지 밧줄 공장'이 있는 '틈새 유역 물방아 저수지 강둑'에서 으르렁대는 소리로 대들보에 진동을 끊임없이 일으키는 늙은 아버지와 살면서도 아주 차분한 행동에는, 보호본능을 일으키는 뭔가가 있었다. 아직 열어보지도 않은 지갑 속 돈다발을 모두 바쳐서라도 두 사람이 계속 사랑하도록 돕고 싶을 정도였다.

그래서 감탄하는 표정으로 기쁘게 바라보는데 으르렁대는 소리가 다시 비명으로 변하더니, 바로 위에서 쿵쾅대는 소리가 끔찍하게 일어났다. 끔찍한 거인이 나무다리로 천장을 뚫어서 우리에게 다가오려는 것 같았다. 그러자 클라라가 허버트에게 "아빠가 부르세요, 내 사랑!" 하고 말한 다음에 달려가고, 허버트는 이렇게 말했다.

"저렇게 비양심적으로 늙은 악당은 없을 거야! 이번에는 왜 부르는 것 같니, 헨델?"

"내가 어떻게 알겠니. 마실 거 때문에?"

그러자 내가 아주 엄청난 걸 제대로 맞추기라도 한 것처럼 허버트가 감탄하며 말했다.

"맞아! 저 사람은 조그만 통에다 럼주를 타서 탁자에 항상 놓아두거든. 조금만 기다리면 럼주를 마시도록 클라라가 일으켜 세우는 소리가 들릴 거야. 지금 들린다!"

비명이 새롭게 일어나더니 기다랗게 떨다가 사라졌다. 이윽고 침묵이 이어지자, 허버트가 다시 말했다.

"지금은 럼주를 마시는 거야."

그러더니 으르렁 소리가 대들보를 타고 다시 울릴 땐 이렇게 말했다.

"지금은 등바닥으로 다시 눕는 거야!"

잠시 후에는 클라라가 돌아오고, 허버트는 우리가 돌볼 사람을 찾아서 나를 데리고 계단을 올랐다. 발리 아저씨 방문을 지날 때는 쉰 목소리로 중얼대는 가락이 일어나는데 바람 소리처럼 오르락내리락하다가 후렴으로 이어졌다. 저주하는 말을 좋은 말로 바꾸면 이런 내용이었다.

"어허이! 네놈 눈깔을 축복하라, 빌 발리 영감이 나타났도다. 빌 발리 영감이 나타났으니 네놈 눈깔을 축복하라. 빌 발리 영감이 여기에 등바닥을 납작 깔고 누워계시도다. 넙치 영감이 죽어서 떠내려가듯 등바닥을 납작 깔고 누워계시도다. 빌 발리 영감이 나타났으니 네놈 눈깔을 축복하라. 어허이! 네놈을 축복하라."

허버트는 발리 영감이 낮이고 밤이고 방에서 꼼짝도 않고 이런 식으로 혼자 흥얼대는 걸 낙으로 삼는데, 낮에는 침대에 설치한 망원경에 한쪽 눈을 대고 강 전체를 느긋하게 바라보면서 저렇게 흥얼댄다고 나에게 알려주었다.

삼 층 건물 꼭대기는 선실 같은 방이 두 칸인데, 환기가 잘 돼서 공기가 맑은 데다 발리 영감 소리도 아래층보다 조그맣게 들려서 프로비스 아저씨는 편히 쉬는 중이었다. 불안한 기색이 하나도 없는 게 특별한 위기감 자체를 전혀 못 느끼는 것 같았다. 오히려 아주 부드럽게 변했다는 사실이 놀라운데, 딱히 뭐라고 정의할 순 없었다. 당시에도 이유를 알 수 없고 나중에 생각해도 마찬가지지만 부드러운 건 확실했다.

온종일 쉬면서 충분히 생각한 결과, 콤피슨에 관한 내용은 한 마디도 않기로 단단히 결심한 다음이었다. 내가 아는 한, 그걸 말하면 프로비스 아저씨는 콤피슨에 대한 적대감이 무섭게 일어나 당장에라도 찾아 나서서 자멸할 게 분명했기 때문이다. 따라서 나는 허버트와 프로비스 아저씨와 함께 벽난로 앞에 앉자마자, 웨믹의 판단력과 정보력을 믿는지 아닌지부터 물었다. 그러자 프로비스 아저씨는 진지하게 고개를 끄덕이며 대답했다.

"당연하지, 친애하는 핍! 그건 재거스도 알아."

"그렇다면 좋습니다. 제가 웨믹을 만났습니다. 이렇게 찾아온 건 웨믹에게 들은 주의사항과 충고사항을 전달하기 위해섭니다."

나는 앞에서 언급한 내용만 빼고 모든 걸 정확히 전달했다. 웨믹이 뉴게이트 교도소에서 (교도관에게 들었는지 죄수에게 들었는지 모르지만) 들은 내용을, 지금 의심을 받는 중이란 사실을, 누가 우리 집을 감시했다는 사실을, 가만히 숨어서 당분간 지내야 하는데 그러는 동안 내가 찾아오면 안 된다고 웨믹이 충고한 사실을, 외국으로 나가는 문제에 대해서 웨믹이 충고한 내용을 모두 설명했다. 그리고 때가 되면 나도 당연히 함께 가거나 곧바로 뒤따라 갈 터인데, 웨믹이 안전하다고 판단하는 방식에 따를 거라고 덧붙였다. 그런 다음에 어떻게 할지는 언급을 안 했다. 나 때문에 공공연한 위험을 자초한 상대가 부드럽게 변한 모습을 보니, 이런 문제를 또렷하고 확실하게 생각할 수 없었다. 지출 규모를 늘려서 생활방식을 완전히 바꾸는 문제에 관해선, 우리가 현재처럼 불안하고 어려운 상황에서 그렇게 한다는 건 설사 새로운 문제를 일으키지 않는다 해도 정말 어리석은 짓인 건 분명하다고 설명했다.

프로비스 아저씨도 이걸 부정하진 않았다. 사실, 대화하는 내내 정말 이성적으로 행동했다. 영국으로 돌아온 자체가 위험을 무릅쓴 모험이라고, 그건 자신도 처음부터 잘 알았다고 말했다. 자신은 모든 걸 포기하는 위험을 감수할 생각이 없다는, 이렇게 훌륭한 사람이 곁에서 도우니 자신은 위험에 빠질 거란 두려움 역시 전혀 없다는 말까지 할 정도였다.

허버트는 벽난로 불길만 꾸준히 바라보고 곰곰이 생각하더니, 웨믹이 한 말을 듣고 문뜩 떠오르는 생각이 있는데 한 번 시도할 가치는 있을 것 같다며 이렇게 말했다.

"자네나 나나 보트를 젓는 실력이 좋아, 헨델, 그러니 적당한 때가 오면 우리가 직접 보트를 저어서 강 하류로 내려가는 거야. 그럼 다른 보트를 빌릴 필요도 없고 사공을 부를 필요도 없어. 의심받을 가능성을 하나 줄이는 건데, 이럴 가능성은 줄일만한 가치가 있어. 계절 역시 아무 때나 상관없고. 자네가 지금 당장 템스 선착장에 보트 한 대를 매 놓고 틈날 때마다 노를 저으며 템스 강을 오르내리는 습관을 들이면 좋을 것 같지 않아? 그런 습관을 들인다면 누가 눈여겨보거나 신경이나 쓰겠니? 스무 번이나 쉰 번을 그랬다면 스물한 번이나 쉰한 번째에 그러는 건 이상할 게 하나도 없잖아."

나는 계획이 마음에 들고 프로비스 아저씨 역시 아주 좋아했다.

그래서 우리는 당장 실행하기로, 그리고 프로비스 아저씨는 우리가 런던교를 지나서 '물방아 저수지 강둑'을 지날 때 우리를 절대로 아는 체 않기로 합의했다. 하지만 우리가 지나는 게 보이고 자신 역시 아무런 이상이 없으면 동쪽으로 난 창문 블라인드를 내린다는 합의도 했다.

이렇게 협의를 끝내고 행동원칙을 결정하자, 나는 가려고 일어나면서 허버트에게 함께 집으로 돌아가는 건 안 좋겠다고, 내가 먼저 갈 테니 삼십 분 정도 늦게 출발하라고 한 다음, 프로비스 아저씨에게 이렇게 말했다.

"아저씨를 두고 가는 게 마음에 걸리네요. 하지만 나랑 가까운 곳보다 여기가 훨씬 안전한 건 의심할 여지가 없어요. 안녕히 계세요!"

그러자 프로비스 아저씨가 두 손을 꼭 잡으며 대답했다.

"친애하는 핍, 우리가 언제 다시 만날지 모르겠다만 안녕히 계시라는 말은 싫구나. 안녕히 주무시라고 하렴!"

"안녕히 주무세요! 허버트가 계속 오가며 소식을 전할 거고, 때가 오면 저 역시 확실히 준비할 거라고 믿어도 돼요. 안녕히 주무세요, 안녕히 주무세요!"

프로비스 아저씨는 실내에 머무는 게 최선이란 생각에 우리는 방문 바깥 층계참에서 헤어지고, 프로비스 아저씨는 우리가 계단을 내려가도록 난간 위로 등불을 들어주었다. 뒤를 돌아보니, 프로비스 아저씨가 처음 나타난 날 밤이, 우리 입장이 완전히 반대일 때가, 이런 식으로 헤어지는 마음이 이렇게 무겁고 걱정스러울 거란 생각을 조금도 못할 때가 생각났다.

발리 아저씨는 우리가 방문을 다시 지날 때도 여전히 으르렁대면서 저주를 늘어놓는데, 그만 멈출 것 같지도 않고 그만 멈출 생각도 없는 것 같았다. 그러다가 계단 제일 밑에 도달하자, 허버트에게 프로비스란 이름을 그대로 사용하는지 물었다. 허버트는 당연히 아니라고, 캠블이란 이름으로 방을 구했다고 대답했다. 캠블 아저씨에 관해 알려진 사실이라곤 허버트 자신이 캠블 아저씨에게 위탁을 받고 잘 보살피면 좋겠다는, 그리고 한적한 생활을 즐기도록 도와주면 좋겠다는 마음을 개인적으로 강하게 느꼈다는 정도가 전부라는 설명도 했다. 그런 다음에 거실로 들어서니, 클라라는 윔플 부인과 함께 의자에 앉아서 작업하는 중이고, 나는 캠블 아저씨에 대한 관심을 마음에 담아두기만 한 채 한 마디도 안 꺼냈다.

아주머니는 예쁘고 다정하고 눈이 까만 아가씨가 젊은 사내와 서로를 진정으로 사랑하도록 어머니처럼 솔직하고 자애롭게 도와주고 나는 그런 아주머니랑 헤어져서 밖으로 나오니, '그린 코퍼 할아버지 밧줄 공장'이 완전히 다르게 보였다. 발리 영감은 아주 늙은 데다 걸핏하면 저주를 퍼붓긴 하지만 새로운 젊음과 믿음과 희망이 '틈새 유역'에 가득 넘쳐흘렀다. 그러다 보니 에스텔라 생각이, 영원히 헤어졌다는 생각이 떠올라서 나는 집으로 쓸쓸히 돌아왔다.

템플은 모든 게 예전처럼 조용했다. 프로비스 아저씨가 하루 전까지 사용하던 숙소 유리창은 어둡고 조용하며, '정원주택' 주변을 어슬렁대는 사람도 없었다. 우리 집으로 이어지는 계단을 내려가기 전에는 분수대를 두세 번이나 돌아다니며 주변을 살폈는데, 보이는 사람이라곤 하나도 없었다. 나는 기분도 우울하고 피곤해서 집으로 들어가자마자 침대에 눕고, 허버트는 집에 들어오자마자 침대 곁으로 다가와서 내가 살핀 것과 똑같은 결과를 알려주었다. 그러더니 유리창 하나를 열어 달빛이 비치는 바깥을 둘러보고 늦은 시각에 성당이 그런 것처럼 주변 역시 텅 비어서 엄숙하다고 덧붙였다.

다음 날 나는 보트를 구하러 직접 나갔다. 그래서 일 처리를 금방 끝내고 보트를 템플 선착장으로 운송해, 일이 분이면 갈 수 있는 거리에 묶어놓았다. 그러고 나서 훈련도 할 겸 연습도 할 겸 보트를 타는데, 가끔은 혼자서 가끔은 허버트와 함께했다. 추운 날에도 비가 오는 날에도 진눈깨비가 내리는 날에도 툭하면 나가다 보니, 처음 몇 차례가 지난 다음부터 나를 주목하는 사람은 아무도 없었다. 그래서 처음에는 블랙프라이어스 다리 상류에 머물다가 조수가 바뀔 즈음에 런던 다리로 다가갔다. 예전에 사용하던 런던 다리로, 조수가 바뀌는 시간이면 물살이 급하고 험하기로 악명이 높았다. 하지만 나는 그런 사정을 잘 아는 터라 조수가 바뀌는 걸 확인하자마자 '쏜살처럼' 다리를 지나 풀장 지역에서 물건을 싣고 내리는 선박 사이를 지나며 에리스[12]까지 내려갔다.

　허버트와 함께 노를 하나씩 저어서 '물방아 저수지 강둑'을 처음 지날 때는 내려갈 때도 그렇고 올라올 때도 그렇고 동쪽 창문에 내린 블라인드를 바라보았다. 허버트는 최소한 일주일에 세 번은 거기에 가고, 집으로 와서 위급한 상황을 전달한 적은 한 번도 없었다. 그런데도 나는 조심해야 할 상황이 여전하다는 느낌은 물론, 누가 감시한다는 느낌 역시 떨쳐낼 수 없었다. 이런 느낌은 한 번 받으면 끊임없이 떠오르며 사람을 괴롭히는 법이다. 그래서 행여나 나를 감시하는 건 아닌가 하고 무고한 사람을 얼마나 많이 의심했는지 모른다. 손가락으로 못 셀 정도다.

　한마디로 말해서 나는 꼭꼭 숨은 사내가 경솔한 행동을 하지나 않을까 언제나 끊임없는 공포에 시달렸다. 허버트는 어둠이 깔린 다음에 창가에 서서 흐르는 강물을 보면 강물이 모든 걸 품고서 클라라에게

_____

12) 템스 강 하류에 있는 조그만 마을이다.

흘러간다는 생각이 들어서 기분이 좋다고 말하곤 했다. 하지만 나는 강물이 매그위치 아저씨에게 흘러간다는 사실에, 행여나 수면에 까만 물체라도 나타나면 아저씨를 잡으려고 조용하고 신속하고 확실하게 나아가는 사람이란 생각이 들어서 언제나 끔찍하기만 했다.

47

아무런 변화가 없는 상태에서 몇 주일이 흘렀다. 우리는 꾸준히 기다리고 웨믹에게는 아무런 신호가 없었다. 리틀 브리튼 밖에서 만난 적이 없다면, 월워스 성에서 친하게 지내는 관계가 아니라면 의심할 수 있겠지만 나는 웨믹을 단 한 순간도 의심하지 않았다.

세상살이는 암울한 모습을 띠기 시작하고 채권자 한 명 이상에게 빚 독촉도 받았다. 내 지갑에서 마음대로 꺼내 쓸 돈이 부족하다는 사실을 느끼곤 쉽게 처분 가능한 보석류를 돈으로 바꿔서 궁한 사정을 해결하기도 했다. 하지만 머릿속 생각이나 계획이 불확실한 상태에서 은인에게 돈을 다시 받는 건 잔인한 사기라는 마음은 단호했다. 따라서 여태 열어보지도 않은 돈지갑을 허버트 편으로 보내서 직접 보관하도록 한 다음에 비로소 프로비스 아저씨가 정체를 드러낸 이후로 아무런 도움도 안 받았다는 사실에 나름대로 만족감을 느꼈는데, 이렇게 만족해도 되는 건지 아닌지는 모르겠다.

이렇게 시간이 흐르는 사이에 에스텔라가 결혼했다는 느낌이 강하게 밀려들었다. 확신은 강하지만 실제로 확인하는 건 두려워서 신문

보는 걸 피하고 (우리가 마지막으로 대화한 내용을 모두 들은) 허버트에게 에스텔라에 대한 소식을 나에게 절대 말하지 말라고 사정했다. 누더기로 초라하게 돌변한 희망의 옷자락을 순식간에 찢어져서 바람에 날아갈 수밖에 없는 희망의 옷자락을, 가슴에 그대로 간직하는 이유를 내가 어떻게 알겠는가? 이 글을 읽는 독자 여러분은 일 년 전에, 한 달 전에, 바로 지난주에, 이런 식으로 말도 안 되는 행동을 저지른 이유가 무어란 말인가?

나는 하루하루를 불행하게 살았다. 거대한 걱정거리가, 거대한 산맥 위로 우뚝 솟은 봉우리처럼 다른 걸 모두 압도하는 걱정거리가 눈앞에서 사라진 적은 한 번도 없었다. 하지만 새로이 걱정할 상황은 발생하지 않았다. 아침에 눈을 뜨면 프로비스 아저씨가 들켰다는 공포에 떨고 밤이면 허버트가 돌아오는 발소리를 들으며 가만히 앉아서, 행여나 평소보다 빠르진 않나, 나쁜 소식을 들고 급히 달려오는 건 아닐까 공포에 떨지만, 모든 게 이런 식이지만, 그래도 세상은 흘러갔다. 아무런 행동도 취할 수 없어 끊임없이 불안하고 초조한 상태에서 나는 보트를 열심히 타며 최선을 다해서 기다리고, 기다리고, 또 기다렸다.

강을 내려갔다가 조수가 바뀌면서 물살을 줄이려고 박은 옛날 런던교 교각 말뚝과 교각 기둥에 소용돌이가 일어 돌아올 수 없을 때가 있다. 그러면 나는 세관 근처 선창에 보트를 두고 나중에 템플 선착장으로 운반시켰다. 나는 이렇게 하는 걸 조금도 꺼리지 않았는데, 이렇게 하다 보면 선창 인근 사람들이 나랑 보트를 평범한 일상처럼 바라볼 수 있기 때문이다. 이런 사소한 사정 때문에 우연한 만남이 두 번 있었는데, 지금부터 얘기하겠다.

이월 하순 오후, 날이 어둑어둑할 때 뭍으로 올라섰다. 썰물을 타고 그리니치까지 멀찌감치 나갔다가 밀물 때 돌아온 것이다. 처음에는 날씨가 화창했으나 태양이 지면서 안개가 끼기 시작해, 물건을 싣고 내리는 선박 사이를 조심스레 지나며 돌아온 상태였다. 내려갈 때도 돌아올 때도 프로비스 아저씨 창문에서 모든 게 정상이라는 신호를 보았다.

초저녁 날씨가 으스스하게 추워, 당장 저녁 식사를 들어서 몸을 데워야 하겠다는 생각이 절로 들었다. 그런데 템플에 있는 집으로 돌아가도 몇 시간을 혼자서 외롭고 우울하게 지내야 하는 터라, 식당에서 식사하고 연극이나 보러 가려고 생각했다. 웝슬 아저씨가 정말 성공한 건지 의심스러운 극장이 지금은 사라졌지만, 당시에는 강변 인근에 있어서 거기에 가기로 마음먹은 것이다. 물론, 웝슬 아저씨는 연극을 부흥하는 데 이바지하기보단 오히려 쇠퇴하는 데 이바지했다는 사실을 나는 잘 안다. 연극 광고지를 보고서 귀족 집안 조그만 여자애를 섬기는 충실한 흑인 노예로 나오거나 원숭이로 나온다는 사실을 깨달은 것이다. 그리고 허버트는 코미디 경향이 강한 연극에 웝슬 아저씨가 타타르 전사로 나와서 약탈을 일삼는 장면을 보았는데, 얼굴은 빨간 벽돌처럼 분장하고 머리에는 터무니없는 모자를 써서 나팔바지를 완전히 덮었더라고 했다.

나는 고기 전문점으로 가서 식사했다. 식탁보에는 흑맥주 머그잔으로 동그랗게 그린 세계지도가 두 뼘 간격으로 있고 나이프마다 고깃국물이 어린 해도가 있어서 허버트와 내가 지리학 식당이라고 부르는 곳인데, 오늘날에도 런던 시장 관할구역에서 지리학을 안 가르치는 고기 전문점은 거의 없다. 어쨌든 식사를 마치고 빵 쪼가리에게 꾸벅꾸벅 인사하고 가스 등불을 바라보고 뜨거운 음식에 살을 익히며 시간을 보냈다. 그러다가 조금씩 정신을 차려서 연극을 보러 갔다.

영국 해군으로 근무하는 고결한 갑판장에 대한 내용인데, 바지 일부가 너무 꽉 끼고 다른 일부는 너무 느슨하지 않으면 좋을 것 같은 정말 훌륭한 갑판장은 비록 아주 관대하고 용감하지만 힘없는 사람들 모자를 때려서 눈까지 덮어쓰게 하고, 애국심이 아주 강하지만 세금 내는 걸 정말 싫어했다. 주머니에 돈 가방을 넣은 모습이 푸딩을 천으로 싼 것처럼 보이는데, 이런 재산을 이용해서 침대 휘장으로 의상을 차려입은 젊은 여인과 결혼해 많은 축하를 받고, 포츠머스 주민 전체는 (최종 집계하니 모두 아홉 명인데) 해안에 나와서 자기 손을 비비고 서로 열심히 악수하며 "술잔을 채워라, 술잔을 채워라!"를 노래했다.

그런데 얼굴이 까만 부사관 한 명이, 갑판장에게 얼굴만큼이나 속마음도 시커멓다고 공개적으로 비난받은 부사관 한 명이, 술잔을 채우지도 않고 자신이 할 도리도 외면한 채 다른 부사관 두 명에게 인류 전체를 위험에 빠뜨리자고 제안했다.

부사관 가족은 정치적으로 영향력이 상당한 터라 이들이 꾸민 음모는 커다란 효과를 발휘하고, 따라서 상황을 정상으로 돌리려고 연극 시간 절반을 들이는데, 이것 역시 정직하고 조그만 잡화점 상인이 하얀 모자에 까만 각반에 빨간 코를 하고서 석쇠를 든 채 시계 속으로 들어가서 가만히 엿듣다가 밖으로 나와, 자신이 엿들은 내용을 반박조차 못 하는 사람을 석쇠로 모두 때려눕힌 덕분에 가능했다.

그런 다음에 웹슬 아저씨가 (출연한다고 예고한 적은 한 번도 없는데) 영국에서 최고로 높은 성장과 가터 훈장을 하고 나와 해군성에서 직접 파견한 전권대사로 막강한 권력을 행사하며 부사관 세 명을 교도소로 당장 보내야 한다고 말하더니, 갑판장을 영국 국기 밑으로 데려가서 커다란 공적을 인정한다고 조그맣게 표시했다. 갑판장은 처음으로 순한 모습을 보이며 영국 국기로 눈물을 공손하게 닦더니, 쾌활한 모습으로 웝슬 아저씨에게 각하와 악수하는 영광을 허락하도록 정중하게 부탁했다. 웝슬 아저씨는 아주 우아하고 엄숙하게 손을 내밀더니, 곧바로 먼지 가득한 구석으로 밀려나고 다른 사람은 모두 뱃사람 춤을 열심히 추었다. 그러자 웝슬 아저씨는 구석에서 불만이 가득한 눈으로 객석을 살피다가 나를 알아보았다.

두 번째 공연은 최근에 나온 아주 웅장한 크리스마스 코믹 무언극으로, 첫 장면에서 웝슬 아저씨처럼 보이는 사람이 얼굴에 인광을 발라서 매우 커다랗게 보이도록 강조하고 다리에는 빨간 모직 스타킹을 신고 머리에는 커튼을 장식하는 빨간 술을 잔뜩 달고 나와, 광산에서 벼락 만드는 일을 하는데, 거인 주인이 저녁을 먹으려고 아주 떠들썩하게 돌아올 때 아주 비굴한 모습을 보여서 나는 마음이 아팠다.

하지만 곧이어 훨씬 바람직한 상황이 등장했다. 딸이 진심으로 사랑하며 선택한 상대를 무식한 농부 아버지가 반대하느라 일부러 이 층 창문에서 떨어져 일 층에서 밀가루 부대에 숨어든 청년을 공격하는 잔인한 부성애를 발휘한 덕분에 사랑의 수호신이 점잔 빼는 마법사를 조수로 쓰려고 불러낸 것이다. 그래서 지구 정반대 지점에 있다가 몹시 힘든 여행 끝에 다소 불안한 상태로 매우 높은 모자 차림에다 겨드랑이에 마법 책까지 끼고 마법사가 나타났으니, 바로 웝슬 아저씨였다. 마법사가 지상에서 하는 역할이라곤 남이 하는 말이나 노래를 듣고 춤추는 걸 구경하다가 머리에 받치고 색상이 다양한 불빛을 쬐는 것밖에 없어서 시간이 엄청나게 많이 남아돌았다. 그런데 놀랍게도 무언가에 홀린 표정으로 내가 앉은 자리만 뚫어지라 쳐다보는 게 아닌가!

나를 쳐다보는 눈길이 점차 강렬하게 변하는 게 너무 특이한 데다 마음속으로 수많은 생각을 떠올리며 극심한 혼란에 빠져드는 것 같은데, 나로선 도대체 왜 그러는지 이해할 수 없었다. 웝슬 아저씨가 커다란 시계 상자에 들어가서 구름으로 올라간 다음에도 나는 오랫동안 가만히 앉아 곰곰이 생각했지만, 이유를 도무지 파악할 수 없었다. 그래서 한 시간이 지난 다음에도 그걸 생각하며 극장에서 나오니, 웝슬 아저씨가 문가에서 기다렸다.

"안녕하셨어요?"

나는 인사하고 악수한 다음에 함께 거리로 나서며 물었다.

"나를 계속 쳐다보시더군요."

"자네를 쳐다보았다고, 핍 선생! 그래, 물론 자네를 보았지. 하지만 거기에 또 누가 있었는지 아는가?"

"누가 있었다니요?"

내가 묻자, 웝슬 아저씨는 다시 무언가에 홀린 표정을 떠올리며 대답했다.

"정말 이상하지만, 그 사람이 분명해."

나는 경계심을 느끼고 무슨 뜻인지 설명해 달라고 간청했다. 그러자 웝슬 아저씨는 다시 무언가에 홀린 표정으로 대답했다.

"자네가 거기에 있는 걸 애초에 못 보았어도 내가 그 사람을 알아보았을까? 단정적으로 말할 순 없지만 알아보았을 것 같아."

나는 집으로 갈 때마다 그러는 것처럼 무의식적으로 주변을 둘러보았다. 너무나 이상한 말에 오싹한 느낌이 들었기 때문이다.

"아니야, 지금은 안 보일 거야. 내가 무대에서 내려오기 전에 나갔어. 그자가 나가는 걸 내가 똑똑히 보았거든."

웝슬 아저씨가 말하는데, 나로선 무엇이든 의심할 수밖에 없는 처지라서 불쌍한 배우조차 의심스럽게 보였다. 나를 함정에 빠뜨려서 무슨 정보를 캐내려는 것 같다는 의심이 든 것이다. 그래서 나란히 걸으며 힐끔힐끔 쳐다볼 뿐 입은 뻥긋도 안 했다.

"처음에는 자네와 함께 왔다는 엉뚱한 생각조차 들었는데, 다시 보니 자네는 바로 뒤에 유령처럼 앉아있는 사람을 조금도 모르는 눈치 더군."

이 말을 듣는 순간, 오싹한 기분이 다시 들었지만 나는 입을 여전히 꾹 다물었다. 가만히 생각하니, 누군가에게 사주를 받고 프로비스 아저 씨에 대한 말이 나오도록 유도하는 것 같았기 때문이다. 프로비스 아저 씨가 극장에 나타날 가능성은 당연히 조금도 없으니 말이다.

"자네는 내가 이상하게 보일 거야, 핍 선생, 얼굴을 보면 알 수 있어. 하지만 내가 생각해도 정말 이상해! 내가 지금부터 하는 말은 자네도 믿기 어려울 거야. 자네가 그런 말을 한다 해도 나 역시 쉽게 믿을 수 없을 테니까."

"정말요?"

"그래, 정말이야. 자네는 아주 오래전 크리스마스 날을, 자네가 아주 어릴 적에 내가 자네 집에서 식사하는데 군인들이 나타나서 수갑을 고쳐달라고 한 걸 기억하는가, 핍 선생?"

"아주 생생하게 기억합니다."

"그럼 탈주자 두 명을 쫓는 추격전에 우리가 합류한 것도, 그래서 내가 앞장서고 조 가저리는 자네를 등에 업고 뒤에서 열심히 쫓아온 것도 기억하는가?"

"아주 생생하게 기억합니다."

'아저씨보다 생생하게'란 말까지 입술에 어렸으나, 나는 입을 꾹 다물었다.

"그럼 습지 웅덩이에서 탈주자 두 명을 발견했는데 서로 드잡이를 벌인 것도, 한 명이 다른 한 명에게 심하게 두들겨 맞아 얼굴이 심하게 찢어진 것도 기억하는가?"

"모두 다 생생하게 기억합니다."

"그럼 군인들이 횃불을 붙이고 탈주자 두 명을 에워싼 것도, 우리가 마지막까지 구경하려고 깜깜한 습지를 나아갈 때 새까만 어둠이 주변을 동그랗게 에워싼 가운데 - 나는 이 부분을 특히 강조하고 싶은데 - 횃불이 두 사람 얼굴을 비춘 것도?"

"네, 그것도 모두 기억합니다."

"그런데 탈주자 두 명 가운데 한 명이 오늘 밤에 바로 자네 뒤에 앉아있었다네, 핍 선생. 내가 자네 어깨너머로 보았네."

나는 '침착해!' 하고 속으로 다짐한 다음에 물었다.

"두 사람 가운데 누굴 본 것 같으세요?"

그러자 웹슬 아저씨가 곧바로 대답했다.

"얼굴이 찢어진 사람. 그 사람을 본 게 분명하네! 다시 생각하고 또 생각할수록 그 사람이란 확신이 드네."

나는 최선을 다해서 나랑 아무런 상관도 없는 척하며 중얼거렸다.

"정말 이상하군요! 정말 이상해요!"

이 말을 듣고 내가 더할 나위 없이 놀랐다는 사실은, 콤피슨이 바로 뒤에 "유령처럼" 앉아있었다는 말에 내가 더할 나위 없이 두려워했다는 사실은 아무리 강조해도 모자란다. 프로비스 아저씨가 은신한 이후로 단 한 순간이라도 콤피슨 생각을 안 한 적이 있다면 그건 그자가 바로 뒤에 앉은 바로 그 순간이기 때문이다. 그렇게 조심하다가 그자가 바로 뒤에 있는 순간에 경계를 풀고 까마득히 잊었다는 건 그자를 막으려고 대문 백 개를 세워서 꽁꽁 잠갔는데 갑자기 바로 뒤에서 나타난 꼴이기 때문이다. 그렇다고 해서 그자가 실제로 나타났다는 사실을 의심할 수도 없었다. 내가 거기에 있었기 때문이다. 위험이 아무리 하찮아 보여도 항상 우리 주변에서 생생하게 살아 숨 쉰다는 사실이 그대로 느껴졌다.

나는 그 사람이 언제 들어왔느냐 묻고, 웹슬 아저씨는 확실히 모르겠다고, 나를 보다가 어깨너머로 그 사람을 보았다고 대답했다. 그 사람을 한참 쳐다본 다음에 비로소 알아보기 시작하긴 했지만, 처음부터 나와 관계가 있다는 느낌이 막연히 들었는데, 오랜 옛날 내가 어린 시절부터 관계가 있다는 느낌이라는 것이다. 옷은 어떻게 입었나요? 잘 갖춰 입었지만, 특별히 눈에 띄는 건 없다, 검은색인 것 같다. 얼굴이 흉하게 일그러졌나요? 아니, 그렇지 않은 것 같다. 나도 그렇지 않을 거란 생각이 들었다. 내가 깊은 생각에 잠기느라 뒤에 있는 사람까지 눈여겨서 바라보진 않았지만 흉하게 일그러진 얼굴이라면 눈에 띌 것 같았기 때문이다.

나는 웹슬 아저씨에게 기억 가능한 모든 내용을 듣거나 캐내고, 힘든 저녁을 보낸 터라 적당한 음식을 대접한 다음에 헤어졌다. 내가 템플에 도착한 건 자정과 새벽 한 시 사이로 정문은 모두 닫힌 상태였다. 문을 열고 들어설 때도 집으로 들어설 때도 주변엔 아무도 없었다.

허버트는 먼저 오고, 우리는 벽난로 앞에서 심각한 대화를 나누었다. 하지만 특별히 조치할 게 없었다, 이날 밤에 이런 사건이 있었다는 걸 웨믹에게 알리면서 우리가 신호만 기다린다는 사실을 상기시키는 게 전부였다. 그런데 월워스 성으로 너무 자주 찾아가는 건 폐가 될 수도 있다는 생각에, 나는 편지를 쓰기 시작했다. 그리고 모두 작성한 다음에 잠자리에 들고 다음 날 아침에 나가서 우체통에 넣었다. 이번에도 주변엔 아무도 없었다. 허버트와 나는 극히 조심하는 수밖에 없다는 데 의견을 일치했다. 그래서 우리는 정말 조심하고 – 예전 어느 때보다 신경 쓰며 조심하고 - 나 자신은 '틈새 유역' 근처에 절대 안 갔다. 노를 저으며 지날 때도 다른 곳을 보는 척하면서 '물방아 저수지 강둑'을 살짝 쳐다보는 게 전부였다.

48

앞 장에서 언급한 두 번째 우연한 만남은 그런 일이 처음 있고서 약 일주일이 지난 다음에 발생했다. 당시에도 나는 런던교 아래쪽 선창에 보트를 댔는데, 이번에는 한 시간 이른 오후였다. 그래서 어디에서 식사할지 결정을 않고 런던 중앙을 동서로 가르는 대로를 따라 느긋하게 걸었다. 그래서 바쁘게 걷는 인파 가운데 나처럼 할 일 없는 사람은 하나도 없는 것 같다고 생각하며 어슬렁어슬렁 걷는데, 뒤에서 어떤 사람이 다가오며 커다란 손으로 어깨를 잡았다. 그리고 바로 옆으로 다가오며 팔짱을 끼었다. 재거스 변호사였다.

"우리가 똑같은 방향으로 가는 것 같으니, 핍, 함께 걷도록 하세. 어디를 가는 중인가?"

"템플로 가야 하겠죠."

"그럼 어디로 갈지 모른다는 말인가?"

"네, 모르겠어요, 아직 마음을 안 정했거든요."

"저녁 식사는 할 거지? 그건 충분히 인정할 수 있겠지?"

"네, 그건 충분히 인정할 수 있습니다."

"식사 약속이 있나?"

"식사 약속이 없다는 사실도 인정하겠습니다."

"그렇다면 우리 집에 가서 함께 식사하세."

이 말에 내가 사양하는 말을 꺼내는데 재거스 변호사가 갑자기 "웨 믹도 함께 갈 거야" 하고 덧붙여서 나는 - 이미 뱉어낸 몇 마디는 사양으로 나아가도 되고 수락으로 나아가도 되는 터라 - 사양하는 말 을 수락하는 말로 바꾸고 우리는 대로를 따라가다가 리틀 브리튼으로 방향을 돌렸다. 상점 진열창은 불빛을 화려하게 내뿜고, 거리에서 가로 등에 불을 붙이는 일꾼은 인파가 붐비는 늦은 오후 거리에서 사다리 놓을 자리를 찾으려고 애쓰며 이리저리 뛰어다니거나 건물로 뛰어들 다가 뛰어나와, 허멈스 여관에서 골풀 양초 양철통이 음산한 벽에다 하얀 눈을 번뜩였다면 이번에는 잔뜩 몰려드는 안개에다 빨간 눈을 훨씬 많이 번뜩였다.

리틀 브리튼 사무실에서는 평소처럼 편지를 쓰고 손을 씻고 촛불을 끄고 금고를 잠그며 하루 업무를 마무리했다. 재거스 변호사 사무실 벽난로 옆에 멀뚱멀뚱 서있자니, 불길이 오르락내리락 춤추는 바람에 선반에 올려놓은 석고상 두 개가 까꿍 까꿍 하며 사악하게 놀리는 것 같고, 크고 굵은 사무실 양초 두 개는 구석에서 편지를 작성하는 재거스 변호사를 희미하게 비추며 촛농을 더럽게 흘리는 모습이 마치 교수당한 의뢰인이라도 추모하는 것 같았다.

우리 세 사람은 삯마차를 타고 제라드 거리로 갔다. 그리고 집으로 들어가자마자 저녁 식사가 나왔다. 웨믹이 월워스 성 특유의 분위기를 보여줄 거란 기대는 안 해도 가끔 나를 다정한 눈빛으로 쳐다볼 거란 기대는 했다. 하지만 그런 적이 한 번도 없었다. 식탁에서 고개를 들 때마다 시선은 항상 재거스 변호사에게 쏠리고 나를 보는 시선은 무미

건조하고 냉랭한 게, 마치 웨믹에게 쌍둥이가 있는데 앞에 있는 사람은 바로 그 쌍둥이 같았다.

"하비셤 아씨가 핍 선생에게 보낸 쪽지를 건넸나, 웨믹?"

재거스 변호사가 물었다. 식사를 시작한 직후였다. 그러자 웨믹이 대답했다.

"아닙니다, 변호사님. 우편으로 보내려고 했는데, 변호사님이 핍 선생을 데려오셨습니다. 여기 있습니다."

웨믹이 나 대신 자기 고용주에게 쪽지를 건네자, 재거스 변호사가 그걸 넘겨주며 말했다.

"두 줄짜리 쪽지네, 핍. 하비셤 아씨가 자네 주소를 확실히 몰라서 나에게 보냈어. 나에게 자네를 만나서 자네가 언급한 일에 대해 논의하면 좋겠다고 말하더군. 내려갈 건가?"

"네."

나는 대답하며 쪽지를 살피는데, 딱 그 내용밖에 없었다.

"언제 내려갈 생각인가?"

"당장은 선약이 있어서 시간을 확실히 정할 순 없습니다만 금방 내려가게 되겠지요."

내가 대답하며 웨믹을 힐끗 쳐다보았다. 그러자 웨믹은 우체통 구멍으로 생선을 넣고 나서 재거스 변호사에게 말했다.

"핍 선생이 금방 내려갈 예정이라면 답신을 따로 작성할 필요가 없겠네요."

나는 이 말을 서두르는 게 좋다는 신호로 받아들여, 내일 당장 가기로 마음을 정하고 그렇게 말했다. 그러자 웨믹은 만족스러운 표정으로 포도주를 쭉 들이켜더니 내가 아니라 재거스 변호사를 쳐다보았다.

"그런데, 핍! 우리 거미 친구가 카드 패를 제대로 사용했더군. 횡재했어."

재거스 변호사가 하는 말을 나는 마지못해 인정할 수밖에 없었다.

"하하! 앞날이 기대되는 친구야, 나름대로는. 하지만 모든 걸 자기 방식대로 할 수는 없을 거야. 결국에는 힘센 사람이 이기는 법인데, 누구 힘이 센지는 두고 봐야 알거든. 그자가 성질을 부리며 부인을 때린다면⋯⋯."

나는 얼굴과 심장이 달아올라 중간에 끼어들었다.

"설마 그자가 그럴 정도로 비열한 악당이라고 생각하는 건 아니시겠지요, 재거스 변호사님?"

"나는 그런 식으로 말하지 않았네, 핍. 나는 가정법을 사용한 거야. 그자가 성질을 부리며 부인을 때린다면 힘은 그쪽으로 쏠릴 가능성이 커. 하지만 지적인 문제가 나오면 정반대가 될 게 분명해. 그런 자가 이런 상황에서 어떻게 될지 추측하는 건 우연에 맡겨야 할 거야, 두 가지 결과 가운데 하나로 나올 가능성이 반반이거든."

"두 가지 결과는 무엇인지 물어도 될까요?"

"우리 거미 친구 같은 작자는 때리거나 움츠러들어. 움츠러든 채 으르렁댈 수도 있고 움츠러든 채 으르렁대지 않을 수도 있지만, 때리거나 움츠러들어. 웨믹에게 의견을 물어봐."

"때리거나 움츠러들겠지요."

웨믹이 말하는데, 나를 조금도 바라보지 않았다.

재거스 변호사는 식품 선반에서 최고급 포도주병을 집더니 우리 두 사람에게 잔을 채우고 자신도 잔을 채우며 말했다.

"그러니 벤틀리 드러믈 부인을 위해 건배. 패권 문제가 부인이 원하는 쪽으로 흘러가길 바라며! 부인과 남편 모두 만족하는 건 불가능해.

아니, 몰리, 몰리, 몰리, 몰리, 오늘은 동작이 왜 이리도 굼뜨나!"

재거스 변호사가 나무랄 때 가정부는 바로 옆에서 식탁에 음식 접시를 놓는 중이었다. 그래서 두 손을 거두고 뒤로 한두 걸음 물러나며 겁먹은 표정으로 죄송하다고 중얼거렸다. 그런데 그렇게 말하는 순간, 나는 손가락 동작에 모든 시선이 쏠렸다.

"왜 그러나?"

재거스 변호사가 묻는 말에 내가 대답했다.

"아무것도 아닙니다. 이야기 주제가 저로선 조금 고통스럽네요."

손가락 동작이 뜨개질 동작 같았다. 가정부는 그냥 가도 되는지, 혹은 자신이 그냥 간다면 재거스 변호사가 더 할 말이 있어서 다시 부를 건지 몰라 가만히 서서 주인을 쳐다보는데, 눈빛이 아주 강렬했다. 나는 아주 최근에 잊지 못할 자리에서 그런 눈빛과 손가락 동작을 본 게 확실하다!

재거스 변호사는 그만 가보라 말하고, 가정부는 밖으로 나갔다. 하지만 여전히 옆에 있는 것처럼 내 눈에 또렷이 남았다. 나는 두 손을 바라보고, 두 눈을 바라보고, 치렁치렁한 머리칼을 바라보면서 내가 아는 다른 손과 다른 눈과 다른 머리칼과 비교했다. 짐승 같은 남편하고 이십 년을 힘들게 살면 그게 변했음 직한 모습과 비교했다. 가정부 손과 눈을 다시 바라보았다. 그러면서 황폐한 정원과 텅 빈 양조장을 마지막으로 나란히 거닐던 당시에 온몸으로 묘하게 밀려든 느낌을 떠올렸다. 역마차 창문에서 바라보는 얼굴과 흔들어대는 손을 볼 때와 똑같은 느낌이 되살아나는 이유를, 내가 에스텔라와 함께 마차를 타고 깜깜한 거리에서 갑자기 환하게 빛나는 거리를 지날 때와 똑같은 느낌이 번개처럼 떠오르는 이유를 생각했다. 극장에서 연결고리 하나가 상대의 정체를 밝히는데 결정적인 도움을 주었다는 사실을 떠올렸다.

에스텔라에 대한 이야기가 뜨개질하는 것처럼 보이는 손가락과 강렬한 눈빛으로 갑작스러우면서도 우연히 넘어가는 순간, 안 보이던 연결고리가 갑자기 나타나며 확고하게 자리 잡았다. 몰리라는 가정부는 에스텔라 생모가 절대적으로 확실하다.

재거스 변호사는 내가 에스텔라와 있는 걸 본 데다 내가 고통스러워하는 모습을 숨기지도 않았으니, 내 마음을 모를 가능성이 없다. 그래서 이야기 주제가 고통스럽다는 말에 고개를 끄덕이며 등을 도닥거리더니 포도주를 다시 따라주고 식사를 계속했다.

가정부가 다시 나타난 건 딱 두 차례에 불과한 데다 재거스 변호사에게 나무라는 소리를 듣고 약간 머물다 사라졌다. 하지만 그 손은 에스텔라 손과 똑같고 그 눈은 에스텔라 눈과 똑같았다. 설사 백 번을 나타난다 해도 이렇게 확실할 순 없었다.

식사시간은 지루했다. 포도주를 따라줄 때마다 웨믹이 – 월급 때가 오면 월급봉투를 날름 받아 챙기듯 – 극히 사무적인 태도로 포도주를 날름 들이켜며 반대신문에 언제라도 응할 자세로 앉아서 고용주만 쳐다보았기 때문이다. 포도주를 들이켠 분량에 대해선, 일반 우체통이 아무리 많은 편지라도 아무렇지 않게 받아들이듯 웨믹 우체통 구멍역시 아무렇지 않게 받아들이는 것 같았다. 내가 보기에 겉모습만 월워스 성에서 본 웨믹일 뿐, 속은 완전히 다른 쌍둥이였다.

우리는 식탁에서 일찍 일어나 함께 밖으로 나왔다. 그런데 잔뜩 쌓아놓은 재거스 변호사 장화 사이에서 우리가 더듬거리며 모자를 찾을 때는 제대로 된 쌍둥이가 돌아오는 느낌이 들었다. 그리고 월워스 성이 있는 방향으로 제라드 거리를 오 미터 정도 걸어갈 즈음에는 제대로 된 쌍둥이가 바로 옆에서 나와 팔짱을 끼고 나란히 걷는다는 사실을, 엉뚱한 쌍둥이는 저녁 공기에 증발하고 말았다는 사실을 깨달았다.

"아아! 마침내 끝났소! 재거스 변호사는 세상에 다시없을 정도로 훌륭한 인물이지만 함께 식사할 때는 잔뜩 긴장할 수밖에 없다는 느낌이 드오. 긴장을 풀어야 편하게 식사하는 데 말이오."

웨믹이 말했다. 나는 오늘 저녁 식사를 멋지게 표현했다는 느낌이 들어서 그렇게 대답하자, 웨믹은 이렇게 말했다.

"오로지 선생에게만 하는 말이오. 선생과 나 사이에서 오가는 말은 다른 데로 안 샌다는 사실을 아니까."

나는 하비셤 아씨 양녀를, 벤틀리 드러뮬 부인을 본 적이 있느냐고 물었다. 웨믹은 없다고 대답했다. 그래서 나는 너무 갑작스럽게 보이지 않으려고 노인장과 스키핀스 양에 대해서 말했다. 내가 스키핀스 양을 언급하는 순간, 웨믹이 은밀한 표정을 떠올리다가 걸음을 멈추고 은근히 자랑스러운 태도로 고개를 멋들어지게 돌려서 코를 풀고, 나는 다시 물었다.

"초대받고 재거스 변호사 자택에 가면 가정부를 눈여겨보라고 나에게 말한 적이 있는데, 기억나세요?"

"내가 그랬소? 아차, 내가 그랬지. 정신이 없군. 그런 기억이 납니다. 아직 긴장이 충분히 안 풀린 것 같소."

"길들인 사나운 야수라고 가정부를 표현했지요."

"그럼 선생이 보기엔 어떤 것 같소?"

"똑같아요. 재거스 변호사가 가정부를 어떻게 길들였나요, 웨믹?"

"그건 재거스 변호사만 아는 비밀이오. 아주 오랜 세월을 함께 지냈다오."

"가정부 이야기를 해주면 좋겠네요. 괜히 관심이 끌려서 자세히 알고 싶어요. 귀하와 나 사이에 오간 말은 다른 데로 안 새는 걸 잘 알잖아요."

"으음! 나도 가정부 이야기는 모르오, 내 말은 모두 아는 건 아니란 뜻이오. 하지만 내가 아는 내용은 모두 말하리다. 물론 우리는 지금 사적으로 은밀한 대화를 나누는 거니까요."

"당연하죠."

"대략 이십여 년 전에 그 여자는 살인죄로 올드 베일리에서 재판받고 무죄로 풀려났다오. 아주 젊고 예쁜 여인으로 집시 피가 많이 섞였다고 들었소. 어쨌든 충분히 예상할 수 있듯이 재판정 분위기는 뜨겁게 달아올랐지요."

"그런데 무죄로 풀려났네요?"

내가 묻자, 웨믹은 의미심장한 표정으로 계속 말했다.

"재거스 변호사가 사건을 맡아서 아주 놀라운 방향으로 풀어나갔다오. 처음에는 이길 가능성이 없는 데다 재거스 변호사 역시 비교적 새내기였는데, 모두가 감탄할 정도로 멋들어지게 해결했지요. 말이 나왔으니 말인데, 이 사건 때문에 오늘날과 같은 재거스 변호사가 있다고 해도 과언이 아니오. 처음에는 여러 날 동안 경찰서로 매일같이 출근하며 구속하는 자체를 막으려고 애썼다오. 재판정에서는 법정 변호사 밑에서 일하느라 직접 나설 수 없어도 양념을 모두 마련해서 자기 손으로 주물럭거렸다는 건 누구나 알지요.

살해당한 피해자는 여인인데 나이는 열 살 이상 많고 덩치는 정말 커다랗고 힘도 셌답니다. 일종의 치정살인이었어요. 두 여자 모두 떠돌이 생활을 했는데, 지금 저 집에서 일하는 가정부는 아주 젊어서 흔히 말하듯 빗자루를 뛰어넘는 식으로 떠돌이 남자와 결혼하고 질투의 화신으로 완벽하게 변신했다오. 나이란 점에서 남자와 훨씬 잘 어울리던 피해자는 하운슬로 들판 근처 헛간에서 죽은 채로 발견되었소. 격렬하게 치고받으면서 육탄전을 벌인 흔적이 또렷했소. 여기저기 멍들고 할퀴고 뜯기다가 결국엔 목이 졸려서 숨 막혀 죽은 것이오. 그런데 이 여자가 범인이란 증거는 또렷한데도, 재거스 변호사는 원칙적으로 피고가 그렇게 할 가능성이 조금도 없다는 점에 승패를 걸었소."

웨믹이 내 옷소매를 툭 건들며 계속 말했다.

"여자 손목 힘이 아주 강하단 사실을 조금도 언급하지 않은 것이오, 지금은 종종 그러면서 말이오."

나는 그날 처음 초대받은 자리에서 재거스 변호사가 우리에게 가정부 손목을 보여주었다 말하고, 웨믹은 계속 이어나갔다.

"그래요, 선생! 우연히도, 아주 우연히도, 저 여자는 체포당할 당시에 옷을 매우 교묘하게 입어서 몸이 실제보다 가냘프게 보인, 소매 부분에 특히 신경을 써서 양쪽 팔에 힘이 하나도 없는 것처럼 보인 기억이 난다오. 타박상이 한두 군데 있는데 떠돌이 생활을 해서 그렇다 쳐도 양손 손등까지 심하게 긁혔는데, 문제는 그게 손톱자국이냐 아니냐 하는 것이었소.

여기에서 재거스 변호사는 피고가 엄청나게 많은 가시덤불을 힘겹게 헤치고 나아가서 그렇다는, 덤불이 높지 않아서 얼굴은 괜찮아도 손등은 긁힐 수밖에 없다는 사실을 증명했소. 살갗에서 실제로 가시 일부를 찾아 증거로 제시한 건 물론, 문제의 가시덤불 여기저기에서 사람이 덤불을 헤치며 지나간 흔적과 찢겨나간 피고 옷자락과 살짝 묻은 피까지 찾아낸 거요. 하지만 재거스 변호사가 가장 대담하게 제시한 증거는 이렇소. 검찰 측에서 피고가 질투심을 일으켰다는 증거로, 피고가 살인을 저지를 즈음에 자신과 남자 사이에서 낳은 아이를, 세 살가량 되는 아이를, 남자에게 복수하는 차원에서 흉악하게 죽인 게 분명하다는 인상을 주려고 한다며 이렇게 주장한 것이오.

'우리는 이게 손톱자국이 아니라 가시덤불 자국이라고 주장하면서 여러분에게 가시덤불을 증거로 제시했습니다. 그런데 검찰 측에서는 이게 손톱자국인 데다 자기 아이까지 죽였다는 가설을 제시합니다. 이런 가설을 세운다면 거기에 대한 결과도 모두 수용해야 합니다. 확실히 모르겠지만, 피고가 아이를 죽였을 수도 있고, 아이가 매달리다가 손등을 긁었을 수도 있습니다. 그렇다면 뭡니까? 검찰 측에서는 아이를 죽인 살인범으로 피고를 기소할 생각이 없는데, 도대체 왜 그럴까요? 아이를 죽인 살인범으로 기소하면서 이걸 손톱자국이라고 주장한다면, 확실히 모르겠지만, 우리로서는 검찰 측이 논리적으로 나름대로 합당하다고 여길 수도 있는데 말입니다.'

한 마디로 재거스 변호사는 배심원에게 너무 벅찬 상대고, 그래서 결국 무죄를 받아냈지요."

"그런 뒤로 지금까지 계속 가정부로 일하는 건가요?"

"그렇소. 그게 전부가 아니오. 저 여자는 석방되자마자 가정부로 일했는데, 지금처럼 길든 상태였다오. 가정부 일은 처음부터 하나씩 하나씩 배웠지만 길은 처음부터 들었다오."

"아이 성별을 기억하나요?"

"여자애라고 들었소."

"오늘 밤 저에게 더 하실 말씀은 없나요?"

"없소. 선생이 보낸 편지를 받아서 소각했소. 아무것도 없소."

우리는 마음에서 우러나오는 작별인사를 나누고, 나는 집으로 갔다. 수많은 문제 가운데 해결한 건 하나도 없는데, 새로운 문제가 머리에 가득 들어찼다.

49

다음 날 나는 역마차를 타고 고향으로 다시 내려갔다. 하비셤 아씨가 보낸 쪽지는 주머니에 단단히 넣었다. 행여나 변덕을 부려서 나를 보고 깜짝 놀랄 경우에 새티스 저택을 이렇게 빨리 찾아온 증명서로 제시할 생각이었다. 하지만 중간 휴게소에 내려서 아침 식사를 하고 남은 거리는 걸어갔다. 인적이 드문 길을 이용해 읍내에 조용히 들어갔다가 조용히 나올 생각이었다.

발소리가 가느다랗게 울리는 읍내 중심가 뒷길을 따라 걷다 보니 한낮이 지난 다음에 비로소 중심가 뒤편 널찍한 마당에 도착했다. 예전에 늙은 수도사들이 식당과 정원으로 사용하다가 지금은 폐허로 변한 채 튼튼한 벽만 남아서 초라한 헛간과 마구간으로 사용하는 건물이 무덤으로 들어간 늙은 수도사들만큼이나 조용했다.

성당 종소리가 사람들 시선을 피하며 서두르는 나에게 예전 어느 때보다 구슬프고 멀찌막하게 들렸다. 낡은 오르간 소리는 장송곡처럼 나지막하게 울리고, 까마귀 떼는 회색 탑을 맴돌거나 옛날 수도원 정원에서 높이 솟아오른 앙상한 나무를 뒤흔들며 새티스 저택이 변했다고,

에스텔라는 영원히 떠났다고 소리치는 것 같았다.

저택 뒷마당 건너편 부속건물에 사는 하인 가운데 예전에 본 적이 있는 나이 지극한 여인이 대문을 열었다. 예전과 마찬가지로 건물 내부 어두운 통로에 불을 붙인 양초가 있어서 나는 그걸 들고 혼자서 계단을 올랐다. 하비셤 아씨가 있는 곳은 자기 방이 아니라 층계참 맞은편 커다란 방이었다. 문을 두드려도 아무런 소용이 없어 살짝 열고 들여다보니, 벽난로 바로 앞에서 누더기 의자에 앉아 꺼져가는 불길을 멍하니 바라보는 중이었다.

나는 예전에 흔히 그런 것처럼 안으로 들어가서 벽난로 선반을 손으로 잡고 가만히 섰다. 하비셤 아씨가 눈을 들면 볼 수 있는 위치였다. 그런데 온몸에서 외로운 느낌이 묻어나왔다. 내가 책임을 물을 수 있는 이상으로 깊은 상처를 일부러 나에게 준 사람인데도 동정심이 절로 일어날 정도였다. 그래서 동정하는 눈길로 바라보며 나 역시 시간의 굴레 속에서 새티스 저택이 몰락하는 비참한 운명에 빠져들고 말았다는 생각을 하는데, 하비셤 아씨가 나에게 눈길을 돌렸다. 그리곤 물끄러미 바라보다가 나지막한 어조로 물었다.

"진짜니, 환상이니?"

"진짜예요, 핍. 어제 재거스 변호사에게 쪽지를 받고 바로 달려왔어요."

"고맙구나, 고마워."

나 역시 누더기 의자 하나를 벽난로 앞으로 끌어다가 앉는데, 생전 처음 보는 표정이 하비셤 아씨 얼굴에 어렸다. 나를 두려워하는 것 같았다.

"네가 지난번에 왔을 때 언급한 문제를 논의해서 내가 돌처럼 냉정한 사람은 아니라는 걸 보여주고 싶구나. 하지만 이제 너는 나에게 인간다운 정이 있다는 걸 결코 안 믿겠지?"

내가 위로하는 말을 하자, 하비셤 아씨가 오른손을 덜덜 떨면서 내미는 게 마치 나를 만지려는 것 같았다. 하지만 내가 그런 동작을 알아채고 어떻게 반응할지 생각하기도 전에 손을 다시 거두었다.

"너는 네 친구를 바람직하게 도울 방법을 나에게 알려줄 수 있다고 했어. 내가 그렇게 하면 좋겠다면서, 그렇지 않니?"

"네, 그렇게 하면 정말 좋겠습니다."

"어떤 방법이니?"

나는 허버트가 회사에 들어가게 된 과정을 설명하기 시작했다. 그런데 많이 얘기하지도 않았는데, 표정을 보니 내가 말하는 내용이 아니라 나에 대해서 산만한 생각에 빠져든 것 같았다. 내 판단이 옳았다. 내가 말을 멈추었는데도 하비셤 아씨는 상당한 시간이 흐른 다음에 비로소 알아챘기 때문이다.

"이야기하는 것조차 견딜 수 없을 정도로 내가 미워서 말을 멈춘 거니?"

하비셤 아씨가 묻는데, 나를 두려워하는 분위기가 다시 떠올랐다. 그래서 나는 황급히 대답했다.

"아니에요, 아니에요, 왜 그런 생각을 하세요, 하비셤 아씨! 내가 말을 멈춘 건 하비셤 아씨가 제 말을 안 듣는 것 같았기 때문이에요."

"그래, 그렇구나."

하비셤 아씨가 대답하더니 한 손을 머리에 얹으며 다시 말했다.

"다시 시작하렴, 나는 다른 곳을 볼 테니. 잠깐! 그래, 이제 말해."

하비셤 아씨는 습관적으로 종종 그러는 것처럼 한 손을 지팡이에 단호하게 올리고 정신을 집중하겠다는 강한 의지를 드러내며 불길을 바라보았다. 나는 설명을 계속하면서 내가 애초에 시작한 거래를 성공

적으로 마무리하고 싶다고, 하지만 실망스러운 사태가 발생해서 그럴
수 없다고, 그런데 예전에 말한 것처럼 이유는 설명할 수 없다고, 내가
아닌 다른 사람에게 중요한 비밀이라서 그렇다고 말했다.

하비셤 아씨는 나를 안 보고 고개만 끄덕여서 알겠다고 표시하며
말했다.

"그래! 성공적으로 마무리하는데 돈이 얼마나 필요하니?"

나는 너무 커다란 액수라서 주저하다가 대답했다.

"금화 구백 냥이요."

"내가 그 돈을 주면 너 자신을 비밀로 한 것처럼 나 자신도 비밀로
지킬 수 있겠니?"

"꼭 그러겠습니다."

"그리고 네 마음이 조금은 편하겠니?"

"훨씬 편할 겁니다."

"지금 너는 아주 불행하니?"

하비셤 아씨가 묻는데, 나를 안 보는 건 똑같아도 동정심이 평소와
달리 가득 묻어나오는 어투였다. 나는 곧바로 대답할 수 없었다. 목이
메었기 때문이다. 하비셤 아씨는 지팡이 머리에 왼팔을 걸치고 거기에
이마를 가만히 얹었다.

"네, 저는 아주 불행합니다, 하비셤 아씨. 하지만 제가 불행한 데에
는 하비셤 아씨가 모르는 이유도 있습니다. 밝힐 수 없다는 비밀이
바로 그겁니다."

잠시 후에 하비셤 아씨가 머리를 들더니 벽난로 불길을 다시 바라보
았다.

"자신이 불행한 데에는 다른 이유도 있다는 식으로 말하다니, 고상
하게 성장했구나. 그런데 사실이니?"

258

"틀림없는 사실입니다."

"친구를 돕는 식으로만 내가 너를 도울 수 있을까? 친구를 돕는 건 결정했으니, 내가 너 자신을 도울 방법은 없을까?"

"없습니다. 그렇게 물어봐 주셔서 고맙습니다. 다정하게 질문하셔서 더더욱 고맙습니다. 그렇지만 저 자신을 도울 방법은 하나도 없습니다."

하비셤 아씨는 자리에서 곧바로 일어나더니 필기도구를 찾으려고 황폐한 실내를 둘러보았다. 하지만 하나도 안 보이자 주머니에서 노란 수첩을 꺼내는데, 받치고 쓰도록 상아로 만든 받침이 있고 테두리에 두른 금은 빛이 바랬다. 그러더니 목에서 빛바랜 금 뚜껑 연필을 꺼내 수첩에 글씨를 적었다.

"재거스 변호사랑 여전히 좋은 관계지?"

"네, 어제도 함께 식사했습니다."

"이건 너에게 그 돈을 주라는, 그래서 아무런 제약 없이 친구를 재량 껏 돕도록 하라는 내용이야. 하지만 이런 내용을 재거스 변호사에게 알리고 싶지 않다면 내가 돈을 너에게 직접 보내마."

"고맙습니다, 하비셤 아씨. 재거스 변호사에게 받는 것에 대해 아무런 이의도 없습니다."

하비셤 아씨는 자신이 작성한 내용을 읽어주는 데 아주 또렷하고 구체적인 내용이었다. 내가 돈을 받아서 이익을 누릴 거라고 의심받는 사태가 없도록 하려는 게 분명했다. 내가 수첩을 받는데 하비셤 아씨 손이 다시 떨리더니, 연필이 달린 사슬을 목에서 벗어 나에게 넘길 때는 더욱 심하게 떨었다. 이러는 동안에도 나를 쳐다본 적은 한 번도 없었다.

"제일 앞에 내 이름이 있다. 내 이름 밑에다 '나는 이 여인을 용서한다'고 적을 수 있다면, 찢길 대로 찢긴 이 가슴이 흙으로 돌아가고 오랜 세월이 흐른 뒤라도 그렇게 해 주렴!"

"아, 하비셤 아씨, 그런 내용이라면 지금 당장에라도 적을 수 있습니다. 저 역시 뼈아픈 실수를 자주 저질렀습니다. 저는 지금까지 감사할 줄도 모른 채 맹목적으로 살았습니다. 저 역시 용서와 함께 많은 지도를 받아야 하는 사람입니다. 하비셤 아씨에게 모질게 말할 자격이 없습니다."

하비셤 아씨는 다른 곳으로 돌린 시선을 처음으로 나에게 돌리더니, 놀랍게도, 게다가 두려움까지 일어날 정도로, 내 앞에 무릎을 털썩 꿇고 가련한 영혼이 젊고 건강하고 건전할 때 모친 옆에서 하느님에게 그랬을 게 분명한 자세로 두 손을 모으며 들어 올렸다.

백발에 횅한 얼굴로 앞에서 무릎 꿇은 하비셤 아씨를 바라보니 충격이 온몸을 휩쓸고 지났다. 그래서 제발 일어나라고 간청하며 두 팔을 붙잡아서 일으켜 세우려 했다. 하지만 하비셤 아씨는 내가 붙잡는 손을 자기 손으로 꼭 잡더니, 거기에 머리를 기대고 구슬피 흐느낄 뿐이었다. 나는 하비셤 아씨가 우는 장면을 예전에 본 적이 없다. 그래서 마음을 진정하는 데 도움이 되길 바라는 마음에 나는 아무 말 없이 얼굴을 가만히 기댔다. 그런데 하비셤 아씨는 이제 무릎을 꿇지도 않고 아예 바닥에 주저앉으며 절망적으로 울부짖었다.

"아! 내가 무슨 짓을 한 거야! 내가 무슨 짓을 한 거야!"

"저에게 상처를 주었다고 이러시는 거라면, 제가 대답하겠는데, 그런 건 조금도 없습니다. 어차피 저는 어떤 상황이든 에스텔라를 사랑할 수밖에 없었으니까요. 에스텔라는 결혼했나요?"

"그래."

물을 필요도 없었다. 적막한 집에 새롭게 깃든 적막감이 그걸 알려주었다.

하비셤 아씨가 두 손을 비틀고 백발을 쥐어뜯으며 다시 울부짖고 또 울부짖었다.

"아! 내가 무슨 짓을 한 거야! 아! 내가 무슨 짓을 한 거야! 아! 내가 무슨 짓을 한 거야!"

나는 어떻게 대답해야 좋을지도 어떻게 위로해야 좋을지도 몰랐다. 하비셤 아씨가 감수성이 예민한 아이를 데려다가 사무친 원한과 버림받은 애정과 상처받은 자존심에 복수할 도구로 만드는 뼈아픈 잘못을 저질렀다는 사실은 나도 충분히 잘 안다. 하지만 햇빛과 함께 다른 모든 걸 차단하고 은둔생활을 시작하면서 자연스럽게 치유할 과정을 모두 외면하고, 창조주가 정한 질서에 어긋난 사람은 누구나 그럴 수밖에 없는 것처럼 혼자 곰곰이 생각하다가 마음 역시 병들어 갔다는 사실 역시 나는 잘 안다. 그런데 황폐하게 변한 모습 자체에, 자신이 발을 디디고 사는 세상에 조금도 적응을 못 하는 모습 자체에, 덧없는 슬픔과 덧없는 후회와 덧없는 연민과 덧없는 자기비하를 비롯해 다양하게 덧없는 행위로 세상이 저주가 되어버린 끔찍한 모습 자체에 벌을 받는다는 사실이 또렷이 보이는데, 내가 어떻게 동정하는 눈으로 바라보지 않을 수 있단 말인가?

"요 전날, 네가 에스텔라에게 말하는 모습에서 나 자신이 예전에 느낀 고통을 그대로 보기 전까지 나는 내가 무슨 짓을 저질렀는지 몰랐어. 아! 내가 무슨 짓을 한 거야! 아! 내가 무슨 짓을 한 거야!"

하비셤 아씨는 스무 번이고 쉰 번이고 자신이 무슨 짓을 한 거냐며 울부짖고 또 울부짖었다. 그래서 나는 소리가 잦아들 때까지 기다리다가 이렇게 말했다.

"하비셤 아씨, 저에 대한 죄책감은 마음과 양심에서 지워도 됩니다.

하지만 에스텔라는 다릅니다. 에스텔라에게서 올바른 본성을 제거하는 잘못을 조금이라도 돌이킬 수 있다면 수백 년을 슬퍼하는 편보다 그렇게 하는 편이 훨씬 좋을 겁니다.”

"그래, 그래, 나도 알아. 하지만 핍……. 아, 애야! 이것 하나는 믿어다오. 에스텔라가 처음 왔을 때만 해도 내가 의도한 건 나처럼 비참한 처지가 안 되도록 하는 거였어. 처음에는 그게 전부였어.”

나에 대한 애정이 새롭게 묻어나오면서 여성 특유의 동정심이 솔직하게 드러나는 어투였다.

"그래요, 그래요! 저도 그러길 바랍니다.”

"하지만 에스텔라가 성장하면서 아름다운 자태가 드러나자 나는 조금씩 나쁜 길로 엇나가, 다양한 칭찬과 다양한 보석과 다양한 교훈과 이렇게 돌변한 나 자신을 생생하게 보여주며 내가 가르친 내용을 강조하고 경고하는 식으로 에스텔라 마음을 훔쳐내고 그 자리에 차가운 얼음덩이를 넣었어.”

이런 말이 나오니, 나로선 이렇게 말할 수밖에 없었다.

"나중에 상처받고 갈가리 찢기는 한이 있더라도 자연스러운 마음을 그대로 두는 편이 훨씬 좋았어요.”

그러자 하비셤 아씨가 괴로운 표정으로 나를 가만히 바라보더니 다시 울부짖었다. 자신이 무슨 짓을 한 거냐며! 그러면서 간청했다.

"내가 겪은 일을 안다면 너도 나를 충분히 이해하고 동정할 거야.”

이 말에, 나는 최대한 세심한 어투로 대답했다.

"하비셤 아씨, 저는 하비셤 아씨가 겪은 일을 충분히 압니다. 이곳을 떠난 직후부터 알았습니다. 그래서 생각이 날 때마다 깊은 연민을 느꼈습니다. 저는 당시에 일어난 사건과 결과를 충분히 이해합니다. 그동안 서로 알고 지낸 인연으로 에스텔라에 관해 한 가지 묻고 싶은 게 있는데, 괜찮은지요? 현재의 에스텔라가 아니라 과거에 여기에 처음 온 에스텔라에 관한 겁니다."

하비셤 아씨는 바닥에 그대로 앉아서 누더기 의자에 두 팔을 올리고 거기에 머리를 기대더니, 내가 이렇게 말하는 동안 가만히 바라보다가 대답했다.

"물어보렴."

"에스텔라 부모는 누군가요?"

하비셤 아씨가 고개를 가로저었다.

"모르나요?"

하비셤 아씨가 고개를 끄덕였다.

"하지만 재거스 변호사가 직접 데려오거나 사람을 시켜서 보낸 건 맞나요?"

"직접 데려왔단다."

"왜 그런 건지 알려줄 수 있나요?"

내가 묻자, 하비셤 아씨는 아주 조심스러운 어투로 나지막이 속삭였다.

"나는 여기에 틀어박혀서 아주 많은 시간을 보냈단다. 하지만 얼마나 오래됐는지는 몰라. 너도 알다시피 우리 집은 시계가 모두 멈췄으니까. 그런 참에 재거스 변호사에게 어린 여자애가 있으면 좋겠다고, 사랑으로 길러서 나 같은 운명이 안 되도록 기르고 싶다고 말했단다. 재거스 변호사를 처음 만난 건 내가 이 집을 세상과 격리하기 위해 사람을 보내서 불렀기 때문이란다. 내가 세상을 등지기 전에 신문에서 읽은 적이 있거든. 어쨌든 재거스 변호사는 그런 고아가 있는지 알아보겠다고 대답했지. 그러더니 어느 날 밤에 잠자는 아이를 데려오고, 나는 에스텔라라는 이름을 붙였단다."

"당시에 에스텔라 나이가 몇 살이었는지 물어도 괜찮을까요?"

"두세 살. 에스텔라는 아무것도 몰라, 자신이 고아며 내가 입양했다는 사실 외에는."

재거스 변호사 댁 가정부가 에스텔라 생모라고 강하게 확신한 터라 가슴에 새길 또 다른 증거가 필요한 건 아니었다. 하지만 이제 누가 보더라도 두 사람 관계는 확실하고 또렷하단 생각이 들었다.

이런 대화를 길게 늘려서 내가 무얼 더 기대할 수 있겠는가? 허버트를 돕는 일은 이미 성공하고, 하비셤 아씨는 자신이 에스텔라에 대해 아는 모든 걸 알려주고, 나 자신은 하비셤 아씨를 달래면서 할 수 있는 말과 행동을 다 했다. 우리가 헤어지면서 어떤 말을 더 주고받았든, 결국 우리는 헤어졌다.

계단을 내려와서 자연스러운 공기를 접한 건 황혼이 끝날 무렵이었다. 나는 아까 들어올 때 대문을 열어준 하녀에게 아직은 수고를 끼치고 싶지 않다고, 떠나기 전에 저택을 둘러보고 싶다고 말했다. 다시는 여기를 안 올 것 같은 예감이 드는데, 그렇다면 날이 저무는 순간에 마지막으로 돌아보는 것도 좋을 것 같았기 때문이다.

나는 술통을 어수선하게 늘어뜨린 마당을 지났다. 내가 오래전에 올라가서 걷던 술통은 오랜 세월에 걸쳐 비를 맞으면서 여기저기가 썩고 똑바로 일어선 통에서는 조그만 물웅덩이나 습기가 고였다. 나는 황폐한 정원에 들어가서 한 바퀴를 돌았다. 허버트와 싸운 모서리를 지나고 에스텔라와 나란히 걷던 오솔길도 돌았다. 너무 춥고 너무 외로웠다! 모든 게 너무나 황량했다!

돌아오는 길에 양조장 쪽으로 가서 정원 끝 조그만 쪽문 녹슨 빗장을 들어 올려 안으로 들어갔다. 그래서 맞은편 문으로 나오려는데 쉽게 열리질 않았다. 나무 문짝이 축축하게 젖다가 휘면서 부풀어 오른 데다 경첩이 내려앉고 문턱에는 곰팡이와 버섯이 잔뜩 자랐기 때문이다. 그래서 고개를 돌려 뒤를 바라보았다. 사소한 행동이지만 바로 그 순간, 어릴 때 떠오른 환상이 놀라울 정도로 되살아났다. 하비셤 아씨가 대들보에 목을 맨 환상을 본 것이다. 찰나에 불과해도 너무나 또렷한 모습에 나는 머리끝부터 발끝까지 덜덜 떨며 대들보 밑에 물끄러미 있다가 그게 환상이란 사실을 깨달았다.

순간에 불과하지만 음산한 곳에서 음산한 시간에 떠오른 너무나 끔찍한 환상에 나는 말로 형용할 수 없는 공포를 느끼며 열린 나무문 사이로 나왔다. 예전에 에스텔라에게 가슴을 쥐어뜯긴 다음에 혼자서 머리칼을 쥐어뜯던 나무문이었다. 그곳을 지나 앞마당으로 나오자, 하녀를 불러서 열쇠로 대문을 열어 달라 하고 밖으로 나갈까 아니면 그러기 전에 계단을 올라가서 하비셤 아씨가 조금 전처럼 무사하고 평안한지 살필까 잠시 망설였다. 나는 후자를 택하고 계단을 올랐다.

나는 조금 전에 나온 방을 들여다보고, 하비셤 아씨가 벽난로 불길 바로 앞에서 등을 돌린 상태로 누더기 의자에 앉은 모습을 발견했다. 그래서 머리를 빼며 조용히 사라지려는 순간, 거대한 화염이 갑자기 솟구쳐 올랐다. 동시에 하비셤 아씨가 비명을 지르면서 나에게 달려오는데, 온몸에서 불길이 소용돌이치며 곧바로 일어선 머리 위로 최소한 수십 센티미터는 솟아올랐다.

나는 어깨 망토가 이중으로 달린 큼지막한 외투를 입고 팔에는 또 다른 외투를 두껍게 걸친 상태였다. 나는 그걸 모두 벗어서 하비셤 아씨에게 달려들며 바닥에 쓰러뜨리고 불길을 덮었다. 식탁에 있는 커다란 식탁보도 그렇게 하려고 끌어당기자, 한가운데에서 부패한 물질과 거기에 숨어 살던 흉측한 벌레도 모두 끌려 나왔다. 그래서 우리는 철천지원수처럼 바닥을 뒹굴며 싸웠다. 내가 옷과 천으로 온몸을 감쌀수록 하비셤 아씨는 훨씬 날카로운 비명을 지르며 빠져나가려고 몸부림쳤다.

이런 상황이 벌어졌다는 건 나중에 결과를 통해서 알았지 당시에 내가 무얼 느끼거나 생각하거나 움직이는 동작을 파악한 건 아니다. 우리가 몸부림친 곳은 커다란 식탁 옆 바닥인데, 조금 전까지 빛바랜 결혼식 드레스였던 것이 불꽃으로 변해서 연기를 내뿜으며 공중에 떠다닌다는 사실을 깨달을 때까지 나는 아무런 생각도 없었다.

그러다가 주변을 둘러보고 깜짝 놀란 딱정벌레와 거미 떼가 바닥을 기어서 황급히 도망친다는 사실과 하인들이 숨 가쁘게 달려들어 문가에서 소리친다는 사실을 깨달았다. 하비셤 아씨는 끔찍한 죄수처럼 여전히 온 힘을 다해서 도망치려 애쓰고 나는 꼼짝도 못 하게 억눌렀다. 상대가 누군지, 우리가 왜 싸우는지, 상대가 처음에는 화염에 휩싸였는데 이제 화염은 모두 꺼지고 결혼식 드레스가 변한 불꽃 조각 역시 모두 꺼진 채 주변에서 까만 소나기처럼 떨어진다는 사실을 내가 알았는지조차 의심스럽다.

하비셤 아씨는 의식이 없고, 나는 누가 움직이거나 손을 대는 것조차 두려웠다. 사람을 보내서 의사를 불렀다. 그래서 의사가 올 때까지 나는 하비셤 아씨를 꼭 붙잡았다. 내가 손을 놓으면 불길이 다시 살아나 하비셤 아씨를 완전히 불태울 거란 터무니없는 환상이라도 품은 것 같았다. (지금 생각하면 이런 환상을 품은 게 분명하다.) 의사가 조수와 함께 나타나서 살피는 걸 보고 일어나다가, 나는 양손에 화상을 입었단 사실을 깨닫고 깜짝 놀랐다. 그동안 아무런 통증도 못 느꼈기 때문이다.

의사는 진찰 결과 하비셤 아씨는 심각한 화상을 입긴 해도 가망이 없는 건 아니라고, 제일 위험한 건 신경계 화상이라고 선언했다. 의사가 지시하는 가운데, 하비셤 아씨 침대를 그 방으로 운반해서 커다란 식탁에 올려놓는데, 화상 부위를 치료하고 붕대를 감기에 가장 좋았기 때문이다. 한 시간 후에 다시 찾아가니, 하비셤 아씨는 언젠가 자신이 누울 자리라고 지팡이로 때리며 장담한 위치에 실제로 누워있었다.

결혼식 드레스 형상은 불에 타서 모두 사라졌지만, 사람들 말대로, 하비셤 아씨에게는 특유의 귀신같은 신부 형상이 그대로 있었다. 의료진은 목까지 하얀 솜으로 뒤덮고 하비셤 아씨는 하얀 시트를 덮고 가만히 누워, 예전 특유의 음산한 분위기에다 또 다른 음산한 분위기까지 깃들었기 때문이다.

나는 하인들에게 물어서 에스텔라가 파리에 있다는 사실을 확인하고, 의사에게 파리에 곧바로 편지를 보내겠다는 약속을 받았다. 하비셤 아씨 친척은 내가 맡기로 했다. 매슈 포킷 선생님에게 사실을 알려서 다른 친척에게 알리는 여부를 직접 판단하고 처리하도록 할 생각이었다. 그리고 바로 다음 날 런던으로 돌아가자마자 허버트를 통해서 그렇게 했다.

그날 저녁에는 이런 사건이 발생한 과정에 대해 하비셤 아씨가 끔찍할 정도로 쾌활하고 차분하게 설명했다. 그런데 자정으로 가면서 말투가 흔들리더니, 나지막하고 엄숙한 목소리로 똑같은 말을 수없이 반복하기 시작했다. "내가 무슨 짓을 한 거야!" 그리곤 "에스텔라가 처음 왔을 때만 해도 내가 의도한 건 나처럼 비참한 처지가 안 되도록 하는 거였어" 그리곤 "내 이름 밑에다 '나는 이 여인을 용서한다'고 적어" 하고 말했다. 세 마디 말이 바뀐 적은 한 번도 없었다. 가끔 단어를 하나씩 빼먹는데, 다른 단어로 대체하는 대신 그대로 비운 상태로 계속 말했다.

내가 그 집에서 할 수 있는 건 하나도 없는 데다 런던에는 절박한 문제가 그대로 남은 터라 하비셤 아씨가 횡설수설하는 소리를 들어도 걱정과 두려움을 몰아낼 수 없어, 나는 밤을 그 집에서 보내고 새벽 이른 시각에 일이 킬로미터를 걸어서 읍내를 완전히 벗어난 다음에 역마차를 잡아타고 런던으로 돌아가기로 했다. 그래서 아침 여섯 시경에 하비셤 아씨에게 허리를 숙여서 그 입술에 내 입술을 댔다. 그 순간에도 하비셤 아씨는 입을 안 멈추고 "내 이름 밑에다 '나는 이 여인을 용서한다'고 적어"라고 중얼거렸다.

50

나는 밤사이에 양손을 두세 차례 치료받고 아침에 또 한 차례 치료받 았다. 왼팔은 팔꿈치까지 화상이 심하다가 어깨로 올라가면서 줄어드 는데, 고통스럽긴 하지만 화염이 그쪽으로 올라온 터라 더 심하지 않은 게 다행스러웠다. 오른손은 화상이 심하지 않아 손가락을 움직일 수 있었다. 물론 붕대를 감았지만, 왼쪽 손과 팔에 비해 그렇게 불편하지 않았다. 왼팔은 붕대로 팔걸이를 한 터라, 외투를 어깨에 느슨하게 걸치고 목에 단단히 매는 식으로 망토처럼 입을 수밖에 없었다. 머리카 락도 불에 탔지만 머리나 얼굴은 괜찮았다.

허버트는 해머스미스에 가서 자기 아버지를 만나고 곧장 돌아와서 온종일 나를 간호했다. 그는 더할 나위 없이 친절한 간호사로, 일정한 간격으로 붕대를 풀어 미리 차갑게 만든 액체에다 화상 부위를 담근 다음에 다시 붕대를 감아주는데, 조금도 투덜대지 않고 다정다감하게 행동해서 나는 정말 깊이 감동했다.

처음엔 소파에 가만히 누웠는데, 화염이 순식간에 일어나면서 살이 타는 지독한 냄새가 나는 것 같아 고통스럽고 힘들었다. 잠시라도 졸면 머리 위로 화염이 치솟는 하비셤 아씨가 비명을 지르며 달려오는 환상이 떠올라서 기겁하며 깨어났다. 정신적인 고통이 육체적인 고통보다 훨씬 심해서 견딜 수 없었다. 하지만 허버트는 이런 사정을 파악하고 관심을 다른 데로 돌리게 하려고 최선을 다했다.

보트에 대한 얘기는 누구도 안 꺼냈지만, 머릿속은 둘 다 그 생각으로 가득했다. 보트 얘기를 일부러 피하는 걸 봐도 알 수 있고, 서로 협의한 것도 아닌데 내가 몇 주일이 아니라 며칠 안에 손을 사용할 수 있을 정도로 회복해야 한다는 데에 의견일치를 본 걸 보아도 알 수 있었다.

내가 허버트를 보자마자 제일 먼저 물어본 건 당연히 강 하류 쪽에 아무런 문제도 없는지였다. 그런데 허버트는 완벽하게 확신하는 어투로 명랑하게 "그렇다"고 대답해서, 우리는 그 문제를 더는 거론하지 않았다. 하지만 해가 떨어질 즈음에는 허버트가 햇빛보다 불빛에 의존하며 붕대를 바꾸다가 그 문제를 다시 꺼냈다.

"어젯밤에 프로비스 아저씨와 함께 두 시간은 족히 보냈어."

"클라라는 뭐하고?"

"불쌍한 클라라는 '모질고시끄러운' 노인네 때문에 저녁 내내 정신없이 바빴어. 클라라가 시야에서 사라지기만 하면 바닥을 정신없이 찍어댔거든. 하지만 오래 못 버틸 것 같아. 럼주와 후추를 너무 많이 먹어대더니……. 바닥을 찍어대는 것도 금방 끝날 것 같아."

"그럼 너희 두 사람이 결혼하는 거야, 허버트?"

"다른 방법으로 불쌍한 아이를 내가 어떻게 돌보겠니? 팔을 소파 뒤로 내밀어, 친구, 그럼 내가 여기에 앉아서 붕대를 언제 풀었는지 모를 정도로 천천히 풀 테니까. 내가 프로비스 아저씨 얘기를 하다가 말았는데, 아저씨가 점차 좋아진다는 사실은 너도 아니, 헨델?"

"지난번에 보았을 때 아저씨가 부드럽게 변한 것 같다고 너에게 말했잖아."

"그래, 그랬지. 그런데 그 말이 맞아. 아저씨가 간밤에는 마음을 열고서 자신이 살아온 이야기를 훨씬 많이 했어. 아저씨가 어떤 여자와 아주 커다란 문제가 있었다는 말을 하다가 멈춘 거 기억나니? 맙소사, 내가 아프게 했니?"

내가 움찔한 것이다. 하지만 이 말을 듣고서 깜짝 놀란 거지 아파서가 아니었다.

"깜빡 잊었는데, 허버트, 네 말을 들으니까 기억이 나."

"으음! 아저씨는 그 부분을 말했어, 가장 어둡고 힘든 부분. 지금 말할까? 아니면 나중에 말할까?"

"당연히 지금 해야지. 한 마디도 빼지 말고."

어이가 없을 정도로 조급하고 간절하게 말했는지, 허버트가 허리를 숙여서 훨씬 자세히 살피고 이마를 만지며 물었다.

"머리에서 열나는 건 아니지?"

"아니야. 프로비스 아저씨가 뭐라고 했는지 알려줘, 친구."

"붕대를 정말 멋들어지게 떼어냈으니, 이제 차가운 붕대로 감을게. 처음에는 오싹할 거야, 친구, 그렇지? 하지만 조금만 지나면 편안할 거야. 그 여인은 젊은 여인으로 질투심이 많고 복수심이 강한 것 같았어, 정말 강한 복수심 말이야, 헨델."

"어느 정도로?"

"살인할 정도로. 민감한 부위가 너무 차갑지 않니?"

"아무렇지 않아. 사람을 어떻게 죽였는데? 누굴 죽인 건데?"

"그렇게 끔찍한 이름을 붙일 정도는 아닐 수도 있지만 결국엔 살인죄로 재판을 받았는데, 재거스 변호사가 변호했어. 변호를 잘한다는 평판이 자자했거든. 그래서 프로비스 아저씨도 재거스 변호사란 이름을 알게 된 거야. 피해자는 힘이 훨씬 강한 여잔데 싸움을 벌인 흔적이 있었어…… 헛간에서. 누가 시작했는지, 공정하게 싸웠는지, 비겁하게 싸웠는지 확실하지 않지만 어떻게 끝났는지는 의심의 여지가 없어, 피해자가 목 졸려 죽었거든."

"그래서 유죄 선고를 받았어?"

"아니야, 무죄로 풀려났어. 불쌍한 헨델, 내가 아프게 했구나!"

"더할 나위 없이 부드러워, 허버트. 그래서? 또 무얼 들었어?"

"무죄로 풀려난 젊은 여인과 프로비스 아저씨 사이에 어린애가 있었어. 아저씨가 끔찍하게 사랑하던 아이. 그런데 질투하던 대상이 목 졸려 죽은 날 밤에 젊은 여자는 자신이 데리고 있던 아이를 없애겠다며 그래서 두 번 다시 못 보게 하겠다며 저주를 퍼붓다가 사라졌어. 화상이 심한 팔을 팔걸이로 다시 편하게 묶었으니, 이제 남은 건 오른손인데 이건 훨씬 쉬워. 나는 밝은 빛보다 이런 빛에서 치료를 훨씬 잘할 수 있어. 화상 부위가 또렷하게 안 보여야 내가 손을 덜덜 떨지 않을 테니까. 호흡기까지 영향을 받은 건 아니지, 친구? 숨소리가 가쁜 것 같아."

"그럴지도 몰라, 허버트. 그래서 여자는 자신이 맹세한 대로 했어?"

"그렇게 했어. 프로비스 아저씨가 지금껏 살아온 삶에서 가장 힘든 부분이지."

"여자가 그렇게 했다는 건 프로비스 아저씨 말이야?"

내가 말하자, 허버트가 깜짝 놀란 어투로 "맙소사, 당연하지, 친구" 하고 대답하더니 다시 허리를 숙여서 자세히 살피며 덧붙였다.

"모두 다 프로비스 아저씨에게 들은 거야. 다른 사람한테 들은 건 하나도 없다고."

"그래, 당연히 그렇겠지."

"그런데 평소에 아이 엄마를 학대했는지 잘 대했는지에 대해서 프로비스 아저씨는 아무 말도 안 했어. 하지만 여기 벽난로 앞에서 우리에게 설명한 대로 아주 힘든 시기에 사오 년을 함께 살았어. 그래서 아저씨는 여자에게 동정심을 느끼고 도와주어야 한다고 생각한 것 같아. 따라서 자신이 법정에 소환당해 아이를 없앴다는 증언을 강요받을까, 그래서 여자가 사형을 당할까 두려워서, 비록 아이가 죽은 게 슬프긴 하지만 그대로 잠적해서 아저씨 말대로 어둠 속에 처박힌 결과, 재판에서 완전히 빠져나와 '아벨'이라는 사내가 있다는 말만 막연하게 나왔어. 여자는 무죄로 풀려나자마자 사라지고, 아저씨는 아이와 아이 엄마를 모두 잃었어."

"내가 알고 싶은 건……."

"잠깐만, 친구, 이제 거의 끝났어. 수많은 악당 가운데서도 가장 지독한 악당이자 사악한 천재 콤피슨은 당시에 프로비스 아저씨가 숨어 지낸다는 사실과 이유를 파악한 다음부터 당연히 약점으로 잡고 머리에 올가미를 씌워서 끊임없이 혹사하고 착취했어. 아저씨가 원한을 품을 수밖에 없는 이유가 간밤에 선명하게 드러난 거야."

"내가 알고 싶은 건, 구체적으로, 허버트, 그 일이 일어난 시기를 아저씨가 말했느냐는 거야."

"구체적으로? 그럼 아저씨가 거기에 대해서 한 말을 떠올려볼게. '이십 년 전, 그러니까 내가 콤피슨과 어울린 직후'라고 말했어. 네가 조그만 공동묘지에서 아저씨랑 맞닥뜨린 게 몇 살이었니?"

"일곱 살이었던 것 같아."

"아저씨는 너를 만나기 삼사 년 전에 그 일이 일어났다고, 너를 보는 순간 비극적으로 잃은 딸이, 살았다면 너와 나이가 비슷한 딸이 떠올랐다고 했어."

나는 잠시 침묵하다가 급하게 물었다.

"허버트, 나를 가장 잘 볼 수 있는 빛이 창문에서 들어오는 빛이니 벽난로 불빛이니?"

"벽난로 불빛."

허버트가 대답하며 다시 자세히 살폈다.

"나를 봐."

"지금 너를 보는 중이야, 친구."

"나를 만져 봐."

"지금 너를 만지는 중이야, 친구."

"간밤에 일어난 사건 때문에 내가 머리가 돌거나 열이 나는 것 같진 않지?"

"당연하지, 친구."

허버트가 대답하더니, 나를 자세히 살핀 다음에 덧붙였다.

"흥분하긴 했지만, 머리는 완전히 정상이야."

"내가 정상이라는 건 나도 잘 알아. 그런데 우리가 강 하류 쪽에 숨긴 남자는 바로 에스텔라 아버지야."

51

　내가 에스텔라 출생의 비밀을 추적하고 확인하려고 애쓴 목적이
무엇인지는 모르겠다. 나보다 훨씬 현명한 사람이 나에게 이걸 묻기
전까지만 해도 나는 이 문제에 대해서 아무런 생각도 없었다.

　하지만 허버트와 잠시 대화를 나눈 당시만 해도 나는 당장 이 문제를
파헤쳐야 한다는, 조금도 망설이지 말고 당장 재거스 변호사를 찾아가
서 진실을 적나라하게 밝혀야 한다는 강력한 확신에 사로잡혔다. 내가
이렇게 느낀 게 에스텔라를 위한 건지 아니면 나를 오랫동안 에워싼
낭만적인 감정의 후광을 내가 지키려고 애쓰는 사내에게 넘기고 싶어
서 그랬는지는 사실 잘 모른다. 후자가 사실에 가까울 가능성이 클
뿐이다.

　어쨌든 나는 당장에라도 제라드 거리로 달려가고 싶었다. 도망자를
안전하게 보호해야 하는 판에 내가 그러다가 몸져누워서 아무런 도움
이 안 될 수도 있다며 허버트가 만류하지만 않았다면 나는 조급한
성질을 억누르지 않았을 것이다. 그렇다면 내일 재거스 변호사를 찾아
가겠다 다짐하고 또 다짐한 다음에 비로소 나는 집에서 안정을 취하며

화상 부위를 치료하기로 동의했다. 그리고 우리는 다음 날 아침 일찍 밖으로 나와, 길트스퍼 거리와 스미스필드 거리가 만나는 모서리에서 허버트는 도심지 쪽으로 방향을 잡고 나는 리틀 브리튼 쪽으로 방향을 잡았다.

재거스 변호사는 웨믹과 함께 정기적으로 사무실 장부를 검토해서 다양한 영수증을 확인하고 정리했다. 이럴 때면 웨믹은 장부와 서류를 모두 챙겨 들고 재거스 변호사 사무실로 들어가고, 이 층에서 일하는 직원 한 명이 내려와서 바깥쪽 사무실을 지켰다. 그날 아침에도 웨믹 자리에 이 층 직원이 있는 걸 보고 나는 이유를 짐작했다. 하지만 재거스 변호사가 웨믹과 함께 있는 게 나는 조금도 유감스럽지 않았다. 자신에 대한 비밀을 내가 조금도 누설하지 않는다는 사실을 직접 확인할 수 있으니 말이다.

팔에 붕대를 감고 외투를 어깨에 느슨하게 걸친 모습은 내가 찾아온 목적에 유리하게 작용했다. 런던으로 돌아오자마자 사람을 보내서 간밤에 일어난 사고에 대해 재거스 변호사에게 간략하게 알렸지만, 이번에는 아주 상세하게 설명했다. 그런데 사건이 지닌 독특한 성격상, 우리 대화는 평소보다 덜 건조하고 덜 딱딱하며 증거제시 원칙도 덜 적용받았다.

내가 끔찍한 재난을 설명하는 동안 재거스 변호사는 평소 습관대로 벽난로 앞에 서서 가만히 있었다. 웨믹은 의자에 등을 기대고 두 손을 바지 주머니에 넣고 펜을 우체통 구멍에 수평으로 문 채 나를 물끄러미 바라보았다. 모질게 생긴 석고상 두 개는 ─ 사무실에서 만날 때마다 필수불가결한 요소로 마음속에 자리한 석고상 두 개는 ─ 빨갛게 달아오른 눈으로 바로 그 순간에 살이 타는 냄새는 안 나는지 열심히 살피는 것 같았다.

나는 이야기를 마치고 이런저런 질문에 대답하고 하비셤 아씨가 허버트를 위해 금화 구백 냥을 내주라고 적은 수첩을 꺼냈다. 그래서 건네주자, 재거스 변호사는 두 눈이 머리로 약간 더 들어가더니 곧이어 웨믹에게 건네며, 수표를 작성해서 자신에게 서명을 받도록 지시했다. 그래서 웨믹은 수표를 작성하고 나는 그런 웨믹을 쳐다보고 재거스 변호사는 광택이 번뜩이는 구두 차림으로 균형을 잡고 몸을 흔들며 나를 바라보다가 수표에 서명한 다음, 내가 수표를 주머니에 넣을 때 이렇게 말했다.

"우리가 자네에게 아무것도 못 해줘서 미안하네, 핍."

"하비셤 아씨 역시 친절하게도 나에게 해줄 게 없느냐 물으셔서, 나는 없다고 대답했답니다."

내가 대답하자, 재거스 변호사는 "자기 일은 누구나 알아서 하는 법이지"라고 말하고, 웨믹은 입술로 "휴대 가능한 동산" 모양을 만들었다.

"내가 자네라면 '없다'고 대답하지 않았을 거야. 하지만 자기 일은 자기가 제일 잘 아는 법이겠지."

재거스 변호사가 다시 말하고, 웨믹은 나에게 나무라는 어투로 말했다.

"휴대 가능한 동산을 챙기는 건 누구에게나 중요하답니다."

마침내 마음에 품은 내용을 물어볼 때가 왔다는 생각에 나는 재거스 변호사에게 고개를 돌리며 말했다.

"그런데 하비셤 아씨에게 중요한 내용을 물었습니다, 변호사님. 나는 입양한 양녀에 관한 정보를 알려 달라 부탁하고 하비셤 아씨는 자신이 아는 내용을 모두 알려주셨답니다."

"그래?"

재거스 변호사가 말하더니, 고개를 숙여서 구두를 바라보다가 고개를 들며 다시 말했다.

"하! 내가 하비셤 아씨라면 그러지 않았을 거야. 하지만 하비셤 아씨 역시 자신이 할 일을 제일 잘 알겠지."

"저는 하비셤 아씨가 입양한 아이에 대해 하비셤 아씨보다 많은 내용을 압니다. 아이 생모를 아니까요."

재거스 변호사가 미심쩍은 표정으로 바라보다가 물었다.

"아이 생모를?"

"아이 생모를 본 게 삼 일도 안 지났으니까요."

"그래?"

"변호사님도 아십니다. 변호사님은 훨씬 최근에 아이 생모를 보았으니까요."

"그래?"

"어쩌면 에스텔라 부모에 대해 저는 변호사님보다 더 많은 걸 알 수도 있습니다. 에스텔라 생부도 아니까요."

재거스 변호사가 갑자기 멈칫하는 표정에서 – 아주 냉정한 성격이라서 표정은 안 변해도 내가 하는 말을 듣는 순간에 갑작스레 관심이 쏠리는 표정에서 – 나는 재거스 변호사가 에스텔라 생부를 모른다고 확신했다. 애초에 이런 의심이 강하게 들었다. 허버트를 통해서 프로비스 아저씨가 잠적했다는 말을 들은 데다 재거스 변호사와 인연을 맺은 건 사 년이 지난 다음이란 사실과 정체를 밝힐 이유가 없다는 생각을 종합한 결과였다. 하지만 재거스 변호사가 이런 사실을 모른다고 확신할 수도 없었는데, 이번에 그게 확실하게 드러났다.

"그래! 젊은 숙녀 생부를 자네가 안다고, 핍?"

재거스 변호사가 묻는 말에 나는 대답했다.

"네, 그분 성함은 프로비스…… 뉴사우스웨일즈에서 오셨지요."

내가 이 말을 하는 순간, 천하의 재거스 변호사도 흠칫 놀랐다. 아주 조심스럽게 자제하다가 곧바로 회복하는 식으로 인간이 보여줄 수 있는 극히 사소한 변화였다. 손수건을 꺼내다가 그런 것처럼 꾸미기도 했지만 흠칫 놀란 건 확실하다. 이 말을 웨믹이 어떻게 받아들였는지는 모른다. 웨믹과 나 사이에 자신이 모르는 모종의 관계가 있다는 사실을 재거스 변호사가 날카로운 눈으로 알아챌까 겁나서 웨믹에게 눈길조차 안 주었기 때문이다.

재거스 변호사는 손수건을 코로 가져가다 멈추더니 아주 차분하게 물었다.

"그런데 증거는 뭔가, 핍, 프로비스가 그렇게 주장하나?"

"프로비스 아저씨가 한 주장이 아닙니다. 그런 말을 한 적이 없는 건 물론, 당신 딸이 살았다는 사실조차 모르고 그렇게 믿지도 않으니까요."

이번에는 강력한 손수건조차 제 역할을 못 했다. 대답이 너무나 뜻밖인 나머지, 재거스 변호사는 평소처럼 사용조차 못 하고 손수건을 주머니에 다시 넣더니 팔짱을 끼고 나를 엄숙하게 살피기 시작한 것이다. 하지만 동요하는 표정은 조금도 없었다.

그래서 나는 내가 아는 내용과 알게 된 과정을 그대로 말했다. 웨믹에게 들은 이야기를 하비셤 아씨에게 들은 거로 추측하도록 한 게 유일한 예외였다. 이 부분에 대해서 나는 특히 조심했다. 모든 내용을 다 말한 다음에도 웨믹 쪽으로는 눈길조차 안 주고 한동안 침묵하며 재거스 변호사만 바라보았다. 그런 다음에 비로소 그쪽을 바라보니, 웨믹은 입에서 펜을 빼고 앞에 있는 탁자만 열심히 바라보는 중이었다.

"하! 핍 선생이 들어올 때 자네는 어떤 항목을 설명하는 중이었지, 웨믹?"

재거스 변호사가 마침내 입을 열며 탁자에 올려놓은 서류로 다가갔다.

하지만 나는 이런 식으로 무시하는 행동에 굴복할 수 없었다. 그래서 잔뜩 화난 것처럼 재거스 변호사에게 좀 더 솔직하고 남자답게 행동하라고 열정적으로 호소했다. 내가 빠져든 헛된 희망을, 그렇게 보낸 오랜 세월을, 내가 찾아낸 사실을 상기시켰다. 마음을 무겁게 짓누르는 위험에 대해서도 암시했다. 내가 은밀한 내용을 알려준 대가로 나 역시 은밀한 내용을 약간은 들을 자격이 있다고 또렷하게 주장했다. 나는 변호사님을 탓하거나 의심하거나 불신하는 게 아니라 변호사님에게서 진실을 확인하고 싶을 뿐이라고 말했다. 내가 그런 걸 알려는 이유가 뭐냐고, 그런 걸 파악할 권리가 있다고 생각하는 이유가 뭐냐고 묻는다면, 변호사님은 가련한 꿈에 대해 아무런 관심도 없겠지만 나는 에스텔라를 오랫동안 진심으로 사랑했다고, 지금은 완전히 헤어졌으니 앞으로 슬픈 나날을 보내야겠지만, 에스텔라에 관한 건 무엇이든 나에게 세상 무엇보다 중요하고 소중하기 때문이라 대답하겠다고 말했다. 내가 이렇게 호소해도 재거스 변호사는 고집스러운 자세로 가만히 서서 꼼짝도 안 하는 걸 보고, 나는 웨믹에게 시선을 돌렸다.

"웨믹, 귀하는 마음이 훨씬 다정한 사람이란 걸 나는 잘 압니다. 나는 귀하가 재미있게 살아가는 가정도, 연로하신 부친도, 순수하고 유쾌한 생활방식으로 직장생활에 생기를 불어넣는 모습도 보았습니다. 그러니 귀하에게 간청하는데, 모든 상황을 고려할 때 나에게 훨씬 솔직하게 행동해야 한다고 재거스 변호사님한테 말씀하십시오!"

이렇게 호소한 직후에 재거스 변호사와 웨믹이 서로를 묘한 표정으로 바라보았다. 그렇게 묘하게 바라보는 모습을 나는 한 번도 본 적이 없다. 처음에는 그 자리에서 웨믹을 해고하는 건 아닌가 하는 불안감이 들었지만, 재거스 변호사가 미소 비슷한 표정을 얼굴에 떠올리고 웨믹은 훨씬 대담하게 변하는 걸 보고서 비로소 마음을 놓았다.

"이게 다 무슨 소리야? 자네에게 연로하신 부친이 있고, 자네가 재미있고 유쾌하게 산다고?"

재거스 변호사가 묻자, 웨믹이 대답했다.

"으음! 그 문제를 사무실 업무로 연결하지 않는 한 아무러면 어떻겠습니까?"

그러자 재거스 변호사가 한 손을 내 팔에 올리고 환하게 웃으며 말했다.

"이 친구는 런던에서 가장 교활한 사기꾼이야, 핍."

그런데 웨믹이 훨씬 대담한 어투로 대답했다.

"그렇지 않습니다. 그런 사람은 바로 변호사님입니다."

두 사람은 또다시 아까처럼 기묘한 시선을 교환하는데, 둘 다 상대방이 자신을 속인다고 생각하는 표정이었다.

"자네에게 재미있게 살아가는 가정이 있다고?"

재거스 변호사가 다시 묻고, 웨믹 역시 다시 대답했다.

"사무실 업무와 아무런 상관도 없으니, 그냥 두시지요. 변호사님이야말로 이런 업무에 시달리다 보면 결국에는 재미있는 가정을 꾸려야 하지 않겠습니까? 이제는 그런 생각을 떠올리고 계획을 세울 때가 아닌가요?"

재거스 변호사는 깊이 생각하는 표정으로 머리를 두세 차례 끄덕이더니 마지막으로 한숨을 내쉬며 말했다.

"핍, 우리는 '가련한 꿈'에 대해서 말하는 게 아니야. 자네는 그런 문제를 훨씬 최근에 경험해서 나보다 아는 게 많겠지만, 지금은 완전히 다른 문제야. 내가 하나를 가정해보겠네. 명심하게! 나는 아무것도 인정하지 않아."

재거스 변호사는 자신이 아무것도 인정하지 않는다고 특별히 언급한 말을 내가 완전히 이해했다고 밝힐 때까지 기다리더니, 이렇게 이야기했다.

"자, 핍, 이렇게 가정하세. 자네가 언급한 상황에서 어떤 여인이 아이를 숨기다가, 변호사가 제대로 변호하려면 모든 사실을 알아야 한다고 압박하는 바람에, 그 사실을 알릴 수밖에 없었다고 가정하세. 그런데 변호사는 돈 많고 괴팍한 숙녀에게 아이 한 명을 입양해서 기르고 싶다는 부탁을 들었다고 가정하세."

"무슨 말인지 알겠습니다, 선생님."

"변호사는 악당이 사방에 널린 환경에서 살았다고, 눈앞에 보이는 아이는 대부분 파멸하는 길로 확실하게 나아간다고 가정하세. 변호사는 그런 아이들이 형사법정에 끌려가 많은 사람이 지켜보는 앞에서 엄숙하게 재판받는 장면을 너무 많이 보았다고 가정하세. 그래서 교도소에 갇히고 채찍질 당하고 유형을 떠나고 방치되고 버려지는 과정을 통해 교수당할 자격을 하나씩 갖추어 나가는 장면도 일상적으로 보았다고 가정하세. 변호사가 일상적인 업무를 처리하면서 목격한 거의 모든 아이는 아주 어린 새끼지만 결국엔 커다란 생선으로 성장해서 변호사 그물에 갇힐 수밖에 없다고, 그래서 기소당하고 변호사를 사고 유죄를 선고받고 다른 고아가 생겨서 또 다른 악당으로 성장할 수밖에 없다고 생각할 이유는 충분하다고 가정하세."

"무슨 말인지 알겠습니다, 선생님."

"핍, 그런 아이 가운데에서 아주 어리고 예쁜 여자애 한 명을 구할 수 있다고 가정하세. 아버지는 죽었다고 믿으니 난동을 부릴 이유가 없고, 어머니에 대해서는 변호사가 '나는 당신이 무슨 짓을 어떻게 저질렀는지 알아. 당신은 이런저런 짓을 저지르고 혐의를 피하려고 이런저런 행동을 했어. 나는 당신 행적을 모두 조사해서 지금 이렇게 말하는 거야. 아이를 포기하게, 당신 혐의를 벗기는 데 필요하면 그때 가서 다시 데려올 테니까. 아이를 나에게 맡기게, 그럼 당신이 무죄로 풀려나도록 최선을 다하겠네. 당신이 살아나면 아이도 살아나고 당신이 죽으면 그래도 아이는 살아나네' 하고 말하며 영향력을 행사했다고 가정하세. 그래서 그대로 되고 여인은 무죄로 풀려난다고 가정하세."

"충분히 이해합니다."

"하지만 내가 인정한 건 하나도 없지?"

재거스가 말하자, 웨믹이 옆에서 거들었다.

"변호사님이 인정한 건 하나도 없습니다. 하나도 없어요."

"그런데 여인은 죽음에 대한 공포에 시달리느라 판단력이 약간 흔들렸다고, 그리고 풀려난 다음에는 세상을 어떻게 살아갈까 두려운 나머지 변호사를 찾아가서 사정했다고 가정하세, 핍. 그래서 변호사는 여자를 받아들였다고, 예전처럼 거칠고 난폭한 성향이 튀어나올 기미가 보일 때마다 예전 같은 방식으로 영향력을 행사하며 억눌렀다고 가정하세. 가상으로 설정한 내용을 자네는 이해하겠나?"

"네."

"이런 가정도 해보세. 아이는 성장해서 돈을 보고 결혼했다. 생모는 여전히 살아있다. 생부도 여전히 살아있다. 생모와 생부는 몇 킬로미터 밖에, 아니, 몇 미터나 몇백 미터 거리 인근에 살면서도 서로를 모른다.

비밀은 여전히 비밀이다. 자네가 어쩌다 보니 내막을 알았을 뿐이다. 마지막 가정을 자신에게 아주 조심스럽게 제기해 보게."

"그렇게 했습니다."

"웨믹 역시 그걸 자신에게 아주 조심스럽게 제기해 보게."

그러자 웨믹도 대답했다.

"그렇게 했습니다."

"그렇다면 두 사람은 누구를 위해 비밀을 밝히겠는가? 생부를 위해서? 내 생각엔 생모 때문에 상황이 훨씬 안 좋게 꼬일 가능성이 커. 그렇다면 생모를 위해서? 내 생각엔 끔찍한 짓을 저지른 터라 현재 상태 그대로 있는 편이 훨씬 안전해. 그렇다면 딸을 위해서? 내 생각엔 출생의 비밀을 남편에게 알려서 스무 해나 피했을 뿐 아니라 앞으로도 영원히 피할 게 분명한 불명예를 겪도록 하는 건 아무런 도움도 안 돼. 하지만 자네가 딸을 사랑한 적이 있다고, 그래서 '가련한 꿈'을 오랫동안 품었다고, 하지만 그런 꿈을 한두 번씩 품은 남자가 자네가 생각한 이상으로 많다고 가정해보세, 핍. 내가 장담하는데, 그런 비밀을 털어놓을 생각이 떠오르는 순간, 붕대를 감은 오른손으로 붕대로 감은 왼손을 잘라낸 다음, 웨믹에게 도끼를 건네서 오른손마저 잘라내도록 하는 편이 훨씬 좋아."

나는 웨믹을 쳐다보았다. 표정이 심각했다. 그래서 집게손가락을 입술에 심각하게 댔다. 나도 똑같이 했다. 재거스 변호사도 똑같이 했다. 그러더니 평소와 같은 태도를 보이며 이렇게 말했다.

"자, 웨믹, 핍 선생이 들어올 때 자네는 어떤 항목을 설명하는 중이었지?"

나는 가만히 서서 두 사람이 일하는 모습을 한동안 지켜보았다. 서로를 묘하게 바라보는 표정이 몇 차례 나타났다. 상대에게 혹시 자신의

사생활과 약점을 드러낸 건 아닌가 우려하는 것 같다는 사실이 다를 뿐이었다. 내가 보기에는 이런 이유로 서로에게 강한 모습을 보이는 것 같았다. 재거스 변호사는 매우 위압적이고 웨믹은 미결 사항이 조금만 나타나도 자신을 정당화하며 고집부렸다. 두 사람은 평소에 잘 어울리는 편이었다. 이렇게 험악한 분위기는 생전 처음이었다.

하지만 내가 런던에 처음 올라와서 여기를 찾아온 첫날에 모피 모자를 쓰고 툭하면 소매로 코를 닦던 마이크가 때마침 나타나는 바람에 다행히도 두 사람 모두 그런 분위기를 벗어났다. 마이크는 자신 아니면 가족 구성원에게 항상 문제가 생기는 것 같은데 (이 말은 뉴게이트에 갇혔단 의미인데) 이번에는 큰딸이 들치기 혐의로 잡혀갔다는 사실을 알리려고 찾아온 것이다. 그래서 우울한 상황을 웨믹에게 설명하는 동안, 재거스 변호사는 벽난로 앞에 서서 거만을 떨 뿐 대화에는 참여하지 않는데, 공교롭게도 마이크 한쪽 눈에서 눈물이 반짝였다. 그러자 웨믹이 퍼뜩 화내며 소리쳤다.

"지금 뭘 하는 거야? 눈물이나 훌쩍이려고 여기에 온 거야?"

"그럴 의도는 아니었습니다, 웨믹 선생님."

"뭐가 아니야! 감히 눈물을 보이다니! 나쁜 펜촉처럼 질질 짜는 사람은 여기에 올 자격이 없어. 도대체 그게 무슨 짓인가?"

"사람은 감정을 어쩔 수 없을 때가 있잖아요."

마이크가 사정해도, 웨믹은 사나웠다.

"뭐라고? 다시 말해 봐!"

그런데 재거스 변호사가 한 걸음 다가가서 문을 가리키며 말했다.

"이봐, 자네. 여기에서 당장 나가. 여기에선 어떤 감정도 용납하지 않아. 어서 나가."

"너는 혼이 나야 해. 어서 나가."

그래서 불쌍한 마이크는 정말 겸손하게 물러나고, 재거스 변호사와 웨믹은 좋은 관계를 예전처럼 회복하는 것 같았다. 그래서 이제 막 점심이라도 든 것처럼 상쾌한 분위기로 업무를 재개했다.

52

나는 주머니에 수표를 넣은 채 리틀 브리튼에서 스키핀스 양 오빠 회계사에게 가고, 스키핀스 양 오빠 회계사는 클래리커 상사로 곧장 가서 클래리커를 데려왔다. 그래서 나는 모든 합의를 완수하는 기쁨을 완벽하게 누렸다. 상당한 유산을 처음 통보받은 이래 내가 한 유일한 선행이자 내가 완수한 유일한 역할이었다.

클래리커는 그 자리에서 사업이 꾸준히 번창한다고, 업무를 확대하는 데 꼭 필요한 지점을 동양에 조그맣게 설립할 거라고, 허버트가 동업자 자격으로 거기에 가서 책임을 맡을 거라고 알려주었다. 내가 할 일을 마무리한 게 친구와 떨어지는 계기로 작용한 것이다. 마지막 남은 버팀목마저 뽑혀나가는, 이제 혼자서 풍파에 이리저리 흔들릴 수밖에 없겠다는 기분이었다.

하지만 허버트가 저녁에 집으로 와서 새로운 변화를 알리며 기뻐할 거라는, 클라라 발리를 '아라비안나이트'의 땅으로 데려가고 나 역시 합류해서 낙타 대열을 따라 나일 강을 거슬러 오르면서 놀라운 장면을 구경하자고 말하며 기뻐할 거라는 생각을 하자, 조금이나마 기분이 좋았다. 이런 멋진 계획에 내가 참여할 가능성은 적지만 허버트는 앞날이 훤히 트인다는 느낌이, 빌 발리 영감은 후추와 럼주에 집착할 수밖에 없으니 조금만 기다리면 클라라 역시 행복한 삶에 동참할 게 분명하다는 느낌이 들었다.

세월은 어느새 삼월로 접어들었다. 왼팔은 부작용이 없으나 화상은 심해서 치료하는 데 오랜 시간이 걸릴 수밖에 없고, 나는 여전히 외투를 입을 수 없었다. 오른팔은 상당히 회복해서 흉터는 있어도 그런대로 쓸 만했다.

그런데 월요일 아침에 허버트와 함께 아침 식사를 드는데, 웨믹이 우편으로 다음과 같은 편지를 보냈다.

월워스 자택. 이걸 읽는 즉시 태우시오. 마음에 품은 내용을 시도할 생각이 있다면 이번 주 초에, 가령 수요일 같은 날에 하시오. 이제 편지를 태우시오.

나는 편지를 허버트에게 보여주어 내용을 확실히 파악한 다음에 벽난로 불길에 던지고 어떻게 할지 의논했다. 내가 팔을 못 쓴다는 사실을 더는 모르는 척할 수 없는 상황이 찾아왔기 때문이다. 허버트는 이렇게 말했다.

"이 문제를 생각하고 또 생각하다가 템스 강 사공을 고용하는 것보다 훨씬 좋은 방법을 떠올렸어. 스타톱을 쓰는 거야. 성격 좋고, 노 젓는 실력 좋고, 우리를 좋아하고, 열정적이면서도 명예를 존중하잖아."

나 역시 스타톱을 떠올린 적이 있었다. 그래서 이렇게 물었다.

"그렇다면 스타톱에게 내용을 얼마나 말해야 할까, 허버트?"

"조금도 말할 필요 없어. 단순한 놀이인데 비밀을 지켜야 한다는 정도만 말하다가, 갑자기 프로비스 아저씨를 긴급히 태워야 할 이유가 아침에 생겼다고 하는 거야. 너도 함께 가니?"

"당연하지."

"어디로?"

그동안 이 문제에 대해 수없이 고민했지만 어디로 가든, 함부르크든 로테르담이든 앤트워프든 차이가 없을 것 같았다. 중요한 건 목적지가 아니라 프로비스 아저씨를 영국 밖으로 빼내는 것이었다. 우리가 기다리는 곳에 어느 나라 기선이든 나타나서 우리를 태워주기만 하면 될 터였다. 그동안 나는 프로비스 아저씨를 보트에 태워서 하류로, 당연히 그레이브스엔드 너머로, 검역소와 세관이 있어서 의심스러운 상황이 발생하면 수색이나 탐문을 벌일 게 분명한 곳 너머로 내려가서 외국 기선에 올라타는 생각을 머릿속으로 끊임없이 떠올렸다. 그런데 외국 기선은 만조 무렵에 런던을 떠나므로, 우리는 직전 썰물 때 강을 따라 내려가 한적한 곳에 숨어서 기다리다가 기선이 나타나면 접근해야 했다. 어디든 우리가 숨을 곳으로 기선이 나타날 시간은 출발 예정시간을 미리 조사하면 상당히 정확하게 계산할 수 있을 터였다.

허버트는 이런 계획에 동의하고, 우리는 아침 식사를 마치자마자 필요한 내용을 조사하러 나갔다. 그래서 함부르크로 가는 기선이 우리 목적에 딱 들어맞는다는 걸 발견하고 모든 생각을 그쪽으로 집중했다. 하지만 비슷한 시간에 런던을 떠나는 다른 외국 기선에 대한 내용도 기록하고 생김새와 색상도 일일이 확인했다. 그런 다음에는 서너 시간 헤어져서 나는 필요한 여권을 만들러 가고 허버트는 숙소로 스타톱을 찾아갔다. 그래서 각자 맡은 일을 가볍게 해내고 오후 한 시에 다시 만나서 진행 상황을 확인했다. 나는 여권을 완벽하게 준비하고 허버트는 스타톱을 만나서 기꺼이 합류하겠다는 답변을 들었다.

두 사람은 노를 하나씩 젓고 나는 키잡이를 하고 우리가 돌볼 사람은 그냥 앉아서 가만히 있는 거로 결정했다. 속도는 아무래도 괜찮으니 여유롭게 나갈 수 있었다. 우리는 허버트가 저녁에 집으로 안 오고 '물방아 저수지 강둑'으로 직접 가서 프로비스 아저씨가 수요일에 우리가 다가가는 걸 확인하고 집 바로 옆에 있는 선착장으로 나오도록 한다, 일찍 나오면 절대로 안 된다고 통보한다, 그리고 내일 화요일 저녁에는 거기에 절대로 안 간다는, 프로비스 아저씨에게 이런 내용을 연락하는 건 월요일에 모두 끝내야 한다는, 그런 다음엔 보트에 올라탈 때까지 어떤 식으로도 접촉하지 말아야 한다는 결정을 내렸다.

이런 다양한 주의사항을 우리 둘 다 모두 숙지한 다음에 나는 집으로 갔다. 우리 집 바깥문을 열쇠로 여는데 우편함에 편지 한 장이 있었다. 편지는 지저분해도 글씨체는 괜찮은 편이었다. 내가 집을 떠난 이후 인편으로 직접 배달한 편지였다. 내용은 다음과 같았다.

오늘 밤이나 내일 밤 저녁 아홉 시에 예전 습지대로 나오는 게 두렵지 않다면 석회를 굽는 가마 옆 조그만 수문지기 집으로 오는 게 좋을 것이다. 당신 숙부 프로비스에 대한 정보를 듣고 싶다면 아무에게도 말하지 않은 채 시간을 놓치지 말고 나오는 게 훨씬 좋다. 혼자 와야 한다. 이 편지도 가지고 오라.

그렇지 않아도 마음에 부담이 가득한 상태에서 이상한 편지를 받은 것이다. 어떻게 해야 좋을지 판단할 수 없었다. 무엇보다 고약한 건 신속하게 결정해야 한다는 사실이다. 그렇지 않으면 오후에 떠나는 역마차를 놓쳐서 오늘 밤에 갈 수 없다. 내일 저녁에 내려간다는 건 생각할 수도 없었다. 탈출 시간과 너무 가깝기 때문이다. 그런데 제공한다는 정보는 탈출 계획 자체와 아주 중요한 관련이 있을지도 모를 터였다.

곰곰이 생각할 시간이 충분했다고 해도 나는 거기에 갔을 게 확실하다. 하지만 생각할 시간이 거의 없는 상태에서 – 시계를 보니 역마차 출발이 삼십 분밖에 안 남은 상태에서 – 나는 가야 한다고 마음먹었다. 내 숙부 프로비스란 표현만 없었다면 당연히 안 갔을 것이다. 그런데 웨믹 편지를 받고 아침 내내 바쁘게 뛰어다니며 모든 준비를 마친 터에 이런 표현을 보니까 안 갈 수 없었다.

정신없이 바쁘면 어떤 편지든 내용을 충분히 파악할 수 없는 법이라서 나는 이상한 편지를 두 번이나 더 읽은 다음에 비로소 '아무에게도 말하지 말라'는 지시사항을 기계적으로 마음에 새길 수 있었다. 그리고 상대가 요구한 대로 허버트에게 쪽지를 남겨, 급하게 영국을 떠나게 되었는데 얼마나 오래 걸릴지 모르니, 하비셤 아씨가 어떤지 직접 내려가서 확인하고 최대한 빨리 돌아오겠다고 알렸다. 그런 다음에는 외투를 급히 집어 들고 바깥문을 잠그고 역마차 사무실을 향해 지름길 골목으로 내달렸다. 행여나 삯마차를 타고 큰길로 갔다면 역마차를 놓칠 뻔했다. 지름길 골목으로 내달린 덕분에 마당에서 나오는 역마차를 간신히 잡을 수 있었다. 정신을 차리고 보니, 역마차 내부에 승객이라곤 나 한 명밖에 없는 상태에서 무릎까지 밀짚에 묻힌 채 이리저리 흔들렸다.

실제로 나는 편지를 받고 나서 제정신이 아니었다. 아침 시간을 급하게 보낸 터라 편지 내용이 더더욱 당혹스러웠다. 아침 시간을 정말 정신없이 바쁘게 보냈다. 웨믹이 연락을 보내기만 오랫동안 초조하게 기다리던 가운데 마침내 깜짝 선물처럼 도착했기 때문이다. 그런데 이제 정신을 차리고 보니, 이렇게 역마차에 올라탔다는 사실 자체가 의아스러웠다. 내가 거기에 내려가야 할 이유가 충분한 걸까 의심도 들고, 당장 내려서 돌아가야 하는 건 아닌가 하는 생각도 들고, 익명으로 보낸 편지에 관심을 기울인 것도 이상했다. 한 마디로, 급하게 서둔 사람이 흔히 그러듯 나 역시 온갖 갈등을 겪으며 주저했다. 하지만 프로비스란 표현이 모든 걸 압도했다. 그래서 안 갔다는 이유 하나로 위험한 사태라도 일어난다면 나 자신을 절대로 용서할 수 없을 거라는 판단을 나도 모르는 사이에 내리고 말았다! 이걸 판단이라고 할 수 있다면 말이다.

역마차는 어둠이 깔린 다음에 읍내로 들어서는데, 마차 내부는 구경할 게 거의 없는 데다 팔을 제대로 움직이지 못해 바깥으로 나갈 수도 없으니, 나로서는 정말 길고 지루한 여행이 아닐 수 없었다. 나는 '파란 멧돼지'를 피해 평판이 떨어지는 읍내 아래쪽 여관으로 들어가서 저녁 식사를 주문했다. 그리고 음식을 요리하는 동안 새티스 저택으로 가서 하비셤 아씨 건강상태에 관해 물었다. 하비셤 아씨는 여전히 위독하지만 그나마 많이 좋아진 상태였다.

내가 들어간 여관은 옛날에 교회로 사용하던 건물 가운데 일부라서 나는 성수반처럼 생긴 팔각형 조그만 휴게실에서 식사했다. 그런데 고기를 칼로 자를 수 없어서 대머리를 번뜩이는 주인장 영감이 대신 잘라주었다. 그러다 보니 자연스럽게 대화를 나누기 시작하고, 주인장 은 친절하게도 나에 관한 이야기를 들려주었다. 물론 펌블추크 삼촌이 어린 나를 돕다가 엄청난 행운하고 연결한 은인으로 널리 알려진 내용이었다. 그래서 내가 물었다.

"영감님도 젊은이를 아세요?"

"당연하지요! 젊은이가 갓난아기 적부터 알았는데요."

"젊은이가 고향 땅으로 돌아온 적은 있나요?"

"그럼요, 지체 높은 친구를 만나러 가끔 온답니다. 하지만 오늘 같은 자신이 있도록 이바지한 사람에겐 냉담하지요."

"그 사람이 누군데요?"

"내가 말한 사람이요, 펌블추크."

"다른 사람에게는 배은망덕하게 굴지 않나요?"

"그럴 수만 있다면 틀림없이 그랬겠지만 그럴 수가 없답니다. 왜냐고요? 젊은이에게 은혜를 베푼 사람은 펌블추크밖에 없기 때문입니다."

"펌블추크란 사람이 그렇게 말하나요?"

"그렇게 말하다니요! 그런 말은 할 필요도 없답니다."

"그렇긴 해도 그 사람 역시 그렇게 말하나요?"

"그 사람이 하는 말을 듣다 보면 새빨간 피가 백포도주 식초처럼 하얗게 변할 지경이랍니다, 선생."

주인장이 하는 말을 들으니, 이런 생각이 절로 솟았다.

'그런데도 매형은, 사랑하는 매형은 그런 말을 조금도 않네요. 사랑하는 매형은 오랫동안 모든 걸 인내할 뿐…… 절대로 불평하지 않네요. 마음씨 고운 비디, 너도!'

"나리는 사고 때문에 식욕이 떨어졌나 보군요. 부드러운 살코기를 조금 들어보세요."

주인장이 말하며 외투 밑으로 붕대 감은 팔을 힐끗 쳐다보았다. 그래서 나는 곰곰이 생각하는 시선을 식탁에서 벽난로 쪽으로 돌리며 대답했다.

"고맙지만 아닙니다. 더는 못 먹겠습니다. 이제 치워주시면 감사하겠습니다."

뻔뻔한 사기꾼 펌블추크 삼촌 얘기를 들으니 내가 매형에게 정말 배은망덕했다는 사실이 너무나 뼈저리게 다가왔다. 펌블추크가 사기를 늘어놓을수록 매형은 진실하게 다가오고, 펌블추크가 야비할수록 매형은 고상하게 다가왔다.

당연히 나는 슬픈 마음으로 벽난로 불길을 한 시간 이상 바라보며 깊은 생각에 잠겼다. 그러다가 시계 종소리에 정신이 번쩍 들었지만 깊이 반성하는 마음은 그대로였다. 나는 자리에서 일어나 외투를 걸치고 목을 단단히 묶은 다음에 밖으로 나갔다. 편지를 다시 읽어보려고 주머니를 뒤졌지만 찾을 수 없었다. 마차 밀짚에 떨어뜨린 게 분명하단 생각이 불편하게 떠올랐다. 하지만 지정한 장소는 습지대에서 석회를 굽는 가마 옆 조그만 수문지기 집이며 시간은 아홉 시란 사실을 확실히 기억했다. 그래서 습지대를 향해 곧장 나아갔다. 꾸물거릴 시간이 없었다.

53

깜깜한 밤이지만 울타리를 둘러친 땅에서 습지대로 들어서는 순간에 보름달이 살짝 떠올랐다. 새까만 지평선 너머로 하늘이 맑게 보이지만 띠처럼 가늘어서 빨갛고 커다란 보름달을 드러낼 순 없었다. 보름달이 맑은 띠를 오르다가 산처럼 겹겹이 쌓인 구름 사이로 사라졌다.

바람은 우울하고 습지대는 섬뜩하고 음산했다. 낯선 사람에게는 정말 끔찍하게 보일 것 같았다. 내가 보기에도 위압적이었다. 그냥 돌아갈까 생각하면서 망설였다. 하지만 나는 습지대를 잘 알아서 훨씬 깜깜한 밤에도 길을 찾을 수 있는 데다, 여기까지 와서 돌아간다는 건 말이 안 됐다. 그래서 꾹 참고 거기까지 온 것처럼 꾹 참으며 앞으로 나아갔다.

내가 가는 방향은 고향집 방향도 아니고 탈주범을 쫓던 방향도 아니었다. 멀리 떨어진 감옥선을 뒤로 한 채 계속 걷는데, 고개를 뒤로 돌리면 옛날처럼 모래톱에서 반짝이는 불빛을 볼 수 있었다. 석회 굽는 가마도 옛날 포병대 자리만큼 잘 알지만 몇 킬로미터 떨어진 거리였다.

이렇게 깜깜한 밤에 두 곳에다 횃불을 하나씩 켠다면 밝은 점 두 개 사이로 기다랗게 뻗어 나간 지평선이 쾡하니 보일 게 분명했다.

처음에는 수문을 여닫으며 나아가다가 가끔 걸음을 멈췄다. 바닥에 엎드린 채 둑길을 막은 소 떼가 일어나서 풀밭이나 갈대밭 사이로 어슬렁어슬렁 움직이며 길을 비켜줄 때까지 기다려야 했기 때문이다. 하지만 잠시 후에는 광활한 습지대를 나 홀로 독차지한 것 같았다.

가마가 나타난 건 그렇게 삼십 분을 더 나아간 다음이었다. 석회는 숨 막히는 냄새를 천천히 풍기며 타고 불길도 좋지만 일하는 사람은 어디에도 안 보였다. 바로 옆에 조그만 채석장이 있었다. 내가 가는 길 도중에 있는데, 연장과 손수레가 여기저기에 널린 걸 보면 낮에 사람들이 일한 게 분명했다.

거친 길이 채석장을 관통하는 바람에 움푹 파인 구덩이를 지나다가 습지 높이로 다시 올라오자, 낡은 수문지기 집에서 흘러나오는 불빛이 보였다. 나는 걸음을 재촉하며 다가가서 손으로 대문을 두드렸다. 누가 대답하기만 기다리며 주변을 둘러보았다. 수문은 내버려 둬서 부서지고, 목조로 지어서 기와를 얹은 집은 당장은 그런대로 버틴다 해도 비바람을 오래는 못 버틸 것 같고, 진흙과 개흙은 석회로 뒤덮이고, 가마에서는 숨 막히는 증기가 유령처럼 일어나며 나를 향해 다가왔다. 그런데도 대답은 여전히 없고 나는 다시 문을 두드렸다. 그래도 대답이 없어서 빗장을 들어보았다.

빗장이 스르륵 올라가며 문이 열렸다. 안을 들여다보니 촛불이 반짝이는 탁자와 기다란 의자와 매트리스와 바퀴 달린 침대가 보였다. 위쪽에 다락방이 있어서 "여기에 아무도 없나요?" 하고 소리쳤지만 대답하는 소리는 없었다. 그래서 시계를 꺼내 아홉 시가 지났다는 걸 확인하고 다시 "여기에 아무도 없나요?" 하고 소리쳤다. 그래도 아무런 대답이 없기에 나는 어찌해야 좋을지 몰라 문가로 나갔다.

비가 심하게 쏟아지기 시작했다. 아까 살핀 것 외에는 아무것도 안 보여서 나는 집으로 다시 들어가 문가에 서서 비를 피하며 깜깜한 밤을 내다보았다. 누가 조금 전까지 있었다는, 금방 돌아올 게 분명하다는, 그렇지 않으면 촛불을 켜지 않았을 거라는 추측을 하는 순간, 심지가 얼마나 길게 탔는지 살펴보자는 생각이 문뜩 떠올랐다. 그래서 빙글 돌아 한 손으로 촛불을 드는 순간, 갑작스러운 충격과 함께 촛불이 꺼지고, 나는 뒤에서 머리 위로 던진 올가미에 잡히고 말았다. 그와 동시에 나지막한 목소리가 들렸다.

"이제 네놈을 잡았다!"

"이게 뭐요? 누구요? 사람 살려, 사람 살려, 사람 살려!"

나는 소리치며 버둥거렸다.

팔 양쪽이 옆구리를 단단히 누를 뿐 아니라 다친 팔까지 눌려서 통증이 심하게 일어났다. 그러자 어떤 사내가 내 얼굴에다 뜨거운 입김을 불어대면서 손으로 힘껏 잡기도 하고 가슴으로 강하게 밀어붙이기도 하며 내가 소리를 못 지르도록 막고, 나는 깜깜한 어둠 속에서 무기력하게 저항하다가 벽에 단단히 묶이고 말았다. 그러자 나지막한 목소리가 다시 협박했다.

"다시 소리치면 죽여 버리고 말겠다!"

갑작스러운 기습에 당황하기도 하고 다친 팔이 너무 아파 정신이 하나도 없는 가운데 정말 그럴 수 있겠다는 생각이 들어서 나는 저항을 포기하고 아픈 팔을 조금이라도 느슨하게 하려고 애썼다. 하지만 그러기에는 밧줄에 너무 단단히 묶여, 예전에는 불에 탔다면 이번에는 뜨거운 물에 펄펄 끓는 느낌이었다.

밤기운이 갑자기 사라지고 주변에 깜깜한 어둠만 가득한 걸 보면 사내가 덧문을 닫은 게 분명했다. 이윽고 사내는 주변을 더듬더니 부싯돌과 쇠붙이를 찾아서 불을 켜기 시작했다. 그래서 나는 부싯깃 사이로 떨어지는 불꽃에 모든 관심을 집중하고 사내는 한 손에 성냥을 들고 부싯깃에 입김을 불지만, 내 눈에 보이는 건 간헐적으로 나타났다 사라지는 사내 입술과 파란 성냥 대가리가 전부였다. 늪지대라서 부싯깃이 당연히 축축해 불꽃이 꺼지고 또 꺼졌다.

사내는 조금도 서둘지 않고 쇠붙이로 부싯돌을 긁었다. 이번에는 불꽃이 훨씬 굵직하고 환하게 떨어져, 나는 사내 손과 얼굴은 물론 사내가 탁자 앞에서 허리를 숙였다는 사실도 알아챌 수 있었다. 하지만 그게 전부였다. 이윽고 파란 입술이 다시 보이며 부싯깃에 입김을 불더니 환한 불이 일어나서 올릭을 보여주었다.

나는 상대가 누구길 기대했는지 모른다. 하지만 올릭은 절대 아니었다. 나는 커다란 위험에 처했다는 사실을 직감하고 상대에게 시선을 고정했다.

올릭은 불이 활활 타오르는 성냥으로 양초에 조심스럽게 불을 붙이더니, 성냥을 떨어뜨리고 발로 밟았다. 그런 다음, 나를 볼 수 있도록 촛불을 탁자에 멀찌감치 놓더니, 의자에 앉아서 팔짱 낀 팔을 탁자에 올리고 나를 쳐다보았다. 나는 벽에서 살짝 떨어진 채 벽을 타고 수직으로 올라간 사다리에 단단히 묶였다는 사실을 깨달았다. 위쪽 다락방으로 올라가는 사다리였다.

우리가 서로를 한동안 탐색한 다음에 올릭이 말했다.

"이제 네놈을 잡았다!"

"밧줄을 풀어라. 나를 보내줘라!"

"그래! 네놈을 보내줄 거야. 달나라로도 보내고 별나라로도 보내고. 적당한 시간이 되면."

"나를 여기로 유인한 이유가 뭐냐?"

"그걸 몰라?"

올릭이 반문하며 끔찍한 표정으로 노려보았다.

"깜깜한 곳에서 나를 습격한 이유가 뭐냐?"

"나 혼자 깨끗하게 처리하고 싶었거든. 혼자가 두 사람보다 비밀을 지키기에 좋잖아. 아, 철천지원수 놈! 철천지원수 놈!"

의자에 앉아서 팔짱 낀 팔을 탁자에 올린 채 꽁꽁 묶인 나를 바라보다가 머리를 끄덕이고 자신을 껴안으며 좋아하는 모습에서 나는 가득한 원한을 발견하고 부르르 떨었다. 그래서 가만히 바라보는데, 올릭이 자기 옆 한쪽 구석으로 한 손을 밀어 넣더니, 개머리판에 구리를 씌운 엽총을 집어 들었다. 그리고 나를 겨냥하는 척하면서 물었다.

"이걸 알지? 이걸 전에 어디에서 보았는지 알지? 대답해, 늑대 같은 놈아!"

"그렇다."

"네놈이 나를 거기에서 쫓아냈어. 네놈이 그랬어. 대답해!"

"그럼 내가 어떻게 해야 한단 말이냐?"

"네놈은 그것 하나로 충분히 죽을죄를 지었어. 그런데 내가 좋아하는 여인과 나 사이에 끼어들기도 했지?"

"내가 언제 그랬냐?"

"언제 안 그랬냐? 네놈은 여인에게 늙은 올릭을 항상 나쁘게 얘기했어."

"당신 스스로 나쁜 평판을 자초했어. 자업자득이라고. 당신이 나쁜 짓을 안 하면 나 역시 당신에게 해를 안 끼쳤을 거라고."

"거짓말! 게다가 네놈은 나를 이 고장에서 쫓아낼 수만 있다면 무슨 짓이든 하겠다고, 필요하다면 돈이라도 쓰겠다고 했어."

내가 비디를 마지막으로 만날 때 한 말을 올릭이 그대로 반복하며 계속 말했다.

"이제 내가 네놈에게 한 가지를 알려주지. 나를 이 고장에서 쫓아내고 싶은 마음이 오늘만큼 절실하게 떠오를 순 없다는 걸 말이야. 하하! 네놈이 마지막 한 푼까지 긁어모은 돈의 스무 배를 써서라도 그러고 싶은 생각이 들 테니 말이야!"

올릭이 호랑이처럼 으르렁대며 묵직한 손을 흔들고, 나는 그 말이 옳다고 느꼈다.

"나를 어떻게 할 작정이냐?"

내가 묻자, 올릭이 벌떡 일어나면서 탁자를 있는 힘껏 내려치며 대답했다.

"네놈 목숨을 빼앗을 거다!"

올릭이 상체를 앞으로 숙이며 바라보다가 나를 먹고 싶은 마음에 입에서 군침이라도 도는 듯 꼭 움켜쥔 손을 천천히 풀어서 입가를 훔치더니, 다시 의자에 앉았다.

"네놈은 어릴 때부터 언제나 늙은 올릭이 나아가는 길을 막았어. 그러니 오늘 밤에는 늙은 올릭 앞길에서 사라지는 거야. 네놈 때문에 앞길이 막히는 일은 이제 없을 거라고. 네놈은 죽은 목숨이니까."

나는 죽음이 턱 끝까지 온 느낌이었다. 행여나 도망칠 방법이 있나 주변을 마구 둘러보지만 그런 건 하나도 없었다.

올릭이 팔짱 낀 팔을 탁자에 다시 올리며 계속 말했다.

"그런데 나는 네놈 옷 조각이나 뼛조각 하나 안 남길 거야. 네놈 몸뚱이 같은 건 둘이라도 어깨에 짊어질 수 있으니, 네놈 시신을 들어다가 가마에 넣을 거야. 그러면 사람들이 네놈에 대해 아무리 조사하고 다녀도 나오는 게 하나도 없겠지."

순간적으로, 내가 이렇게 죽으면 어떤 일이 일어날지 떠올랐다. 에스텔라 아버지는 내가 도망쳤다고 믿다가 잡혀서 나에게 저주를 퍼부으며 죽을 게 분명했다. 허버트도 내가 남긴 쪽지와 하비셤 아씨네 정문에 잠시 왔다 간 게 전부라는 사실을 비교하며 의심할 게 분명했다. 매형과 비디는 그날 밤에 내가 마음 깊이 후회했다는 사실을 모를 것이다. 내가 아주 고통스러워했다는 사실도, 내가 앞으로 진실하게 행동하려고 마음먹었다는 사실도, 내가 끔찍한 번민에 휩싸였다는 사실도 두 사람 모두 모를 것이다. 눈앞에 닥쳐온 죽음도 끔찍하지만, 죽은 다음에 많은 사람이 엉뚱하게 오해할 거란 사실이 훨씬 더 끔찍했다. 급하게 돌아가는 머릿속에서는 아직 태어나지도 않은 사람들이, 에스텔라 자녀와 후손이 나를 경멸하는 모습까지 보였다. 악당 입에서 이런 말이 떨어지기도 전이었다.

"늑대 같은 놈, 나는 네놈을 짐승처럼 죽일 거야. 그래서 그렇게 꽁꽁 묶어놓은 거야. 하지만 그러기 전에 네놈을 맘껏 괴롭히면서 농락할 거야. 아, 철천지원수 놈!"

사람 살리라고 다시 소리칠까 하는 생각이 뇌리에 스쳤으나 이곳은 외딴곳이며 따라서 사람이 달려올 가능성은 하나도 없다는 사실을 나는 누구보다 잘 알았다. 하지만 올릭이 고소한 표정으로 바라보는 동안 나는 올릭에 대한 지독한 경멸감에 힘입어 입을 꾹 다물었다. 무슨 일이 있어도 올릭에게 사정하지 않겠다고, 미약하나마 마지막까지 저항하다 죽겠다고 단단히 결심했다.

아주 급한 상황에서 다른 모든 사람에 대한 애정이 살아나며 하늘에 대고 겸허하게 용서를 빌었다. 소중한 사람들에게 작별을 고한 적도 없고 앞으로도 절대로 작별인사를 할 수 없는 건 물론 내가 저지른 실수에 대해 용서를 빌 수도 없고 내 마음을 전할 수도 없다고 생각하니 마음이 무너졌다. 하지만 그럴 수만 있다면 죽어가면서라도 올릭만큼은 꼭 죽이고 싶었다.

올릭은 술을 마셔서 두 눈이 빨갛게 달아올랐다. 주석으로 만든 병을 목에 둘렀는데, 예전에도 고기나 술을 목에 매고 먹는 걸 본 적이 많았다. 올릭이 술병을 입술로 가져가서 쭉 들이켜 독한 술 냄새를 풍기고 얼굴은 벌겋게 달아올랐다. 그러면서 다시 팔짱을 끼고 말했다.

"늑대 녀석! 늙은 올릭이 네놈에게 한 가질 알려주지. 잔소리 심한 네놈 누이를 그렇게 한 건 바로 네놈이야."

이 말이 끝나기도 전에 나는 우리 누나가 공격받고 오랫동안 고생하다가 죽는 장면이 아까처럼 믿을 수 없는 속도로 하나씩 생생하게 떠올랐다. 그래서 이렇게 소리쳤다.

"바로 네놈이었군, 악당."

"네놈이 그런 거라고 하잖아. 네놈 때문에 그렇게 된 거라고."

올릭이 소리치며 엽총을 집어 들고 내 쪽으로 개머리판을 허공에 휘두르면서 계속 말했다.

"내가 오늘 밤에 네놈에게 그런 것처럼 그날도 네놈 누이 뒤를 덮쳤어. 그래서 호되게 갈겼지! 그리곤 네놈 누이가 죽었다 생각하고 떠났어. 여기처럼 바로 옆에 가마가 있었다면 그렇게 다시 살아나는 일은 절대 없었을 거야. 하지만 네놈 누이에게 그렇게 한 건 늙은 올릭이 아니라 바로 네놈이야. 네놈은 편애를 받는데 늙은 올릭은 협박을 받다가 매까지 맞았거든. 늙은 올릭이 협박을 받고 매까지 맞았다고, 알아? 이제 네놈이 대가를 치르는 거야. 네놈이 그래서 이제 대가를 치르는 거라고."

올릭이 다시 술을 마시며 훨씬 사납게 행동했다. 술병을 기울이는

각도로 봐서 안에 남은 술이 많지 않은 게 분명했다. 나를 끝장내기 위해 술을 마셔서 담력을 끌어올리는 중이란 사실을 나는 확실히 깨달았다. 거기에 담긴 술 한 방울 한 방울은 내 목숨 한 방울 한 방울이었다. 나 자신이 조금 전에 나를 향해 유령처럼 기어오며 경고하던 증기로 변하는 순간, 올릭은 우리 누나에게 그런 짓을 저지른 다음에 그런 것처럼 읍내로 열심히 달려가 맥줏집을 이리저리 돌아다니며 사람들과 어울려서 알리바이를 만들 거란 사실도 깨달았다. 나는 마음속으로 읍내까지 쫓아가서 올릭이 거니는 거리를 떠올렸다. 온갖 생명과 불빛이 가득한 거리를 나 자신이 불타서 하얀 증기로 변한 채 유령처럼 기어 다닐 외로운 습지대와 비교했다.

올릭이 몇 마디 말을 하는 사이에 나는 지난 세월을 이리저리 돌아본 건 물론, 올릭이 하는 말 자체도 단순한 말이 아니라 다양한 영상으로 떠올렸다. 두뇌가 잔뜩 흥분하고 고양되니, 어떤 장소를 떠올리면 그곳이 선명하게 보이고 어떤 사람을 떠올리면 그 사람이 또렷하게 보였다. 영상이 말로 형용할 수 없을 정도로 생생했다. 그러면서도 올릭이 살짝 움직이는 손가락을 알아챌 정도로 온 신경을 집중해서 열심히 바라보았다. 하기야 당장에라도 달려들 것 같은 호랑이에게 온 신경을 집중하지 않을 사람이 어디에 있겠는가!

올릭은 술을 다시 들이켜더니, 자신이 앉은 기다란 의자에서 일어나 탁자를 옆으로 밀었다. 그리고 살기를 품은 손으로 촛불을 집고 한쪽을 가려서 나에게 불빛을 모두 보내며 가만히 서서 재미있다는 표정으로 바라보았다.

"늑대 같은 자식아, 내가 한 가지를 더 알려주마. 그날 밤에 너희 집 계단에 있다가 네놈 발에 걸린 사람은 바로 늙은 올릭이야."

등불을 모두 꺼뜨린 계단이 눈앞에 선명하게 나타났다. 수위가 등잔

불로 벽에다 묵직하게 드리운 계단 난간 그림자도 보였다. 두 번 다시 볼 수 없는 우리 집 실내도 보였다. 방문 하나는 절반이 열리고 다른 문은 꼭 닫혔다. 여기저기에 늘어선 가구도 또렷했다.

"그런데 늙은 올릭이 왜 거기에 있었느냐고? 내가 한 가지 더 알려주지, 늑대 놈. 네놈이 하비셤과 작당해 내가 이 고장에서 편한 일자리를 못 얻게 만드는 식으로 깨끗하게 쫓아내는 바람에 나는 새로운 친구를 만나고 새로운 주인을 찾았어. 그들 가운데에는 내가 원하는 대로 편지를 써주는 사람도 있다고. 알아? 나에게 편지를 써준단 말이다, 늑대 놈아! 그 사람은 필체가 쉰 개는 된다고. 네놈처럼 소심하게 한 가지 필체만 쓰는 게 아니야. 네놈이 누이 장례식에 내려온 이후로 나는 네놈을 죽이기로 단단히 마음먹고 의지를 다졌어. 그래서 네놈을 안전하게 사로잡을 방법을 찾으려고 일거수일투족을 감시하며 오랫동안 애썼지. 늙은 올릭은 '어떤 식으로든 저놈을 사로잡고 말겠다!'고 다짐했거든. 그런데 뭐야! 네놈을 감시하는데 네놈 숙부 프로비스가 나타나는 거 아니겠어?"

'틈새 유역'과 '물방아 저수지 강둑'과 '그린 코퍼 할아버지 밧줄 공장'이 선명하고 또렷하게 보였다! 자기 방에 있는 프로비스 아저씨, 이젠 아무런 소용도 없는 웨믹의 신호, 어여쁜 클라라, 어머니처럼 좋은 아주머니, 온종일 누워서 지내는 빌 발리 영감이 차례대로 떠오르더니, 내 목숨이 급한 물결에 실려서 바다로 휩쓸리듯 떠내려갔다!

"그런데 네놈에게 숙부가 있다니! 나는 네놈이 가저리네 집에 사는 꼬마 늑대일 때부터, 엄지와 검지로 간단하게 눌러 죽일 수 있을 때부터 알아. 네놈이 일요일에 늪지대를 어슬렁거릴 때면 가끔 그러고 싶은 생각이 들곤 했거든. 그런데 네놈에겐 숙부가 없어. 그럼, 없고말고! 그런데 늙은 올릭이 줄칼로 자른 족쇄를 오래전에 습지대에서 찾아

304

계속 지니고 있다가 네놈 누이 머리를 도살장 수소처럼 - 조금 후에 네놈에게도 똑같이 할 것처럼 - 내려쳤는데, 바로 그 족쇄 주인이 네놈 숙부 프로비스라는 말을 들은 거야. 어때? 늙은 올릭이 그 말을 듣고서 기분이 어땠는지 알겠어?"

올릭이 잔인하게 조롱하며 촛불을 바싹 갖다 대는 바람에 나는 불기를 피해 얼굴을 옆으로 돌렸다. 그러자 올릭이 촛불을 다시 들이밀고 폭소를 터트리며 소리쳤다.

"그래! 불에 덴 아이는 불을 무서워하는 법이지! 늙은 올릭은 네놈이 불에 덴 것도 알고, 늙은 올릭은 네놈이 프로비스 숙부를 몰래 빼돌리려는 것도 알고, 네놈 적수 늙은 올릭은 네놈이 오늘 밤에 찾아오리란 사실도 알았어! 좋다, 내가 하나만 더 얘기하고 끝내지, 늑대. 네놈을 상대할 사람으로 늙은 올릭이 있듯이 네놈 숙부 프로비스를 멋지게 상대할 사람이 있어. 그래서 프로비스 숙부는 조카를 잃은 다음에 그 사람을 상대해야 할 거야! 소중한 조카 옷 조각이나 뼛조각을 사람들이 하나도 못 찾은 다음에는 그 사람을 상대해야 한단 말이야! 매그위치가 - 그래, 난 이름도 알아! - 자신과 똑같은 땅에서 사는 걸 견딜 수도 없고 참지도 않을 사람이, 매그위치가 다른 나라에서 살 때도 확실한 정보를 파악하던 사람이, 그래서 매그위치가 애초에 그 나라를 몰래 떠나서 자신을 위험에 빠트릴 수 없도록 미리 조심하던 사람이 있거든. 네놈처럼 소심하게 필체를 하나만 쓰지 않고 쉰 개나 되는 필체를 사용하는 사람이 그 사람일 가능성도 있거든. 콤피슨과 교수대를 조심하라, 매그위치!"

올릭이 나에게 촛불을 또 갖다 대서 얼굴과 머리카락을 그슬리며 순간적으로 앞이 안 보이게 하더니, 튼튼한 등을 돌려서 탁자에 촛불을 다시 내려놓았다. 나는 머릿속으로 기도문을 생각하고 매형과 비디와 허버트 모습을 떠올리는데, 올릭이 등을 다시 돌려서 나를 바라보았다.

탁자와 맞은편 벽 사이에는 서너 걸음 정도 걸을 공간이 있었다. 올릭이 거기에서 허리를 숙인 채 이리저리 거닐었다. 두 손은 느슨하고 묵직하게 옆으로 내리고 두 눈으로 나를 노려보며 이렇게 거니는 사이에 어느 때보다 강인한 힘이 몸속에서 꽈리를 트는 것 같았다. 나에게는 실낱같은 희망도 없었다. 마음이 급하게 날뛰고 생각 대신 생생한 영상이 강력하게 몰려들지만, 상대가 잠시 후에 어떤 인간도 모르도록 나를 확실하게 제거할 생각이 없다면 지금처럼 많은 내용을 털어놓진 않으리란 사실 역시 나는 또렷이 파악했다.

올릭이 갑자기 걸음을 멈추더니 술병에서 코르크 마개를 뽑아 멀리 던졌다. 코르크 마개는 가벼운데도 나에게는 무거운 추가 떨어지는 소리처럼 들렸다. 올릭이 술을 천천히 들이켜며 술병을 조금씩 기울였다. 이제는 나를 쳐다보지도 않았다. 그러다가 마지막 몇 방울을 손바닥에 부어서 혀로 핥았다. 그리곤 갑자기 끔찍한 욕설을 퍼부으며 술병을 냅다 던지곤 허리를 숙였다. 그러더니, 돌을 쉽게 깨도록 손잡이를 기다랗게 만든 해머를 한 손으로 들어 올렸다.

나는 마음속으로 다짐한 결의를 다시 새기고 헛된 애원을 한 마디도 않은 채 온 힘을 다해서 소리치고 온 힘을 다해서 몸부림쳤다. 움직일 수 있는 건 머리와 두 다리가 전부지만 나는 예전에 그런 게 있는지조차 모르던 힘까지 발휘하며 온 힘을 다해서 저항했다. 바로 그 순간에 누가 대답하는 소리와 함께 문가로 몇 사람이 어렴풋하게 달려드는 빛줄기가 보이더니, 시끌벅적한 소리와 함께 소동이 일고, 달려드는 사람들 사이에서 올릭이 파도처럼 요동치며 빠져나와 탁자를 단숨에 뛰어넘어서 밤하늘로 도망치는 모습이 보였다.

잠시 멍하다가 정신을 차리니, 나는 밧줄이 풀린 상태에서 바닥에 누웠는데, 머리는 어떤 사람 무릎을 벤 상태였다. 정신이 돌아오는 순간 두 눈은 벽에 달린 사다리에 고정되었다. 내가 정신을 차리기도 전에 두 눈이 그걸 바라보았다. 그러다가 정신이 돌아오고 보니, 내가 정신을 잃은 채 조그만 집 바닥에 누워있었다.

처음에는 아무런 생각이 안 떠오르고 주변을 둘러보거나 나를 무릎에 누인 사람이 누군지 확인할 생각도 없이 가만히 누워서 사다리만 쳐다보는데, 어떤 얼굴 하나가 불쑥 나타났다. 트랩 양복점 점원 얼굴이다!

"내가 보기엔 괜찮은 것 같네요! 하지만 얼굴이 정말 창백해요!"

트랩 양복점 점원이 차분하게 말했다. 그러자 머리를 무릎으로 괴어준 사람이 앞으로 얼굴을 들이미는데…….

"허버트! 하느님 감사합니다!"

"진정해, 진정해, 헨델. 너무 흥분하지 마."

허버트가 말하고, 나는 나에게 허리를 숙이는 또 다른 사람을 보고 소리쳤다.

"오랜 친구, 스타톱!"

"스타톱이 우리에게 도와주기로 한 게 있다는 사실을 명심하고 진정해."

허버트가 하는 말에 나는 몸을 벌떡 일으켰다. 하지만 팔에서 극심한 통증이 일어나 다시 쓰러진 채 물었다.

"시간이 지난 건 아니지, 허버트, 그치? 오늘 밤이 무슨 요일이지? 내가 여기에 얼마나 오래 있었던 거지?"

거기에 아주 오랫동안 – 하루 밤낮, 이틀 밤낮, 그 이상 – 누워있었다는 생각이 이상할 정도로 강하게 떠올랐다.

"아직 안 지났어. 아직 월요일 밤이야."

"하느님 고맙습니다!"

"그러니 너는 내일 온종일, 화요일 내내 쉴 수 있어. 그런데 앓는 소리가 절로 나는 것 같구나, 친애하는 헨델. 도대체 어디를 다친 거니? 일어설 순 있니?"

허버트가 묻는 말에 나는 대답했다.

"그래, 그래. 걸을 수 있어. 다친 데는 없어, 화상을 입은 팔이 콕콕 쑤실 뿐이야."

두 친구는 붕대를 풀어서 응급조치했다. 화상 부위가 잔뜩 부어오른 데다 염증까지 생겨서 손을 대는 것조차 견딜 수 없었다. 하지만 두 친구는 손수건을 찢어서 붕대를 새로 만들어 묶더니, 멜빵에다 팔을 조심스럽게 얹었다. 읍내에 가서 소독약을 구할 때까지는 이런 식으로 버틸 수밖에 없었다.

잠시 후에 우리는 수문지기 집에서 나와 어둠에 싸인 문을 닫고 읍내로 향하며 채석장을 지났다. 어느덧 청년으로 성장한 트랩 양복점 점원이 등불을 들고 앞에서 걸었다. 내가 밧줄에 꽁꽁 묶였을 때 문가로 다가오던 불빛이다. 하지만 보름달은 내가 마지막으로 보았을 때보다 두 시간 이상은 족히 하늘로 떠올라 비는 내려도 밤하늘은 훨씬 밝았다. 옆을 지날 때 가마는 우리에게 하얀 증기를 내뿜고, 나는 아까 떠올린 기도문과 달리 감사기도를 떠올렸다.

나는 어떻게 구하러 오게 되었는지 알려달라고 끊임없이 간청하고, 허버트는 처음에 단호하게 거부했다. 하지만 결국에는 다음과 같은 사실을 깨달았다. 나는 급히 서둘다가 편지를 펼친 채 우리 집에 떨어뜨리고, 허버트는 거리에서 스타톱을 만나 함께 집으로 돌아와서 편지를 발견하고 내가 사라졌다는 사실을 곧바로 깨달았다. 그런데 편지

내용이 불안한 데다 내가 급히 작성해서 허버트에게 남긴 쪽지는 내용이 달라서 불안감은 한층 깊어졌다. 그래서 십오 분 정도를 곰곰이 생각해도 불안감이 가라앉는 대신 늘어나기만 해서 함께 가겠다고 자발적으로 나선 스타톱과 함께 역마차 사무실로 출발해, 다음 역마차가 언제 출발하는지 물어보았다. 그런데 오후 역마차가 벌써 떠났다는 새로운 장애물을 발견하고 불안감이 위기감으로 변하는 걸 깨달은 순간, 허버트는 역마차를 전세 내서 쫓아가기로 했다. 그래서 스타톱과 함께 '파란 멧돼지'에 도착하면 나를 만나거나 소식을 접할 거라 생각했는데, 아무것도 없어서 하비셤 아씨네 저택으로 갔지만, 이번에도 나를 찾을 순 없었다.

그래서 두 친구는 여관으로 돌아가 (주변을 떠도는 나에 대한 유명한 이야기를 내가 여관 주인장에게 들을 때가 분명한데) 식사를 해서 기운을 차리고 늪지대로 안내할 길잡이를 구했다. 그런데 트랩 양복점 점원은 옛날부터 할 일 없이 싸돌아다니는 습관이 있는 터라, 마침 '파란 멧돼지' 아치문 밑에서 여러 사람과 함께 어슬렁거리다가 내가 하비셤 아씨 자택에서 여관 쪽으로 가는 걸 본 적이 있었다. 그래서 트랩 양복점 점원은 길잡이가 되고, 두 친구는 안내를 받아 수문지기 집으로 이동하면서 읍내에서 늪지대로 가는 길을 이용하고, 나는 일부러 그 길을 피했다.

어쨌든 허버트는 계속 걷는 도중에 내가 여기까지 온 건 프로비스 아저씨를 안전하게 지키려는 매우 중요한 목적 때문이란 생각을 하고, 그럴 경우에 자신이 끼어들면 방해가 될 것 같다는 생각도 들어서 스타톱과 길잡이를 채석장 모서리에 남겨두고 혼자 다가와서 수문지기 집을 두세 바퀴 살그머니 돌며 내부에 아무런 문제가 없는지 확인하려고 애썼다. 그런데 들리는 소리라곤 거칠고 나지막하고 모호하게 말하는 목소리가 전부라서 (이때는 내가 머릿속으로 다양한 영상을 떠올릴 때가 분명하고) 결국에는 내가 거기에 없을 것 같다는 의심까지 떠오르려는데 갑자기 내가 커다랗게 울부짖는 소리가 들려서 거기에 대답하며 달려들고, 다른 두 사람도 잇따라 달려든 것이다.

내가 집 안에서 겪은 내용을 말하자, 허버트는 굉장히 늦은 시간이지만 읍내 치안판사를 당장 찾아가서 체포 영장을 발부받자고 주장했다. 나 역시 그런 생각을 했지만 그렇게 하면 거기에 남아야 하거나 다시 돌아와야 해서 프로비스 아저씨에게 치명적인 손상을 입힐 수 있었다.

허버트 역시 이런 곤란한 상황을 반박할 순 없어서 우리는 당장 올릭을 쫓는 생각은 모두 단념했다. 그런 상황에서 무엇보다 중요한 건 트랩 양복점 점원이 이번 사태를 가벼운 문제라고 생각하도록 만드는 것이었다. 게다가 양복점 점원은 자신이 개입해서 내가 석회 굽는 가마에 들어가는 걸 막았다는 사실을 깨달으면 크게 실망할 게 분명했다. 트랩 양복점 점원이 특히 사악해서 그런 게 아니라 활력이 넘치는 청년인 데다 누가 피해를 보든 재미있는 변화가 다양하게 일어나는 걸 좋아하는 성격이기 때문이다. 그래서 우리가 헤어질 때 나는 금화 두 닢을 주면서 그동안 나쁘게 생각해서 미안하다고 사과했는데, 트랩 양복점 점원은 돈을 받은 건 기뻐하면서도 내가 사과한 말은 가볍게 외면하는 것 같았다.

수요일이 다가오는 터라 우리 셋은 그날 밤에 런던으로 돌아가기로 하고 전세 역마차에 올라탔다. 그날 밤에 일어난 사건이 퍼지기 전에 읍내를 벗어나야 할 것 같아서 특히 더했다. 소독약이 든 커다란 병을 허버트가 구해서 밤새도록 상처 부위를 발라준 덕분에 나는 그런대로 통증을 견디며 여행을 마칠 수 있었다. 우리가 템플에 도착한 건 동이

튼 다음인데, 나는 침대로 곧장 가서 온종일 누워있었다.

침대에 누워있는 동안 내가 아파서 내일 보트를 못 탈 수도 있겠다는 공포가 마구 몰려들었다. 그 자체로 내가 기력을 탕진하지 않은 게 이상할 정도다. 전날 밤에 정신적으로 엄청난 시련과 고통까지 겪은 터라 내일 할 일에 대한 엄청난 책임감만 아니라면 정말 그렇게 되고 말았을 것이다. 하지만 오랫동안 학수고대하며 초조하게 기다리다가 막상 기회가 온 순간, 이런 엉뚱한 사태가 벌어졌으니 바로 내일 어떤 결과가 나올지 도무지 예측할 수 없었다.

그날 우리가 프로비스 아저씨와 연락을 삼가는 자체보다 더 확실한 예방조처는 없었다. 그런데도 아무런 연락을 안 하니 불안감은 계속 늘어만 갔다. 발소리가 날 때마다, 무슨 소리가 들릴 때마다 프로비스 아저씨가 들켜서 잡혀갔다는, 저 소리는 그걸 나에게 전하러 오는 소리라는 생각에 깜짝깜짝 놀랐다. 프로비스 아저씨가 체포되었다고, 단순한 두려움이나 예감 이상으로 마음에 확실하게 다가온다고, 그런 일이 확실히 발생했다고, 신비로운 과정을 통해 나에게 전달하는 거라고 확신했다. 시간은 흐르고 나쁜 소식이 여전히 안 올 때는, 하루해가 저물고 어둠이 깔릴 때는, 몸이 아파서 내일 아침엔 꼼짝도 못 할 거란 공포가 완벽하게 압도했다. 뜨겁게 달아오른 팔은 콕콕 쑤시고 뜨겁게 달아오른 머리도 콕콕 쑤시더니, 이제 정신이 오락가락한다는 생각조차 들었다. 그래서 정신을 똑바로 차리려고 숫자를 하나씩 세기도 하고 내가 아는 산문이나 시를 암송하기도 했다. 그러다가 피곤한 나머지 가끔 정신이 풀려서 꾸벅꾸벅 졸거나 외우던 걸 까먹기도 하는데, 그럴 때면 깜짝 놀라며 "이제 드디어 내가 헛소리까지 늘어놓는구나!" 하고 중얼거리기도 했다.

두 친구는 나를 온종일 쉬게 하면서 팔에 소염제를 끊임없이 발라

시원하게 만들며 치료했다. 그래서 잠이라도 들면 수문지기 집에서 떠오른 생각에, 시간이 많이 지나 프로비스 아저씨를 구할 기회를 놓쳐 버렸다는 생각에 벌떡벌떡 깨어났다. 자정 즈음에는 내가 스물네 시간 이나 자서 수요일을 그냥 보냈다는 확신을 품고 침대에서 일어나 허버 트를 찾아갔다. 이게 내가 초조한 마음에 마지막으로 드러낸 정신착란 이다. 그런 다음엔 깊은 잠에 빠져들었기 때문이다.

창문을 바라보니 수요일 아침이 밝았다. 다리 위에서 깜빡이는 가 로등 불빛은 벌써 창백하고, 떠오르는 태양은 지평선을 불타는 늪지 대처럼 만들어놓았다. 강물은 여전히 어둡고 신비롭게 흐르는 가운데 쭉 늘어선 다리는 차가운 회색으로 변하고 타오르는 하늘은 다리 꼭대 기에 따사로운 손길을 내밀었다. 옹기종기 모인 지붕과 함께 유난히 도 맑은 하늘로 솟구친 교회 탑과 뾰족탑을 바라보니, 강에 드리운 휘장을 걷으면서 태양이 솟아올라 수면 여기저기에 눈부신 광채를 수없이 번뜩였다. 나에게 드리운 휘장도 걷힌 듯 온몸에 활력이 가득 했다.

허버트는 침대에서 자고 예전에 함께 공부하던 친구는 소파에서 잤다. 나는 누가 돕지 않으면 옷을 못 입어도 벽난로 불은 지필 수 있었다. 그래서 여전히 살아있는 불을 활활 지피고 두 친구가 마시도록 커피도 만들었다. 그렇게 시간이 지나자 두 친구 역시 활력이 가득한 표정으로 일어나고, 우리는 창가에서 맵싸한 아침 공기를 빨아들이며 아직 우리 쪽 방향으로 흐르는 물길을 바라보았다.

"아홉 시에 물길이 바뀌면 모든 준비를 마치고 우리를 찾아보세요, '물방아 저수지 강둑'에 계시는 그대여!"

허버트가 쾌활하게 노래했다.

54

전형적인 삼월 날씨답게 태양이 비추면 뜨겁고 바람이 불면 추웠다. 그래서 햇살이 닿는 곳은 여름이고 그늘진 곳은 겨울이다. 우리 세 사람은 선원용 두꺼운 모직 외투를 입고 나는 가방을 들었다. 수많은 물건 가운데 내가 꼭 가져가야 할 물건만 몇 점 넣은 가방이다. 어디로 가야 할지, 무슨 일을 할지, 언제 돌아올지는 조금도 모르는 상태였다. 하지만 이런 것에는 아무런 관심도 없다. 주된 관심사는 프로비스 아저씨가 무사히 탈출하는 것이다. 문지방에서 걸음을 멈추고 뒤를 돌아보며, 상황이 어떻게 변해야 내가 여기에 다시 돌아올 수 있을까 잠시 생각한 게 전부다.

우리는 보트를 몰고 강으로 나가는 자체를 아직 결정조차 못 한 것처럼 템플 선착장으로 어슬렁거리며 내려가 거기에서도 어슬렁거렸다. 물론 보트를 비롯해 모든 준비는 이미 철저하게 마친 상태였다. 지켜보는 사람이라곤 템플 선착장에서 양서류처럼 일하는 일꾼 두세 명밖에 없는데도 우리는 우유부단한 모습을 살짝 보이다가 보트에 올라타고 노를 저었다. 허버트는 뱃머리에 앉고 나는 키를 잡았다. 여덟

시 삼십 분, 만조가 다가올 즈음이었다.

우리 계획은 다음과 같다. 아홉 시에 물길이 썰물로 바뀌면 그걸 타고 오후 세 시까지 내려가다가 밀물로 바뀐 다음에도 어둠이 깔릴 때까지 계속 노를 저으며 나아간다. 그러면 그레이브스엔드를 지나 켄트와 에섹스 사이 직선 해역에 도달할 텐데, 그곳은 강이 넓고 한적하며 강변에 사는 사람도 거의 없고 여기저기에 외딴 여인숙만 있어, 이 가운데 하나를 골라서 휴식처로 삼으며 하룻밤을 보낸다. 함부르크로 가는 기선과 로테르담으로 가는 기선은 목요일 아침 아홉 시 경에 런던에서 출발한다. 우리는 기선이 지날 시간을 정확히 파악하고 각각의 특징도 정확히 파악했으니 적당한 장소를 선택해서 기다리다가 먼저 나타나는 기선을 커다랗게 부른다. 그래서 행여나 우리를 안 태워준다 해도 두 번째 기회를 노린다는 것이다.

드디어 목적한 일을 실행한다는 안도감이 참으로 대단하게 밀려들었다. 불과 몇 시간 전까지만 해도 내가 안절부절못했던 사실은 실감조차 못 할 정도였다. 상쾌한 공기와 햇살, 물을 헤치며 나아가는 움직임, 강물 자체가 우리를 동정하고 격려하고 활기를 불어넣듯 함께 달리는 움직임 등, 모든 게 새로운 희망으로 가득했다. 보트에서 나는 아무 역할도 안 한다는 점이 창피하지만 두 친구보다 훌륭한 노잡이는 없었다. 두 친구 모두 노를 힘차게 온종일이라도 저을 것 같았다.

당시만 해도 템스 강에서 기선이 오가는 횟수는 현재보다 훨씬 못 미치는데 뱃사공이 젓는 배는 아주 많았다. 바지선도 석탄운반선도 연안무역선도 현재랑 비슷할 것이다. 하지만 기선은 크든 작든 십 분의 일이나 이십 분의 일에 불과했다. 이른 시간인데도 그날 아침은 여기저기를 오가는 경주용 보트가 많고, 썰물을 타고 하류로 내려가는 바지선도 많았다. 갑판이 없는 조그만 보트를 타고 다리 사이를 오가는 방식은 오늘날보다 당시가 훨씬 편하고 일반적이었다. 그래서 우리는 다양한 소형 보트와 나룻배 사이를 뚫으며 경쾌하게 나아갔다.

옛날 런던교를 금방 지나고 굴 채취선과 네덜란드 어선이 잔뜩 늘어선 옛날 런던 어시장과 백색 탑과[13] 반역자의 문을[14] 지나, 우리는 선박이 겹겹이 늘어서서 짐을 태우거나 내리는 사이로 들어섰다. 리스, 애버딘, 글래스고로 가는 기선이 늘어서서 화물을 싣거나 내리는데, 옆으로 지나면서 보니 수면 위로 하늘 높이 솟아오른 것 같았다. 이번에는 쭉 늘어선 석탄운반선 수십 척이 나타나는데, 갑판마다 일꾼이 발판으로 뛰어내리는 힘을 이용하며 도르래를 잡아당겨서 석탄 더미를 끌어올려 뱃전 너머 바지선에 와르르 쏟아부었다. 이번에는 내일 로테르담으로 떠날 기선이 나타나서 눈여겨 바라보고, 다음에는 내일 함부르크로 떠날 기선도 보여서 우리는 앞으로 기다랗게 삐져나온 선수목 밑을 지나갔다. 그러더니 고물 쪽에 앉은 내 눈에 '물방아 저수지 강둑'과 선착장이 보이기 시작했다.

"아저씨가 보여?"

허버트가 묻고 나는 대답했다.

"아직 안 보여."

"잘했어! 우리가 보이기 전에는 내려오면 안 되거든. 창문 신호는 보이니?"

"여기에선 흐릿한데, 조금씩 보이는 것 같아…… 이제 아저씨가 보인다! 둘 다 힘껏 저어. 천천히, 허버트. 노를 올려!"

우리는 선착장에 잠시 보트를 대고 아저씨를 태운 다음에 다시 출발했다. 아저씨는 선원용 망토 차림에 범포로 만든 새까만 가방을 든

---

13) 백색 탑(White Tower): 런던탑 안에 있는 요새로 반역자를 수용했다.
14) 반역자의 문(Traitor's Gate): 백색 탑에 수용한 반역자를 호송할 때 지나던 문이다.

모습이 내가 속으로 바라던 대로 템스 강 도선사처럼 보였다. 그런 아저씨가 자리를 잡고 앉더니 내 어깨에 팔을 걸치며 말했다.

"친애하는 핍! 약속을 지켰구나, 잘했어. 고맙다, 고마워!"

우리는 선박이 쭉 늘어서서 짐을 싣거나 내리는 곳으로 다시 들어가 선박 사이를 나오고 들어가며, 닳아서 실이 삐져나온 동아줄과 녹슨 쇠사슬과 이리저리 흔들리는 부표를 피하고 둥둥 떠가는 쓰레기 바구니를 잠시 가라앉히고 둥둥 떠가는 나무토막을 밀어내고 둥둥 떠가는 석탄 거품을 헤치고 선박 사이를 나오고 들어가며, (존이란 이름을 쓰는 사람들이 흔히 그러듯) 바람에 대고 연설하는 '선덜랜드 존' 뱃머리 장식과 단단한 젖가슴이 그럴듯하고 뭉툭한 눈은 깜짝 놀라서 오 센티미터 밖으로 튀어나온 '야머스 베치' 뱃머리 장식 아래를 지나는 식으로 선박 사이를 나오고 들어가며, 조선소에서 일어나는 망치질 소리, 목재에 톱질하는 소리, 뭔지 모를 물건을 내려치는 기계 소리, 배로 들어온 물을 펌프질로 뱉어내는 소리, 닻 감는 기구가 돌아가는 소리, 선박이 바다로 나가는 뱃고동 소리, 바다를 끼고 사는 새들이 방파제 위에서 거룻배 사공에게 내지르는 소리 등을 듣다가 마침내 시야가 탁 트인 강으로, 혼잡한 장소에서 옆구리에 대던 보강재가 이제는 필요하지 않아 선원들이 방현재를 걷어냄 직한 곳으로, 줄에 만국기를 달아서 장식한 돛이 바람에 펄럭임 직한 곳으로 나왔다.

아저씨를 보트에 태운 선착장에서도 그렇고 이후에도 그렇고 나는 누가 우리를 의심하는 흔적을 열심히 찾았지만 그런 사람은 하나도 안 보였다. 당시만 해도 우리에게 관심을 보이거나 쫓아오는 보트는 단 한 척도 없었다. 확실했다. 행여나 우리에게 관심을 보이는 보트가 있다면 나는 해안으로 가서 보트가 우리를 쫓는다는 사실 자체를 분명히 확인하거나 멀찌감치 지나치도록 했을 것이다. 하지만 우리는 겉으로 드러나는 어떤 방해도 없이 꾸준히 나아갔다.

아저씨는 선원용 망토를 걸쳐서 아까 말한 대로 주변 분위기랑 잘 어울렸다. 우리 가운데에서 불안한 기색이 가장 적은 모습 역시 놀라운데 그동안 온갖 역경을 헤치며 살아와서 그런 것 같았다. 하지만 무관심한 건 아니었다. 꼭 살아남아 자기 신사가 외국에서 가장 훌륭한 신사로 살아가는 모습을 보고 싶다고 말했기 때문이다. 내가 아는 한 프로비스 아저씨는 소극적이거나 수동적인 성격이 아니었다. 위험에 맞닥뜨리면 대충 넘어갈 성격이 아니었다. 위험이 닥치면 정면으로 맞서겠지만 그러기 전에는 아주 느긋할 뿐이었다.

"사방이 꽉 막힌 골방에서 하루하루를 보내다가 너와 함께 배를 타는 기분이 어떤지 안다면 너는 내가 부러울 게다, 친애하는 핍. 하지만 너는 이런 기분을 몰라."

프로비스 아저씨가 하는 말에 나는 이렇게 대답했다.

"저도 자유의 기쁨은 안다고 생각합니다."

그러자 프로비스 아저씨가 머리를 진지하게 흔들며 반박했다.

"아, 하지만 나만큼은 몰라. 나만큼 알려면 철창에 갇혀서 오랜 세월을 보내야 해. 하지만 천박하게 굴진 않겠다."

이런 사람이 아무리 그럴싸한 계획을 세우더라도 결국에 자신의 자유는 물론 목숨까지 위험에 빠뜨려야 한다는 사실이 모순처럼 다가왔다. 하지만 이런 사람에게 위험을 회피한 자유는 여태까지 살아온 생활습관과 너무 동떨어져서 견딜 수 없을 거란 생각도 들었다. 아저씨가 담배를 몇 모금 빨다가 이렇게 말한 걸 보면 내 생각이 대충 들어맞았다.

"너도 알다시피, 친애하는 핍, 저쪽 세상에, 바다 건너편 저쪽 세상에 살 때만 해도 나는 항상 이쪽 세상을 바라보았단다. 그곳 생활은 정말 따분했어, 돈을 잔뜩 버는데도 말이야. 모든 사람이 매그위치를 알고, 매그위치는 어디든 마음대로 가서 마음대로 움직이고, 매그위치 때문에 골머리를 썩이는 사람은 누구도 없었단다. 그런데 이곳 사람들은 나를 편하게 생각하질 않아. 내가 지금 여기에 있는 걸 알면 더더욱 그렇겠지."

"모든 게 계획대로 된다면 조금 후에 아저씨는 또다시 완벽한 자유를 누릴 거예요."

내가 말하자, 프로비스 아저씨는 숨을 길게 들이마시며 대답했다. "으음, 그러면 좋겠구나."

"그렇게 될 거라고 생각하지 않으세요?"

프로비스 아저씨는 보트 뱃전 너머로 손을 강물에 담그더니, 이제 새로울 것도 없는 부드러운 표정으로 미소를 떠올리며 대답했다.

"아니야, 그렇게 생각하는 것 같아, 친애하는 핍. 지금보다 조용하고 편하게 나아갈 순 없으니 말이다. 하지만 아주 부드럽고 경쾌하게 물살을 헤치며 나아가서 그런 것 같은데, 담배를 태우다 보니 지금 막 이런 생각이 떠오르는구나. 내가 지금 손으로 움켜잡은 강물 바닥을 볼 수 없듯이 앞으로 몇 시간 후에 일어날 일도 볼 수 없다는 생각 말이다. 강물은 이렇게 움켜잡을 수 있어도 시간은 붙잡을 수 없다는 생각도. 그런데 강물 역시 모두 빠져나가는구나, 이렇게 말이다!"

프로비스 아저씨가 말하며 물이 뚝뚝 떨어지는 손을 들어 올렸다.

"아저씨 얼굴이 약간 의기소침한 것 같아요."

"아니야, 그런 건 아니야, 친애하는 핍! 보트는 아주 조용히 나아가고 물결은 일요일 찬송가처럼 뱃전에 부딪혀서 그런 거야. 어쩌면 내가 약간 늙어서 그럴 수도 있고."

프로비스 아저씨는 파이프를 입에 다시 느긋하게 물고 마치 우리가 이미 영국을 벗어나기라도 한 것처럼 태연하고 만족스러운 표정을 떠올렸다. 하지만 우리가 충고하는 말에는 끝없는 공포에 떠는 사람처럼 순순히 따랐다. 우리가 맥주를 사러 해안으로 갈 때 아저씨도 내리려고 해서 내가 보트에서 기다리는 게 안전한 것 같다고 암시하자 "그래, 친애하는 핍?" 하고 묻더니, 그대로 조용히 눌러앉는 식이었다.

강은 공기가 차가워도 날씨는 화창하고 햇살은 상쾌했다. 물길이 강해서 나는 그 힘을 하나도 안 잃도록 조심하고 두 친구는 꾸준히 노질해, 보트는 만족스럽게 나아갔다. 물길이 미세하게 줄어들고 근처 숲과 산은 시야에서 점차 사라지고 보트는 진흙 강둑 사이로 나지막하게 내려가긴 해도, 그레이브스엔드를 벗어날 때까지 물길은 우리 편이었다.

우리가 보호할 상대는 망토로 몸을 감싼 터라 나는 둥둥 뜬 세관선 바로 옆을 일부러 지나치기도 하고 물길을 타기 위해 이민선 두 척을 끼고 나아가기도 하고 앞 갑판에서 군인들이 우리를 내려다보는 커다란 수송선 뱃머리 아래를 지나기도 했다. 그러더니 결국에는 물길이 느리게 변하면서 정박한 선박들이 완만하게 움직이다가 곧이어 방향을 완전히 바꾸고, 새로 바뀐 물길을 이용해 풀장 지역으로 올라가려는 선박이 대대적으로 몰려들기 시작해, 우리는 밀물 영향을 최대한 적게 받으려고 강변 쪽으로 바짝 달라붙어서 얕은 여울목과 진흙 둑을 피하며 조심스레 나아갔다.

지금까지는 썰물에 보트를 맡긴 채 휴식을 가끔 취한 덕분에 두 친구는 아직 기운이 넘쳐, 우리는 한 시간에 십오 분 휴식하는 정도로 충분했다. 그럴 때는 미끈미끈한 바위 사이에 올라서 음식도 먹고 음료수도 마시며 주변을 둘러보았다. 주변은 내가 태어난 늪지대처럼 편편하고 단조로우며 수평선과 지평선은 희미했다.

그러는 동안에도 강물은 계속 굽이치고 출렁이며 맴돌고 커다란 부표 역시 출렁이며 맴돌 뿐, 다른 모든 건 강물에 빠져들어서 잠잠한 것 같았다. 가득 몰려들던 선박도 우리가 지나온 나지막한 모서리를 돌아가고, 갈색 돛을 달고 짚더미를 가득 실은 녹색 바지선도 그 뒤를 따르고, 어린애가 처음으로 서툴게 그린 배처럼 보이는 바닥 채취 작업선은 진흙 바닥에 나지막이 가라앉고, 물 위로 드러난 말뚝에 나지막이 웅크린 여울목 등대는 죽마와 목발에 의지한 채 진흙에 올라서서 기우뚱하고, 진흙투성이 말뚝은 진흙 위로 삐져나오고 진흙투성이 바위도 진흙 위로 삐져나오고 빨간 경계표와 조수표도 진흙 위로 삐져나오고 지붕조차 사라진 낡은 건물과 낡은 부잔교는 진흙 속으로 빠져들어, 주변에 남은 거라곤 무엇이든 진흙투성이로 변한 채 활력을 잃었기 때문이다.

　　우리는 보트를 다시 띄우고 최선을 다하며 나아갔다. 이제는 노를 젓는 게 훨씬 힘들지만, 허버트와 스타톱은 꾸준히 노를 젓고 또 젓고 또 젓는 가운데 해가 떨어졌다. 그즈음에는 불어난 강물에 보트가 약간 올라가서 우리는 강둑 너머를 볼 수 있었다. 빨간 태양은 나지막한 해안선에 걸쳐서 보랏빛 노을을 뿌리며 어둠 속으로 빠르게 가라앉고, 사방엔 쓸쓸하고 편편한 늪지대만 가득하고, 멀리서 구릉지가 보이는데 중간에 어떤 생명체도 없는 것 같았다. 앞에서 쓸쓸하게 이리저리 날아다니는 갈매기 한 마리가 전부였다.

　　밤은 빠르게 다가오고 보름이 지난 다음이라서 달은 느지막이 떠오를 터라 우리는 의견을 살짝 주고받았다. 아주 짧은 회의였다. 제일 먼저 눈에 띄는 외딴 여인숙으로 갈 수밖에 없는 상황이기 때문이다. 그래서 두 친구는 노를 다시 젓고 나는 건물 같은 게 있는지 둘러보았다. 우리는 이런 식으로 입을 꾹 다문 채 칠팔 킬로미터를 지루하게 나아갔다.

날씨가 몹시 추웠다. 주방에 불을 가득 피운 채 옆으로 지나가는 석탄 운반선이 아늑한 집처럼 보일 정도였다. 이제 주변엔 깜깜한 암흑이 쌓여서 동녘이 터올 때까지 그럴 게 분명했다. 우리를 비추는 빛이라곤 하늘이 아니라 수면에서 반사하는 빛이 전부인 것 같았다. 노가 때릴 때마다 강물에서 별빛이 수없이 부서졌기 때문이다.

사방이 어둡다 보니 우리 모두 누가 쫓아온다는 생각에 사로잡힌 게 분명했다. 물살이 강변을 불규칙하게 때리며 묵직하게 철썩이는데, 이런 소리가 날 때마다 우리 가운데 한두 명이 깜짝 놀라며 그쪽을 쳐다보았다. 물살이 강둑을 갉아먹으면서 여기저기 조금씩 움푹 들어갔는데, 그런 곳이 나타날 때마다 우리 모두 의심스러운 눈으로 불안하게 바라보기도 했다. 가끔 우리 가운데 한 명이 나지막하게 "저 소리가 뭐지?" 하고 속삭이거나 "저기에 있는 게 보트가?" 하고 속삭일 정도였다. 그러고 나면 우리 모두 완벽한 침묵에 빠져들고 나는 초조하게 앉아, 노걸이에서 움직이는 노가 참으로 시끄럽게 삐거덕댄다고 생각하곤 했다.

마침내 불빛과 지붕이 어렴풋하게 나타나고 우리는 근처에 널린 돌멩이로 쌓아 올린 조그만 방죽을 따라 나아갔다. 그래서 모두 보트에서 기다리게 하고 나 혼자 상륙해서 불빛이 여인숙 창문에서 흘러나오는 거란 사실을 확인했다. 정말 지저분한 여인숙이었다. 밀수업자들이 이용할 법한 곳이었다. 하지만 주방에서는 불이 활활 타오르고 배를 채울 달걀과 베이컨도 있고 목을 축일 술과 음료수도 다양했다. 게다가 주인장 말대로 "누추하기 그지없는" 이 인용 침실도 두 개나 있었다. 여인숙에는 주인장과 마나님과 머리가 희끗희끗한 남자 한 명이 전부인데, 이 남자는 여인숙에서 일하는 잡역부로 수면이 가장 낮은 지점을 확인하는 부표 역할이라도 한 듯 온몸이 진흙으로 얼룩졌다.

나는 잡역부와 함께 보트가 있는 곳으로 다시 내려가서 동료들을 상륙시키고 노와 키와 갈고리 장대와 함께 모든 물건을 들어내고 보트를 뭍으로 끌어올렸다. 그리고 주방 벽난로 앞에서 음식을 맛있게 먹고 침실을 배정해, 허버트와 스타톱이 한방을 쓰고 나와 프로비스 아저씨가 한방을 쓰기로 했다. 그런데 공기가 생명에 치명적이라도 한 듯두 방 모두 공기를 철저하게 차단하고 침대 밑에는 가족이 사용하는 거로 생각할 수 없을 정도로 더러운 옷가지와 골판지 상자가 많았다. 그래도 우리는 더할 나위 없이 다행스럽게 여겼다. 여기보다 외딴 여인숙은 어디에도 없을 것 같았기 때문이다.

우리가 식사를 마치고 벽난로 주변에서 편히 쉴 때 잡역부는 물에 퉁퉁 불어 오른 신발 차림으로 - 우리가 달걀과 베이컨을 먹는 동안 며칠 전에 익사해 해안으로 쓸려온 뱃사람 발에서 벗겨낸 재미있는 유품이라고 자랑하던 신발 차림으로 - 구석에 앉아있다가 노 네 개짜리 대형 보트가 밀물을 따라 상류로 올라가는 걸 본 적이 있느냐고 나에게 물었다. 그래서 없다고 대답하자, 잡역부는 그럼 하류로 내려간게 분명하다고, 하지만 거기를 떠날 때는 "상류로 올라갔다"고 하면서 이렇게 중얼거렸다.

"이런저런 이유로 생각을 바꾸고 하류로 내려간 게 분명하군."

"노 네 개짜리 대형 보트라고 했나요?"

내가 묻자, 잡역부가 대답했다.

"노잡이 네 명, 그리고 앉은 사람 두 명."

"그 사람들이 여기에 상륙했나요?"

"돌 항아리에 맥주를 듬뿍 담아갔다오. 기회만 있었다면 내가 맥주에다 독이나 설사약을 잔뜩 풀었을 텐데 말이오."

"왜요?"

"이유야 분명하지."

잡역부가 대답했다. 목구멍에 진흙이 가득한 듯 걸쭉한 목소리였다. 그러자 주인장은 생각이 많은 표정으로 대신 말하는데, 눈빛이 창백하고 몸이 약한 걸 보면 잡역부에게 많이 의지하는 것 같았다.

"저 사람은 그 사람들 정체가 겉보기와 다르다고 생각한다오."

"내 눈은 정확하오."

잡역부가 끼어들자, 주인장이 물었다.

"자네는 그게 세관선이라고 생각하는가, 잭?"

"그래."

"그렇다면 자네가 틀렸네, 잭."

"내가?"

잡역부는 반문하는 목소리로 무한한 의미와 무한한 확신을 드러내며 물에 불어 오른 신발 한 짝을 벗어 주방 바닥에 툭툭 쳐서 조그만 돌멩이 서너 개를 빼내고 다시 신었다. 자기 눈이 정확하다는, 얼마든지 내기해도 좋다는 분위기였다.

"그렇다면 그 사람들이 제복 단추는 다 어떻게 했단 말인가, 잭?"

주인장이 머뭇거리며 약하게 묻자, 잡역부가 대답했다.

"제복 단추는 다 어떻게 했느냐고? 뜯어서 뱃전 너머로 버렸든지, 모두 삼켰든지, 이리저리 뿌려서 샐러드를 만들었든지, 어떤 식으로든 했겠지!"

"건방지게 말하지 말게, 잭."

주인장이 애처롭고 쓸쓸한 어투로 나무라자, 잭은 밉살스런 단어를 잔뜩 경멸하는 어투로 되씹으며 말했다.

"세관관리는 제복 단추가 방해될 때 어떻게 해야 하는지 알아. 세관

관리가 아니라면 노잡이 네 명과 앉은 사람 두 명이 밀물 때 상류로 올라가고 하류로 내려가며 한 번은 물길을 따라서 한 번은 물길을 거스르며 이리저리 돌아다니진 않아."

이 말과 함께 잡역부는 화가 나서 휭 나가고 주인장은 대답할 상대가 없어서 그 문제에 대해 더는 말할 수 없었다.

이런 대화를 듣는 동안 우리 모두 불안하고 나는 특히 더했다. 불길한 바람은 건물을 휘감으며 투덜대고 물살은 강변을 때리며 철썩이고 나는 우리 안에 꼼짝없이 갇힌 느낌이었다. 노가 네 개나 되는 대형 보트가 평소와 달리 이런 식으로 시선을 끌며 돌아다닌다는 건 그냥 듣고 넘길 상황이 아니었다.

나는 프로비스 아저씨에게 잠자리에 들라고 권유한 다음, (이즈음에는 스타톱 역시 모든 상황을 파악한 상태라서) 두 친구와 밖으로 나가 다시 회의를 시작했다. 오후 한 시에 나타날 기선이 근처에 오기 직전까지 여인숙에 그대로 머물 것인가, 아니면 아침 일찍 출발할 것인가, 하는 게 토론 주제였다. 전체적으로, 기선이 나타나기 한 시간 전까지 여인숙에 머물다가 물길을 따라 편하게 내려가는 식으로 기선 항로를 향해 나가는 게 좋겠다는 의견이었다. 그래서 그렇게 하는 거로 결정하고 우리는 여인숙으로 돌아가 잠자리에 들었다.

나는 옷을 대부분 그대로 입은 채 자리에 누워서 서너 시간 동안 잘 잤다. 그런데 바람이 거세게 일어나 '선박'이라는 여인숙 간판을 삐걱거리며 이리저리 부닥치는 쿵쾅 소리에 깜짝 놀라며 깨어났다. 하지만 프로비스 아저씨는 곤하게 자는 중이라서 조용히 일어나 창문을 내다보았다. 우리가 보트를 끌어올린 방죽이 한눈에 내려다보이는데, 구름이 가린 달빛에 두 눈이 적응하는 순간, 우리 보트를 들여다보는 사내 두 명이 보였다. 그리곤 내가 내다보는 창문 아래를 그대로 지나는데, 아무것도 없이 텅 빈 선착장으로 가는 게 아니라 노어[15] 쪽 방향으로 습지대를 가로지르며 나아갔다.

제일 먼저 떠오른 생각은 허버트를 깨워서 사내 두 명이 멀어지는 모습을 보여주는 것이다. 하지만 여인숙 안쪽으로 내 방과 나란히 위치한 허버트 방으로 들어서기 직전에 허버트와 스타톱은 나보다 훨씬 힘든 하루를 보내느라 몹시 피곤할 거라는 생각이 떠올라서 중간에 포기했다. 그리고는 창가로 돌아가니, 사내 두 명이 습지대 너머에서 움직이는 모습이 보였다. 하지만 어두운 달빛에 금방 사라진 데다 몹시 추워서 나는 침대에 누워 이 문제를 곰곰이 생각하다가 다시 곤하게 잠들었다.

우리는 일찍 일어났다. 그래서 식사 전에 네 사람 모두 방안을 이리저리 거닐 때 나는 지금이 기회라 생각하고 내가 목격한 장면을 설명했다. 이번에도 프로비스 아저씨는 불안한 기색이 가장 적었다. 두 친구는 세관 소속일 가능성이 크다고, 우리를 찾는 건 아닐 거라고 차분하게 말했다. 나도 그렇다고 마음을 다지려 했다. 충분히 그럴 수 있었다. 하지만 나는 내가 아저씨와 함께 우리 눈에 보이는 가장 먼 지점으로 걸어서 이동하고, 두 친구는 정오경에 그곳이나 보트를 대기 좋은 근처로 와서 우리를 태우는 게 좋겠다고 제안했다. 모두 좋은 예방책으로 받아들이고, 나는 아침 식사를 마치자마자 여인숙에다 아무 말도 않고 아저씨와 함께 출발했다.

프로비스 아저씨는 파이프를 태우며 나란히 걷다가 가끔 걸음을 멈추고 내 어깨를 도닥였다. 다른 사람이 본다면 위험에 빠진 사람은 프로비스 아저씨가 아니라 나며, 그래서 아저씨가 위로한다고 여길 정도였다. 우리는 입을 꾹 다물었다. 그리고 예정지역으로 접근할 때는

15) 노어(Nore)는 템스 강 하구 모랫둑으로 배를 정박하는 경우가 많았다.

아저씨에게 은신처에 숨으라고, 나 혼자 가서 둘러보겠다고 사정했다. 사내 두 명이 지난밤에 지나간 방향이기 때문이다. 모랫둑에는 보트가 하나도 없었다. 근처에 끌어올린 보트도 없었다. 거기에서 누가 보트를 끌고 나간 흔적도 없었다. 하지만 밀물 때라서 발자국이 물에 잠길 가능성은 분명히 있었다.

프로비스 아저씨는 멀리 떨어진 은신처에서 내다보더니 내가 어서 오라며 흔드는 모자를 보고 옆으로 다가와, 우리는 거기에서 기다렸다. 그래서 외투로 몸을 감싼 채 강둑에 눕기도 하고 몸을 데우려고 움직이기도 하는데, 우리 보트가 모서리를 돌며 다가왔다. 우리는 간단하게 올라타고 기선 항로를 향해 노를 저었다. 그리고 십 분이 지나서 오후 한 시가 되었을 때는 기선이 내뿜는 연기를 열심히 찾았다.

하지만 우리가 연기를 발견한 건 사십 분이 지난 다음인데, 곧이어 바로 뒤에서 또 다른 기선이 내뿜는 연기도 보였다. 기선 두 척이 전속력으로 다가오는 동안 우리는 가방 두 개를 준비하고 허버트와 스타톱에게 작별인사를 했다. 우리 모두 진심으로 악수하고 허버트나 나나 두 눈에서 눈물을 하염없이 흘리는데, 우리 앞쪽 강둑 너머에서 우리가 가는 방향으로 쏜살같이 다가오는 노 네 개짜리 대형 보트가 보였다.

강물이 이리 굽고 저리 휘었지만 기선이 내뿜는 연기와 우리 사이에는 쭉 뻗은 강변이 있어서 기선이 정면으로 다가오며 또렷한 모습을 나타냈다. 나는 허버트와 스타톱에게 물살에 보트를 맡기라고, 그래서 기선이 우리를 발견하도록 하라고 소리치고 프로비스 아저씨에게는 망토로 감싼 채 가만히 앉아있으라고 간청했다. 그러자 아저씨는 "염려하지 마, 친애하는 핍" 하고 명랑하게 대답하고는 석상처럼 눌어붙었다.

한편, 노를 젓는 솜씨가 아주 탁월한 대형 보트는 우리를 지나서 우리가 옆으로 다가오도록 하더니 나란히 나아갔다. 노를 저을 공간만 남겨둔 채 바싹 달라붙어서 우리가 물길에 보트를 맡기면 자기네도 그리고 우리가 노를 저으면 자기네도 저었다. 그냥 앉은 사람 두 명 가운데 한 명이 키를 잡은 채 우리를 유심히 살피고 노잡이도 마찬가지였다. 그냥 앉은 나머지 한 명은 프로비스 아저씨와 마찬가지로 망토에 온몸을 감싼 채 잔뜩 웅크린 자세로 키잡이에게 뭐라고 속삭이며 지시를 내리는 것 같았다. 양쪽 보트 어디에도 커다랗게 말하는 사람은 없었다.

잠시 후에 스타톱은 앞에서 오는 기선을 파악하고 우리가 얼굴을 맞대고 앉는 순간, 나에게 나지막하게 "함부르크"라고 속삭였다. 기선은 아주 빠르게 다가오고 외륜이 수면을 때리는 소리는 점차 커다랗게 일어났다. 그래서 우리가 기선 그림자에 완전히 들어설 무렵에 대형 보트가 우리를 부르고 나는 왜 그러느냐고 물었다. 그러자 키잡이가 말했다.

"그 보트에 몰래 들어온 유형수가 있소. 망토로 감싼 사람이 바로 그 사람이오. 이름은 아벨 매그위치, 일명 프로비스라고 하오. 나는 그 사람을 체포할 터이니 순순히 항복하고 협조하시오."

이 말과 동시에 구체적인 지시도 안 받은 상태에서 노잡이들이 대형 보트로 우리 보트를 밀어붙였다. 한 번 강하게 저은 다음에 노를 거두고 곧장 달려들어, 무슨 짓을 하는지 우리가 깨닫기도 전에 우리 뱃전을 붙잡은 것이다. 그래서 기선에 탄 사람들은 커다란 혼란에 쌓이고, 나는 그들이 우리에게 조심하라고 외치는 소리와 외륜을 세우라고 외치는 소리를 들었지만, 기선이 달려드는 압도적인 힘도 느꼈다.

이와 동시에, 대형 보트 키잡이가 죄수 어깨를 손으로 잡는 게 내 눈에 보이고, 보트 두 척이 물살에 휩쓸리며 이리저리 흔들리는 모습도 보이고, 기선에 탄 사람 모두 뱃전으로 미친 듯이 달려드는 모습도 보였다. 이와 동시에, 죄수가 벌떡 일어나서 자신을 잡은 사람 너머로 몸을 기울여, 대형 보트에서 몸을 웅크린 채 앉은 사람 목에 휘감긴 망토를 움켜잡는 모습도 보였다. 이와 동시에, 망토가 사라진 곳에서 오래전에 목격한 다른 죄수 얼굴이 드러나는 게 보였다. 이와 동시에, 그 얼굴이 공포에 휩싸인 표정으로 - 앞으로 영원히 못 잊을 만큼 공포에 휩싸인 표정으로 - 뒤로 잡아 빼는 게 보이더니, 기선 갑판에서 일어나는 엄청난 비명과 강물에서 일어나는 엄청난 소리와 함께 우리 보트가 밑에서 가라앉는 걸 느꼈다.

극히 짧은 순간이지만 물레방아 바큇살 수천 개와 섬광 수천 개가 나에게 달려드는 것 같더니, 곧이어 사람들이 나를 대형 보트로 끌어올렸다. 허버트도 거기에 있고 스타톱도 거기에 있지만, 우리 보트는 사라지고 두 죄수도 사라졌다.

기선에서 고함이 일어나고 증기는 무섭게 뿜어대는 가운데 기선도 계속 움직이고 우리도 계속 움직이는 바람에 나는 처음에 하늘과 강물 자체는 물론 어디가 어딘지도 구분할 수 없었다. 하지만 노잡이들은 노를 몇 차례 힘차게 저어서 대형 보트를 재빨리 이동하더니, 노질을 멈추고 모두 침묵한 채 보트 뒤쪽 수면을 열심히 살폈다. 곧이어 까만 물체 하나가 나타나더니, 물살에 실려서 우리 쪽으로 다가왔다. 아무도 입을 안 여는 가운데 키잡이는 한 손을 들어 올리고 노잡이는 대형 보트를 뒤쪽으로 천천히 몰면서 바로 옆으로 정확하게 다가갔다. 까만 물체가 가까워지자, 나는 매그위치 아저씨가 헤엄친다는 사실을 깨달았는데, 계속 헤엄칠 순 없었다. 사람들이 매그위치 아저씨를 뱃전으로 재빨리 끌어올려서 팔목과 발목에 쇠고랑을 채웠기 때문이다.

대형 보트는 다시 천천히 나아가며 수면을 열심히 찾았다. 하지만 이번에는 로테르담으로 가는 기선이 나타나서 전속력으로 다가오는데, 무슨 일이 일어났는지 전혀 모르는 게 분명했다. 그래서 사람들이 커다랗게 외치는 소리에 동력을 멈출 즈음에는 두 기선 모두 물길에 둥둥 떠서 멀어지고, 기선이 지나면서 일으킨 물살에 우리는 위로 솟구치고 밑으로 가라앉으며 이리저리 흔들렸다. 사방이 고요하고 기선 두 척은 완전히 사라진 다음에도 수색을 계속했지만 이제 아무런 가망도 없다는 사실을 모두 깨달았다.

마침내 우리는 수색을 포기하고 해안으로 보트를 몰아 우리가 조금 전에 떠난 여인숙으로 가고, 여인숙 측에서는 깜짝 놀라며 우리를 맞았다. 여기에서 나는 이제 프로비스 아저씨가 아닌 매그위치 아저씨에게 응급조치할 수 있었다. 가슴을 심하게 다치고 머리에도 깊은 상처를 입었기 때문이다.

매그위치 아저씨는 자신이 기선 바닥 밑으로 빨려든 것 같다고, 그래서 올라오다가 머리를 부딪친 것 같다고 나에게 말했다. 가슴은 대형 보트 옆구리에 부딪쳐서 다친 것 같다고 했다. (그래서 숨을 쉬는 게 극히 고통스러웠다.) 자신이 콤피슨을 끝장냈을지 가만히 두었을지 확실하게 장담할 순 없지만 실제로는 자신이 망토를 잡아당겨서 정체를 밝히는 순간에 악당 놈이 비틀거리며 일어나다가 뒤로 기우뚱하는 바람에 함께 뱃전 너머로 떨어진 거라고, 자신이 갑자기 떨어질 때 자신을 잡은 사람이 안 놓치려고 하는 바람에 우리 보트가 뒤집힌 거라고 말했다. 그래서 둘이 팔을 움켜잡은 채 가라앉다가 물속에서 한 차례 싸움을 벌였다고, 그래서 상대를 간신히 밀쳐내고 헤엄쳐 나온 거라고 속삭였다.

매그위치 아저씨가 한 말을 정확한 사실이 아니라고 의심할 이유는 나에게 하나도 없었다. 대형 보트 키잡이를 하던 경찰관 역시 보트가 뒤집힌 이유를 똑같이 설명했기 때문이다.

나는 여인숙에서 남은 옷을 사들여 죄수에게 젖은 옷 대신 갈아입히도록 해달라는 허락을 청하고 경찰관은 바로 허락했다. 죄수가 소지한 물건은 모두 압수해야 한다고 말했을 뿐이다. 그래서 예전에 내가 지니고 있던 돈지갑은 경찰관 손으로 넘어갔다. 경찰관은 내가 런던까지 죄수를 동행해도 된다는 허락도 했다. 하지만 두 친구에게는 그런 특권을 거부했다.

'선박'에서 일하는 잡역부는 사람이 빠진 장소를 들은 다음에 시신이 쓸려올 가능성이 많은 해안을 수색하라는 임무를 받았다. 그런데 물에 빠진 사람이 기다란 스타킹을 신었다는 말을 듣는 순간에 관심이 훨씬 고조되는 것 같았다. 의상을 당시처럼 완전히 갖추려면 익사자가 대충 열 명은 필요할 것 같았다. 옷마다 낡은 상태가 모두 다른 건 바로 그것 때문일 가능성이 컸다.

경찰관은 여인숙에 계속 머물다가 물길이 바뀌자 매그위치를 데려가서 대형 보트에 태웠다. 허버트와 스타톱은 육로로 런던까지 가야하는 터라 최대한 서둘러야 했다. 나는 두 친구와 슬퍼하며 헤어지고 매그위치 아저씨 옆자리에 앉았다. 바로 그 순간, 아저씨가 살아있는 동안 내가 지켜야 할 자리는 바로 그 자리라는 확신이 들었다. 매그위치 아저씨에 대한 혐오감은 어느덧 모두 사라져, 쫓기고 부상하고 쇠고랑을 찬 상태로 내 손을 꼭 움켜잡는 모습에서 나를 도와주려고 하던, 오랜 세월 동안 나에게 끊임없는 애정과 감사와 자비를 느끼던 사람 하나만 보였기 때문이다. 매형의 공덕을 잊어버린 나보다 훨씬 훌륭한 인간 하나만 보였기 때문이다.

밤이 다가오면서 아저씨는 숨을 쉬는 게 훨씬 힘들고 고통스러워서 앓는 소리를 못 참을 때도 잦았다. 나는 화상을 안 입은 팔로 아저씨를 부축해서 조금이라도 편하게 하려고 애썼다. 하지만 정말 끔찍한 건 아저씨가 그렇게 심하게 다친 걸 내가 마음속까지 안타깝게 여길 순 없다는 사실이다. 죽는 게 최선이란 사실을 누구도 의심할 수 없기 때문이다. 아저씨를 알아보는 사람이 아직도 여럿 살아서 기꺼이 증언할 거란 사실을 의심할 수 없기 때문이다. 아저씨가 관대한 처분을 받으리란 희망을 품을 수 없기 때문이다. 재판정에서 최악의 모습을 보여주었으며 나중에는 탈옥까지 했다가 다시 재판받아 종신유형수로 떠났는데 이렇게 몰래 들어온 데다 자신을 고발한 사람이 죽도록 만드는 사태까지 발생했으니 말이다!

석양을 등지고 떠난 하루 전과 달리 석양을 향해 돌아갈 때, 그리고 희망의 물결은 모두 바닥난 것 같을 때, 나는 아저씨에게 나 때문에 돌아온 걸 무척 안타깝게 생각한다고 말했다. 그러자 아저씨는 이렇게 대답했다.

"친애하는 핍, 나는 위험을 감수했다는 사실에 아주 만족한다. 그래서 사랑하는 너도 보았으며 이제 너는 내가 없어도 신사로 살아갈 수 있으니 말이다."

아니다. 우리가 나란히 앉아있는 동안에 나 역시 그것에 대해서 생각했다. 그렇다. 나에게 그럴 의지가 있고 없고를 떠나, 웨믹이 암시한 말을 이제 비로소 이해할 수 있었다. 매그위치 아저씨가 유죄 선고를 받고 모든 재산을 몰수당하는 장면이 눈앞에 선했다. 하지만 아저씨는 계속 말했다.

"내 말 잘 들으렴, 친애하는 핍. 이제 신사는 나와 관계가 있다는 사실을 알리지 않는 편이 좋아. 나를 만나러 올 때는 웨믹을 우연히 따라온 것처럼 해야 한다. 그리고 내가 마지막 재판을 받을 때는 내가 볼 수 있는 자리에 앉으렴. 그럼 나는 바랄 게 없어."

"제가 어떤 식으로든 아저씨 옆에 있을 수 있다면 그 자리를 꼭 지키겠어요. 아, 하느님! 아저씨가 저에게 진실하신 것처럼 저 역시 아저씨에게 진실하겠어요!"

나는 내 손을 꼭 잡은 손이 떨리는 걸 느끼고, 아저씨는 보트 바닥에 누운 얼굴을 다른 쪽으로 돌리고, 나는 아저씨 목에서 예전처럼 철컥 소리가 나는 걸 들었는데, 이번에는 다른 모든 행동과 마찬가지로 부드러웠다. 나는 매그위치 아저씨가 이 문제를 거론한 게 정말 다행스러웠다. 그렇지 않았다면 나를 부자로 만들겠다는 소망은 수포가 되었다는 사실까지 아저씨가 알 필요는 조금도 없다는 생각을 너무 늦게 떠올릴 가능성이 컸기 때문이다.

55

매그위치 아저씨는 다음 날 즉결 재판소로 넘어갔다. 곧바로 재판
해서 정식재판을 받을지 결정할 예정이었다. 하지만 그러기 전에 예
전에 아저씨가 탈옥한 감옥선으로 사람을 보내서 늙은 교도관을 불러
와 아저씨 신분에 대한 증언을 들어야 했다. 물론 아저씨 신분을 의심
하는 사람은 아무도 없었다. 하지만 증언은 꼭 필요하고, 증언할 예정
이던 콤피슨은 물살에 휩쓸려서 죽은 데다, 어쩌다 보니 당시 런던에
있던 교도관 가운데에 필요한 내용을 증언할 사람은 하나도 없었다.
나는 하루 전 저녁에 도착하자마자 이미 재거스 변호사 자택으로 찾아
가서 변호를 부탁하고, 재거스 변호사는 죄수를 대신해서 아무것도
인정하지 말아야 한다고 말했다. 다른 방법은 없었다. 재거스 변호사
말에 의하면, 증인이 나타나면 즉결재판은 오 분 만에 끝날 수밖에
없으며 그렇게 되면 세상 어떤 권력도 나쁜 결과를 막을 수 없기 때문
이다.
나는 재산이 몰수된다는 사실을 아저씨가 모르게 하는 게 좋겠다는
생각을 알렸다. 그러자 재거스 변호사는 내가 "모든 재산을 손가락

사이로 빠져나가도록 했다"며 화를 내더니, 가까운 장래에 청원서를 제출하는 등 모든 노력을 다해서 일부라도 건지도록 해야 한다고 말했다. 그러다 보면 재산몰수를 면하는 사례가 종종 있는데, 이번 경우는 상황이 완전히 달라서 아주 힘들 거라는 판단 역시 나에게 그대로 드러냈다.

나는 충분히 알아들었다. 나는 당사자와 혈육도 아니고 사회적으로 인정할만한 관계도 아니었다. 아저씨가 체포당하기 전에 모든 재산을 나에게 넘긴다는 서류를 작성한 적도 없으며, 인제 와서 그렇게 한다는 건 아무런 의미도 없었다. 한 마디로 나에게는 아무런 권리도 없는 것이다. 그래서 결국에는 재산을 확보하려는 가망 없는 노력으로 마음이 상하는 일은 없도록 하겠다 결심하고 이후로는 여기에 합당하게 살았다.

그런데 익사한 밀고자는 몰수한 재산에서 상당한 보상금을 받아낼 생각으로 매그위치 아저씨 재산을 꽤나 정확하게 파악한 것 같았다. 시신을 발견한 건 익사 현장에서 몇 킬로미터 떨어진 지점으로, 형체가 너무나 끔찍한 가운데 몸에 지닌 내용물 가운데 일부를, 서류 주머니에 접어놓은 쪽지를 알아볼 수 있어서 신분을 간신히 파악했다. 그런데 서류에 적은 내용 가운데에는 매그위치 아저씨가 상당한 돈을 예치한 뉴사우스웨일즈 은행 이름과 상당한 가치를 지닌 토지 주소도 있었다. 매그위치 아저씨가 나에게 물려주라며 교도소에서 재거스 변호사에게 알려준 재산 목록 가운데 일부였다. 가련하게도 아저씨는 여전히 아무 것도 모른다는 사실이 그나마 다행이었다. 재거스 변호사가 도와주면 내가 모든 재산을 아무런 문제 없이 상속받을 거라는 사실을 조금도 의심하지 않았으니 말이다.

검찰 당국은 삼 일을 유예하더니, 감옥선에서 증인이 찾아온 다음에 즉결재판을 가볍게 끝냈다. 매그위치 아저씨를 다음 개정 기간[16]에 정식으로 재판받도록 구속한 건데, 개정까지 앞으로 한 달이 남았다. 이렇게 음울한 시기에 하루는 허버트가 밤에 잔뜩 풀죽은 얼굴로 집에 돌아와서 말했다.

"우리 친구 헨델, 아무래도 내가 네 곁을 곧 떠나야 할 것 같아."

허버트 동업자에게 미리 얘기를 들은 터라 나는 허버트가 생각한 만큼 놀라지 않았다.

"내가 카이로에 가는 걸 연기하면 우리 상사가 좋은 기회를 놓칠 것 같아서, 정말 안타깝지만 내가 꼭 가야 할 것 같아, 헨델, 자네에게 내가 가장 필요한 시기에."

"허버트, 나는 자네가 언제나 필요해. 자네를 언제나 사랑하니까. 하지만 평소보다 지금 이 순간에 특히 더 필요한 건 아니야."

"혼자 외롭게 지내야 하잖아."

"나는 그런 걸 생각할 여유도 없어. 면회를 허용하는 동안 나는 아저씨 옆에 딱 달라붙어서 지낼 뿐 아니라 그럴 수만 있다면 온종일 아저씨 옆에 달라붙어서 지내려고 한다는 거 자네도 잘 알잖아. 그리고 아저씨랑 떨어진 시간에도 모든 생각이 아저씨한테 쏠린다는 거 잘 알잖아."

아저씨가 처한 상황이 너무 끔찍한 나머지 우리는 그것에 대해 더는 구체적으로 말할 수 없었다. 그래서 허버트는 이렇게 말했다.

"우리 친구 헨델, 우리가 가까운 장래에 – 그것도 아주 가까운 장래에 – 헤어진다는 걸 핑계 삼아 자네 문제를 거론해야 하겠네. 자네는 앞으로 어떻게 살 건지 생각해 봤나?"

---

16) 개정 기간(the Sessions): 당시 영국은 일 년 내내 상시로 재판을 하는 게 아니라 1월, 4월, 5월, 11월에 재판을 열었다. 기간은 약 서너 주였다.

"아니, 지금은 앞으로 어떻게 살지 생각하는 자체가 두려워."

"하지만 그런 식으로 회피할 순 없어. 아, 우리 친구 헨델, 그런 식으로 회피하는 건 정말 안 돼. 나는 자네가 지금이라도 나와 함께 그 문제를 진지하게 검토하면 좋겠어, 긍정적인 방향으로."

"그래, 알았어."

"이번에 우리가 카이로에 지점을 새로 내면서, 헨델, 꼭 필요한 게 있는데……"

나는 허버트가 차마 입을 못 떼는 걸 알아채고 이렇게 물었다.

"직원?"

"그래, 직원. 그런데 잘하면 동업자로 발전할 가능성이 없는 건 아닐 거야. 내가 그런 것처럼 말이야. 그러니, 헨델…… 단도직입적으로, 우리 친구 헨델, 우리 지사로 오지 않을래?"

불길한 사업 이야기라도 심각하게 꺼낼 것처럼 "그러니, 헨델……" 하고 말하더니 갑자기 어투를 바꿔서 허버트 특유의 태도로 손을 진솔하게 내밀며 어린 학생처럼 말하는 방식이 매력적이면서도 진정성이 가득해서 호감이 일어나는 가운데, 허버트가 계속 말했다.

"클라라와 함께 이 문제에 대해서 논의하고 또 논의했는데, 우리 귀여운 아가씨가 오늘 저녁에는 두 눈에 눈물을 가득 흘리면서 자네에게 우리가 결혼한 다음에 우리와 함께 산다면 자네가 행복하도록, 그래서 자신이 친구라는 사실을 남편 친구에게 증명하도록 최선을 다하겠다는 말을 꼭 전하라는 거야. 우리가 함께 살면 정말 행복할 거야, 헨델!"

나는 클라라가 진심으로 고맙고 허버트가 진심으로 고맙지만 아직은 친절한 제안을 받아들일지 확신할 수 없다고 대답했다. 첫 번째로, 나는 온 마음이 다른 데로 쏠려서 그 문제를 명확하게 판단할 능력이 없으며, 두 번째로, 그래! 두 번째로, 지금까지 펼쳐온 보잘것없는 이야기가 거의 끝날 즈음에 등장할 내용이 마음속에 막연하게 남아있었다.

"하지만 내가 그렇게 해도 자네 사업에 지장이 없다고 생각한다면, 허버트, 그 문제를 잠시 뒤로 미뤄서……"

내가 말하는데 허버트가 갑자기 끼어들며 소리쳤다.

"얼마든지. 육 개월이든 일 년이든!"

"그렇게 오래는 아니야. 이삼 개월이면 충분할 거야."

이렇게 결정하자 허버트는 매우 기쁜 표정으로 악수하더니, 이제 드디어 말할 용기가 생겼다고, 자신은 이번 주말에 떠나야 할 것 같다고 말했다. 그래서 내가 물었다.

"그럼 클라라는?"

"귀여운 아가씨는 부친 살아생전에 곁을 충실하게 지켜야 해. 하지만 오래가진 않을 거야. 윔플 부인이 얼마 못 갈 거라고 나에게 살짝 귀띔했거든."

"무정한 말을 할 생각은 없지만, 그분에게도 이만 떠나시는 편이 훨씬 좋아."

내가 말하자 허버트도 인정했다.

"안타깝지만 자네 말에 동의할 수밖에 없군. 그렇게 되면 나는 우리 귀여운 아가씨에게 돌아오는 거야. 그래서 우리 귀여운 아가씨와 제일 가까운 교회로 가서 조용히 결혼식을 올리는 거야. 명심해! 우리 귀여운 아가씨는 귀족 출신이 아니라서, 우리 친구 헨델, 귀족 인명록을 들여다볼 일도 없고 자기 할아버지를 대단하다고 생각하지도 않아. 우리 어머니 아들로선 정말 대단한 행운이 아닐 수 없어!"

그 주 토요일에 허버트는 희망이 가득하면서도 나와 헤어지는 걸 슬퍼하고 안타까워하는 표정으로 항구 행 역마차를 타고 떠났다. 나는 커피숍으로 가서 클라라에게 편지를 썼다. 허버트가 무사히 떠났다는, 애인에게 사랑한단 말을 하고 또 했다는 내용이었다. 그런 다음에는 혼자 쓸쓸히 집으로 돌아갔다. 하지만 집이란 표현이 합당한지 모르겠다. 이제 내가 갈 집은, 그리운 사람이 기다리는 집은 세상 어디에도 없기 때문이다.

계단을 오르다가 웨믹과 마주쳤다. 우리 집 현관을 두드려도 아무런 대답이 없어서 내려오는 중이었다. 탈출 시도가 끔찍하게 실패한 이후로 웨믹을 단둘이서 만난 건 처음인데, 끔찍한 시도가 실패한 부분에 대해 몇 마디 설명하려고 사적인 자격으로 찾아온 것이다. 그래서 이렇게 말했다.

"익사한 콤피슨은 우리가 정상적으로 처리한 업무 내용 뒷구멍을 야금야금 파고들며 내막을 파악했다오. 그런데 콤피슨 부하 일부는 항상 곤경에 처하고 나는 그런 사람들이 대화하는 내용을 엿듣고 그렇게 한 것이라오. 양쪽 귀를 꽉 닫아둔 것처럼 굴면서 항상 열어두가, 콤피슨이 다른 데로 간다는 말을 듣고서 그런 시도를 하기에 가장 좋은 시간이라고 생각했소. 하지만 지금 생각하면, 콤피슨은 자기 부하에게도 습관적으로 사기를 치는 아주 교활한 자라서 일부러 그런 말을 흘린 것 같소. 나를 탓하는 건 아니겠지요, 핍 선생? 정말이지 나는 온 마음을 다해서 선생을 도우려고 애썼다오."

"나도 당신과 마찬가지로 당연히 그렇게 생각하며, 웨믹 씨, 그동안 보여주신 관심과 우정에 진심으로 감사드립니다."

내가 대답하자, 웨믹은 머리를 긁적이며 다시 말했다.

"고맙소, 정말 고맙소. 엉뚱한 상황이 벌어져서 나 역시 마음이 오랫동안 아팠다오. 하지만 지금은 휴대 가능한 재산을 포기해야 한다는 사실에 주목한다오. 어쩌다 이런 일이!"

"내가 생각하는 건, 웨믹 씨, 재산이 아니라 가련한 주인입니다."

"네, 당연히 그렇겠지요. 그 사람 생각으로 선생이 마음 아파한다는 사실에 이의를 제기할 순 없으니까요. 그 사람을 꺼낼 수만 있다면 나라도 금화 다섯 냥짜리 지폐를 기꺼이 내놓을 거요. 하지만 내가 주목하는 건 이런 내용이라오. 익사한 콤피슨은 그 사람이 돌아온다는 사실을 사전에 알아챘다는 것, 그래서 꼼짝없이 얽어매기로 단단히 작정했다는 것, 따라서 애초에 그 사람을 구할 순 없었다는 것이오. 반면에 휴대 가능한 재산은 충분히 구할 수 있었다는 것이오. 바로 이게 재산과 주인이 다른 점이라오. 그렇지 않소?"

나는 웨믹에게 월워스로 가기 전에 우리 집으로 올라가서 럼주를 마시자고 권했다. 웨믹은 초대를 받아들였다. 그래서 적당한 양을 마시는 동안 다소 초조한 표정을 짓더니 아무런 설명도 없이 갑자기 제안했다.

"돌아오는 월요일에 하루 휴가를 낼 생각인데, 어떻게 생각하시오, 핍 선생?"

"아니, 지난 열두 달 동안 그런 적이 한 번도 없잖아요."

"열두 해라고 말하는 게 조금 더 정확하오. 그렇소. 하루 휴가를 낼 생각이오. 이게 전부가 아니오, 산책하러 갈 생각이오. 이게 전부가 아니오, 선생에게 나와 함께 산책하자고 부탁할 생각이오."

당장으로선 나는 좋은 길동무가 될 수 없다는 생각에 거절하려고 하자, 웨믹이 알아채고 선수를 쳤다.

"나도 선생 사정을 잘 알고, 따라서 그럴 기분이 아니라는 것 역시 잘 아오, 핍 선생. 하지만 이번 부탁을 들어주면 정말 고맙겠소. 산책은 오래 걸리지 않는 데다 길을 일찍 나설 생각이오. 도중에 아침 식사를 하는 것까지 포함해, 여덟 시에서 열두 시까지면 충분할 거요. 조금만 틈내서 함께 산책하면 안 되겠소?"

지금까지 웨믹이 도와준 사실을 고려하면 내가 이런 부탁을 들어주는 건 정말 아무것도 아니었다. 그래서 틈을 낼 수 있을 거라고, 아니, 틈을 내겠다고 대답했는데, 웨믹이 몹시 기뻐하는 걸 보니 나 역시 기뻤다. 그래서 웨믹의 각별한 요청으로 나는 월요일 아침 여덟 시 반에 성으로 찾아가겠다 약속하고 그런 다음에 우리는 헤어졌다.

나는 약속 시각에 정확히 맞춰서 월요일 아침에 성 정문에서 초인종을 울리고 웨믹은 직접 맞이했다. 그런데 표정은 평소보다 긴장하고 모자는 평소보다 멋있었다. 안으로 들어가니, 럼주를 탄 우유 두 잔과 비스킷 두 개가 준비되어 있었다. 노인네는 아침 일찍 일어난 게 분명했다. 멀리서 침실을 쳐다보니 침대가 텅 비었기 때문이다.

우리는 럼주를 탄 우유와 비스킷을 먹으며 기운을 차려서 산책 준비를 마치고 밖으로 나가는데, 웨믹이 낚싯대를 집어서 어깨에 걸치는 걸 보고 나는 깜짝 놀라며 물었다.

"설마 우리가 낚시를 가는 건 아니겠지요?"

"아니오. 하지만 나는 낚싯대를 걸치고 산책하는 게 좋소."

정말 이상하다 생각하면서도 나는 아무 말 않고 웨믹과 함께 출발했다. 우리가 캠버엘 공원으로 가다가 거의 도착할 즈음에 웨믹이 갑자기 감탄했다.

"어이쿠! 교회가 있군!"

여기까지는 놀랄 게 조금도 없는데, 갑자기 웨믹이 매우 좋은 생각이라도 떠오른 듯 이렇게 말하는 걸 듣고는 다시 깜짝 놀랐다.

"안으로 들어갑시다!"

웨믹은 입구에 낚싯대를 내려놓고 우리는 안으로 들어가서 휙 훑어보았다. 그러는 동안 웨믹이 상의 주머니에 손을 넣더니 거기에 있는 종이에서 무언가를 꺼내며 감탄했다.

"어이쿠! 여기에 장갑 두 켤레가 있군! 이걸 낍시다!"

장갑은 하얀 염소 가죽이고 우체통 구멍은 최대치로 벌어진 터라 나는 아주 강한 의심이 떠오르기 시작했다. 노인네가 옆문에서 숙녀를 에스코트하며 들어오는 걸 보는 순간, 의심은 확신으로 변하고, 웨믹은 다시 감탄했다.

"어이쿠! 스키핀스 양이 있군! 그렇다면 결혼식이나 올립시다."

신중한 아가씨는 평소와 비슷한 차림인데 이번에는 녹색 염소 가죽 장갑을 벗고 하얀 염소 가죽 장갑을 낀 게 달랐다. 노인네 역시 결혼의 신에게 바칠 유사한 번제물을 손에다 끼우는데 몰두했다. 하지만 노인네가 너무 어려워한 나머지 웨믹은 노인네를 기둥에 등을 대도록 세우더니 기둥 뒤로 돌아가서 장갑을 잡아당기고, 나는 허리춤을 잡아 노인네가 무사히 버티도록 도와주었다. 이런 천재적인 발상 덕분에 노인네는 장갑을 완벽하게 낄 수 있었다.

그러자 성직자와 서기가 등장하고, 우리는 운명의 난간 앞에 순서대로 나란히 섰다. 그런데 결혼식을 시작하기 직전에 웨믹이 조끼에서 무언가를 꺼내며 "어이쿠! 반지가 있군!" 하고 중얼거리는 소리를 들었다. 어쩌다 보니 이렇게 됐다는 식으로 모든 걸 둘러치려고 그런 것 같았다.

나는 신랑 옆에서 결혼식 증인을 서며 들러리 역할을 하고, 조그만 체구에 다리를 저는 좌석 안내인 여성은 아기처럼 부드러운 보닛 모자를 쓰고 스키핀스 양과 가장 가까운 친구 역할을 했다. 신부를 신랑에게 넘겨주는 역할은 노인네가 맡았는데 예상치 못한 사태가 발생하는 바람에 성직자는 심하게 당황했다. 성직자가 "이 여인이 이 남성과 결혼하도록 누가 인도하겠습니까?" 하고 묻는데, 노인네는 이번이 어떤 순서인지 조금도 알 수가 없어서 아주 상냥한 표정으로 가만히 서서 십계명만 열심히 바라본 것이다. 그러자 성직자는 다시 "이 여인이 이 남성과 결혼하도록 누가 인도하겠습니까?" 하고 물었다. 그래도 노인네는 정말 존경스러울 정도로 무의식 상태에 여전히 빠져드니, 신랑이 특유의 목소리로 소리쳤다.

"노인네, 신부를 누가 인도하지요?"

이 말에 노인네는 "알았어, 존, 알았어, 우리 아들!" 하고 대답한 다음에 자신이 인도한다고 말했다. 그러자 성직자는 몹시 어두운 기색으로 꼼짝도 안 해서 순간적으로 나는 과연 그날 결혼식을 끝낼 수 있을까 하는 의심이 들었다.

하지만 결혼식을 무사히 끝내고 우리가 밖으로 나갈 때 웨믹은 성수반 뚜껑을 열어서 거기에 하얀 장갑을 넣고 뚜껑을 닫았다. 웨믹 부인은 미래에 대한 생각이 깊어서 하얀 장갑을 주머니에 넣고 녹색 장갑을 다시 꼈다. 그러자 웨믹은 밖으로 나오다가 낚싯대를 어깨에 의기양양하게 걸치며 말했다.

"이런 걸 보고 누가 결혼식 모임이라고 상상하겠소, 핍 선생!"

아침 식사는 공원 뒤편 나지막한 언덕의 상쾌하고 아담한 식당에 미리 주문한 상태로 약 이 킬로미터 거리였다. 거기에는 놀이기구도 있는데, 엄숙한 결혼식을 치르느라 긴장한 마음을 풀어야 할 때를 대비한 조처였다. 웨믹이 바싹 달라붙으며 허리춤에 팔을 감아도 웨믹 부인은 팔을 푸는 대신 벽에 기댄 높은 등받이 의자에 가만히 앉아서 상자에 들어있는 첼로가 감미롭게 포용하는 악사에게 몸을 맡기듯 웨믹의 손길에 몸을 맡기는 모습이 참으로 보기 좋았다.

아침 식사는 훌륭했다. 코스 요리를 누가 거절할 때마다 웨믹은 "계약에 따라 나오는 것이니 걱정하지 말고 드세요!" 하고 말했다. 나는 신혼부부를 위해 건배하고 노인네를 위해 건배하고 월워스 성을 위해 건배하고 헤어질 때는 신부에게 다정하게 인사하며 최대한 즐거운 모습을 보여주었다.

웨믹은 나를 문까지 배웅하고, 나는 다시 악수하며 행복을 기원했다. 그러자 웨믹이 자기 손을 만지작거리며 말했다.

"고맙소! 우리 부인이 날짐승을 얼마나 잘 키우는지 선생은 모를 것이오. 언제 와서 달걀을 먹어보고 직접 판단하시오."

그러더니 내가 떠나는 등 뒤에 대고 나지막하게 덧붙였다.

"내가 분명히 말하는데 이건 월워스 생각이오, 핍 선생!"

"이해합니다. 리틀 브리튼에서는 한 마디도 뻥끗하지 않겠습니다."

내가 대답하자, 웨믹이 고개를 끄덕이며 말했다.

"선생이 전날에 털어놓은 내용도 있으니 이번만큼은 재거스 변호사가 모르는 게 좋을 거요. 머리가 물렁물렁하게 변했다고 생각할 가능성이 크니 말이오."

56

매그위치 아저씨는 즉결재판을 받은 다음부터 개정 기간이 돌아올 때까지 구치소에서 심하게 앓았다. 갈비뼈 두 대가 부러지면서 허파를 찔러 숨을 쉬는 게 몹시 힘들고 고통스러운데, 증세는 시간이 갈수록 심하기만 했다. 이렇게 아파서 아저씨 말소리가 아주 나지막해 거의 들을 수 없었다. 그래서 아저씨는 말을 거의 안 했다. 하지만 내가 말하는 건 언제나 귀를 기울이고, 나는 아저씨가 들어야 할 내용을 말하거나 읽어주는 걸 제일 중요한 의무로 여겼다.

구치소에 머물기엔 너무 많이 아파서 아저씨는 하루 이틀이 지난 다음에 구치소 부속 병동으로 이송됐다. 덕분에 나는 다른 식으로 누릴 수 없는 기회를, 아저씨와 함께 지낼 기회를 다양하게 누릴 수 있었다. 이렇게 아프지만 않다면 아저씨는 확고부동한 탈옥수에다 극악한 흉악범으로 간주하여 쇠고랑까지 차야 할 터였다.

나는 아저씨를 매일 만났으나 시간은 매우 짧았다. 그래서 매일 상당히 오랫동안 떨어져서 지내야 했다. 몸에서 사소한 변화만 일어나도 얼굴을 보고 단번에 파악할 정도였다. 그런데 좋은 쪽으로 변한 모습을 본 기억은 하나도 없다. 구치소에 갇힌 이후로 체력이 매일 서서히 떨어지면서 악화하였다.

아저씨가 보여준 순종과 체념은 완전히 기진맥진한 사람이 보여주는 순종과 체념이었다. 하지만 아저씨 태도나 어쩌다 한두 마디 속삭이며 흘러나오는 소리를 통해서 자신이 훨씬 좋은 가정에서 태어났다면 더 좋은 사람이 되지 않았을까 곰곰이 생각한다는 인상을 가끔 받았다. 하지만 이런 식으로 암시하며 자신을 정당화하거나 영원히 지울 수 없는 과거를 왜곡하려고 한 적은 한 번도 없었다.

아저씨를 치료하는 사람 가운데 한두 명이 끔찍한 평판에 대해 넌지시 묻는 걸 나도 한두 차례 우연히 들었다. 그럴 때마다 아저씨는 만면에 미소를 머금으며 믿음이 가득한 표정으로 나를 쳐다보는데, 아주 오랜 옛날 아주 어린 나를 만난 덕분에 구원받을 가능성을 조금은 보았다고 확신하는 것 같았다. 이처럼 아저씨는 모든 점에서 겸손하게 지난 죄를 뉘우칠 뿐, 투덜댄 적은 한 번도 없었다.

개정 기간이 돌아오자, 재거스 변호사는 다음 개정 기간까지 재판을 연기해 달라고 신청했다. 아저씨가 그리 오래 살 수 없다는 확신이 들어서 그런 게 분명한데 결국엔 거절당했다. 재판은 즉시 열리고 아저씨는 피고석에 들어가서 의자에 앉았다. 내가 피고석 바로 옆으로 다가가서 바깥으로 쭉 내민 손을 꼭 잡아주는 행위에 대해 이의신청을 당한 경우는 한 번도 없었다.

재판은 아주 짧고 명확했다. 피고는 열심히 일하는 습관을 들여서 합법적으로 번창하며 좋은 평판을 쌓았다는 등 아저씨에게 유리한 말도 할 수 있었다. 하지만 피고가 유형지에서 돌아와 재판장과 배심원 앞에 존재한다는 또렷한 사실 자체를 되돌릴 순 없었다. 그런 사실로 재판하면서 유죄 이외의 판결을 받아내는 건 불가능했다.

내가 끔찍하게 체험하면서 깨달은 바에 의하면, 당시는 개정 기간에 마지막 하루를 선고하는 날로 정해서 사형선고로 마무리 효과를 내는 게 전통이었다. 하지만 지금도 기억 속에 구체적으로 떠올라 도저히 지울 수 없는 생생한 장면만큼은, 남녀 피고 서른두 명이 판사 앞에 서서 함께 선고받는 장면만큼은 이 글을 쓰는 순간조차 믿을 수 없을 정도다. 피고 서른둘 제일 앞에는 아저씨가 숨이라도 쉬면서 생명을 유지하도록 의자에 앉아있었다.

당시 장면이 총천연색으로 또다시 생생하게 떠오른다. 봄비가 재판정 창문마다 남긴 빗방울이 사월 햇살을 받으며 반짝이던 장면까지 떠오른다. 철창을 둘러친 피고석에는, 내가 한쪽 모서리 바깥에서 이번에도 아저씨 손을 꼭 잡고 서 있는 피고석에는, 남녀 서른두 명이 있는데 일부는 반항하고, 일부는 공포에 질리고, 일부는 눈물을 짜며 흐느끼고, 일부는 얼굴을 가리고, 일부는 우울한 표정으로 주변을 둘러보았다. 여성 피고 사이에서 날카로운 비명이 일었으나 결국에는 진정 당하고 침묵이 깔렸다. 쇠사슬과 수갑을 든 교도관, 민간인 복장을 한 형사와 고문 기술자, 법정 정리, 좌석 안내인, 연극을 관람하듯 재판정에 가득 들어찬 방청객이 바라보는 가운데 피고 서른두 명과 재판장은 엄숙하게 마주했다. 그러더니 재판장이 피고 한 명 한 명에게 선고를 내렸다.

가련한 사람들 가운데에서 재판장이 특별히 제일 먼저 골라서 선고한 피고는 어릴 때부터 법을 끊임없이 어긴 자, 그래서 교도소 수감을 비롯한 형벌을 반복해서 받다가 결국에는 삼 년 유형 선고를 받은 자, 극렬한 폭력을 대담무쌍하게 행사하며 탈옥하고 다시 잡혀서 종신 유형을 선고받은 자였다. 이렇게 극악무도한 흉악범은 자신이 오랫동안 범죄를 저지른 현장에서 완전히 벗어나자 지난 잘못을 깨달은 것처럼 보이면서 한동안 평화롭고 정직하게 살아갔다. 하지만 결정적인 순간에 예전 성향과 격정에, 우리 사회에 오랫동안 암적 요소로 작용하던 성향에 굴복하고 평안과 회개의 피난처를 벗어나 자신을 추방한 나라로 돌아왔다. 그리곤 곧바로 고발당해, 법 집행 당국을 한동안 피했지만 결국에는 탈출하다가 체포당했는데, 이 과정에서 저항하다가 ─ 의도적으로 그랬는지 우연히 그랬는지 오직 당사자만 아는데 ─ 자신의 내력을 모두 아는 사람을, 그래서 고발한 사람을 죽음으로 몰아넣었다. 자신을 추방한 나라로 돌아온 형벌은 사형인 데다 피고는 가중 처벌까지 받아야 하니, 죽을 준비를 해야 한다.

　재판정 창문으로 햇살이 쏟아져서 유리창에 잔뜩 달라붙은 빗방울을 반짝이며 지나, 피고 서른두 명과 재판장 사이에 널찍한 빛줄기를 만들어서 양쪽을 연결한 모습이 방청객 일부가 보기에는 양쪽 모두 결국엔 죽어서 우주 만물을 꿰뚫는 완전무결한 절대자 앞에 완전히 동등한 자격으로 선다는 사실을 암시하는 것 같았다. 이런 빛줄기를 얼굴에 받으며 피고는 잠시 일어나서 "재판장님, 저는 전지전능하신 분에게 이미 사형선고를 받았으나, 재판장님 판결에도 복종합니다" 하고 말한 다음에 다시 앉았다.

　잠시 침묵이 감돌더니, 재판장은 다른 피고에게도 차례대로 선고했다. 그래서 모두 사형선고를 받은 다음에 일부는 부축받으며 나가고, 일부는 독살스런 표정으로 용감한 척 어슬렁거리며 나가고, 일부는 방청석에다 고개를 서너 차례 끄덕이고, 두세 명은 악수하고, 또 일부는 전염병 예방 차원으로 피고석 여기저기에 깔아놓은 약초를 일부 뜯어서 질겅질겅 씹으며 나갔다.

　아저씨는 제일 마지막으로 나갔다. 의자에서 부축해 일으켜야 하는데다 아주 천천히 걸어야 하기 때문이다. 그래서 다른 피고가 모두

끌려나가는 동안, 방청객이 모두 일어나 마치 교회에서 그러는 것처럼 옷매무새를 바로잡으며 이런저런 피고를 바라보는데, 대부분은 아저씨와 나를 바라보았다.

나는 지방판사가 내무부 장관에게 판결 보고서를 올려 국왕에게 최종 재가를 받기 전에 아저씨가 사망하기를 진심으로 바라며 기도했다. 하지만 계속 살 수도 있다는 생각에 바로 그날 밤 내무부 장관에게 보내는 청원서 작성에 들어가, 내가 아저씨를 어떻게 알게 되었으며 아저씨 역시 나 때문에 조국으로 돌아온 이유부터 이야기를 풀어갔다. 나는 최대한 열정적이고 감동적으로 작성하고 마무리해서 발송하고, 자비를 베풀 가능성이 많은 정부 당국자 여러 사람에게 새로 청원서를 작성했는데, 그중에는 국왕도 있었다. 아저씨가 사형선고를 받은 이후로는 잠까지 의자에서 자며 며칠 밤낮에 걸쳐 조금도 안 쉬고 청원서에 모든 노력을 기울였다. 그래서 모두 발송한 다음에는 청원서를 보낸 주소지 주변을 맴돌았다. 내가 근처에 있으면 조금이라도 도움이 될 것처럼 말이다.

터무니없는 희망과 초조한 마음에, 나는 저녁마다 거리를 돌아다니며 청원서를 보낸 정부기관과 저택 주변을 헤맸다. 지금도 먼지가 가득하고 추운 봄날 밤이면 런던 서쪽 거리가, 저택마다 굳게 닫히고 가로등만 쭉 늘어선 황량한 거리가 우울하게 떠오른다.

내가 면회하는 시간은 대폭 줄고, 아저씨를 감시하는 눈초리는 매서웠다. 내가 독약이라도 전달할까 의심하는 것 같아서 나는 아저씨 침대 곁에 앉기 전에 항상 옆자리를 지키는 교도관에게 내가 순수한 마음으로 면회하러 온다는 사실을 분명히 보여줄 수만 있다면 무엇이든 기꺼이 감수하겠다며 몸수색까지 자청했다. 아저씨나 나를 험하게 대한 사람은 아무도 없었다. 교도관은 지켜야 할 원칙이 있으니 그걸 지킬 뿐, 가혹한 건 아니었다. 내가 갈 때마다 교도관은 아저씨 상태가 나빠진 게 분명하단 말을 건네고, 병들어서 함께 누워있는 다른 죄수들이나 간호사 역할을 하는 다른 죄수들 역시 나에게 언제나 비슷한 말을 건넸다. 죄를 저지르긴 했으나 자비를 베풀 능력까지 없는 건 아니라는 증거였다!

이렇게 하루하루를 지내는 동안 아저씨는 가만히 누워서 창백한 얼굴로 하얀 천장만 평안하게 바라보고 내가 말을 건넬 때 비로소 순간적으로 혈색이 감돌다가 다시 사라지는 사례는 점차 늘어났다. 말을 거의 못 하거나 전혀 못 할 때도 잦은데, 그럴 때는 내 손을 가만히 누르는 식으로 대답하고 나는 그것 하나로 아저씨 의중을 충분히 파악했다.

이렇게 하루하루가 모이다가 열흘째 되는 날에는 아저씨에게서 지금까지 못 본 커다란 변화가 일어났다. 두 눈이 병실 문만 바라보다가 내가 들어서는 순간에 환하게 빛난 것이다. 그러더니 내가 침대맡에 앉자마자 이렇게 말했다.

"친애하는 핍, 네가 늦는다고 생각했어. 네가 그럴 리 없다는 걸 잘 알면서도 말이야."

"최대한 빨리 들어온 거예요. 대문 앞에서 오랫동안 기다렸어요."

"그래, 너는 언제나 대문 앞에서 기다리지, 그렇지 않니, 친애하는 핍?"

"맞아요. 단 한 순간도 안 놓치려고요."

"고맙구나, 친애하는 핍, 고마워. 하느님 은총이 가득하길! 너는 나를 버린 적이 한 번도 없어, 친애하는 핍."

나는 아무 말도 못 하고 아저씨 손을 꼭 잡았다. 예전에 아저씨에게서 도망치려고 한 걸 잊을 수 없기 때문이다.

"무엇보다 좋은 건 햇살이 환하게 비출 때보다 어두운 먹구름이 가득 몰려든 다음부터 나를 훨씬 편하게 대한다는 거야. 그게 제일 좋아."

아저씨는 똑바로 누워서 숨을 거칠게 몰아쉬었다. 하지만 나를 아무리 사랑하고 아무리 애써도 얼굴은 꾸준히 창백하게 변하더니, 하얀 천장만 가만히 바라볼 때는 얼굴에 휘장을 두른 것 같았다.

"오늘은 특히 힘드세요?"

"나는 어떤 불평도 안 해, 친애하는 핍."

"네, 어떤 불평도 안 하세요."

내가 대답해도 아저씨는 더는 아무런 말이 없었다. 빙그레 웃으면서 내 손을 건들뿐이었다. 나는 내 손을 들어서 당신 가슴에 올려놓으란 의미를 알아채고 그렇게 했다. 그러자 아저씨는 다시 웃으며 내 손에 당신 두 손을 포갰다.

우리는 그렇게 가만히 있고 면회시간은 계속 달아났다. 하지만 주변을 둘러보니, 구치소장이 옆에 가만히 있다가 이렇게 속삭였다.

"그냥 있어도 괜찮소."

나는 정말 고맙다 말한 다음에 이렇게 물었다.

"아저씨에게 말을 해도 되나요, 알아들을 수 있으면?"

구치소장이 옆으로 물러나면서 교도관에게 물러나라고 손짓했다. 조그맣게 나눈 대화지만 새로운 변화에 하얀 천장만 바라보던 평온한 표정에서 휘장이 걷히더니, 아저씨는 애정이 가득한 표정으로 나를 바라보았다.

"친애하는 매그위치 아저씨, 마지막으로 드릴 말씀이 있어요. 제가 하는 말을 알아들으시겠어요?"

손을 가볍게 누르는 느낌이 일었다.

"아저씨에겐 딸이 있었어요, 아저씨가 사랑했지만 잃어버린."

손을 누르는 느낌이 훨씬 강했다.

"딸이 살아서 좋은 사람을 만났어요. 지금도 살아있어요. 아주 아름다운 숙녀로 성장했어요. 제가 사랑하는 여인이랍니다!"

아저씨는 마지막 힘을 끌어모으더니, 내가 힘을 보태야 할 만큼 미약한 힘으로 내 손을 들어서 자기 입술에 댔다. 그런 다음에 두 손을 가만히 포갠 상태로 자기 가슴에 다시 가만히 내려놓았다. 하얀 천장만 바라보는 평온한 표정이 돌아오다가 사라지더니, 아저씨는 머리를 가슴으로 조용히 떨구었다.

나는 아저씨에게 읽어주던 성서 구절에서 두 사람이 기도하러 성전에 올라갔다는 내용이 저절로 떠올랐다. 내가 아저씨에게 할 수 있는 말 가운데 더 좋은 구절은 없었다.

"아, 하느님! 죄 많은 저에게 자비를 베푸소서!"[17]

---

17) 루가 18: 9~13. 바리사이파와 세리가 성전에 올라가서 기도했다. 바리사이파는 율법을 잘 지키고 세리는 서민을 착취하며 괴롭히는 죄인이다. 그런데 바리사이파는 하느님 계명을 모두 지킨다고 기도해서 하느님에게 외면당했지만, 세리는 "아, 하느님! 죄 많은 저에게 자비를 베푸소서!"라고 기도해서 하느님에게 응답을 받았다.

57

이제 오직 나 하나만 남았으니 계약 기간이 끝나는 대로 템플에 있는 집을 비우겠다고, 그러기 전까진 다른 사람에게 임대하겠다고 건물주에게 통보했다. 그런 다음에 창문마다 임대 광고를 붙였다. 빚이 사방에 가득한데 돈은 거의 없어서 심각한 위기감이 몰려들었다. 아니, 현실 상황을 선명하고 또렷하게 인식할만한 기운과 정신이 있다면 이런 위기감을 느꼈을 거라고 말하는 게 정확하겠다. 하지만 내가 느낄 수 있는 건 깊은 병에 걸렸다는 사실 하나가 전부였다. 최근에 잔뜩 긴장한 나머지 병을 억누를 순 있어도 몰아낸 건 아니었다. 드디어 병마가 몰려든다는 걸 느꼈다. 다른 건 조금도 몰랐다. 병마에 관심을 기울일 수도 없었다.

소파든 바닥이든 나는 아무 데고 푹 쓰러지는 대로 누워서 하룬가 이틀을 보냈다. 머리는 무겁고 사지는 쑤시고 생각도 없고 기운도 없었다. 그러다가 아주 기나긴 밤이, 근심과 공포만 가득한 밤이 찾아왔다. 아침에 침대에서 일어나 앉아 생각을 정리하려 했지만 일어날 수도 없었다.

깜깜한 밤중에 '정원주택'까지 내려가서 거기에 보트가 있을 거라며 사방을 찾아다닌 게 사실인지, 내가 두세 차례 계단에서 정신을 차리고 침대에서 어떻게 일어났는지 알 수 없어 거대한 공포에 휩싸인 게 사실인지, 아저씨가 올라오는 중인데 등불이 모두 꺼졌다는 생각에 사로잡힌 나머지 직접 나가서 등불을 켠 게 사실인지, 누군가 시끄럽게 떠들어대고 웃거나 앓는 소리까지 내며 말로 형용할 수 없을 만큼 괴롭히는데 그게 바로 나 자신이라는 게 사실인지, 실내 어두운 구석에 뚜껑을 닫은 무쇠 화로가 있는데 하비셤 아씨가 거기에서 불타는 중이라고 어떤 목소리가 끊임없이 소리친 게 사실인지, 그날 아침 침대에 가만히 누워서 곰곰이 생각하며 정리하려고 애썼다. 하지만 석회 가마에서 흘러나오는 증기가 모든 걸 뒤죽박죽으로 만들더니, 결국에는 증기 사이에서 두 사람이 나타나 가만히 바라보았다. 그래서 나는 깜짝 놀라며 물었다.

"무슨 일이오? 나는 두 분을 모르오."

그러자 한 사람이 허리를 숙여서 내 어깨를 잡으며 대답했다.

"으음, 선생, 당신이 갚아야 할 빚이 있소. 그러니 당신을 체포하겠소."

"빚이 얼만가요?"

"금화 백스물세 냥에 은화 열다섯 냥에 구리동전 여섯 냥이오. 보석상이 청구한 것 같소."

"나를 어떻게 할 건가요?"

"우리 집[18]으로 가는 게 좋겠소. 아주 좋은 집이라오."

나는 일어나서 옷을 입으려고 했다. 그러다가 쳐다보니, 두 사람은 침대에서 약간 떨어진 거리에서 나를 바라보는 중이었다. 나는 침대에

---

18) 채무자 구치소를 말한다.

그대로 누운 채였다. 그래서 이렇게 말했다.

"두 분도 내가 어떤 상태인지 알겠지요. 나도 가능하다면 두 분과 함께 가고 싶어요. 하지만 꼼짝도 할 수 없어요. 그래도 데려가려고 한다면 도중에 죽을 게 분명합니다."

아마 두 사람은 뭐라고 대답하거나 반박하거나 내 병이 생각처럼 심한 게 아니라고 설득했을 것이다. 하지만 여기에 대한 기억이 실낱같아서 두 사람이 나를 데려가는 걸 포기한 외에 무엇을 했는지 조금도 모르겠다.

내가 열병에 걸려서 사람들이 피한다는 사실, 내가 엄청나게 앓는다는 사실, 툭하면 정신을 잃는다는 사실, 시간이 무한하게 느껴진다는 사실, 나 자신이 상상할 수도 없는 존재와 뒤죽박죽으로 엉킨다는 사실, 나는 건물 벽에 박힌 벽돌 한 장인데 일꾼이 나를 올려놓은 곳은 어질어질하니 제발 빼달라고 간청한 사실, 나는 거대한 열차 엔진을 받치는 강철 지지대인데 틈새를 지날 때마다 쿵쾅거리며 소용돌이가 일어서 견딜 수 없으니 제발 기차를 세우고 망치로 때려서 나를 빼달라고 나 자신에게 간청한 사실, 내가 다양한 증상을 하나씩 거쳤다는 사실 등을 나는 기억으로도 알고 당시 느낌으로도 어느 정도 알았다. 진짜 사람이 나타날 때는 나를 죽이러 왔다는 생각에 힘껏 저항하다가 나를 도와주러 온 거란 사실을 어느 순간 깨닫곤 그 품에 그대로 쓰러지고, 사람들은 나를 침대에 누이려고 고생했다는 사실도 당시에 알았다. 하지만 무엇보다 확실한 건, 이 모든 사람이 - 내가 몹시 아플 때 얼굴은 다양한 형상으로 변하고 몸집은 커다랗게 불어난 사람들이 - 빠르거나 느린 차이는 있지만 결국에는 매형과 비슷한 모습으로 변하는 터무니없는 경향을 보였다는 사실이다.

나는 최악의 순간을 넘긴 이후, 앞에서 열거한 다양한 특징이 변하지만 한 가지 특징은 변하지 않고 계속 나타나는 걸 알아챘다. 곁으로 누가 다가오든 결국엔 매형으로 변한다는 사실이다. 밤에 두 눈을 뜨면 침대 곁 커다란 의자에 앉은 사람도 매형이었다. 낮에 두 눈을 뜨면 창가 의자에 앉아 열어놓은 창문 그늘에서 담배를 태우는 사람도 매형이었다. 내가 시원한 물을 부탁하면 그걸 건네는 다정한 손 역시 매형 손이었다. 내가 물을 마신 다음에 베개로 풀썩 쓰러질 때 희망이 가득한 표정으로 다정하게 바라보는 얼굴 역시 매형 얼굴이었다.

마침내 하루는 용기를 내서 이렇게 물었다.

"우리 매형이세요?"

그러자 정겹고 그리운 목소리가 대답했다.

"그래, 오랜 친구."

"아, 매형, 매형 때문에 가슴이 무너지네요! 나에게 화를 내세요, 매형. 나를 때리세요, 매형. 나를 배은망덕한 놈이라고 욕하세요. 나에게 이렇게 잘하지 마세요!"

내가 말했다. 내가 자신을 알아보는 게 기뻐서 매형이 바로 옆에 베개를 베고 누우며 팔로 내 목을 꼭 껴안았기 때문이다. 하지만 매형은 이렇게 말했다.

"오랜 친구, 핍. 너랑 나는 영원한 친구야. 네가 밖에 나가서 마차를 탈 정도로 몸이 좋아지면 얼마나 좋을까!"

그런 다음에 매형은 창가로 물러나더니 돌아서서 두 눈을 훔쳤다. 나는 기력이 하나도 없어서 일어나 옆으로 다가갈 수 없기에 그대로 누운 채 속죄하듯 속삭였다.

"아, 하느님, 우리 매형을 축복하소서! 아, 하느님, 예수님을 굳게 믿는 고결한 분을 축복하소서!"

매형이 다시 곁으로 다가올 때는 두 눈이 빨갰다. 하지만 나는 매형 손을 잡고, 우리는 함께 기뻐했다.

"얼마나 오래됐나요, 친애하는 매형?"

"네가 얼마나 오랫동안 아팠는지 물어보는 거니, 오랜 친구, 친애하는 핍?"

"네, 매형."

"오늘은 오월 마지막 날이야, 핍. 내일이 유월 초하루란다."

"그럼 내내 여기에 있었나요, 친애하는 매형?"

"거의, 내 오랜 친구. 네가 아프다는 편지를 받고서 비디에게 말했거든. 그런데 편지를 가져온 집배원은 원래 총각이었는데 이제 막 결혼했어. 가죽 신발이 닳도록 돌아다니면서도 계속 박봉에 시달리지만, 그 사람에게 중요한 건 재물이 아니라 결혼하고 싶은 소망이 온 마음에 가득해서……."

"매형 목소리를 들으니까 정말 기뻐요, 매형! 하지만 비디에게 뭐라고 말했는지 알려주세요."

"나는 네가 낯선 사람들 사이에 있는 데다 너랑 나는 영원한 친구니까 이런 순간에 찾아간다고 해서 귀찮게 여기진 않을 거라고 말했어. 그러니까 비디는 '어서 가세요, 한순간도 허비하지 말고'라고 했어."

매형은 사건을 요약하는 재판장처럼 "바로 그게 비디가 한 말이야. '어서 가세요, 한순간도 허비하지 말고'"라고 하더니, 잠시 심각하게 생각하다가 덧붙였다.

"한 마디로, 젊은 처자가 한 말은 '일 분도 허비하지 말라'는 뜻이라 해도 틀린 말은 아닐 거야."

여기에서 매형은 얘기를 끝내더니, 나는 이야기를 오래 나누면 안 된다고, 마음이 내키든 안 내키든 음식을 조금씩 꾸준히 먹어야 한다고, 무엇이든 자신이 시키는 대로 따라야 한다고 말했다. 그래서 나는 매형 손에 키스한 다음 가만히 눕고, 매형은 비디에게 내가 보내는 사랑을 가득 담아서 편지를 쓰기 시작했다.

비디가 매형에게 쓰는 법을 가르쳐준 게 분명했다. 그래서 기력이 하나도 없어 가만히 누워서 매형이 자신만만하게 편지 쓰는 모습을 바라보노라니, 기쁜 눈물이 다시 주르륵 흘렀다. 내가 누운 침대는 커튼을 모두 떼어내고 내가 누운 그대로 제일 널찍하고 커다란 거실로 옮긴 상태인데, 카펫까지 모두 걷어내서 밤이든 낮이든 항상 쾌적하고 위생적이었다.

한쪽 끝으로 밀어 넣은 책상에는 조그만 병이 널렸는데, 매형은 거기에 앉아서 위대한 작업에 들어가, 커다란 연장통이라도 되는 듯 쟁반에서 펜을 하나 고르더니, 큼지막한 쇠메나 쇠지레라도 휘두르려는 듯 소매를 모두 걷어붙였다. 그리고 작업을 시작하기 전에 왼팔 팔꿈치를 책상에 묵직하게 대고 오른 다리를 뒤로 쭉 빼야 했다. 그래서 작업에 들어가는데, 밑으로 내려쓰는 글씨는 이 미터 길이라도 되는 듯 천천히 쓰고 위로 올려 쓸 때는 펜촉을 긁는 소리가 커다랗게 일어났다. 그리고 잉크병은 실제와 달리 오른편에 있다는 이상한 생각으로 펜을 허공에 끊임없이 찌르는데, 결과에 대해서 매번 몹시 만족스럽게 여기는 것 같았다. 가끔 철자법이 막혀서 흔들리긴 해도 전체적으로 정말 아주 훌륭하게 해내 서명까지 하고 마지막으로 종이에 묻은 얼룩을 집게손가락 두 개로 찍어서 정수리에 닦고는 의자에서 일어나 책상 주변을 맴돌며 자신이 작업한 결과물을 다양한 각도에서 감상하고 한없이 만족스러워했다.

나는 대화를 충분히 나눌 수 있다고 해도 말을 너무 많이 해서 매형을 불안하게 만들지 않으려고 하비셤 아씨에 관해 묻는 걸 다음 날까지 미루었다. 그러다가 하비셤 아씨가 쾌차했느냐고 묻자, 매형은 머리를 절레절레 흔들었다.

"하비셤 아씨가 죽었나요, 매형?"

내가 다시 묻자, 매형은 이야기를 조금씩 풀어나가려는 듯 상대를 진정시키는 어투로 말했다.

"너도 알다시피, 오랜 친구, 나라면 그렇게 노골적으로 말하지 않겠어. 그런 말은 너무 심하거든. 하지만 하비셤 아씨는 이 세상에……."

"없나요, 매형?"

"그렇게 말하는 게 훨씬 좋아. 하비셤 아씨는 이 세상에 없어."

"오랫동안 고생했나요, 매형?"

"네가 아파서 가령 일주일 정도 앓았다고 한다면 대충 비슷할 거야."

매형이 대답했다. 나를 위해 모든 걸 아주 조금씩 말하겠다는 결의가 대단했다.

"친애하는 매형, 재산은 어떻게 처리했는지 들었나요?"

"으음, 오랜 친구, 하비셤 아씨가 모든 재산을 꽁꽁 묶어서 에스텔라 아씨에게 물려준 것 같아. 하지만 세상을 뜨기 하루 이틀 전에 자기 손으로 짤막한 추가조항을 덧붙여서 매슈 포킷 나리에게 무려 금화 사천 냥이나 되는 거금을 물려주었어. 그런데 말이야, 핍, 하비셤 아씨가 금화 사천 냥이나 되는 거금을 포킷 나리에게 물려준 이유는 바로 '핍이 포킷 나리에 대해서 한 말 때문'이야. 하비셤 아씨가 그렇게 썼다고 비디에게 들었어."

매형이 말하더니 기분이 매우 좋은 듯 유언 내용을 다시 반복했다.

"무려 금화 사천 냥이나 되는 거금을 '핍이 포킷 나리에 대해서 한 말 때문'에 말이야!"

"금화 사천 냥이나 되는 거금"이란 관용적인 표현을 어디에서 배웠는지 모르겠지만, 이렇게 표현하면 액수가 훨씬 많아 보이는 듯, 매형은 거금이란 표현을 반복해서 사용하며 좋아했다.

나 역시 이 말을 듣고 아주 기뻤다. 내가 한 유일한 선행이 완성된 느낌이었다. 그래서 다른 친척에게 남긴 유산에 대한 소식도 들었느냐고 묻자, 매형은 이렇게 대답했다.

"사라 포킷은 성질이 급하니까 약을 사 먹도록 매년 금화 스물다섯 냥을 받게 돼. 조지아나는 금화 스무 냥으로 내려갔어. 그게 뭐더라, 등에 혹이 올라온 짐승 말이야, 오랜 친구?"

"낙타 캐멀이요?"

내가 반문했다. 갑자기 이런 걸 묻는 이유가 궁금했다. 하지만 매형은 고개를 끄덕이며 "그래, 캐멀 부인"이라 말하고, 나는 단번에 카밀라로 알아들었다.

"캐멀 부인은 밤에 깨어날 때마다 골풀 양초를 켜서 마음을 진정하도록 금화 다섯 냥을 받아."

설명하는 말이 아주 또렷하고 구체적인 걸 보면 정확한 정보가 분명하다고 생각하는데, 매형은 이렇게 덧붙였다.

"그런데 너는 아직 체력이 떨어지니까, 오랜 친구, 오늘은 삽질을 딱 한 번만 더 할게. 늙은 올릭이 가정집에 침입했어."

"누구네 집을요?"

내가 묻자, 매형이 변명하는 어투로 대답했다.

"그 사람이 평소에 너무 뽐내지 않았다는 건 아닌데, 그래도 영국인에게 가정집은 성이고, 성은 전쟁 외에는 침입하지 않는 법이야. 물론 결점이 없는 건 아니지만, 곡물과 씨앗을 열심히 파는 사람이거든."

"그럼 늙은 올릭이 펌블추크 삼촌네 집에 침입했다는 거예요?"

"그래, 맞아, 핍. 일당을 데리고 침입해서 돈궤도 가져가고 현금통도 가져가고 포도주도 마시고 음식도 먹고 얼굴도 때리고 코도 당기고 침대 기둥에 묶고 열 번 정도 더 때리고 소리를 못 지르도록 일년생 화초를 입에 잔뜩 쑤셔 넣었어. 하지만 펌블추크 삼촌에게 얼굴을 들켜서 결국에는 구치소에 갇혔어."

우리는 이런 식으로 나아가다가 마침내 무제한으로 대화하는 수준까지 도달했다. 매형은 옆에 계속 머물고 나는 체력회복이 느리긴 하지만 서서히 확실하게 힘을 쌓다 보니, 어린 시절로 돌아간 느낌까지 받았다. 내가 필요한 걸 매형이 참으로 훌륭하고 다정하게 도와준 나머지 마치 매형이 보살피는 어린애가 된 것 같았기 때문이다.

매형은 예전처럼 단순하면서도 은밀하게 나를 보호하는 믿음직한 자세로 옆에 앉아서 말했다. 예전에 주방에서 지내던 시절 이후로 내가 살아온 모든 삶이 열병을 일으킨 원인이란 생각조차 들 정도였다. 매형은 나를 위해 모든 걸 했지만 집안일은 예외였다. 처음 도착한 날에 세탁하는 아줌마에게 임금을 주고 해고한 후 아주 점잖은 아줌마를 고용했기 때문이다. 매형은 자신이 마음대로 사람을 해고한 것에 대해 이렇게 말했다.

"내가 분명히 봤는데, 핍, 그 여자는 안 쓰는 침대를 맥주 통처럼 뜯어서 깃털을 팔려고 양동이에 담더구나. 그걸 다 빼낸 다음에는 네가 누운 침대에서도 그걸 빼내고 다음에는 수프 담는 냄비나 채소 담는 그릇으로 석탄을 빼돌리고 웰링턴 장화[19]로 포도주와 럼주까지 모두 빼내겠더구나."

우리는 예전에 내가 도제로 되는 날만 학수고대한 것처럼 함께 나가서 마차를 탈 날만 학수고대했다. 그래서 그날이 오고 무개 마차가 우리 집 앞으로 들어서자, 매형은 마치 내가 아직도 선량한 본성으로

---

19) 웰링턴 공작이 고안했다는 무겁고 기다란 검정 가죽 장화를 말한다.

끝없이 도와야 할 무기력한 어린애라도 되는 듯 담요로 꽁꽁 감싸고 두 팔로 들어서 계단을 내려가 마차에 태웠다. 그래서 자신도 옆에 올라타고, 우리는 함께 교외로 나갔다.

어느새 나무마다 풀잎마다 여름이 화려하게 깃들어 공중에는 달콤한 여름 내음이 가득했다. 그날은 마침 일요일이었는데, 사방에 아름답게 펼쳐진 풍경을 둘러보면서 만물은 화려하게 성장하고 야생화는 여기저기에 가득 피고 새소리는 낮이든 밤이든 햇살 아래서든 달빛 아래서든 힘을 더하는 동안 나는 침대에 누워서 열에 시달리며 뒤척였다고 생각하니, 열에 시달리며 뒤척였다는 기억 자체로 마음의 평화가 깨지는 것 같았다. 하지만 교회 종소리를 듣고 아름다운 주변을 다시 둘러보자, 내가 여전히 고마워하지 않는다는, 아직은 기력이 떨어져서 고마워할 줄 모른다는 느낌마저 들어, 오랜 옛날에 매형이 나를 박람회장인가 어딘가를 데려갔는데 그곳 장면이 어린 눈으로 보기에 너무 끔찍해서 매형 어깨에 머리를 기댈 때처럼 이번에도 머리를 기댔다.

그렇게 시간을 보내는 동안 평상심이 돌아오고, 우리는 포병대 터 풀밭에 누워서 그런 것처럼 대화를 나누었다. 매형은 변한 게 하나도 없었다. 어린 눈에 올바르고 믿음직하게 보이던 모습이 지금 눈으로 보아도 그대로였다.

우리는 마차를 타고 집으로 돌아갔다. 매형이 나를 가볍게 들어서 마당을 지나고 계단을 오를 때는 일생일대의 사건이 일어나서 매형이 나를 업고 늪지대를 돌아다니던 성탄절이 떠올랐다. 나한테 닥친 행운이 모두 사라졌다는 사실에 대해 우리는 아직 아무런 얘기도 나누지 않았다. 최근에 일어난 사태를 매형이 얼마나 아는지도 몰랐다. 게다가 이제 나 자신은 지극히 의심스럽고 매형은 지극히 신뢰한 터라, 매형이 말을 안 꺼내는데 내가 먼저 꺼내도 괜찮을지조차 확신할 수 없었다.

그래서 오랫동안 곰곰이 생각하다가 저녁에 매형이 창가에서 파이프 담배를 태울 때 이렇게 물었다.

"나에게 유산을 물려준다고 했던 분이 누군지 들었나요, 매형?"

"하비셤 아씨가 아니라는 건 들었다, 오랜 친구."

"어떤 사람인지도 들었나요, 매형?"

"으음! '흥겨운 뱃사람'에서 너에게 지폐를 건넨 사람을 보낸 사람이라고 들었다, 핍."

"맞아요."

"정말 놀랍구나!"

매형이 감탄하는데, 더할 나위 없이 평온한 어투에 나는 조심스럽게 물었다.

"그분이 돌아가셨다는 소문도 들었나요, 매형?"

"누구? 너에게 지폐를 보낸 사람, 핍?"

"네."

내가 대답하자, 매형은 오랫동안 생각하더니 시선을 살짝 돌려서 창가 의자를 바라보며 말했다.

"그 사람이 어떤 사람이고 어떻게 했는지 대충 들은 것 같구나."

"그분이 처한 상황에 대해서도 들었나요, 매형?"

"구체적으로 들은 건 없단다, 핍."

"듣고 싶으시다면, 매형……."

내가 말하는데 매형이 일어나서 소파로 다가오더니 허리를 숙여서 나를 바라보며 말했다.

"이보게, 내 오랜 친구. 우리는 언제나 제일 좋은 친구야, 그렇지 않니, 핍?"

나는 너무 창피해서 아무 대답도 못 했다. 하지만 매형은 내가 대답한 것처럼 계속해서 말했다.

"맞아, 정말 잘했어. 그건 우리 모두 동의해. 그렇다면 우리 사이에 그런 불필요한 이야기를 굳이 할 이유가 무얼까, 오랜 친구? 우리 둘 사이에는 불필요하지 않은 화젯거리가 많아. 가련한 너희 누나가 날뛰던 걸 생각해 보렴! '따끔이'도 기억나니?"

"당연하지요, 매형."

"이보게, 오랜 친구. 나는 '따끔이'를 너랑 멀리 떨어뜨리려고 최선을 다했지만 내 힘은 언제나 마음을 쫓아가지 못했어. 가련한 너희 누나가 너에게 '따끔이'를 휘두르려고 할 때 내가 몸으로 가로막으면 나까지 때린 건 물론이고 오히려 너를 더 아프게 때렸기 때문이야. 그래서 이렇게 생각했지. 구레나룻을 쥐어뜯거나 몸을 이리저리 뒤흔든다고 해서 어른이 그걸 못 참고 어린애가 혼나는 걸 안 막을 순 없다. 하지만 구레나룻을 쥐어뜯고 몸을 이리저리 흔드는 것 때문에 어린애가 더 많이 맞는 걸 보고 어른은 정신이 번쩍 들어서 속으로 이렇게 따져보았단다. '네가 그러는 게 어떤 점에서 좋으냐? 나쁜 점은 확실히 보이는데 좋은 점은 하나도 안 보이는구나. 그러니 좋은 점이 무언지 하나라도 말해 보렴' 하고 말한 거야."

매형이 결론적으로 말하는 특유의 어투로 설명하더니 내가 대답하길 기다려서, 나는 이렇게 물었다.

"사내가 그렇게 말한 거예요?"

"사내가 그렇게 말했어. 그 말이 옳은 거니?"

"친애하는 매형, 매형은 항상 옳아요."

"으음, 오랜 친구, 그렇다면 네가 한 말을 따르마. 사내가 항상 옳다면 (사실은 틀릴 때가 훨씬 많은데) 그렇게 말한 것도 옳은 거야. 네가 어릴 때 사소한 문제를 비밀로 한 건 조 가저리가 '따끔이'를 너한테서 멀찌감치 떨어뜨릴 힘이 마음을 충분히 못 쫓아간다는 걸 막연하게 깨달았기 때문이야. 그래서 말인데 우리처럼 좋은 친구 사이에서 그런 건 이제 생각하지 말고 불필요한 얘기 역시 꺼내지 말자꾸나. 비디는 내가 끔찍하게 둔한 걸 아니까 내가 떠나기 전에 이런 관점에서 모든 걸 바라보아야 한다고, 그리고 이런 관점에서 바라본다면 당연히 이렇게 정리해야 한다고 말하고 또 말했단다."

매형이 결론적으로 말하는 어투가 나에게는 정말 매력적으로 들렸다.

"그런데 두 가지 다 했으니 이번에는 진정한 친구로서 너에게 말하겠다. 너는 쓸데없는 문제로 신경을 쓰는 대신 저녁 식사를 들고 물탄 포도주를 마시고 침대에 올라가서 담요를 덮어야 한다."

매형이 이 문제를 섬세하게 처리하는 마음과 비디가 여성 특유의 육감으로 단번에 파악해서 매형에게 제시한 다정하고 친절한 전략은 나에게 깊은 감동을 주었다. 하지만 내가 얼마나 가난뱅인지를, 그리고 상당한 유산이 태양 앞 늪지대 안개처럼 한순간에 모두 사라졌는지를 매형이 아는지에 대해선 알 수 없었다.

매형 태도에서 처음에는 이해를 못 하다가 나중에 파악하고 안타깝게 여긴 게 또 하나 있는데, 이런 내용이다. 내가 체력과 건강을 회복하자, 매형이 나를 편하게 대하는 기색이 처음보다 현저하게 줄어든 것이다. 내가 힘이 하나도 없어 완전히 의존할 때만 해도 예전처럼 다정한 어투로 "오랜 친구, 핍"이라고 불러서 정말 듣기 좋았다. 옛날로 돌아간 것 같아서 나 역시 즐겁고 감사하게 지냈다. 그래서 나는 옛날 분위기에 흠뻑 젖어든 반면에 매형은 옛날 분위기에서 눈에 안 띄게 조금씩 빠져나갔다. 처음에는 그 이유가 궁금하다가 모든 이유가 나 때문이라는 사실을, 모든 게 내가 잘못했기 때문이라는 사실을 금방 깨달았다.

아! 나는 매형에게 내가 한결같이 행동할 거란 사실을 의심하도록, 내가 다시 좋아지면 매형에게 차갑게 대하다가 외면할 거로 생각하도록 만들지 않았던가? 아, 나는 내가 기력이 생길수록 매형이 나를 잡아주는 힘은 줄어들 거라고, 내가 뿌리치기 전에 먼저 적당한 순간에 잡은 손을 풀어서 나를 놓아주는 게 훨씬 좋다고 매형이 순수한 마음에 본능적으로 느끼도록 만들지 않았던가?

매형 팔에 의지하며 밖으로 나가서 템플 공원을 서너 차례 산책할 때 나는 매형에게서 일어나는 변화를 또렷하게 보았다. 우리가 따듯하고 환한 햇살을 받으며 앉아서 강물을 바라보다가 일어날 때 내가 아무런 생각 없이 이렇게 말하고 만 것이다.

"이걸 보세요, 매형! 이제 혼자서도 충분히 걸을 수 있어요. 내가 혼자서 집까지 걸어갈 테니까 보세요."

"너무 무리하지 말 거라, 핍. 하지만 네가 그럴 수 있다면 정말 기쁘겠구나, 나리."

마지막 호칭이 마음에 걸리지만 내가 어떻게 나무랄 수 있단 말인가! 나는 공원 정문까지 걷다가 힘이 모두 떨어진 척하면서 부축해 달라 부탁하고, 매형은 나를 부축하면서 깊은 생각에 잠겼다.

나 자신도 깊은 생각에 잠겼다. 매형이 이런 식으로 변하는 걸 보고 양심의 가책을 심하게 느끼면서도 어떻게 막아야 좋을지 생각이 복잡했기 때문이다. 나는 너무 창피해서 내가 처한 처지를, 내가 완전히 몰락한 자체를 구체적으로 말하지 않았다는 사실을 굳이 숨기지 않겠다. 하지만 내가 이런 걸 말하지 않은 건 나름대로 가치가 있다고 믿는다. 매형이 얼마 안 되는 저금을 털어서 나를 도와주려고 할 터인데, 나는 그런 도움을 받을 수 없다는 사실을, 매형에게 그런 고통까지 끼칠 순 없다는 사실을 잘 알기 때문이다.

그날 밤은 우리 모두 아주 깊은 생각에 잠겼다. 하지만 우리가 잠자리로 들기 전에 나는 내일은 일요일이니 그 다음 날까지 기다리다가 새로운 한 주를 시작하는 날에 새롭게 시작하기로 마음을 먹었다. 월요일 아침에는 이런 변화에 대해서 매형에게 말하리라, 마지막 남은 마음의 장벽을 허물어뜨리리라, 내가 마음속에 품은 생각을 (아직은 구체적인 모습으로 형상화하지 못한 두 번째 생각을), 내가 허버트에게 가겠다는 결정을 아직 못 내린 이유를 말하리라, 그래서 이런 변화를 영원히 극복하리라. 내가 안색이 밝아지자 매형도 밝아졌다. 매형 역시 나와 마찬가지로 마음을 결정한 것 같았다.

우리는 일요일을 조용히 보냈다. 마차를 타고 교외로 나가서 들판을 산책했다.

"내가 이렇게 아파서 정말 다행이란 생각이 들어요, 매형."

"친애하는 핍, 오랜 친구, 이제 거의 회복했어, 나리."

"이 기간은 나에게 정말 오랫동안 기억에 남을 시간이었어요, 매형."

"나 역시 그렇단다, 나리."

"우리가 함께 보낸 시간을 결코 못 잊을 거예요, 매형. 한때나마 잠시 잊어버린 시절이 있었지만, 이번만큼은 절대로 못 잊을 거예요."

내가 말하자, 매형은 약간 당황한 표정으로 허둥대며 대답했다.

"핍, 정말 즐거운 시간이었어. 그런데 친애하는 나리, 우리 사이에 있었던 일은 정말 있었던 거야."

밤에 잠자리에 들자, 내가 회복하는 동안 언제나 그런 것처럼 매형이 방에 들어왔다. 그래서 내 상태가 아침에도 괜찮을 게 분명하냐고 물었다.

"네, 친애하는 매형, 다 나았어요."

"그럼 이제 기력을 꾸준히 회복할 수 있겠니, 오랜 친구?"

"네, 친애하는 매형, 꾸준히."

내가 대답하자, 담요로 덮은 팔을 매형이 선하고 커다란 손으로 톡
톡 두드리며 말하는데 목소리가 쉰 것 같았다.

"잘 자라!"

아침에 일어나자 기분은 상쾌하고 힘도 솟았다. 조금도 망설이지
말고 매형에게 모든 걸 털어놓겠다는 결의가 마음에 가득했다. 아침
식사 전에 말하리라, 내가 이렇게 일찍 일어난 건 처음이니 지금 당장
옷을 입고 매형 방으로 가서 깜짝 놀라게 하리라.

나는 매형 방으로 갔다. 그런데 매형은 거기에 없었다. 매형만 사라
진 게 아니라 여행 가방도 사라졌다. 아침 식사 식탁으로 급히 달려가
니 편지 한 장이 있었다. 짧은 내용이었다.

　　너는 이제 몸이 좋아서 친애하는 핍 매형이 없어도 잘할 테니
　까 방해하고 싶지 않아서 떠난다.

　　　　　　　　　　　　　　　　　　　　　　　　매형

　　추신: 우리는 영원히 좋은 친구다.

편지 안에는 나를 체포하려던 빚과 비용을 지급한 영수증이 있었다.
그 순간까지 나는 내가 완전히 회복할 때까지 채권자가 소송 절차를
철회하거나 보류한 거라고 막연하게 추측할 뿐이었다. 매형이 그 돈을
지급할 거라고는 꿈조차 꾼 적이 없었다. 하지만 매형은 그 돈을 갚고
영수증에는 매형 이름을 적었다.

이제 나한테 남은 건 지금 당장 정겨운 대장간으로 쫓아가서 매형에
게 속마음을 모두 털어놓는 것, 참회하는 마음으로 용서를 청하는 것,

그리고 처음에 막연하게 떠오르다가 어느새 또렷한 형상으로 정착한 두 번째 생각도 그곳에서 털어놓는 방법밖에 없었다.

두 번째 생각이란, 비디에게 가서 내가 회개하는 마음으로 겸손한 사람이 되어 돌아왔다는 사실을 보여주는 것, 그래서 내가 예전에 갈망하던 모든 걸 잃었다 말하고 내가 힘든 시절을 보낼 당시에 우리 둘이 마음속 얘기를 털어놓으며 지냈다는 사실을 상기하는 것이다. 그리곤 이렇게 말하는 것이다.

"비디, 너는 예전에 나를 많이 좋아했던 것 같아. 나 역시 빗나간 마음이 너에게서 멀어지는 순간조차 너와 함께 있으면 어느 때보다 마음이 편안하고 행복했어. 네가 예전의 절반만큼이라도 나를 좋아할 수 있다면, 아이를 용서하듯 나를 받아줄 수 있다면, (정말이지 비디, 나는 깊이 후회하고 있어. 그래서 다정한 목소리와 손길로 달래줄 사람이 필요해) 당시보다는 너에게 조금 더 가치 있는 사람이 되고 싶어…… 많이는 아니겠지만 조금이라도. 내가 매형과 함께 대장간에서 일할지, 아니면 여기에서 다른 작업을 구할지, 아니면 내가 제안받고 너에게 대답을 들을 때까지 잠시 미뤄놓은 기회를 찾아서 아주 멀리 떠날지는 온전히 네가 하라는 대로 할게. 그러니, 친애하는 비디, 네가 나와 함께 세상을 헤쳐나가겠다면 이 세상은 훨씬 행복할 게 분명하니 나 역시 그만큼 좋은 사람이 되어서 네가 이 세상을 훨씬 행복하게 살아가도록 열심히 노력하겠어."

이게 내 생각이었다. 그래서 나는 회복 기간을 삼 일 더 보낸 다음에 마음속 생각을 실천하기 위해 고향으로 내려갔다. 그래서 겪은 내용이 내가 할 마지막 이야기다.

58

나에게 다가온 엄청난 행운이 완전히 몰락했다는 소문은 나보다 먼저 고향과 인근 지역에 도착했다. 나는 '파란 멧돼지' 역시 그런 소식을 들었으며 나를 대하는 태도 역시 급격히 변했다는 사실을 알아차렸다. 예전에는 내가 도착하면 좋은 평판을 쌓으려고 극진하게 대했으나 이번에는 내가 들어서는 순간부터 극도로 냉랭하게 나왔다.

내가 도착한 건 초저녁인데 예전에 가볍게 다니던 여행길이 이번에는 극히 피곤했다. '멧돼지' 측은 내가 평소에 사용하던 침실을 내줄 수 없다고, (유산을 받을 또 다른 사람이 있는지) 이미 예약되었다고, 나에게 내줄 수 있는 건 마당 뒤쪽 비둘기장과 역마차 사이에 있는 아주 허술한 방밖에 없다고 말했다. 그래서 그 방에 들어갔지만 '멧돼지'에 있는 가장 훌륭한 객실에서 그런 것보다 훨씬 달콤하게 자고 가장 훌륭한 객실에서 그런 이상으로 좋은 꿈을 꾸었다.

이른 시각에 아침 식사를 준비하는 동안에는 새티스 저택을 돌아보았다. 대문과 창문마다 내건 카펫 자락에 광고가 붙었는데, 저택에서 쓰던 가재도구와 가구를 다음 주에 경매한다는 내용이었다. 저택 자체는 해체해서 중고 건축물 자재로 팔 예정이었다. 양조장 건물에는 하얀 페인트로 경매 1번이란 글씨를 어설프게 써놓고, 오랫동안 달아놓은 본채 건물에는 경매 2번이란 글씨를 써놓았다. 건물 곳곳에 다양한 경매 번호를 적어놓고, 담쟁이덩굴은 경매 번호를 쓸 공간을 마련하려고 뜯어서 땅바닥에 널어놓아 벌써 시든 상태였다. 대문이 열린 터라 잠시 안으로 들어가, 볼 일이 없으면서도 낯선 곳에 들어온 사람처럼 불편한 눈으로 주변을 둘러보니, 경매 직원이 술통 위를 걸어 다니며 숫자를 세서 경매 물품 목록 작성자에게 알려주는데, 손에 펜을 든 목록 작성자는 내가 '클렘 할아범'을 부르면서 밀던 바퀴 달린 의자에 앉아있었다.

아침 식사를 하러 '멧돼지' 식당으로 돌아가자, 펌블추크 삼촌이 주인장과 대화를 나누고 있었다. 펌블추크 삼촌은 (최근에 봉변을 당한 흔적이 또렷하게 남은 모습으로) 내가 돌아오기만 기다리다가 이렇게 말했다.

"젊은이, 자네가 바닥으로 떨어진 걸 보니 마음이 아프네. 하지만 그건 당연한 결과야! 너무나 당연한 결과!"

펌블추크 삼촌은 고상하게 용서하는 분위기로 한 손을 내밀고, 나는 병 때문에 기력이 없는 터라 이러쿵저러쿵 다투기 싫어서 그 손을 잡았다. 그러자 펌블추크 삼촌이 웨이터에게 소리쳤다.

"윌리엄, 식탁에 머핀도 하나 올려놓게. 이런 꼴이 되다니! 이런 꼴이 되다니!"

나는 얼굴을 잔뜩 찡그리며 식탁에 앉았다. 펌블추크 삼촌은 내가 찻주전자를 잡기도 전에 먼저 낚아채서 마지막까지 은혜를 베푸는 은인 같은 분위기로 차를 따라주었다. 그러면서 애처로운 어투로 "윌리엄, 소금 좀 가져오게" 하고 말하더니 다시 나에게 말했다.

"잘 나갈 때는 설탕을 쳤겠지? 거기에다 우유도 타고? 맞아. 설탕과 우유. 윌리엄, 양가냉이[20]도 가져오게."

이 말에 내가 짤막하게 말했다.

"고맙지만 나는 양가냉이를 안 먹습니다."

그러자 펌블추크 삼촌이 충분히 예상한 듯, 그리고 양가냉이를 안 먹어서 내가 몰락이라도 한 듯 고개를 몇 차례 끄덕이며 한숨을 쉬다가 대답했다.

"자네는 양가냉이를 안 먹는다. 맞아. 강변에서 흔하게 나는 싸구려니까. 아니야. 아무것도 가져올 필요 없네, 윌리엄."

나는 아침 식사를 계속하고 펌블추크 삼촌은 옆에 서서 항상 그런 것처럼 숨을 거칠게 내쉬며 툭 튀어나온 생선 눈으로 가만히 굽어보더니, 가만히 생각하는 표정으로 커다랗게 소리쳤다.

"뼈다귀와 살가죽밖에 안 남았군. 여기를 떠날 때만 해도, 그리고 내가 꿀벌처럼 열심히 일해서 모은 거로 한 상 거나하게 대접하고 축복을 내릴 때만 해도 살이 복숭아처럼 통통했는데!"

이 말을 들으니, 앞길이 창창할 때만 해도 "혹시 내가?" 하고 말하며 손을 내밀던 비굴한 자세와 지금 이 순간에 바로 그 통통한 손을 내밀며 거만하게 허세 부리는 모습이 정말 놀라운 대조를 이룬다는 생각이 들었다.

펌블추크 삼촌이 버터 바른 빵을 나에게 내밀며 계속 말했다.

"하! 그래, 이제 매형에게 갈 건가?"

순간적으로 나는 화가 치솟아서 이렇게 소리쳤다.

"내가 어디를 가든 도대체 당신하고 무슨 상관이란 말이오? 찻주전

---

20) 양가냉이(watercress)는 강변에 흔하게 자라는 채소로 값이 싸서 가난한 노동자들이 아침 식사 때 샐러드로 만들어 먹었다.

자 좀 건들지 마시오."

이건 내가 할 수 있는 최악의 대응이었다. 펌블추크 삼촌이 원하던 게 바로 그런 것이기 때문이다. 그래서 찻주전자 손잡이를 놓고 식탁에서 한두 걸음 물러나더니, 문가에 있는 주인과 웨이터에게 들으라며 소리쳤다.

"그래, 젊은이. 찻주전자를 건들지 않겠네. 자네 말이 맞네, 젊은이. 이번에는 자네 말이 맞아. 방탕하게 사느라 몸을 완전히 망친 자네에게 조상님이 물려주신 영양가 풍부한 음식을 먹고서 기운을 차리길 바라는 마음으로 아침 식사에 관심을 보이다니, 내가 깜빡 잊고 말았네."

펌블추크 삼촌이 주인과 웨이터에게 고개를 돌려서 팔을 쭉 뻗어 나를 가리키며 계속 말했다.

"그런데 이자는 어린 시절을 행복하게 보내도록 내가 함께 놀아준 바로 그자라네!"

두 사람 입에서 나지막하게 웅얼대는 소리가 일어났다. 웨이터가 특히 놀란 것 같았다. 그리고 펌블추크 삼촌은 계속 소리쳤다.

"이자는 내가 이륜마차에 태워주던 바로 그자라네. 이자를 손수 키우던 모습을 내 눈으로 똑똑히 보았다네. 이자에겐 누이가 있는데 이름은 자기 엄마 이름을 따서 조지아나 마리아고 나는 이자 누이에게 시댁 삼촌이라네. 이자에게 부정할 수 있으면 부정해 보라고 하게!"

웨이터는 내가 부정할 수 없다고, 그렇다면 펌블추크 삼촌 말이 모두 옳다고 확신하는 것 같았다.

펌블추크 삼촌이 특유의 자세로 머리를 나에게 꺼떡거리며 계속 말했다.

"젊은이, 자네는 매형에게 가는 거야. 자네가 어디를 가든 나하고 무슨 상관이냐고 물었지? 내가 장담하는데, 젊은이, 자네는 매형에게 가는 거야.”

웨이터가 기침하는데 마치 나에게 그러지 말라고 조심스럽게 권하는 것 같고, 펌블추크 삼촌은 도덕적으로 중요한 명분을 아주 완벽하고 탁월하게 강조하는 어투로 계속 말했다.

“지금부터 내가 하는 말을 매형에게 그대로 전하게. 읍내 사람 모두가 알고 존경하는 ‘멧돼지’ 주인장이 여기에 있고, 내가 잘못 아는 게 아니라면 부친 성함을 풋킨스라고 하는 윌리엄도 여기에 있네.”

“제대로 아셨습니다, 나리.”

윌리엄이 대답하고, 펌블추크 삼촌은 계속 말했다.

“두 사람이 있는 자리에서 내가 하는 말을, 젊은이, 매형에게 그대로 전하게. 이렇게 말하게. ‘매형, 초창기 은인이자 나에게 행운을 연결한 분을 오늘 만났습니다. 그분 이름은 언급하진 않겠지만, 매형, 읍내 사람 모두 기쁜 마음으로 그렇게 부르는 분을 오늘 만났습니다.’”

“여기엔 그런 사람이 하나도 안 보이는데요?”

내가 말하자, 펌블추크 삼촌이 받아쳤다.

“그 말도 하게. 자네가 그렇게 말했다고 하면 자네 매형도 깜짝 놀랄 걸세.”

“그건 우리 매형을 모르고 하시는 말씀이네요. 나는 우리 매형을 잘 알거든요.”

내가 받아치고, 펌블추크 삼촌은 계속 말했다.

“이렇게 말하게. ‘매형, 오늘 그분을 만났는데, 매형에게도 아무런 나쁜 감정이 없고 나에게도 아무런 나쁜 감정이 없어요. 그분은 매형 성격을 잘 알아요, 매형, 고집스럽고 무식하다는 것까지 말이에요. 그분은 내 성격도 잘 알아요, 매형, 배은망덕하다는 것까지 말이에요.’”

여기에서 펌블추크 삼촌이 머리와 손을 나에게 절레절레 흔들며 계속 말했다.

"그분은 사람이라면 흔히 알아야 할 은혜를 내가 전혀 모른다는 사실을 알아요. 아무도 모르는 걸 그분은 알아요, 매형. 매형은 능력이 없어서 그걸 모르는데, 그분은 알아요.'"

허풍이 심한 얼간이라는 사실은 알았지만 나에게 이렇게 말할 정도로 후안무치할 수 있다는 사실이 나는 정말 놀라웠다.

"이렇게 말하게. '매형, 그분이 나에게 전하라는 말이 있는데, 내가 그대로 반복할게요. 이런 내용이에요. 내가 바닥으로 떨어질 때 자신은 예언의 손가락을 보았대요. 그 손가락을 보는 순간, 그분은 단번에 깨달았대요, 매형. 손가락이 이런 글씨를 썼대요, 매형. 최초의 은인이자 행운을 연결한 사람에게 배은망덕한 결과니라. 하지만 그분은 자신이 그렇게 한 것을 조금도 후회하지 않는대요, 매형. 조금도요. 그건 옳은 일이고 친절한 일이고 자비를 베푸는 일이라서 다시 그런 상황이 와도 똑같이 할 거래요.'"

나는 귀찮게 방해하는 분위기에서 아침 식사를 마치고 경멸스런 어투로 말했다.

"그분이 자신이 저지른 짓과 또다시 저지를 짓에 대해서는 한마디도 안 해서 정말 아쉽네요."

그러자 펌블추크 삼촌이 주인에게 소리쳤다.

"'멧돼지' 주인장, 그리고 윌리엄! 그건 옳은 일이고 친절한 일이고 자비를 베푸는 일이기에 다시 그런 상황이 와도 내가 똑같이 할 거라는 사실을 자네들이 원한다면 읍내 윗마을이든 아랫마을이든 가서 말해도 나는 전혀 반대하지 않겠네."

이 말과 함께 사기꾼은 거만한 태도로 두 사람과 악수하며 밖으로 나가고, 나는 '사기꾼이 한 일'에 대해 재미있다기보다 깜짝 놀란 표정으로 그 자리에 남았다. 하지만 얼마 후에 나도 그곳을 떠나, 중심가를 지나다가 사기꾼이 자기 상점문 앞에서 사람을 몇 명 모아놓고 일장연설을 늘어놓는 광경을 목격했는데, 그곳에 있던 사람들이 건너편에서 지나는 나를 아주 역겨운 눈빛으로 쳐다보았다.

하지만 비디와 매형에게 가는 발걸음은 정말 경쾌했다. 그래도 되는지 모르겠지만, 꾹 참으면서 인내하는 모습이 파렴치한 위선자와 대조를 이루며 어느 때보다 화사하고 웅장하게 빛났다. 나는 아직 팔다리가 약해서 두 사람을 향해 천천히 나아가지만, 거리가 줄어들수록 안도감이 늘어나는 걸, 뒤에 가득한 위선과 교만에서 점차 멀어진다는 안도감이 늘어나는 걸 느꼈다.

유월 날씨가 상쾌했다. 하늘은 파랗고, 종달새는 녹색 곡식 위로 솟아오르고, 주변 풍경은 과거 어느 때보다 아름답고 평화로웠다. 나는 앞으로 거기에서 살아가는 그림을 그리고, 나에게 보여준 소박한 믿음과 선명한 일상의 지혜를 지닌 사람이 옆에서 인도하면 훨씬 좋은 사람으로 변할 거라고 상상하며 즐거운 마음으로 길을 계속 갔다. 가슴이 뭉클했다. 지금까지 엄청난 변화를 겪다가 마침내 이렇게 돌아온다고 생각하니, 오랫동안 타향을 헤매며 방황하다가 맨발로 먼 길을 걸어서 집까지 힘들게 돌아오는 탕아라는 느낌마저 들었다.

비디가 교사로 일하는 학교는 한 번도 본 적이 없었다. 하지만 마을에 조용히 들어서려고 오솔길을 빙글 돌아가니, 바로 거기에 학교가 있었다. 그런데 안타깝게도 그날은 휴일이었다. 아이들도 없고 비디가 묵는 사택도 문이 닫혔다. 비디가 일상생활에 몰두하는 모습을 살그머니 볼 수 있겠다는 희망을 마음속에 품었다가 깨지고 만 것이다.

하지만 조금만 더 가면 대장간이고, 나는 푸른 보리수나무가 향긋한 아래를 지나며 매형이 망치질하는 쨍그랑 소리가 들리기만 기대했다. 그런데 그런 소리가 들려야 하는 거리를 훨씬 지난 다음에도, 그런 소리를 들었다고 생각하다가 그게 착각이라는 사실을 깨달은 훨씬 다음에도 사방은 고요했다. 보리수나무도 그대로고 산사나무도 그대로고 밤나무도 그대로고 발걸음을 멈추자 아름답게 부스럭대는 잎사귀 소리도 그대로인데, 매형이 망치질하는 쨍그랑 소리는 한여름 산들바람에 실리지 않았다.

나는 대장간이 나타나는 걸 이유도 모른 채 괜히 두려워하다가 마침내 대장간을 발견하고 그곳 역시 문이 닫힌 걸 깨달았다. 불빛도 안 보이고 사방으로 튀어 오르는 불꽃도 안 보이고 풀무질 소리도 안 들렸다. 모든 게 고요했다.

하지만 집까지 비운 건 아니었다. 손님맞이용 거실에 사람이 있는 것 같았다. 창가에서 하얀 커튼이 흐느적거리고 창문도 열어놓아서 화사한 꽃이 보였기 때문이다. 나는 가만히 다가가서 꽃 너머로 몰래 들여다보려는데 매형과 비디가 팔짱을 끼고 눈앞에 떡 나타났다.

처음에는 비디가 유령을 보았다는 생각에 비명을 지르더니 곧이어 내 품으로 뛰어들었다. 나는 비디를 바라보며 울고 비디는 나를 바라보며 울었다. 내가 운 건 비디가 참으로 신선하고 생기발랄하게 보였기 때문이고 비디가 운 건 내가 너무나 야위고 창백하게 보였기 때문이다.

"그런데, 친애하는 비디, 옷차림이 정말 멋있어!"

"그래, 친애하는 핍."

"그리고 매형, 옷차림이 정말 멋있어요!"

"그래, 친애하는 핍, 오랜 친구."

내가 두 사람을 번갈아가며 쳐다보는데, 갑자기 비디가 행복에 겨운 표정으로 소리쳤다.

"오늘은 우리 결혼식 날이야! 내가 저분이랑 결혼했어."

두 사람은 나를 주방으로 인도하고, 나는 정겨운 전나무 식탁에 머리를 대고 엎드렸다. 그러자 비디가 내 손 하나를 붙잡아 자기 입술에 대고 매형은 포근한 손으로 내 어깨를 다독이며 말했다.

"아직 체력이 많이 떨어지는 사람을, 여보, 너무 깜짝 놀라게 한 것 같구려."

그러자 비디가 대답했다.

"너무 행복한 나머지 내가 미처 그런 생각을 못 했네요, 여보."

두 사람 모두 나를 본 걸 참으로 기뻐하고 나를 본 걸 참으로 자랑스러워하고 내가 찾아온 것에 깊이 감동하고 내가 우연히 나타나서 두 사람 결혼식 날을 완성한 걸 기뻐했다!

제일 먼저 떠오른 건 내가 마음속으로 품은 엉뚱한 희망을 매형에게 한 마디도 뻥끗하지 않아서 정말 다행이란 생각이었다. 매형이 병간호할 때 그 말이 입술에 얼마나 많이 맴돌았던가! 매형이 단 한 시간만 더 머물러도 그런 말을 떠벌리는 돌이킬 수 없는 실수를 저지르지 않았겠는가!

"친애하는 비디, 너는 세상에서 가장 훌륭한 남편을 얻었어. 병상에 누운 나를 간호하는 모습을 보았더라면……. 아니야, 아니야, 그게 아니어도 너는 남편을 더할 나위 없이 사랑할 테니까."

내가 말하자, 비디가 대답했다.

"맞아, 더할 나위 없이."

"그리고 친애하는 매형, 매형은 세상에서 가장 훌륭한 부인을 얻었어요. 매형은 선량한 부인과 행복하게 살 자격이 충분해요, 선량하고 고상하고 친애하는 매형!"

매형은 입술을 부르르 떨며 바라보더니 결국엔 소매를 눈가로 가져갔다.

"그리고 매형과 비디, 두 분은 오늘 교회에 다녀와서 모든 인간에 대한 사랑과 자비가 가득할 터이니, 그동안 두 분이 나에게 해준 모든 것에 대해 내가 겸허하게 감사하는 마음을 받아주시고 내가 저지른 잘못을 모두 용서하세요! 그리고 내가 한 시간 안에 떠날 거라고, 그래서 해외로 나갈 거라고, 내가 교도소에 들어가지 않도록 두 분이 지급한 돈을 모두 갚을 때까지 조금도 안 쉬고 열심히 일할 거라고, 그래서 두 분에게 그 돈을 보낸다 해도, 친애하는 매형과 비디, 내가 그 돈을 천 배로 갚는다 해도 내가 두 분에게 진 빚을 조금이나마 갚았다고 생각하진 않을 거란 사실을, 두 분에게 영원히 빚진 마음으로 살아갈 거란 사실을 알아주세요!"

이 말에 두 사람 모두 눈물을 흘리면서 그만하라고 간청했다.

"하지만 나는 말할 게 또 있어요. 바라건대, 매형에게 사랑스러운 자녀가 생겨서 겨울밤에 저 벽난로 모서리에 앉으면 다른 어린애가 저 자리를 영원히 떠났다는 생각을 떠올리겠지요, 친애하는 매형. 그래도 그 아이에게 내가 은혜를 모르는 사람이었다고 말하지 마세요. 비디, 그 아이에게 내가 부당하고 비열한 사람이었다고 말하지 마. 두 분은 나에게 참으로 선하고 진실하며 그래서 내가 두 분을 진심으로 존경했다는 사실만, 그리고 두 분 자녀는 당연히 나보다 훨씬 훌륭한 사람으로 성장할 거라고 했다는 사실만 말하세요."

매형이 소매로 두 눈을 감싼 채 대답했다.

"나는 당연히 그런 걸 조금도 말하지 않을 거야. 비디도 말하지 않을 거고 우리 누구도 그런 말은 안 할 거야."

"그리고 이제, 비록 나는 두 분이 친절한 마음으로 이미 그랬다는 사실을 알지만, 두 분 모두 나를 용서한다고 말해주세요! 제발 부탁입니다. 두 분이 용서한다고 하는 말을 듣고 그 목소리를 가슴에 품고 싶어요. 그러면 언젠가는 나도 믿음직한 사람이, 훨씬 좋은 사람이 될 거라 생각할 수 있을 거예요!"

"아, 친애하는 핍, 오랜 친구. 내가 너를 용서한다는 건 하느님이 아셔, 용서할 게 조금이라도 있다면!"

매형이 말하자, 비디가 덧붙였다.

"아멘! 내가 그런 것도 하느님이 아셔!"

"이제 위층 조그만 다락방에 혼자 올라가서 둘러보고 몇 분만 쉬겠어요. 그런 다음, 함께 식사하고 마을 입구 손가락 안내판이 있는 곳까지 함께 가서, 친애하는 매형과 비디, 거기에서 작별인사를 나눠요!"

나는 내가 가진 걸 모두 팔아서 돈을 최대한 확보하고 채권자들과 협상해서 남은 빚은 다행히도 충분한 시간을 두고 갚기로 했다. 그리고 해외로 나가서 허버트와 합류했다. 한 달 만에 영국을 떠나고 두 달 만에 클래리커 상사 직원이 되고 넉 달 만에 혼자서 모든 책임을 졌다. '물방아 저수지 강둑'에서 빌 발리 아저씨가 으르렁대는 소리에 거실 천장을 가로지르는 대들보가 더는 안 떨리고 평온을 찾아, 허버트가 클라라와 결혼하러 영국으로 들어갔으니, 클라라를 데리고 돌아올 때까지 동양지점을 오직 나 혼자서 맡아야 했기 때문이다.

그리고 여러 해가 지난 다음에는 클래리커 상사 동업자가 되었다. 하지만 허버트 부부와 함께 행복하게 살면서 근면을 실천해 빚을 모두 갚고 비디하고 매형과 서신 연락을 꾸준히 주고받았다. 클래리커 사장은 나와 맺은 비밀을 허버트에게 조금도 안 꺼냈으나 내가 상사에서 세 번째 자리에 오르자, 마침내 허버트가 동업자까지 올라선 과정을 비밀로 하느라 오랫동안 양심에 찔렸으니 이제는 밝혀야 하겠다고 선언했다. 그래서 비밀을 밝히자, 허버트는 깜짝 놀랄 정도로 감동하였다. 오랜 비밀 때문에 사이가 나빠진 것 역시 조금도 없다. 하지만 우리 회사는 규모가 커다랗다거나 많은 돈을 번다고 여러분이 추측하면 안 된다. 조그만 회사지만 평판이 좋고 열심히 일해서 이익을 챙기며 사업을 바람직하게 꾸려나가는 정도다. 우리 회사가 이렇게 번창하는 데에는 허버트가 명랑하고 근면하게 모든 걸 착실히 준비한 덕분이니, 예전에 내가 허버트를 보고 성공할 가능성이 없다고 생각한 게 정말 이상할 정도다. 그러다가 하루는 성공할 가능성이 없는 사람은 허버트가 아니라 바로 나 자신이란 사실을 문득 깨달았다.

59

십일 년 동안 나는 매형과 비디가 동양으로 찾아오는 환상을 자주 떠올리긴 했지만 실제로 만난 적은 한 번도 없었다. 그러던 어느 날, 십이월 늦은 오후, 어둠이 깔리기 한두 시간 전, 나는 그리운 주방 문 빗장에 손을 살그머니 댔다. 그래서 아무도 못 듣고 못 보도록 빗장을 살그머니 들어 올렸다. 주방 벽난로 앞에는 머리가 희끗희끗하지만, 여전히 튼튼하고 건장한 모습으로 매형이 앉아서 파이프 담배를 태우고 한쪽 다리로 울타리를 친 모서리에는 내가 앉던 조그만 걸상에 앉아서 불길을 바라보는…… 내가 있었다!

내가 아이 맞은편에서 (아이 머리카락은 헝클어뜨리지 않고) 다른 걸상에 앉자, 매형이 기쁜 표정으로 말했다.

"우리는 너를 기리는 의미에서 아들 이름을 핍이라고 지었단다. 그동안 우리는 아들이 너랑 비슷하게 자라길 희망했는데, 우리가 바라는 대로 자라는 것 같구나."

나도 그렇게 생각하고, 다음 날 아침에 아이와 산책하러 나가 아주 많은 대화를 나누며 서로를 완벽하게 이해했다. 그리고 공동묘지로 데려가서 내가 옛날에 앉았던 묘석에 올려주자, 아이는 높은 위치에서 '이 마을에서 살다가 떠난 고 필립 피립'과 '위에서 언급한 고인의 부인 조지아나 역시'를 나에게 알려주었다.

저녁 식사를 마친 다음에 비디가 어린 딸을 무릎에 누여서 잠재울 때 나는 비디와 대화를 나누다가 이렇게 말했다.

"비디, 조만간에 핍을 나에게 주거나 빌려줘야 할 거야."

"아니야, 아니야. 너도 결혼해야지."

"허버트랑 클라라도 그렇게 말하는데, 나는 결혼할 생각이 없어, 비디. 두 사람 집에 완전히 정착했거든. 게다가 나는 이제 늙을 대로 늙은 노총각이라고."

비디는 잠자는 딸을 내려다보다가 조그만 손을 들어서 자기 입술에 대더니, 아이 손을 잡는 어머니다운 넉넉한 손으로 내 손을 잡았다. 그 느낌이 결혼반지가 가볍게 누르는 느낌과 함께 나에게 아주 묵직하게 다가왔다.

"친애하는 핍, 아직 그 여인을 못 잊고 괴로워하는 건 아니지?"

"맙소사, 아니야. 그런 건 아닌 것 같아, 비디."

"오랜 친구로 대답해. 그 여인을 완전히 잊은 거야?"

"친애하는 비디, 나는 지금까지 살아오면서 아무리 사소한 내용이라도 마음에 들어온 건 잊은 적이 없는데 그렇게 커다란 걸 어떻게 잊겠어. 하지만 내가 예전에 말한 대로 가련한 꿈은 모두 사라졌어, 비디…… 모두!"

그렇지만 이 말을 하는 동안에도 나는 이따가 늦은 오후에 저택이 있던 자리를 홀로 찾아가서 에스텔라를 회상할 생각이 마음속에 가득했다. 그렇다, 이렇게 말하는 동안에도 머릿속엔 에스텔라 생각으로 가득했다.

나는 에스텔라가 아주 불행하게 살았다는, 그러다가 별거한다는, 남편이 아주 잔인하게 대했다는, 남편이 오만과 탐욕과 야만과 비열함이 가득한 복합체로 유명하다는 소문을 들었다. 그리고 말을 함부로 다루다가 사고를 당해서 죽었다는 소문도 들었다. 그래서 에스텔라가 해방된 게 이 년 전이다. 그러다가 다시 결혼했다는 소문도 들었다.

매형 집에서 저녁 식사를 일찍 한 터라 비디와 대화를 서둘지 않아도 어둡기 전에 저택이 있던 장소까지 갈 시간은 충분했다. 하지만 꿈에 그리던 고향이 정겨운 모습으로 나타날 때마다 가만히 바라보며 깊은 생각에 잠긴 터라 내가 그곳에 도착한 시각은 해가 완전히 저문 다음이었다.

이제 그곳에는 저택도 없고 양조장도 없고 남은 건물이라곤 황폐한 채소밭 담장이 전부였다. 건물을 철거한 공간에 울타리를 대충 두른 터라 울타리 너머로 바라보다, 예전에 뽑힌 담쟁이덩굴이 새롭게 뿌리를 내려서 나지막하게 쌓인 건물 잔해로 기어오르며 녹색을 키워나가는 모습이 보였다. 울타리 대문이 살짝 열려서 나는 슬며시 밀며 안으로 들어섰다.

차가운 은빛 안개가 엷게 깔리고, 안개를 거둬낼 달은 아직 떠오르기 전이었다. 하지만 안개 너머로 별빛이 반짝이고 달도 얼굴을 살짝 내밀어서 그렇게 어둡진 않았다. 옛날 저택에서 이런저런 건물이 있던 자리와 양조장이 있던 자리와 대문이 있던 자리와 술통이 있던 자리를 하나씩 찾아보았다. 그러다가 황폐한 정원 산책길을 바라보는데, 어떤 물체 하나가 눈에 들어왔다.

내가 그쪽으로 움직이자, 상대도 나를 알아본 것 같았다. 내가 있는 쪽으로 다가오다가 가만히 멈춘 것이다. 좀 더 가까이 다가가다가 상대는 여성이라는 사실을 알아챘다. 그런데 더 다가가기 직전에 상대는 발길을 돌리다가 걸음을 멈추더니, 내가 다가오길 기다렸다. 그러다가 깜짝 놀란 듯 더듬으며 내 이름을 뱉어내고 나도 그 이름을 뱉어냈다.

"에스텔라!"

"나는 많이 변했어. 그런데도 알아보다니, 신기하구나."

젊고 싱싱한 아름다움은 정말 사라졌으나 말로 형용할 수 없는 위엄과 말로 형용할 수 없는 매력은 여전했다. 이런 매력은 전에도 보았으나 생전 처음 보는 매력도 있으니, 자부심만 가득하던 눈빛에 어린 슬프고 부드러운 기운이 바로 그것이고, 생전 처음 느낀 것도 있으니, 아무것도 못 느끼던 손에 어린 다정한 기운이 바로 그것이다.

우리는 근처 기다란 의자에 앉고, 나는 이렇게 말했다.

"이렇게 많은 세월이 지나도 우리가 이렇게 다시 만날 수 있다는 사실이 정말 신기해, 에스텔라, 그것도 우리가 처음 만난 이곳에서! 여기를 자주 찾니?"

"그동안 한 번도 못 왔어."

"나도 마찬가지야."

달이 공중으로 올라오자, 하얀 천장만 평온하게 바라보던 얼굴이, 지금은 세상을 떠난 얼굴이 떠올랐다. 달이 공중으로 올라오자, 내가 하는 말을 마지막으로 들으면서 내 손을 꼭 누르던 느낌도 떠올랐다.

우리 사이에 감돌던 침묵은 에스텔라가 깨뜨렸다.

"그동안 여기에 오고 싶은 생각은 자주 했는데 여러 사정에 막혔어. 아, 불쌍하고 불쌍한 고향집!"

달빛이 내려오며 은빛 안개를 어루만지더니 에스텔라 두 눈에서 떨어지는 눈물방울도 어루만졌다. 하지만 에스텔라는 내가 보았다는 사실을 모른 채 평정심을 유지하려 애쓰며 차분한 어투로 물었다.

"여기를 거니는 동안 여기가 이런 상태로 남은 이유가 궁금하진 않았니?"

"궁금했어, 에스텔라."

"이 땅은 내 소유야. 내가 단념하지 않은 유일한 재산이지. 다른 건 모두 조금씩 빠져나가도 여기만큼은 끝까지 지켰어. 힘들고 비참한 세월을 보내면서도 여기만큼은 절대 포기하지 않았어."

"여기에 건물을 새로 지을 예정이니?"

"결국은 그렇게 됐어. 여기가 변하기 전에 마지막으로 작별인사를 하러 온 거야."

에스텔라가 말하더니, 방랑자에게 포근하게 닿는 목소리로 물었다.

"그런데 너는 아직도 외국에 사니?"

"그래, 아직도."

"물론 잘 지내겠지?"

"풍족하게 살려고 열심히 일해서…… 그래, 잘 지내."

"네 생각을 많이 했어."

"그래?"

"최근에 특히 많이. 참으로 소중한 추억인데 아무런 가치도 모른 채 멀리하며 오랜 세월을 힘들게 살았어. 하지만 그런 걸 떠올려도 아무런 부담이 없는 이후로는 마음속에 고이 간직하고 있어."

"너는 내 마음속에 지금도 그대로 있어."

내가 대답했다. 그리고 한동안 침묵이 흐르는 가운데 에스텔라가 다시 말했다.

"내가 여기와 작별인사를 하면서 너하고도 작별인사를 하게 될 줄은 조금도 생각을 못 했어. 이렇게 작별인사를 할 수 있어서 다행이야."

"다시 헤어져서 다행이라고, 에스텔라? 나에게는 헤어지는 게 정말 고통스러워. 나에게는 우리가 마지막으로 헤어진 기억이 항상 고통스럽고 슬프게 떠올랐어."

내가 말하자, 에스텔라가 진심으로 대답했다.

"하지만 너는 나에게 '하느님이 축복하시길, 하느님이 용서하시길!' 하고 말했어. 당시에 나에게 그렇게 말할 수 있다면 지금도 나에게 그렇게 말할 수 있을 거야. 지금은 고통이 무엇보다 강력한 스승이란 사실을 깨닫고, 그래서 네가 예전에 품은 마음을 충분히 이해하게 되었으니 말이야. 그동안 나는 이리 휘고 저리 부러졌지만 좋은 쪽으로 변했길 바랄 뿐이야. 네가 예전처럼 나를 동정하고 너그럽게 대하면, 그래서 아직도 우리가 친구라고 말하면 고맙겠어."

에스텔라가 말하며 기다란 의자에서 일어나, 나도 함께 일어나서 에스텔라에게 허리를 숙이며 말했다.

"우리는 여전히 친구야."

"그렇다면 헤어져도 여전히 친구로 남는 거야."

나는 에스텔라 손을 꼭 잡고 함께 나란히 걸으며 황폐한 공간을 빠져나왔다. 내가 오래전 대장간을 처음 떠날 때 아침 안개가 걷힌 것처럼 이번에는 저녁 안개가 걷히고, 그래서 사방을 고요하게 비추는 달빛에 에스텔라와 또다시 헤어지는 그림자는 없었다.

부록

찰스 디킨스

1. 생애

얼마 전에 찰스 디킨스 탄생 이백 주년을 기념하며 영국에서만 100여 개에 달하는 디킨스 관련 행사를 열었다. 영어를 모국어로 사용하는 미국, 캐나다, 호주, 뉴질랜드 등이야 말할 것도 없지만, 일상어로 영어를 쓰는 과거 식민지 국가들 역시 디킨스 탄생 이백 주년을 기념하며 문학 분위기에 흠뻑 빠져들었다. 문학 페스티벌을 세계 각지에서 14개나 열고, 영어를 사용하지 않는 파리와 취리히를 비롯해 스리랑카(Galle Literature Festival), 인도(Jaipur Festival), 우크라이나(L'Viv Festival), 스페인(Hay Festivals), 독일(The Walberberg Festival)에서도 디킨스 문학 페스티벌을 열었다. 영어권 3억5000만 명과 비영어권 20억 명이 디킨스 문학 축제를 즐겼다. 영국 정부는 디킨스 탄생 이백 주년을 기념하는 주화를 만들고 포츠머스와 런던에서는 동상을 세웠다. 디킨스가 사용하던 상아 이쑤시개와 머리카락 묶음도 경매에서 고가로 팔렸다. 탄생 이백 주년을 기념하는 BBC 삼부작 '위대한 유산'은 무려 육백만 명이 시청하고 현재도 웹 동영상으로 상당한 인기를 누린다.

　세계적인 대문호 레오 톨스토이는 "디킨스 소설에 나오는 인물은 모두 내 친구다"라면서 디킨스를 19세기 최고의 문호라고 평하고, 디킨스 초상화를 서재에 걸어둘 정도로 존경했다. 칼 맑스는 "디킨스는 세상에서 핍박받는 민중을 위해 세계의 모든 정치인과 사회운동가 이상으로 많은 일을 했다"고 극찬한다. 지금도 영국에서 사회정책을 토론할 때면 "이 문제는 디킨스가 목소리를 높였다", 혹은 "디킨스가 만든 제도인데 그가 살았다면 뭐라고 했겠는가?" 하는 말이 심심찮게 나온다. 심지어 노동당 의원이 국회에서 "디킨스 시대에 만든 제도를 지금 좀 어렵다고 이백 년 전으로 되돌리겠다는 것인가?" 하고 발언할 정도다.

　영미권을 중심으로 전 세계에서 아직도 찰스 디킨스에 열광하는 이유는 무얼까? 찰스 디킨스(charles John Huffam Dickens)는 영국 빅토리아 시대를 풍미한 소설가다. 이백 년도 넘은 1812년 2월 7일에 영국 남부 포츠머스 외곽에서 팔 남매 가운데 둘째자 장남으로 태어난다. 형제 두 명은 어려서 죽는다. 할아버지는 머슴, 할머니는 하녀 출신이고 아버지는 해군 경리국 하급관리였다. 아버지는 사교적이고 유머가 풍부하나 경제적으로 무능하고, 어머니는 선량하고 밝은 성격이나 자녀한테 무정하다. 경제적인 이유로 어려서 계속 이사 다녔다.

　여섯 살부터 잠시 학교에 다니지만, 다락방에서 소설을 읽으며 훨씬 많은 걸 배운다. 열한 살부터 런던 빈민가에서 산다. 그리고 열세 살부터 구두약 공장에 취직해서 생활비를 번다. 하지만 아버지는 빚이 점차 늘어나 가족은 채무자 구치소에서 지내고 디킨스 혼자 하숙집에서 생활한다. 자신을 중산층이라고 생각한 어린애가 노동자로 전락하면서 겪은 좌절과 고통은 자전적 소설 '데이비드 코퍼필드(David

Copperfield)'에 잘 나타난다. 아버지는 허풍선이 '미코버 아저씨', 어머니는 법률사무소 소장 딸에다 허영심 많은 여인으로 나온다.

아버지는 할머니 유산으로 빚을 청산하고 찰스 디킨스를 웰링턴 하우스 아카데미(Wellington House Academy)에 삼 년 동안 보낸다. 하지만 어머니는 '공장에서 돈이나 벌라'며 끊임없이 반대하고 디킨스는 어머니와 서먹한 관계를 평생 유지한다.

열여섯 살에 학교를 그만두고 변호사 사무실에서 이 년간 사환으로 일하고 대영박물관 자료실 검토원으로 잠시 일한다. 스물한 살에는 속기법을 익혀서 의회 출입기자가 된다. 여기에서 의회와 정치에 대한 불신, 부정부패, 빈부 격차 등 사회현상에 눈을 뜬다. 디킨스가 말년에 고백한 바에 의하면 "젊은 시절에 신문사에서 혹독한 훈련을 잘 견딘 게 내가 성공한 첫 번째 원인"이다.

열여덟 살에는 은행가 딸 '마리아 비드넬'과 첫사랑에 빠지지만, 여자 부모 측 반대로 헤어진다. 신부 수업을 핑계로 파리에 보낸 것이다. 그래서 마리아는 완전히 다른 사람으로 변하고, 끝까지 기다리던 디킨스는 커다란 상처를 받고 사회적으로 성공하겠다는 굳은 결심을 한다. '위대한 유산'에서 핍이 에스텔라를 사랑하고 좌절하고 굳세게 결심하면서도 다시 사랑하고 좌절할 수밖에 없는 간절한 이야기와 비슷하다.

스물두 살부터 글을 쓰기 시작해서 Monthly Magazine에 단편 'A Dinner at Poplar Walk'를 발표한다. 스물세 살에는 'Boz'라는 필명으로 다양한 정기 간행물에 풍속 전문 스케치를 기고하면서 '모닝 크로니클' 기자가 된다. 그러면서 쌓은 경험은 시대 상황을 비롯해 거리 풍경과 풍속을 정교하게 묘사하는 능력으로 발전한다. 현재는 풍속학자들이 디킨스 작품을 통해 당시 런던 풍경과 민속을 파악할 정도다.

스물다섯 살에는 그동안 발표한 풍속 스케치를 모아서 '보즈가 그린 스케치'를 출간한다. 그리고 '픽웍 페이퍼스'를 연재한다. 스물여섯 살에는 화가 시모어가 만화를 그리도록 보조하면서 시작한 희곡 소설 《픽위크 클럽》을 출판하고 명성을 얻기 시작한다. 이후 이 년 동안 '벤틀리스 미셀러니' 편집장으로 일하고 안락한 집으로 이사하면서 더욱 정열적으로 집필활동에 매진한다.

이즈음에 평생에 걸친 문학적 조언자며 나중에 '찰스 디킨스 전기'를 집필하는 존 포스터(John Poster)를 만난다. 4월에는 '이브닝 크로니클' 편집장 딸 캐서린 호가스(Catherine Hogarth)와 결혼한다. 처가는 경제적으로 부유하지 않아도 문화적으로 세련된 분위기였다. 결혼 생활은 불행하지만 함께 살게 된 처제 메리(Mary)를 통해 이상적인 여인상을 발견하고 처제와 정신적으로 독특한 유대관계를 맺는다. 하지만 이듬해에 처제가 병으로 죽자, 디킨스는 너무나 커다란 충격에 처음이자 마지막으로 소설 연재를 중단한다. 처제 손가락에서 뺀 반지를 죽을 때까지 손가락에 낄 정도였다. 메리에 대한 그리움은 나중에 '골동품 가게'에서 '어린 넬'로 재현한다. 하지만 자녀를 돌보기 위해 다른 처제 조지나가 오면서 빈자리를 메운다. 조지나는 평생을 독신으로 살며 디킨스 집안에서 살림을 맡은 건 물론, 디킨스가 언니 캐서린과 이혼한 다음에도 임종까지 지킨다.

집필활동에 왕성하던 디킨스는 서른세 살 나이에 견문을 넓히고자 아내 캐서린과 함께 미국을 방문한다. 왕도 없고 계급도 없는 자유민주주의 국가라는 사실에 잔뜩 기대하나, 노예제도를 목격하고 몹시 실망한다. 그리고 자신이 쓴 책을 미국에서 수백만 부나 팔면서 인세는 한 푼도 안 준다는 사실을 공식 석상에서 비난해, 미국에서 인기가 떨어진다. 이후 '미국 여행 노트' 두 권을 발표한다.

서른네 살에는 '크리스마스 캐럴'을 출간한다. 그래서 크리스마스이브 하루에 육천 권이 팔려나간 이후, 영어권 사회에서는 크리스마스트리에 꼭 걸어놓는 장식품처럼 되었다. 이 책이 크게 성공하면서 디킨스는 크리스마스에 대한 이야기를 매년 발표한다.

서른여덟 살에는 뉴게이트 교도소를 방문한다. 디킨스는 교도소에서 젊은 여성들이 고통스러워하는 모습에 특히 많은 관심을 보인다. 가난한 집에서 태어나 부모에게 사랑을 못 받고 어린 나이에 거리를 떠돌다 구렁텅이에 빠지거나 매춘으로 접어드는 악순환을 정확히 이해한 것이다. 그래서 독지가를 모아 런던에서 매춘부와 여성 노숙자를 위해 '집 없는 여성을 위한 쉼터'를 설립한다. 일정한 규율 아래 포근한 보금자리를 제공하며 읽고 쓰는 법을 가르쳐 사회에 재편입하는 길을 열어준 것이다.

마흔한 살에는 '가정 이야기'라는 잡지를 창간해, 가정이 가장 중요하다고 주장하지만, 디킨스 자신은 아내와 끊임없는 불화를 겪으며 가정생활을 힘들게 이어간다.

마흔여섯 살엔 윌키 콜린스의 멜로드라마 '얼어붙은 골짜기'에 연출을 맡고 배우로 출연하면서 열여덟 살 여배우 엘렌 터넌과 사랑에 빠진다. 이후 집필한 '두 도시 이야기' 마네뜨 아가씨에게 그 분위기를 담아낸다.

이듬해에 아내와 이혼한다. 그리고 전국을 순회하며 작품 낭독회를 시작한다. 극장에서 유료관객을 대상으로 작품 몇 장면을 골라 낭독하는 건데, 엄청난 인기를 누린다. 순회 낭독회를 통해 디킨스는 막대한 돈을 벌지만 건강을 해친다. 이듬해에 '일 년 내내(All the Year Round)'라는 잡지를 발행하면서 '두 도시 이야기'를 연재한다.

1870년 6월 8일, 오십구 세 나이로 저택에서 소설 원고 '에드윈 드루드의 수수께끼'를 온종일 쓰고 저녁 식사를 하다가 쓰러져 다음 날 세상을 떠난다. 웨스트민스터 사원 '시인의 묘역'에 묻혀 다음 같은 글을 묘비에 새긴다.

"가난하고 고통받고 박해받는 사람을 동정했다. 이 사람이 죽으면서 세상은 영국에서 가장 위대한 작가를 잃었다."

디킨스가 세상을 떠났다는 말에 노동자들은 주막에서 "우리 친구가 죽었다"며 울부짖고, 신문과 잡지는 며칠 동안 지면에다 찰스 디킨스 일대기를 도배하고, 한 신문은 부고란에 이렇게 적었다. "디킨스가 발표한 소설은 언제나 화제를 불러모았다. 디킨스가 쓴 소설에는 현실 정치와 사건을 그대로 담았다. 디킨스가 소설에 담아낸 건 소설이 아니라 현실 세계였다."

당시 영국은 산업혁명에 성공해 전 세계에서 가장 빠르게 발전하는 나라였다. 디킨스는 작가로 성공해 번듯한 마차를 타고 저명인사와 교류하면서도 대다수 서민이 진흙탕을 밟고 힘겹게 살아가며 신음하는 소리를 듣고 영국 최고 전성기에 담긴 아픈 그림자를 직시하고 위대한 작품을 남겼다. 당시에는 다섯 살 어린애가 공장에서 열두 시간씩 일하고 겨우 동전 몇 닢을 손에 쥔 채 집으로 돌아가는 일이 허다하고, 노동자 평균수명은 겨우 스물여덟 살이었다.

디킨스는 가난한 사람을 깊이 동정하고, 사회적인 악습에 반격하고, 사회에서 실제로 일어난 사건을 기사로 작성하고 소설에 담았다. 칼 마르크스가 "정치 현실과 사회현실에 대해 전문 정치인이나 정치 평론가나 학자보다 많은 진실을 말했다"고 평가할 정도다. 초기 소설은 풍자가 강하지만 후기 소설은 풍자와 함께 치밀한 구성과 사회비평이 돋보인다.

2. 작품세계

디킨스는 가공인물을 상상하는 대신 실제로 존재하는 인물을 각색해서 묘사한다. 다양한 인물을 만나고 특징을 노트에 기록하며 오랫동안 관찰하는 식이다. 디킨스 소설 등장인물이 현실감을 갖고 독자에게 호감을 사는 이유는 여기에 있다.

최근에 다양한 연구를 통해 확인한 바에 의하면 '올리버 트위스트'가 일했다는 '워크하우스'는 디킨스가 어려서 살던 집 바로 근처에 있었다. 그리고 올리버 트위스트를 착취하던 '패긴'은 당시 신문에 따르면 흑인 갱 보스였다. 실제 이름은 헨리인데, 소설에 묘사한 그대로 집을 나오거나 길 잃은 아이를 모아다가 소매치기를 시키고 물건을 훔쳐오게 했다. 올리버를 도우려다 살해당한 낸시는 당시에 실제로 살해당한 25세 여인이 모델이고, '크리스마스 캐럴'에서 유령으로 나오는 스크루지 동업자 '제이콥 말리'는 디킨스가 런던에 처음 살던 집 근처 '메릴리본 스트리트'에서 등잔용 기름을 팔던 장사꾼 '윌리안 사이크'였다.

유명한 작품을 든다면 《두 도시 이야기》, 《위대한 유산》, 《크리스마스 캐럴》, 《데이비드 코퍼필드》, 《올리버 트위스트》, 《어려운 시절》 등이 있다. 《데이비드 코퍼필드》는 논쟁의 여지는 있지만, 대표적인 자전소설이다. 디킨스는 일상에서 탈출하는 수단으로 연극에 빠져드는데,《니콜라스 니클비》에는 연극과 연극인에 대한 마음을 담아냈다. 《Little Dorrit》은 풍자가 신랄한 명작이다. 사후에 출판한 책으로는 《예수 그리스도의 생애》가 있는데, 예수 그리스도를 신앙의 대상이 아닌, 본받을 대상으로 묘사한다. 자녀에게 그리스도에 대해 쉽게 설명하기 위해서 쓴 책이기 때문이다.

셰익스피어가 영어를 아름다운 운문으로 엮어서 독자의 심금을 울리는 시인이라면, 디킨스는 산문을 정확하고 정교하게 풀어내며 독자의 공감을 끌어낸 이야기꾼으로 영문학의 초석을 쌓았다. 그래서 디킨스 작품은 현란하며, 귀족의 속물근성에 대한 풍자는 사악할 정도로 익살맞다. 세파에 시달리는 서민에 대한 동정심, 그리고 상류층에 대한 비판과 풍자는 작품 전체에 관철하는 디킨스 특유의 정신이다. 정치인 대부분을 "별 의미도 없는 말을 지껄이며…… 시간이나 축내는 거만한 사람"으로 묘사한다. 하지만 일부 정치인이 올바른 사회를 위해 노력하는 모습을 보고 깊이 감동하기도 한다. (이런 특징 때문에 찰스 디킨스 작품을 이해하는 건 영미권 독자에게도 쉽지 않다. 미국 각 대학에서 작품마다 용어해설집을 만들어서 배포할 정도다.)

디킨스는 서민성과 사회 현안에 대한 성찰이 누구보다 탁월하다. 그래서 서민과 끊임없이 만나고, 서민과 연애하듯 평생 충심을 다하고, 그래서 세상만사를 서민이라는 관점에서 바라본다. 생애 마지막 십여 년은 영국과 미국 전역을 돌아다니며 소설을 낭독하고, 가는 곳마다 커다랗게 성공한다. 서민은 디킨스한테 환호하고 디킨스는 서민을 위해 살려고 노력한다. 그래서 디킨스가 말하거나 발표하는 내용마다 사회에 커다란 영향을 미친다. 찰스 디킨스는 현재까지 세계에서 가장 중요한 작가 가운데 하나다.

3. 작품해설 및 옮긴 말

디킨스는 '두 도시 이야기'를 발표하고 '일 년 내내(All the Year Round)'라는 잡지를 창간해 거기에 몰두하느라 일 년 동안 소설 창작을 멀리했다. 하지만 '일 년 내내'에 대한 독자 반응이 시원치 않자, 본인이 직접 소설을 써서 잡지에 발표하기로 마음먹는다. 그래서 약 오년 전부터 머릿속으로 그리던 인물과 플롯을 (실제로 1855년경 작성한 수첩에서 '매그위치'. '프로리스', '가저리', '펌블추크', '클래리커', '올릭' 등처럼 등장인물과 똑같은 이름이나 비슷한 이름이 나온다) 1860년 8월 초반부터 가다듬기 시작해 10월부터 작업에 들어가, 12월에 첫 작품을 연재하고 이듬해 유월까지 총 36회에 걸쳐서 매주 한 번씩 발표한다. (전체 59장에 달하는 방대한 분량을 이런 식으로 발표한다는 사실도 놀랍지만 1부가 1장에서 19장, 2부가 20장에서 39장, 3부가 40장에서 59장으로 이어진다는 사실은 소설의 놀라운 짜임새를 예고하고도 남는다.) 그리고 동년 시월에는 채프먼 홀 출판사에서 '위대한 유산'을 단행본 세 권으로 묶어서 발표한다.

'두 도시 이야기'가 프랑스 대혁명을 배경으로 웅장하게 펼쳐나간다면 '위대한 유산'은 '핍'이라는 어린애가 겪는 다양한 갈등을 배경으로 코믹하고 진솔하게 펼쳐나간다. 그래서 '성장소설'이란 성격이 있다면, 신사다운 품성을 찾아간다는 측면에서 '교양소설'이란 성격이 있고, 복잡한 인간관계를 파헤치며 사실을 추적하는 '추리소설' 성격도 있고, '에스텔라' 중심으로 사랑과 배신과 갈등을 펼치는 '로맨스 소설' 성격도 있고, '새티스 저택'과 '하비셤 아씨'를 통해 공포 분위기에 빠져드는 '공포소설' 성격도 있고, 교도소와 사형수와 감옥선과 탈주자와 추격전 그리고 유형수와 올릭을 통해 범죄행위와 결과를 묘사하는 '범죄소설' 성격도 있고, 웝슬 아저씨와 펌블추크 삼촌과 웨믹을 통해 인간의 진실성 및 위선을 풍자하는 '코믹소설' 성격도 있다.

어른이 되어서 인격적으로 충분히 성장하고 세상을 파악한 다음에 자신이 살아온 이야기를 정리하는 과정에서 이렇게 다양한 소설기법과 성격이 나오니, 이야기 전체의 완결성과 통일성과 짜임새는 당연히 돋보일 수밖에 없다는 측면에서 디킨스가 최고에 달한 작가적 역량을 유감없이 발휘한 대표작이라 할만하다. 따라서 디킨스 특유의 따뜻한 해학과 사회풍자, 인간에 대한 깊은 통찰 역시 훌륭하게 드러난다.

당시 영국은 스페인 무적함대를 꺾고 산업혁명을 통해 명실상부한 '세계의 공장'으로 압도적인 생산력을 구가했다. 당시에 영국이 세계 총생산에서 차지한 비중을 보면 석탄 2/3, 철 1/2, 직물 1/2에 달할 정도로 대단했다. 이런 분위기에서 자본가 계급은 급속히 성장하는 반면에 중세를 지배하던 귀족 계급은 서서히 몰락하고 신사(gentleman) 라는 새로운 신분이 등장한다. 중세 때 귀족 가운데에서 재산을 상속받지 못한 아들을 Gentry라고 칭해, Gentleman은 초기에 '순수한 혈통을 지닌 사람'을 의미했으나, 이후 '친절하고 고결한 사람'으로 변한다. 이런 사회적 배경 아래, 디킨스는 진정한 신사를 인격이 완성된 사람으로 보고 다양한 등장인물을 통해 그 조건을 묘사하며 주인공 '핍'이 신사로 완성하는 과정을 - 인간으로 성장하는 과정을 - 보여준다.

주인공 '핍'은 아주 어려서 가족을 모두 잃고 부모님 얼굴도 기억을 못 한 채 누나 조 가저리 부인에게 얹혀산다. 조 가저리 부인은 어린 동생을 학대하고, 매형 조는 그런 '핍'을 "영원한 친구"라며 보호하려 애쓴다. 매형 조가 수호천사라면 주변 모든 인간은 핍을 나쁘게 보며 깔본다. 그러다가 '탈주자'를 만나고 죽일 수도 있다는 협박을 받고 공포에 떨며 음식과 줄칼을 몰래 훔쳐서 갖다 준다. 이는 핍이 "세상을 험한 곳"으로 처음 인식하는 과정이며, 누나 물건을 훔쳤다는 죄의식은 내면세계를 끊임없이 자극하는 원죄로 틀어박힌다.

'핍'은 아르바이트를 하러 새티스 저택에 가서 '에스텔라'를 만나 사회계급에 처음 눈뜬다. 에스텔라는 고귀하지만 자신은 천박한 아이라는 인식을 한 것이다. 원래 '핍'은 매형 밑에서 대장장이로 일하는 게 꿈이었으나, 에스텔라를 만난 이후로 사랑과 동시에 거기에 걸맞은 신분을, 신분 상승을 열망한다. 지금까지 잠자던 침실도 거실도 주변 사람도 갑자기 창피하게 다가온다. 에스텔라가 찾아와서 천박한 생활환경을 깔볼 것 같아 끊임없이 불안하다. 그런데 갑자기 런던에서 변호사가 찾아와 '상당한 유산'을 받게 되었다고 말한다. '핍'은 자신에게 유산을 상속할 사람을 새티스 저택 하비셤 아씨라고 착각하고 끝없는 고마움을 느낀다.

'핍'은 런던으로 올라가서 신사에 합당한 교육을 받는다. 신사가 하는 것이라곤 공부하기 그리고 허위의식에 들떠서 돈 쓰기가 전부다. 그런 와중에 런던으로 찾아온 매형을 '핍'은 창피하게 여긴다. 하지만 에스텔라에 대한 사랑은 끝없는 고통과 고뇌로 이어지고 새로운 생활에 대한 회의로 나아간다. 애초에 새티스 저택에 안 가고, 그래서 에스텔라란 존재를 아예 모른다면 매형과 함께 대장간에서 일하며 훨씬 행복하게 살아갈 수도 있다고 느낀 것이다.

'핍'은 스물세 살이 되고 '상당한 유산'을 물려주겠다는 은인도 나타난다. 하지만 그 충격은 동양에서 술탄을 몰아내고 세상 모든 걸 가졌다며 좋아하는 마법사 머리 위로 천장이 무너지며 모든 걸 깨부수는 것과 같다. 세상이 무너지는 충격에 지금까지 살면서 가꾸어온 모든 가치관이 깨진다. 은인이라며 나타난 작자는 어린 시절 자신이 먹을 것과 줄칼을 갖다 준 탈주범이기 때문이다. 모든 악의 근원이기 때문이다. 하지만 탈주범은 어릴 때부터 학대와 천대와 범죄로 얼룩진 세상을 살다가 어린 '핍'을 통해 '구원' 가능성을 보고 '핍'을 돕는 데 일생을 바치겠다고 하느님에게 맹세한 사람이다. '핍'은 탈주범이 살아온 이야기를 듣고 동정심을 품는다. 공중에 붕 떠서 생활하다가 인간이 겪을 수 있는 최고 밑바닥을 체험하며 '무엇이 진정한 행복인가'를 본격적으로 생각한다.

탈주범은 탈출 과정에서 심하게 다쳐 병실에 눕고, '핍'은 진심으로 간호한다. 그리고 죄수 서른두 명과 함께 재판받고, 재판장은 모든 죄수에게 사형을 선고한다. 바로 그 순간 유리창으로 햇살이 들어와 죄수 서른두 명과 재판장을 비추고, '핍'은 거기에서 "양쪽 모두 결국엔 완전히 평등하게 죽어서 우주 만물을 꿰뚫는 완전무결한 절대자 앞에 동등한 자격으로 선다는 사실"을 깨닫는다. 지금까지 다양한 인간을 만나며 상대적 진실과 허위를 겪었다면 서른두 명을 죽고 죽이는 참혹한 현실에서 절대자를, 그리고 그 앞에서 평등한 인간을 본 것이다. 결국, 탈주범은 병실에서 부상으로 죽고, '핍'은 "아, 하느님! 죄 많은 저에게 자비를 베푸소서!"라는 성서 구절을 인용하며 고마운 마음을 표현한다.

그리고 열병에 걸려서 쓰러진다. 그런 소식을 듣고 대뜸 올라와서 간호한 사람이 바로 매형 조 가저리다. '핍'은 매형 모습에서 인간으로 갖춰야 할 조건을 발견한다. "아, 하느님, 예수님을 굳게 믿는 고결한 분을 축복하소서!(gentle christian man)"라는 말이 절로 나온다. 지금까지 추구한 gentleman을 깨뜨리고 중간에 christian을 넣은 것이다. 이는 가짜 신사의 내면에서 허위의식을 모두 걷어내고 자비와 희생과 사랑이 가득한 진정한 신사로 새롭게 탈바꿈했음을 의미한다.

'위대한 유산'이란 제목에 대해서 말이 많다. 실제로 작품 도중에 '상당한 유산'이란 의미로 'great expectations'를 여러 번 사용한다. 그래서 '막대한 유산'이나 '상당한 유산'이 올바른 제목이라고 주장하는 사람도 많다. 하지만 작품 초반에 등장하는 'great expectations'는 신사로 살아가기에 풍족한 재산이란 의미가 강하지만, '핍'이 진정한 신사로 성장하는 데 절대적인 영향을 미친 건 매형과 탈주범이 보여준 진정한 사랑이라고 볼 때 '위대한 유산'이란 제목이 훨씬 타당하다. 신사가 되는 데에는 물질보다 성숙한 인격이 중요하다는 작품 메시지도 그렇고, 드러뮬이란 등장인물은 재산도 많고 공부도 웬만큼 하고 신사 행세도 하지만 작품에서는 비열하고 천박한 양아치로 묘사한다는 사실도 여기에 부합한다.

물질주의가 인간성을 파괴하고 그래서 모든 인간을 불행하게 만드는 현실에서 자신을 둘러보고 주변을 둘러보는 건 아주 중요하다. 그러나 이것만 주장한다면 교훈주의에 빠져들 가능성이 크다. '위대한 유산'이 위대한 건 교훈주의에 빠져들지 않고 인간의 삶을 현실적이면서도 코믹하게 묘사해 독자를 깊은 감동으로 빠져들도록 만들기 때문이다.

송천동에서
김옥수